REYKJAVÍK
0
500
1000 m
Viðeyjarsund
Hverfisgata
Laugavegur
HALLGRIMSKIRCHE
Snorrabraut
Miklabraut
Suðurlandsbraut
Miklabraut
PERLA

Indriðason Menschensöhne

Aus dem Isländischen
von Coletta Bürling

Arnaldur Indriðason
Menschensöhne

Island-Krimi

editionLübbe

Vorbemerkung:
In Island duzt heutzutage jeder jeden.
Man redet sich nur mit dem Vornamen an.
Dies wurde bei der Übersetzung beibehalten.

editionLübbe
ist ein Imprint der Verlagsgruppe Lübbe

Originalverlag Vaka-Helgafell, Reykjavík
Titel der Originalausgabe: SYNIR DUFTSINS

Aus dem Isländischen von Coletta Bürling

Die Übersetzung wurde von einer überarbeiteten Fassung
des isländischen Originals vorgenommen.

Satz: Kremerdruck GmbH, Lindlar
Gesetzt aus der DTL Documenta
Druck und Einband: GGP Media, Pößneck

Printed in Germany
ISBN 3-7857-1556-0

Sie finden die Verlagsgruppe Lübbe
im Internet unter www.luebbe.de

5 4 3 2 1

Denn so sehr hat Gott die Welt geliebt,
dass er seinen einzigen Sohn hingab,
damit jeder, der an ihn glaubt, nicht verloren ist,
sondern das ewige Leben hat.

Für Anna

Eins

Aus der Ferne sah das Gebäude wie ein Gefängnis aus. Es war über Jahre hinweg nicht instand gehalten worden. Mittelkürzungen im Gesundheitsbereich wurde so etwas genannt, und Kliniken wie diese waren immer am schlimmsten davon betroffen. Das monumentale Gebäude machte einen heruntergekommenen Eindruck. Es stand unten am Meer, umgeben von einer großen dunklen Parkanlage mit hohen Bäumen. Aus allen Fenstern drang gelbliches Licht in die winterliche Dunkelheit des frostkalten Januars hinaus.

Pálmi ging von der Haltestelle zur Klinik und stellte fest, dass weitere Gitter an den Fenstern im zweiten Stock hinzugekommen waren. Solange er zurückdenken konnte, war er jede Woche einmal hierher gekommen, um seinen Bruder zu besuchen. Die Behandlung der Patienten hatte sich parallel zum Zustand des Hauses verschlechtert, und mittlerweile war es nur noch so etwas wie ein Verwahrungsort für psychisch Kranke, die mit Medikamenten ruhig gestellt wurden. Für Pálmi hatte dieses Gebäude immer eine Bedrohung dargestellt, und als kleiner Junge hatte er sich oft geweigert, mit seiner Mutter hineinzugehen. Stattdessen hatte er draußen gewartet, bis die Besuchszeit vorbei war. Aber jetzt konnte er nicht mehr draußen bleiben. Seine Mutter war tot, und außer ihm gab es niemanden mehr, der den Bruder besuchte.

Durch eine schmale Seitentür gelangte er direkt auf den

Korridor, den die Patienten als Raucherzone benutzten. Das war nicht der Haupteingang, aber der kürzeste Weg zum Zimmer seines Bruders. Er spürte sofort, dass etwas nicht in Ordnung war. Bei diesem Eingang standen normalerweise immer einige Patienten und rauchten. Sie wurden in kleinen Gruppen nach unten gelassen, und dort lungerten sie dann herum und starrten auf ihre gelben Finger. Alle kannten Pálmi, der darauf achtete, jedes Mal, wenn er zu Besuch kam, eine Schachtel Zigaretten für sie dabeizuhaben. Einige bedankten sich, andere starrten nur teilnahmslos vor sich hin. Diesmal war jedoch niemand auf dem Korridor. Pálmi hörte von irgendwoher Gebrüll, und in der Ferne schrillten Alarmglocken.

Der lange, enge und schlecht beleuchtete Korridor war vor langer Zeit vom Boden bis zur Decke mit dicker grüner Schiffsfarbe gestrichen worden. Ganz am Ende lag das Zimmer von Pálmis Bruder, aber es war niemand darin. Sonst war es immer ordentlich aufgeräumt, doch heute hatte es den Anschein, als hätte in diesem engen Raum ein Berserker gewütet. Der Kleiderschrank war kurz und klein geschlagen worden und das Bett umgekippt. Daníels Habseligkeiten lagen über das ganze Zimmer verstreut. Pálmi drehte sich um und ging rasch wieder den Gang zurück, um jemanden vom Personal zu finden. Er kam zu einer Nische, wo sich zwei Aufzüge befanden, und drückte auf beide Knöpfe. Als sich beim linken die Türen öffneten, stürzten zwei Aufseher mit einem Patienten zwischen sich heraus. Er war geknebelt.

»Wo ist Daníel?«, fragte Pálmi. Er blickte erschrocken in die panisch aufgerissenen Augen des Patienten, der wild um sich schlug. Er hieß Natan, so viel wusste Pálmi, und war erst vor kurzem in die Klinik eingeliefert worden. Die Dreiergruppe hastete an ihm vorbei, und einer der Aufseher rief ihm zu:

»Danni macht hier alle total verrückt. Er ist im obersten Stock und will sich umbringen. Vielleicht kannst du ihm gut zureden.«
Dann waren sie verschwunden. Pálmi stürzte in den Aufzug und drückte auf den Knopf für den fünften Stock. Der Aufzug öffnete sich in einen geräumigen Gemeinschaftsbereich hinein. Tische und Stühle lagen wild durcheinander, die Einrichtung war demoliert, und in einer kleinen Küche brannte es. Die Angestellten kämpften mit dem Feuer und versuchten, es mit Handfeuerlöschern einzudämmen. Weiter hinten hatte es den Anschein, als wären die Patienten unter Kontrolle gebracht worden, indem man sie in einer Ecke des Raums zusammendrängte und so in Schach hielt. Von dort wurden sie einer nach dem anderen geholt und zu den Aufzügen gebracht. In einer anderen Ecke des Gemeinschaftsraums befanden sich ein paar mannshohe nebeneinander liegende Fenster. Eines von ihnen hatte eine zerbrochene Scheibe. Dort stand Pálmis Bruder und hatte dem Winterdunkel den Rücken zugekehrt.
»Pálmi«, rief Daníel, als er seinen Bruder näher kommen sah. »Sag ihnen, dass sie sich verpissen sollen. Sie wollen mir was antun, diese verfluchten Scheißkerle.«
»Kannst du nicht versuchen, ihn zur Raison zu bringen?«, fragte ein offensichtlich aufgebrachter Aufseher, der auf Pálmi zukam. »Er hat hier alles in Aufruhr gebracht und droht jetzt damit, sich umzubringen. Wenn wir es schaffen, ihn zu beruhigen, kriegen wir die Situation wieder unter Kontrolle.«
»Kommt bloß nicht in meine Nähe, ihr Scheißkerle«, schrie Daníel die Aufseher an, die einen Halbkreis um ihn gebildet hatten und darauf achteten, gebührenden Abstand zu halten. Pálmi beachtete sie aber nicht, sondern ging zu seinem Bruder hinüber. Er machte keinen Versuch, sich auf ihn zu stürzen und ihn vom Fenster wegzuziehen, son-

dern er stellte sich neben ihn ans Fenster und blickte hinunter. Fünf Stockwerke tiefer sah man den Park, der hinter der Anstalt lag. Früher einmal war er großzügig beleuchtet gewesen, aber jetzt schimmerte nur noch ein kümmerliches Licht irgendwo in der Ferne.
»Weißt du, was sie mir angetan haben, diese verdammten Schweine?«, fragte Daníel. Pálmi hatte ihn nie zuvor so erregt gesehen. Daníel war knapp über vierzig, eher klein gewachsen, trug Jeans und ein weißes Hemd und hatte kurz geschorenes Haar. Er hatte ein Faible für weiße Hemden, wusch sie selbst und bügelte sie sorgfältig, oft stundenlang. Er war barfuß.
»Haben sie dich schlecht behandelt?«
»Diese Scheißkerle. Können wir nicht nach Hause gehen, Pálmi? Warum kannst du nicht einfach für mich sorgen?«
»Sollen wir nicht lieber auf dein Zimmer gehen und darüber reden?«
»Nein, lass uns hier reden. Ich komm mit dir nach Hause, Pálmi, und dann wohnen wir zusammen, und ich brauch diese verdammten Schweine nie wieder zu sehen. Bitte, Pálmi, bitte. Ich halte es hier nicht mehr aus, und Mama hat immer gesagt, dass du für mich sorgen würdest. Warum tust du das nicht?«
»Komm doch erst mal vom Fenster weg.«
»Warum nicht, Pálmi?«
»Los, Daníel, komm, wir gehen nach unten.«
»Sie haben mir Gift eingetrichtert, Pálmi. Diese verdammten Arschlöcher. Uns allen. Das sind Unmenschen. Mörder.«
»Lass uns doch unten darüber reden, Daníel. Komm vom Fenster weg.«
Es hatte den Anschein, als hätte die Spannung etwas nachgelassen. Die letzten Patienten wurden aus dem Gemeinschaftsbereich weggeführt, und auch die Aufseher bei den

Brüdern wirkten etwas gelassener. Man hatte das Feuer in der Küche gelöscht. Das Gebrüll war verstummt, und die Alarmglocken schrillten nicht mehr. Daníel schien sich beim Anblick seines Bruders ebenfalls etwas beruhigt zu haben.

»Pálmi, kannst du dich erinnern, als ich das erste Mal krank wurde und ihr mich hierher gebracht habt? Ich habe gesagt, dass ich mit einer Sternschnuppe aus dem Paradies auf die Erde gekommen bin. Man hat mich rausgeworfen, weil ich aufgehört hatte zu glauben. Habe ich dir von all den anderen erzählt?«

Daníel hatte seinem Bruder den Arm um die Schultern gelegt. Die Aufseher waren fast alle verschwunden. Daníel flüsterte seinem Bruder ins Ohr.

»Frag danach, woher die anderen gekommen sind.«

»Was für andere, Daníel?«

»Die anderen aus der Schule, Pálmi. Frag, ob sie auch aus dem Paradies vertrieben worden sind.«

Er umklammerte Pálmis Schulter.

»Wen soll ich fragen?«

»Sie wissen ganz genau, was sie verbrochen haben, diese Schweine.«

»Wovon redest du, Daníel? Komm doch jetzt vom Fenster weg. Tu mir den Gefallen und komm runter auf dein Zimmer. Dort können wir in aller Ruhe darüber reden, ob du nicht wieder nach Hause kommen kannst.«

»Weißt du, jetzt sind wir der Sonne am nächsten, mein lieber Pálmi«, sagte Daníel und schien wieder völlig ruhig zu sein. Er küsste seinen Bruder behutsam auf die Stirn, und als sich sein Antlitz entfernte, wurde Pálmi klar, was er vorhatte. Er sah es, aber er begriff es einen Sekundenbruchteil zu spät. Er sah es in den Augen. Der Lebensfunken erlosch. Daníel drehte sich schweigend um und sprang aus dem Fenster. Eine Ewigkeit verging, bevor Pálmi den Aufprall hörte.

Fassungslos näherte er sich dem Fenster und blickte hinunter. Daníel lag rücklings mit ausgebreiteten Armen und Beinen auf den harten, steilen Treppen, die in den Keller des Hauses führten. Es hatte angefangen, zu schneien. Als der Krankenwagen endlich kam, hatten die weißen Flocken Daníel mit einem hauchdünnen Leichentuch bedeckt.

Zwei

In einem anderen Stadtteil stand ein kleines, einstöckiges über hundert Jahre altes Holzhaus, das von außen mit Wellblech verkleidet und schwarz angestrichen war. Es war von einem ungepflegten und nicht eingezäunten Gärtchen umgeben. In einer Ecke stand eine große Kiefer. Auf dem gefrorenen Rasen lag ein Benzinkanister. Er hatte keinen Verschluss mehr.

Die Haustür stand offen. Drinnen war die Luft stickig. Von einem alten Herd, auf dem Haferbrei übergekocht war, stieg schwarzer Rauch hoch. Der Gestank vermischte sich mit dem üblen Geruch, der schon vorher da gewesen war. Die Küche und das ganze Haus waren völlig verdreckt. Überall stapelten sich Zeitungen auf dem Fußboden. Schmutziges Geschirr stand herum, und schäbige Kleidungsstücke hingen entweder an irgendwelchen Haken oder lagen auf den Möbeln. Bis auf den Schein der Straßenlaternen, der zu den Fenstern hereindrang, und ein schwaches Licht, das durch die Tür aus einem kleinen Nebenzimmer ins Wohnzimmer fiel, war das Haus dunkel.

Dieses Zimmer war mit allem möglichen Kram voll gestopft. Es hatte keine Fenster, und von der Decke hing eine nackte Glühbirne. Auf dem Schreibtisch stand eine alte grüne Lampe, die sich über die Schreibfläche zu beugen schien, als hätte sie Angst, hochzublicken. Von ihr kam der Lichtschein. Auf dem Schreibtisch lagen Stapel von Büchern und Zeitschriften neben Tintenfässchen und teuren Füllfederhaltern. Aus einem alten Plattenspieler drang Musik, Dvořák. Die Neue Welt.

Am Schreibtisch saß ein alter Mann in einem dicken roten Hausmantel, der zwar verschlissen war, aber warm aussah. An den Füßen trug er Filzpantoffeln. Die Hände mit den schmalen Fingern und überlangen Nägeln waren totenbleich. Seine Halbglatze war von farblosen Haarbüscheln umrahmt, die bis auf die Schultern hinunterhingen. Die Augen waren klein. Ein einige Tage alter Bart verhüllte einen Teil des Gesichts. Der Mann war auf dem Stuhl festgebunden und klatschnass. Er roch nach Benzin.

Eine kleine Benzinlache hatte sich unter ihm gebildet. Und von ihr führte eine Spur bis ins Wohnzimmer hinein. Die entzündliche Flüssigkeit war offenbar über Wände, Möbel und Kleiderhaufen gekippt worden. Auch in der Küche und in der Diele war Benzin. Der Mann auf dem Stuhl rührte sich nicht. Er gab keinen Laut von sich und machte keinen Versuch, sich zu befreien. Er schien ruhig abzuwarten, was da auf ihn zukam, so, als hätte er sich damit abgefunden, dass er das, was ihm bevorstand, verdient hätte. Er schien auf eine merkwürdige Weise mit der Welt im Reinen zu sein.

Mit leisem Zischen flammte das Streichholz auf. Der Mann auf dem Stuhl blickte starr vor sich hin. Nun liefen Tränen über seine Wangen, aber er bäumte sich nicht auf. Er wiegte sich nur vor und zurück, und seine Lippen bewegten sich zu der Melodie eines Kinderlieds, das er vor sich hin summte, wie um sich zu beruhigen.

Das brennende Streichholz wurde dem alten Mann zwischen die Finger geschoben, er hielt es eine Weile fest, bevor er es zu Boden fallen ließ. Das Feuer flammte sofort auf und umhüllte den Mann, den Stuhl und den Schreibtisch. Es züngelte blitzschnell über den Fußboden ins Wohnzimmer und die Wände hinauf. Im Handumdrehen brannte das Haus lichterloh. Die Fensterscheiben zersprangen, und die Flammen schlugen in die Nacht hinaus. Der Mann versuchte aufzustehen, kippte aber nach hinten durch die Tür in das lodernde Flammenmeer im Wohnzimmer.

Die Wände des Wohnzimmers waren vom Boden bis zur Decke mit eingerahmten Fotografien bedeckt, die sorgfältig in Reihen angeordnet waren. Sie schienen das Einzige zu sein, was in diesem Haus pfleglich behandelt worden war. In den ältesten Rahmen befanden sich ovale, schwarzweiße Porträtfotos von Jugendlichen, deren Namen in geschwungener Schrift unter den Fotos eingetragen worden waren. In der Mitte hing das Foto eines Schulgebäudes. Diese Art von Erinnerungsfotos war irgendwann aus der Mode gekommen und Gruppenfotos an ihre Stelle getreten. Auf ihnen waren die Schüler in zwei oder drei Reihen aufgestellt, und der Klassenlehrer stand neben ihnen. Auf den älteren Bildern hatten die Kinder Sonntagskleider an und sahen geschniegelt und gestriegelt aus, die Jungen mit glatt gekämmten Haaren und die Mädchen mit Zöpfen. Auf den älteren Bildern hatten die Fotografen versucht, eine gewisse Harmonie zu erzielen, und die Schüler nach Geschlecht und Größe aufgestellt. Die erste Reihe saß auf dem Boden, die mittlere auf Stühlen, die dritte Reihe stand dahinter. Auf den neueren Bildern hatten sich die Schüler aufgestellt, wie es der Zufall ergab, und für die Klassenaufnahme zog man sich nicht mehr extra fein an. Auf den Bildern wurde viel gelächelt, kleine Lächeln, breite Lächeln, schüchterne Lächeln, und einige lachten sogar. Man konnte nicht nur die Veränderungen der Mode aus den Bildern ablesen, sie zeugten auch von einer anderen Einstellung. Auf den älteren Bildern schauten die Kinder erwartungsvoll in die Zukunft; sie standen diszipliniert, ordentlich und ein wenig schüchtern vor der Kamera. Auf den jüngsten Bildern aber ging es lockerer und weniger diszipliniert zu, man schien keine Ehrfurcht mehr vor diesem Augenblick zu haben, vielleicht auch nicht mehr vor der Tradition oder dem Schulgeist. Auf allen Bildern, die jetzt eins nach dem anderen den Flammen zum Opfer fielen, war derselbe Lehrer zu sehen. An ihm waren ähnliche Veränderungen festzustellen wie an seinen Schülern. Die ältesten waren Klassenfotos aus der Zeit, als er selbst noch zur Schule gegangen war, und dann kamen die Bilder, auf denen er als Lehrer bei seiner ersten Klasse stand, im Anzug mit schmaler Krawatte, und das dünne Haar war zur Seite gekämmt. Hornbrille. Die Zukunft lag vor ihm. Später trug er eine abgewetzte Strickjacke, sah mitgenommen aus, und die Haare hatten sich stark gelichtet. Auf einem von den älteren Bildern stand er über einem Schüler, der nicht in die Kamera blickte, sondern zu seinem Lehrer aufschaute. Dieser Junge war Daníel.

An den Stuhl festgebunden lag der alte Lehrer auf dem Boden und spürte, wie sein Leben in Flammen aufging.

Drei

Pálmi stand bei dem zerbrochenen Fenster und schaute zu Daníel hinab. Dann drehte er sich um und lief zu den Aufzügen. Keiner von ihnen war oben, deswegen nahm er die Treppe und rannte hinunter. Er bildete sich ein, eine Bewegung gesehen zu haben, ein Hoffnungsschimmer durchzuckte ihn. Er flog von einem Treppenabsatz zum anderen, schoss aus dem Haus und rannte zur Kellertreppe hinter dem Gebäude. Aber er hätte sich nicht beeilen müssen. Daníel war tot. Es gab kaum einen Knochen in seinem Körper, der nicht gebrochen war.

Er setzte sich in den Schnee und sah zu, wie die Schneeflocken auf Daníel fielen. Er saß noch da, als Polizei und Krankenwagen eintrafen. Niemand nahm Notiz von ihm. Daníels Leiche wurde in den Krankenwagen getragen, der sich dann langsam in Bewegung setzte. Selbstmorde wurden wie Kriminalfälle behandelt, und die Beamten der Kriminalpolizei vernahmen die Belegschaft, die Ärzte und Pálmi, obwohl es kaum etwas zu sagen gab. Die Nachricht, dass Daníel tot war, sprach sich schnell unter den Patienten herum. Stille senkte sich über das düstere Gebäude.

»Daníel war eigentlich ganz in Ordnung«, sagte ein älterer Aufseher, der schon lange an der Klinik tätig war und sich um Daníel gekümmert hatte. In der Cafeteria für die Belegschaft hatten sich einige der Aufseher und Krankenpfleger an einen Tisch gesetzt und redeten mit Pálmi, der im Grunde genommen immer noch nicht begriffen hatte,

was passiert war. Er hatte keine Kraft, zu gehen. Weg. Oder nach Hause. Irgendwohin.
Jemand vom Personal hatte ihn aus dem Schneetreiben geholt und ins Haus gebracht. Die Kriminalpolizei hielt sich nicht lange auf. Der Fall lag auf der Hand. Aufruhr in der psychiatrischen Klinik. Selbstmord. Es gab viele, die bezeugen konnten, dass Daníel sich aus dem Fenster gestürzt hatte, es war kein Unfall gewesen. Er hatte es vorgehabt.
»Was ist denn eigentlich vorgefallen?«, fragte Pálmi geistesabwesend. Er beugte sich vor und schlug die Hände vors Gesicht. Er hatte eine angenehme und klare Stimme, lispelte jedoch ein wenig.
»Daníel war in den letzten Wochen irgendwie anders«, sagte der Aufseher, ein freundlicher Mann um die fünfzig mit dichtem Haarschopf, großer Nase und fleischigem Gesicht. Er hieß Guðbjörn.
»Er war eigentlich immer ziemlich unruhig, sodass wir ständig mit ihm zu tun hatten. Du weißt selbst, wie er war, wenn er sich weigerte, seine Medikamente zu nehmen, und den anderen Patienten immer erklärte, sie seien völlig gesund. Er konnte total über die Stränge schlagen. Aber in letzter Zeit war er wie ausgewechselt, er lief nur völlig apathisch herum und hat mit niemandem gesprochen.«
»Ich bin aber doch jede Woche hierher gekommen. Auch letzte Woche. Und mir ist überhaupt nichts aufgefallen. Stimmt, er war ganz ruhig, aber so war er doch häufig. Er hat ungewöhnlich viel über alle hier im Haus geredet. Was meinte er damit, als er euch ›Scheißkerle‹ nannte?«
»Es hat ihm doch immer Spaß gemacht, uns schlecht zu machen und uns alles Mögliche vorzuwerfen«, sagte ein anderer Aufseher, der Elli genannt wurde.
Pálmi wusste, dass das stimmte. Daníel hatte den Angestellten der Klinik, den Ärzten und dem Krankenpflege-

personal gerne vorgehalten, dass er schlecht behandelt würde. In regelmäßigen Abständen verlangte er, von einem neutralen Arzt untersucht zu werden. Da er nämlich nur eine sehr eingeschränkte Ausgeherlaubnis hatte, waren Arztbesuche eine willkommene Gelegenheit, aus der Klinik herauszukommen.

»Weswegen war er so verändert?«, fragte Pálmi.

»Danach musst du den Arzt fragen. Meiner Meinung nach hatte das mit diesem Mann zu tun, der ihn in letzter Zeit häufig besucht hat. Er war sehr viel älter als Danni. Sie saßen stundenlang da und haben sich unterhalten. Ich hatte ihn nie zuvor gesehen, aber er bedeutete Danni etwas, so viel steht fest.«

»Stimmt, warte mal. Wie hat Danni ihn noch genannt?«, versuchte eine Krankenschwester sich zu erinnern. Sie hieß Andrea, war klein und mollig und hatte einen freundlichen Gesichtsausdruck.

»War es nicht Hilmar oder Haukur oder so was?«, sagte Elli.

»Ich hatte keine Ahnung, worüber sie redeten. Irgendwann haben sie sich, glaube ich, über Lebertranpillen ziemlich aufgeregt. Ich bilde mir auf jeden Fall ein, das Wort Lebertranpillen öfter gehört zu haben. Aber ich kann mich auch täuschen, ich habe nicht vorsätzlich gelauscht«, sagte er fast entschuldigend, »ich kam nur gerade in der Cafeteria an ihrem Tisch vorbei.«

»Wieso Lebertranpillen?«, fragte Pálmi. »Kriegen die Patienten hier Lebertranpillen?«

»Nein, wo denkst du denn hin«, antwortete Andrea. »Das hier ist doch keine Kurklinik«, sagte sie und blickte in die Runde.

»Abgesehen von mir und euch hat sich niemand um Daníel gekümmert. Ich verstehe nicht, wer ihn da besucht haben könnte«, sagte Pálmi nachdenklich. »Sind außer mir sonst noch andere Leute zu Besuch gekommen?«

»Nein«, sagte Andrea, »nur der Typ in den letzten Wochen. Ich dachte, wir hätten dir davon erzählt.«
»Ich höre das zum ersten Mal«, sagte Pálmi. »Wisst ihr denn wirklich nicht, wie dieser Mann hieß, oder wer das war?«
»Ich kann mich einfach nicht so genau erinnern. Am besten redest du mit Jóhann«, sagte Andrea.
Jóhann war der Aufseher, der am meisten mit Daníel zu tun gehabt hatte. Er hatte vor zehn Jahren in der Klinik angefangen, und im Lauf der Zeit war eine tiefe Freundschaft zwischen ihnen entstanden. Pálmi war seit langem davon überzeugt, dass Jóhann wichtiger für Daníel war als alle Ärzte und Medikamente, mit denen er im Lauf seiner Krankengeschichte in Berührung gekommen war.
»Wo ist Jóhann?«, fragte er.
»Er hat vor gut einer Woche das Handtuch geworfen, nachdem er denen da oben in der Verwaltung ordentlich die Meinung gesagt hat«, erklärte Guðbjörn. »Ich glaube, sie haben ihn geschasst.«
»Wieso ist er entlassen worden?«
»Er stand schon seit langem auf Kriegsfuß mit der Klinikleitung«, sagte Andrea.
»Man hat uns nie was Konkretes gesagt«, sagte Guðbjörn. »Aber Jóhann hatte sich schon seit langem mit der Verwaltung herumgestritten. Jetzt hat wohl irgendwas das Fass zum Überlaufen gebracht, und er hat das Handtuch geworfen. Er hatte diesen Saftladen satt. Die medizinische Versorgung wurde auf das absolute Minimum reduziert. Es gibt einfach zu wenig Pflegepersonal, und die meisten bleiben nicht lange hier. Die kennen hier nur eine Methode, nämlich die Patienten mit Medikamenten voll zu pumpen, um sie ruhig zu stellen. Darin besteht die ganze Behandlung. Früher, bevor dieses ganze Geschwafel über Kostenreduzierung anfing, war hier alles viel besser. Jóhann war vehement gegen diese Art von Einsparungen.

Er nahm sich die Behandlung der Patienten mehr zu Herzen als wir anderen. Nur die allerschlimmsten Fälle sind jetzt noch hier, alle anderen wurden nach Hause geschickt, was natürlich furchtbar für die Angehörigen ist.«

»Kann man auf diese Weise überhaupt eine psychiatrische Klinik führen?«, fragte Pálmi.

»Hier ist alles möglich«, sagte Elli.

»Eins ist mir an diesem Mann aufgefallen, der Danni besucht hat«, sagte Guðbjörn nachdenklich. »Obwohl, es war etwas ziemlich Albernes, das vielleicht gar keine Rolle spielt ... Er kam ja immer donnerstags um dieselbe Tageszeit, so gegen fünf, und er hatte immer eine alte Mappe dabei. Aber ich habe nie gesehen, dass er sie aufgemacht hat. Er sah bleich aus und hatte kaum noch Haare. Was ich so albern fand, wenn ich darüber nachdenke, war, dass er ständig etwas vor sich hin gemurmelt hat.«

»Halt mal, heute ist Freitag, ist dieser Mann dann gestern da gewesen?«, fragte Pálmi.

»Ich habe ihn zwar nicht gesehen, aber es ist ziemlich wahrscheinlich.«

»Und was hat er vor sich hin gemurmelt?«, fragte Pálmi.

»Das ist ja das Komische«, erwiderte Guðbjörn. »Es kam mir so vor, als ob es etwas von Jónas Hallgrímsson war. *... und die Stunde der strahlendsten Gunst zuckt wie ein Blitz durch die Nacht.*«

Vier

Als Pálmi gegen Mitternacht in seine Wohnung zurückkehrte, hatte er immer noch nicht ganz begriffen, was sich an diesem Abend abgespielt hatte. Tief in Gedanken versunken machte er Licht in der Diele. Aus der Wohnung nebenan, wo Dagný lebte, hörte er den Fernseher. Er selbst besaß kein Fernsehgerät. Die Wohnung war voll mit anderen Sachen, Gemälden und vor allem Büchern, die überall ordentlich in Bücherregalen aufgereiht standen. Pálmi war leidenschaftlicher Büchersammler und besaß ein Antiquariat im Zentrum von Reykjavík. Er lebte allein und hatte keine Kinder.

Er machte etwas Wasser im Wasserkocher heiß, um vor dem Schlafengehen einen Tee zu trinken. Er dachte an Daníel und Jóhann – und den Mann, der seinen Bruder besucht hatte. Er dachte über den Selbstmord nach und fragte sich, ob das womöglich die einzige Lösung für seinen Bruder gewesen war. Sie hatten häufig über Selbstmord gesprochen. Für Pálmi war Selbstmord etwas Unvorstellbares, er hatte so etwas nie in Betracht gezogen und fand es unbegreiflich, dass jemand seinem Leben ein Ende setzen wollte. Daníel hingegen hatte Selbstmord als etwas ganz Normales angesehen. Falls er sich umbringen wollte, ging das seiner Meinung nach niemanden etwas an. Sich die Pulsadern oder die Kehle aufzuschneiden oder sich zu erhängen, war für ihn allerdings ein entwürdigender und unmenschlicher Akt. Daníel ging sogar so weit zu sagen,

dass Selbstmord medizinisch gesehen genauso selbstverständlich sein sollte wie Krampfadernziehen oder Mandeloperationen.
Einer der Gründe, weshalb er und Pálmi nicht zusammenleben konnten, war genau der. Dass er verschiedene Versuche unternommen hatte, sich das Leben zu nehmen, und ihm das in zwei Fällen auch beinahe geglückt war. Während seiner gesamten Krankengeschichte hatte er starke Psychopharmaka bekommen, aber Pálmi konnte nie sicher sein, dass sein Bruder die Medikamente auch schluckte, die die Suizidneigung in Schranken halten sollten. Er hatte versucht, alles aus seiner Wohnung zu entfernen, was Daníel möglicherweise für einen Selbstmordversuch verwenden konnte, aber das war ein hoffnungsloses Unterfangen. Einmal, als Pálmi nach Hause gekommen war, hatte er Daníel mit einer zugebundenen Plastiktüte über dem Kopf vorgefunden. Damals war es ihm gelungen, ihn wieder ins Leben zurückzuholen. Ein anderes Mal überraschte er ihn mit einem Strick um den Hals, der abgerissen war; Daníel lag auf dem Boden und versuchte mit aller Kraft, die Schlinge zuzuziehen.
Das war vor zwei Jahren gewesen, und danach hatte Pálmi Daníel wieder in die Klinik gebracht. Seitdem hatte Daníel keinen weiteren Selbstmordversuch unternommen. Pálmi hatte bereits in Erwägung gezogen, ihn wieder zu sich nach Hause zu holen, hatte aber noch nichts Konkretes in die Wege geleitet. Er lebte allein in einer Wohnung, die er von seiner Mutter geerbt hatte.

Bei Daníel war vor vielen Jahren Schizophrenie diagnostiziert worden, und Pálmi konnte sich nur dunkel an die Anfänge erinnern. Zwischen den Brüdern bestand ein Altersunterschied von zehn Jahren, und er war noch sehr klein gewesen, als die ersten Anzeichen bei Daníel auftraten. Er konnte sich daran erinnern, wie unglücklich seine Mutter damals gewesen war. Er erinnerte sich aber auch noch an Daníel als einen fröhlichen Jungen, der mit ihm spielte. Aber das schienen nur kurze Abschnitte aus einer ansonsten trostlosen Jugend gewesen zu sein. Am deutlichsten standen ihm immer noch der Kummer seiner Mutter, Daníels Aggressivität und die ständigen Besuche in dieser entsetzlichen Klinik vor Augen.

Daníel war irgendwann aus dem Paradies vertrieben worden.

Mit dreizehn Jahren hatte er sich aus heiterem Himmel vollkommen verändert. Er fing an, mit seinen Klassenkameraden zu trinken, und harte Drogen kamen ins Spiel. In den darauf folgenden Jahren gab es dauernd Konflikte mit seiner Mutter. Und mit der Polizei, die ihn zugedopt oder betrunken zu Hause ablieferte, nachdem er irgendwo in der Gosse aufgefunden worden war. Er schien mit einem Mal keinen Schlaf mehr zu brauchen. Nach einiger Zeit behauptete er, Stimmen zu hören, und unterhielt sich oft mit seinen Phantasiegebilden und Halluzinationen. Nächtelang las er Bücher, statt zu schlafen. Der Inhalt spielte offenbar überhaupt keine Rolle. Er verschlang nicht nur alles, was ihm in die Finger kam, sondern behielt es auch und hatte deswegen auf den ungewöhnlichsten Gebieten ein unglaubliches Wissen. Morgens nickte er dann meist ein und schlummerte für ein paar Stunden. Seine Mutter stand dem Ganzen völlig hilflos gegenüber. Sie schob das alles auf die schlechte Gesellschaft, in die er geraten war, auf seine Klasse. Daníel fing sogar auf dem Gymnasium an, hielt aber nicht lange durch. In dieser Zeit wurde er mit einem Mal sehr gläubig, ohne dass er sich zuvor auch nur im Geringsten für Religion interessiert hatte. Die religiösen Botschaften, die ihm diese Stimmen zu übermitteln schienen, hatten ihn in eine besondere Position im

Universum versetzt. Er las in der Zeitung, dass man seltsame Zeichen am Himmel gesehen habe, wahrscheinlich einen Meteor, der Funken sprühend in der Atmosphäre verglüht war, und er bildete sich ein, dass er selbst dieser verglühende Meteor gewesen war, der zur Erde fiel. Weil man ihn aus dem Paradies vertrieben hatte. Um wieder aufgenommen zu werden, musste er bereuen und Buße tun. Die schlimmsten Seelenqualen, die er in den folgenden Jahren durchlitt, hingen mit diesem verlorenen Paradies zusammen.

Daníel selbst begriff damals die Veränderungen an sich nicht, und er akzeptierte nicht, dass er krank war. Er war, ganz im Gegenteil, davon überzeugt, den gesündesten Verstand von allen zu haben. Seine Reaktion, als seine Mutter in ihrer Angst und Sorge einen Arzt zu Rate zog, war extrem gewesen. Er wurde überheblich und aufsässig, und von Jahr zu Jahr verschlimmerte sich sein Zustand. Zuletzt war er unfähig, einer Arbeit nachzugehen. Schließlich wurde er gewalttätig. Und er versuchte, Hand an sich zu legen. Dann fiel er eines Tages über Pálmi her und schleuderte ihn mit solcher Wucht gegen die Wand, dass Pálmi das Bewusstsein verlor. Als die Mutter Pálmi zu Hilfe kommen wollte, griff Daníel nach einem Küchenmesser, stach ihr in die Schulter und rannte auf die Straße. Seine Mutter hatte sich lange dagegen gesträubt, ihn einliefern zu lassen, aber als er ein weiteres Mal über Pálmi herfiel, kam nichts anderes mehr in Frage.

Das war vor fünfundzwanzig Jahren gewesen. Die Mutter war vor sieben Jahren gestorben, und seitdem lebte Pálmi allein.

Daníel war für die Ärzte ein klassischer Fall von Schizophrenie, doch was seiner Mutter zu Lebzeiten das meiste Kopfzerbrechen verursachte, war die Tatsache, dass es sowohl väterlicherseits als auch mütterlicherseits keinerlei Fälle von Geisteskrankheit in den Familien gab. Sie war davon überzeugt, dass Schizophrenie erblich bedingt war. Aber nun trat die Krankheit urplötzlich bei ihrem Jungen auf und machte ihr das Leben zur Hölle. Sie weinte oft vor Verzweiflung, denn sie hatte ihm immer sehr nahe gestanden – bevor die Krankheit über ihn hereinbrach.

Pálmi saß mit seinem Tee im Wohzimmer. Er massierte sich die rechte Hand und verzog das Gesicht, so, als würde er noch jetzt Schmerzen verspüren. Die Hand war mit Brandnarben übersät, er konnte weder den kleinen Finger noch den Ringfinger bewegen.

Ihre Familie hatte nur aus ihnen dreien bestanden. Der Vater war kurz nach Pálmis Geburt gestorben. Er war Seemann gewesen und in einem schlimmen Orkan vor der Westküste des Landes über Bord gegangen. Pálmi kannte ihn einzig und allein aus den Erzählungen seiner Mutter, denen zufolge es auf dem ganzen Erdenrund keinen besseren Mann gegeben hatte. Sogar seine Fehler hatten im Laufe der Zeit nur noch positive Seiten und boten Stoff für unterhaltsame Geschichten. Ein Beispiel dafür war seine Trinkerei. Er war Quartalssäufer gewesen, aber im Lauf der Jahre wurden diese Eskapaden als Abenteuerdrang und als Bedürfnis nach geselligem Beisammensein mit Freunden verklärt. Keiner von diesen zahlreichen »Freunden« setzte sich aber nach seinem Tod mit der allein stehenden Mutter und ihren zwei Kindern in Verbindung. Die Eltern von Pálmis Vater waren nicht mehr am Leben, und Geschwister hatte er keine gehabt.

Ihre Mutter war schon sehr jung von zu Hause fortgegangen und hatte zu ihren Eltern, die nach Dänemark gezogen waren, kaum mehr Kontakt gehabt. Pálmi wusste nur, dass dort sein hochbetagter Großvater lebte. Als die Tochter starb, kamen die Eltern, flogen nach zwei Tagen wieder

zurück nach Dänemark und hinterließen das unangenehme Gefühl von Desinteresse und Übellaunigkeit.
Pálmi hörte, wie leise an die Tür geklopft wurde. Er wusste, dass es Dagný sein musste. Sie war vor einigen Jahren mit ihren beiden Kindern nebenan eingezogen, und es war so etwas wie eine Freundschaft zwischen ihnen entstanden. Dagný war schlank und nicht sehr groß. Sie arbeitete als Sekretärin bei der Staatlichen Krankenversicherung. Wenn Pálmi Lust hatte, sich etwas im Fernsehen anzusehen – was allerdings selten der Fall war –, konnte er jederzeit zu Dagný gehen, die sich über seine Gesellschaft freute. Sie hatte eine missglückte Ehe hinter sich und seitdem so viel Pech mit den Männern gehabt, dass sie jetzt, was das anging, am liebsten ihre Ruhe haben wollte. Eine kurze Bekanntschaft mit einem Großhandelskaufmann, der unentwegt an seinem Handy hing, sogar wenn sie miteinander schliefen, beendete sie durch einen Anruf. Ein anderer war Kinderpsychologe, der ihre Kinder nicht ausstehen konnte. Sie ließ ihm durch ihre Kinder ausrichten, dass sie ihn nicht mehr sehen wolle. Die Bekanntschaft mit Pálmi war eine willkommene Abwechslung, und die Kinder mochten ihn sehr.
»War das dein Danni in den Nachrichten?«, fragte sie, als er ihr geöffnet hatte.
»Ja«, sagte Pálmi und machte die Tür hinter ihr zu.
»Was ist passiert?«
»Ich weiß es eigentlich noch gar nicht. Mittags ist er wohl völlig durchgedreht und hat die ganze Klinik auf den Kopf gestellt. Es endete damit, dass er aus einem Fenster im obersten Stock sprang. Er war auf der Stelle tot.«
»Der arme Danni.«
»Ich weiß, dass er ab und zu solche Anwandlungen hatte, aber trotzdem ist das irgendwie seltsam.«
»Selbstmord ist immer irgendwie seltsam.«

»Ich weiß. Ich verstehe es trotzdem nicht. Daníel hat außerdem in den letzten Wochen öfter mal Besuch bekommen. Ich kenne aber niemanden, der Anlass dazu gehabt hätte. Und in der Klinik wusste keiner, wer das war.«
»Niemand hat ihn nach seinem Namen gefragt?«
»Nein. Allerdings habe ich noch nicht mit Jóhann gesprochen. Vielleicht kennt der ihn ja. Keiner weiß, worüber sie geredet haben. Einer der Aufseher meinte, dass sie über Lebertranpillen gesprochen hätten.«
»Lebertranpillen?«
»Er kann sich auch verhört haben.«
»War er schon tot, als du kamst?«
»Nein«, sagte Pálmi. »Er ist mir buchstäblich aus den Händen gesprungen. Ich hätte ihn wahrscheinlich sogar packen und festhalten können, wenn ich schneller reagiert hätte.« Er schwieg.
»Wenn ich die ganzen Umstände richtig eingeschätzt hätte. Aber ich habe erst zu spät gemerkt, was los war, deshalb habe ich ins Leere gegriffen. Und dann lag er da unten auf der Treppe, und plötzlich war alles zu Ende. Ich kann das überhaupt noch nicht begreifen.«
»Das ist wohl eine ganz normale Reaktion, dass man sich selbst die Schuld an so etwas gibt«, sagte Dagný und streichelte seine Wange. Sie standen immer noch im Flur. Ihre Beziehung war nie bis ins Schlafzimmer vorgedrungen, und sie waren beide zufrieden mit diesem Arrangement.
»Er hat über *die anderen* geredet. Er wollte, dass ich mich nach irgendwelchen Leuten erkundige, die er *die anderen* nannte. Ich weiß nicht, wen er damit gemeint hat. Und er redete über das Paradies. Das war ja nichts Neues, aber dann sprach er von *den anderen*. Ich habe ihn noch nie so reden gehört.«
»Was kann er damit gemeint haben?«
»Und dann hat er noch etwas über seine Schule gesagt. Er

redete ja ständig darüber, dass er aus dem Paradies vertrieben worden war und dass er versuchen müsste, wieder hineinzugelangen. Dann wäre alles wieder in Ordnung. Er würde wieder gesund werden. Jetzt hat er mir aber gesagt, ich solle nachforschen, woher *die anderen* kamen. Die anderen? An wen soll ich mich denn damit wenden?«
»Was hat er genau gesagt?«
»Es hat irgendwas mit der Schule zu tun. Daníel war an drei Schulen,« fügte er nachdenklich hinzu, »erst auf dem alten Gymnasium in der Stadtmitte, dann, ein Jahr lang, an einer Gesamtschule und vorher die ganze Zeit in der Víðigerði-Volksschule.«
»Waren das alles nicht einfach nur Hirngespinste? Er hat doch so viele merkwürdige Dinge von sich gegeben.«
»Er hat noch gesagt, dass wir jetzt der Sonne am nächsten stehen. Das war es, was er als Letztes gesagt hat: ›Jetzt stehen wir der Sonne am nächsten.‹ Wie soll man so was bloß verstehen?«, seufzte Pálmi.
»Weißt du das nicht?«, fragte Dagný, die sich in Bezug auf Astrologie und den Gang der Gestirne bestens auskannte. »Hierzulande gehen alle wie selbstverständlich davon aus, dass das im Juli der Fall ist, aber in Wirklichkeit steht die Erde jetzt im Januar der Sonne am nächsten.«

Fünf

Das alte, nahezu baufällige Haus stand im Handumdrehen in Flammen. Als Feuerwehr und Polizei eintrafen, war es schon beinahe niedergebrannt. Die Feuerwehr war in Alarmbereitschaft, denn das Haus stand mitten im dicht besiedelten Þingholt-Viertel zwischen anderen Holzhäusern. Es war aber windstill an diesem Abend, sodass die alles verzehrenden Flammen senkrecht zum Himmel schlugen.

Erst am nächsten Tag fand man die Leiche in der verkohlten Ruine. Erlendur Sveinsson von der Kriminalpolizei, der sich bereits mehrmals mit Bränden hatte befassen müssen, sah gleich, als er aus dem Auto gestiegen war, dass es sich um Brandstiftung handeln musste. Das war nicht schwierig, und es bedurfte kaum seiner viel gerühmten Kombinationsgabe, um diese Feststellung zu treffen. Es hatte vielmehr ganz den Anschein, als hätte der Brandstifter eine Nachricht hinterlassen wollen. Ein Benzinkanister, der zehn Liter fasste, lag auf dem gefrorenen Gras im Hinterhof. Es fing gerade an, hell zu werden, und Rauch stieg aus der Ruine auf. Das gelbe Absperrband der Polizei war rings um das Grundstück gespannt, und einige Polizisten stapften in den Trümmern umher.

Erlendur verscheuchte sie, indem er sie barsch anwies, zur Seite zu treten. Nach kurzer Zeit fand er das Skelett und beugte sich über es. Kein Fetzen Fleisch war mehr daran, und es lag ausgestreckt auf dem Boden. Die Kiefer standen

klaffend auseinander, die leeren Augenhöhlen starrten zu den dunklen Wolken hinauf. Er bemerkte sofort die Reste von Fesseln an Knöcheln und Handgelenken.
»Weiß man schon, wer in diesem Haus gewohnt hat?«, fragte Erlendur seinen Kollegen Sigurður Óli, der ihm gefolgt war.
»Ein Mann namens Halldór. Er hat allein hier gelebt, war unverheiratet und hatte keine Kinder. Er hat in diesem Haus gewohnt, seit er in die Stadt gezogen ist. Hat früher in der Volksschule in Víðigerði unterrichtet, ist aber vor kurzem in Pension gegangen. Geboren 1928, im Árnes-Bezirk.«
»Womöglich hast du auch schon in Erfahrung gebracht, wer ihn angezündet hat?«, fragte Erlendur. Morgens war er meist schlecht aufgelegt.
»Ich habe den ganzen Morgen herumtelefoniert«, anworte-te Sigurður Óli. »Ist er wirklich ermordet worden?«
»Gegrillt, meinst du wohl. Falls er hier wirklich dieser Halldór ist.«
Er beugte sich wieder über das Skelett.
»Viele ansehnliche Plomben. Du hast nicht zufällig schon herausgefunden, wer sein Zahnarzt ist?«
»Ich werde dem nachgehen.«
»Weißt du, ob er Verwandte hat?«
»Eine Schwester, wenn ich den Schulleiter richtig verstanden habe. Sie ist älter als er und lebt in einem Altersheim in Hafnarfjörður.«
»Hast du sie schon benachrichtigt?«
»Ich wollte anschließend hinfahren. Der Schulleiter sagte, das Halldór noch ein Jahr länger hätte unterrichten können. Da er schon ziemlich alt war, hatte man ihn zuletzt nur noch Vertretungsstunden oder so was machen lassen. Das muss immer ziemlich schlimm für ihn gewesen sein, denn die Kinder haben ihn tyrannisiert, wenn ich es richtig verstanden habe. Einmal sollen sie ihn umzingelt und

angespuckt haben, sodass er von oben bis unten besudelt war. Vielleicht sind diese Kinder ja gestern Abend aufs Ganze gegangen.«

»Wohl kaum, wenn er in der Schule aufgehört hatte. Aber ausschließen kann man es wohl auch nicht. Manchmal hat man ja den Eindruck, dass die Jugendlichen heutzutage vor fast gar nichts mehr zurückschrecken.«

Erlendur untersuchte die Lage und die Umgebung der Leiche und überlegte, wie der Grundriss des Hauses wohl ausgesehen hatte.

»Da sind sogar noch Reste von einer Fessel«, sagte Sigurður Óli.

»Die muss aus einem besonders hitzebeständigen Material bestanden haben. Besorg dir die Zeichnungen vom Haus beim Grundbuchamt.«

»Ist bereits geschehen«, sagte Sigurður Óli und konnte ein selbstgefälliges Lächeln kaum unterdrücken. Er war ziemlich neu bei der Kriminalpolizei und war Erlendur zugeteilt worden, der schon seit Jahrzehnten dort arbeitete. Er ging Erlendur ziemlich auf die Nerven. Was allerdings nicht viel besagte, denn es gab nur wenig, was ihm nicht auf die Nerven ging. Sigurður Óli ließ sich dadurch offenbar nicht beirren. Er war auch in der Nacht am Tatort erschienen, aber anschließend nicht wie Erlendur nach Hause gefahren. Erlendur ärgerte es, wie gepflegt und frisch er aussah.

»Und warum hast du sie dann nicht dabei?«, fragte er.

»Sekunde, sie sind im Auto«, sagte Sigurður Óli und rannte los.

Der verdammte Kerl nimmt bestimmt Anabolika, überlegte Erlendur und fuhr fort, die Umgebung des Skeletts zu untersuchen. Der untere Teil lag auf verkohlten Holzresten, die ein Stuhl gewesen sein mochten. Er hatte den Eindruck, dass rings um die Leiche das Feuer am heftigs-

ten gewütet hatte, aber auch sonst deutete alles darauf hin, dass das Haus im Nu lichterloh gebrannt hatte. An Benzin war offenbar nicht gespart worden.
Der Fotograf traf ein, um Aufnahmen zu machen. Erlendur wies ihn an, sich noch etwas zu gedulden.
Der Vergleich mit den Zeichnungen ergab, dass das Skelett im Türrahmen zwischen einem Zimmer am Ende des Hauses und dem Wohnzimmer lag. Erlendur schloss daraus, dass der Mann versucht hatte, irgendwie aus dem Haus zu gelangen. Vor dem Wohnzimmer war eine kleine Diele gewesen, aus der man auch in die Küche kommen konnte. Küche und Wohnzimmer waren nur durch eine dünne Wand getrennt gewesen. Der Fußboden war übersät mit Glasscherben, viel mehr, als von den beiden Scheiben im Wohnzimmer stammen konnten, die durch den Hitzedruck von innen geplatzt und wahrscheinlich nach außen gedrückt worden waren. Auf den Scherben im Wohnzimmer lag etwas, das Erlendur für verkohlte Bilderrahmen hielt, einige aus Metall, einige aus verkohltem Holz. Die Beamten der Spurensicherung waren am Tatort eingetroffen, wagten sich aber nicht an die Trümmer heran, bevor Erlendur seine Erlaubnis gab. Er wies sie auf den Benzinkanister hin, den sie vorsichtig aufhoben und in eine Tüte packten.
»Hier wurden keine großen Umstände gemacht«, sagte Erlendur wie zu sich selbst und beugte sich noch einmal über das Skelett. Sigurður Óli wurde hellhörig. »Dieser Mann hatte nicht die geringste Chance«, fuhr Erlendur fort. »Aber wenn es Mord war, warum wurde das so schlampig arrangiert, warum ist man nicht etwas geschickter vorgegangen und hat wenigstens versucht, die Tat zu verschleiern? Es hätte kaum großer Anstrengungen bedurft. Ich habe es schon oft mit Brandstiftung zu tun gehabt, aber so ein Szenario ist mir noch nicht untergekommen. Ein leerer Benzinkanister auf dem Grundstück!«

»Was schließt du daraus?«, fragte Sigurður Óli und blickte seinen Kollegen an.

Erlendur ließ die Leute von der Spurensicherung wissen, dass sie jetzt anfangen konnten. Drei Männer, bewaffnet mit großen Taschen und Geräten, betraten vorsichtig die immer noch rauchende Ruine.

»Überheblichkeit«, sagte Erlendur. Er trat wieder an das Skelett heran und betrachtete intensiv die Position. Sein Blick blieb an den Knochen hängen, die einmal die Hände gewesen waren. Sie waren offenbar zu Fäusten geballt gewesen, wie um den grauenvollen Tod herauszufordern. Halldór – falls das hier tatsächlich seine Überreste waren – hatte einen zarten Knochenbau und feingliedrige Hände gehabt.

»Warten wir ab, bis wir ihn mit Hilfe der Zahnarztkartei identifiziert haben, bevor wir der Schwester auf die Bude rücken«, sagte Erlendur wohl wissend, dass Sigurður Óli über seine flapsige Wortwahl schockiert sein würde.

Sechs

Jóhann, der ehemalige Aufseher an der psychiatrischen Klinik, wohnte in einer ausgebauten Kellerwohnung an der Miklubraut. Rund um die Uhr drang der Straßenlärm herein, und die Luft war geschwängert von Auspuffgasen. Jóhann hatte zwar in der Küche, deren Fenster auf eine der meistbefahrenen Straßen von Reykjavík hinausgingen, Vierfach-Thermopanescheiben einsetzen lassen, aber auch das hatte wenig genutzt. Der einzige Vorteil war, dass die Wohnungspreise hier zu den niedrigsten in Reykjavík gehörten. Am schlimmsten war es abends und nachts, wenn Motorradfahrer die Straße als Motodrom verwendeten. Egal wie häufig die Polizei diesen Typen auflauerte, sie kamen immer wieder.

Seitdem er nicht mehr in der Klinik arbeitete, hatte Jóhann die meiste Zeit zu Hause herumgelungert. Er war froh, den Verantwortlichen dort gehörig seine Meinung gesagt zu haben. Er war normalerweise ein verträglicher Mensch, aber als er im Verwaltungstrakt seinen Vorgesetzten gegenüberstand, war er ausgerastet und hatte sich seinen Zorn von der Seele gebrüllt, hatte sich die verschlissene Schirmmütze vom Kopf gerissen und auf den Boden geschleudert. Jetzt war sie wieder auf seinem Kopf, und er saß mit einem Becher Kaffee in der Hand in der kleinen Essecke und beobachtete Pálmi, der die Treppe zu seiner Wohnung herunterkam. Er hatte die Nachrichten vom Aufruhr in der Klinik und von Daníels Tod gehört und damit gerechnet, dass Pálmi früher oder später bei ihm auftauchen würde.

»Komm herein, Pálmi«, sagte er, während er die Tür öffnete. »Ich brauche wohl nicht zu sagen, wie schrecklich Leid mir das tut, was mit deinem Bruder passiert ist.«

»Danke, Jóhann«, sagte Pálmi und betrat die Wohnung. Sie gingen in die Küche, und Jóhann goss Kaffee in eine zweite Tasse. In dem sauberen Raum war alles ordentlich an seinem Platz, Fußboden und Schränke glänzten. Jóhann hatte sein ganzes Leben lang allein gelebt und war als ordnungsliebender Mensch bekannt. Pálmi hatte sich vom ersten Augenblick an, als Jóhann seinen Bruder in der Klinik unter seine Fittiche genommen hatte, gut mit ihm verstanden. Jóhann war groß und kräftig und hatte Hände, die zupacken konnten, aber seine Stimme war weich und freundlich, und er strahlte Vertrauen aus. Sogar sein Gang wirkte Vertrauen erweckend. Er humpelte zwar ein wenig, denn das eine Bein war sichtlich kürzer als das andere, aber er trat trotzdem fest und sicher auf.

»Ich kann mich erinnern, wie ich Danni in der Klinik kennen gelernt habe. Damals glaubte er, er würde nicht lange drinnen bleiben«, sagte Jóhann und setzte sich zu Pálmi. »Und man hat gehofft, dass er Recht behalten würde. Aber dann musste er natürlich doch den größten Teil seines Lebens dort verbringen. Was für ein Leben«, fügte er leise hinzu.

»Ich wollte dir danken für all das, was du in diesen Jahren für ihn getan hast, und dafür, dass du ihm ein Freund gewesen bist«, sagte Pálmi und nippte an dem kochend heißen Kaffee.

»Es ist wohl eher angebracht, dass ich mich bedanke. Wahrscheinlich habe ich mehr von dieser Freundschaft profitiert als Danni. Ich mochte ihn sehr, sehr gern. Und jetzt muss ich immer daran denken, dass ich ihm, wenn ich nicht die Schnauze so voll gehabt hätte von dieser Klinik, vielleicht in seinen letzten Tagen hätte helfen können. Ich wollte mich auch von ihm verabschieden, das hatte ich die ganze Zeit vor, aber ich bin vor Wut einfach aus dem Gebäude gerannt und nicht wiedergekommen.«

»Warum bist du gegangen?«

»Das, was in der Klinik vorgeht, ist im Grunde genommen ein Riesenskandal, und das schon seit Jahren. Ich bin deswegen oft bei der Leitung vorstellig geworden, aber die einzige Antwort, die ich dann immer bekommen habe, war die, dass wir in einer Rezession steckten und die öffentliche Hand Einsparungen vornehmen müsse. Ich habe erklärt, dass ich in all den Jahren, die ich dort gearbeitet habe, schon öfter erlebt habe, dass die Mittel knapper wurden. Aber so schlimm wie jetzt ist es noch nie gewesen. Außer den Aufsehern gibt es da doch kaum noch jemanden, der sich um die Patienten kümmert. Und von denen ist niemand für so etwas ausgebildet. Meiner Meinung nach haben diese hohen Herren einen an der Klatsche, und das habe ich dem Direktor und allen anderen da auf der Verwaltungsetage so direkt gesagt, ob sie es hören wollten oder nicht.«

»Genützt hat es aber wohl nichts.«

»Ich hatte echt die Schnauze voll, Pálmi. Ich konnte da einfach nicht länger bleiben.«

»Wann hast du Daníel das letzte Mal gesehen?«

»An dem Tag, als ich abgehauen bin, genau vor einer Woche. Ich hatte kurz davor noch mit ihm in seinem Zimmer gesprochen.«

»War er in den letzten Wochen, in denen du mit ihm zu tun hattest, irgendwie anders?«

»Das lässt sich nicht abstreiten. Eigentlich war er mal wieder genau wie immer, wenn er seine Medikamente nicht einnahm. Das hat er manchmal gemacht. Dann war er ja irgendwie ruhiger, obwohl sich das komisch anhört, und er konnte sich stundenlang ganz normal und verständig mit einem unterhalten. Ich bin übrigens der Meinung, dass ihm die Medikamente überhaupt nichts genützt haben. Ich glaube nicht an Medikamente. Mir war es scheißegal, wenn er das Zeug nicht nehmen wollte. Dann wird den Pharmakapitalisten weniger Geld in den Rachen geworfen. Kann natürlich sein, dass diese Medikamente auch was genützt haben. Ich weiß es nicht. Es ist aber entsetzlich, wenn man mit ansehen muss, was für Mengen davon ausgeteilt werden, und das seit jeher. Jede Menge, jede Größe, Pillen in allen Farben des Regenbogens werden den Patienten eingetrichtert. Und weißt du, warum? Die Krankenhäuser haben kein Geld für was anderes als medikamentöse Behandlung. Das Personal ist dermaßen abgebaut worden, dass die Patienten mit Pillen zugedröhnt werden müssen, wenn nicht alles drunter und drüber gehen soll. Anständige Gehälter können die angeblich nicht bezahlen, diese Herrschaften, aber stattdessen werden jährlich hunderte und aberhunderte Millionen Kronen in die Pharmaindustrie gepumpt. Ich habe viele Jahre da gearbeitet und zusehen müssen, wie das Zeug tonnenweise von diesen armen Menschen geschluckt wird. Oder sie werden einfach nach Hause geschickt, egal in was für einem Zustand sie sich befinden, und sind oft noch schlimmer dran, wenn sie wieder eingeliefert werden.«

Jóhann schweig eine Weile. Nachdem er einen Schluck Kaffee getrunken hatte, fuhr er fort.

»Irgendjemand hat Daníel in den letzten Wochen besucht, was ich sehr ungewöhnlich finde. Jahrelang war ich der Einzige, der zu Besuch kam. Weißt du etwas über diesen Mann? Besuche werden in der Klinik nicht registriert.«

»Das war sein alter Lehrer aus der Volksschule, Halldór hieß er, glaube ich. Irgendwie ein ziemlich merkwürdiger Kerl, er wirkte schwächlich und fast so, als sei er auf der Flucht. Soweit ich weiß, hat er ihn insgesamt drei Mal besucht«

»Was hat dieser alte Lehrer denn von ihm gewollt? Daníel hat diesen Mann mir gegenüber nie erwähnt, und ich fiel aus allen Wolken, als mir deine ehemaligen Kollegen gestern von ihm erzählten.«

»Er hatte einen merkwürdigen Einfluss auf Danni. Ich kann mich an den ersten Besuch erinnern. Danni hat ihn rausgeworfen und ihm gesagt, er solle sich nie wieder blicken lassen. Das ging aber ganz ruhig vonstatten, er hat ihm bloß klipp und klar gesagt, dass er verschwinden solle. Ich weiß nicht, was zwischen ihnen vorgefallen ist. Als ich Danni danach fragte, wollte er nichts sagen.«

»Du hast nicht gewusst, worüber sie gesprochen haben?«

»Nein.«

»Woher weißt du denn, dass er sein Lehrer war?«

»Das hat Danni mir gesagt. Eine Woche später kam dieser Mann wieder und hat es geschafft, dass Danni sich mit ihm hinsetzte. Sie haben sich lange unterhalten, aber als ich fragte, worüber sie gesprochen hätten, war nichts aus Danni herauszukriegen. Sonst hat er mich eigentlich immer ins Vertrauen gezogen und mir gesagt, worüber er nachdachte oder was ihn bedrückte. Es war völlig klar, dass dieser Mann oder das, was er zu sagen hatte, großen Einfluss auf Daníel hatte.«

»Was für einen Einfluss?«

»Du weißt, wie Danni war. Er konnte redselig und manchmal richtig unterhaltsam sein, aber manchmal auch ziemlich unerträglich. Er riss die Klappe auf und zog über die Leute her – oder war überhaupt nicht ansprechbar. Alles, was ihm in den Sinn kam, sprach er sofort laut aus, und er konnte ziemlich ordinär werden. Jetzt war er aber auf einmal völlig anders, und man konnte kein Wort aus ihm herausbekommen. Er war völlig weggetreten, war in seiner Gedankenwelt versunken und redete mit niemandem.«

»Hast du das mit den Besuchen dieses Manns in Verbindung gebracht?«

»Eigentlich nicht. Danni war im Grunde genommen ja schon immer ziemlich unberechenbar.«

»Deinen Kollegen ist das aber auch aufgefallen. Im Gegensatz zu dir waren sie froh darüber, denn jetzt konnten sie etwas besser mit ihm fertig werden.«

»Wir haben halt eine unterschiedliche Einstellung.«

»Elli glaubte gehört zu haben, dass sie über Lebertrankapseln gesprochen haben. Hast du eine Ahnung, was das bedeuten könnte?«

»Du weißt, wie Elli ist. Aber trotzdem, das kann gut sein. Mehr weiß ich nicht.«

»Über was hast du mit Daníel gesprochen, als du ihn das letzte Mal gesehen hast?«

»Nicht viel. Über seine Story mit dem Paradies, aus dem er angeblich vertrieben worden ist, und die er mit diesem Meteoritenfall in Verbindung brachte, über den er gelesen hatte. Er sagte, dass da noch andere mit ihm im Paradies gewesen wären. Seine Freunde von früher. Mehr war es nicht.«

»Genau dasselbe hat er zu mir gesagt«, erwiderte Pálmi, »aber ich habe keine Ahnung, was das bedeuten soll.«

»Wegen all dieser Medikamente bekam man kaum einen Zugang zu seiner Persönlichkeit. Ich glaube, dass ich Danni die ganze Zeit da im Krankenhaus nie richtig kennen gelernt habe, obwohl ich ihm, abgesehen von dir, wahrscheinlich am nächsten stand. Du weißt, was ich meine. Der Danni, den ich die ganzen Jahre kannte, war in Wirklichkeit ein Produkt der Chemie, kastriert von der Pharma-Mafia. Die ganzen Jahre, die wir uns kannten, habe ich wahrscheinlich nie seine richtige Persönlichkeit gesehen. Das macht mir am meisten zu schaffen. Manchmal glaubte ich, den wahren Danni durch den Drogennebel durchschimmern zu sehen, ich hatte das Gefühl, ihn zu sehen, wie er in Wirklichkeit war, aber vielleicht war das nur Einbildung. Ich weiß bloß, dass der wahre Danni ein guter Kerl war.«

»Ich kann mich an kaum etwas aus der Zeit erinnern, bevor er krank wurde«, sagte Pálmi und verstummte. Sie blieben noch eine ganze Weile in der Küche sitzen, und der Verkehrslärm drang durch die Vierfachscheiben zu ihnen herein. Es ging auf Mittag zu, der Betrieb auf der Straße war entsprechend stark. Der Verkehr dröhnte, und die Auspuffgase legten sich über die Stadt. Es hatte seit ein paar Tagen keinen Wind gegeben, und der gelbe Dunst rührte sich nicht von der Stelle.

Sieben

Erlendur und Sigurður Óli fuhren nach Hafnarfjörður, um Halldór Svavarssons Schwester die Todesnachricht zu überbringen. Nach dem Kälteeinbruch war es jetzt wärmer geworden, und auf den Straßen lag Schneematsch. Tauender Schnee, Teer und Salz mischten sich zu einem bräunlichen, nasskalten unangenehmen Brei, den man unweigerlich mit in Autos und Häuser schleppte. Wenn wieder Frost einsetzte, verwandelte sich der Matsch in scheußliche Eisbuckel.

Während der Fahrt redeten sie kaum miteinander. Erlendur und Sigurður Óli waren in Gedanken versunken. Mit Hilfe der Zahnarztkartei war die Identität des Toten bestätigt worden. Halldór Svavarsson. Die ersten Nachforschungen hatten bestätigt, dass es sich um Brandstiftung handelte. Auf dem Benzinkanister befanden sich aber keine Fingerabdrücke.

Lange Zeit hatte es innerhalb der Kripo Reykjavík keinerlei Spezialisierung gegeben, die Mitarbeiter waren für sämtliche Belange zuständig gewesen. Das war aber inzwischen geändert worden, und die Mitarbeiter hatten sich auf bestimmte Gebiete spezialisiert. Alle außer Erlendur, der sich nicht festzulegen brauchte und selbst bestimmen konnte, womit er sich befasste. Er hatte von allen, einschließlich seiner Vorgesetzten, die längste Dienstzeit vorzuweisen.

Es war nicht einfach, mit Erlendur auszukommen. Davon konnte Sigurður Óli ein Lied singen. Trotzdem klappte ihre Zusammenarbeit. Vielleicht lag es daran, dass Sigurður Óli öfter als alle anderen mit Erlendurs schwierigem Temperament in Berührung gekommen war.

»Der Typ, der dahinter steckt, muss verdammt arrogant sein«, brach es plötzlich aus Erlendur heraus. »Es würde mich nicht überraschen, wenn so ein paar von diesen verdammten Jugendlichen aus der Schule ihn abgemurkst hätten. Der Brutalität von Jugendlichen sind ja heutzutage keine Grenzen gesetzt.«

»Oder es war jemand, der es nur so aussehen lassen möchte, als sei da ein absoluter Dilettant am Werk gewesen«, entgegnete Sigurður Óli, ohne auf Erlendurs Ansichten über die Gewalt unter Jugendlichen einzugehen. »Du hältst es also für ausgeschlossen, dass er sich selber verbrannt hat?«

»Meinst du etwa, dass er sich zuerst selbst gefesselt und dann ein Streichholz angezündet hat?«

»Er hätte ein Feuerzeug in der Hand haben und es fallen lassen können. Ich weiß es nicht.«

»Ich bezweifle stark, dass jemand sich selber so was antun würde«, sagte Erlendur. »Hast du auch davon gehört, dass gestern jemand in der Klinik aus dem Fenster gesprungen ist? Einar untersucht das, glaube ich.«

»So what?«

»*So what*? Was soll das mit diesem *so what*, das man jetzt überall hört? Bist du nach Amerika gegangen, um *so what* zu lernen?«, sagte Erlendur und warf Sigurður Óli einen Seitenblick zu. »Ich finde bloß, dass es ein merkwürdiger Zufall ist. Zwei Todesfälle zur gleichen Zeit.«

»Es bringt sich doch dauernd jemand um«, sagte Sigurður Óli.

Sie fuhren schweigend weiter. Der Nachmittag war schon fortgeschritten, und es wurde zusehends dunkler. Im Radio kam wieder eine Nachricht über die Versuche schottischer Wissenschaftler, ein Schaf zu klonen. Erlendur fand diese Entwicklung abartig und hatte, wenn im Dezernat die Rede auf dieses Thema kam, mit seiner Meinung nicht hinterm Berg gehalten. Einige seiner Kollegen standen den Klonversuchen jedoch positiv gegenüber und begrüßten den Fortschritt. Zu ihnen gehörte Sigurður Óli.

»Widerlich«, sagte Erlendur wie zu sich selbst. »Der Natur so ins Handwerk zu pfuschen.«

»Ich hab gelesen, sie wollen Schafe mit menschlichem Blut züchten, oder so was Ähnliches. Schweine mit Menschenherzen«, warf Sigurður Óli ein.

»Verdammte Unnatur«, sagte Erlendur. »Den Menschen ist nichts heilig!«

»Es sieht so aus«, sagte Sigurður Óli und lächelte süffisant.

Das Altersheim war das größte Gebäude in ganz Hafnarfjörður, dreizehn Stockwerke mit jeweils zehn kleinen Appartements auf den einzelnen Etagen. Die Bauunternehmer zocken offenbar bei den alten Leutchen kräftig ab, dachte Erlendur. Angeblich gab es dort so etwas wie einen Notfall-Service, und deswegen verkauften sie den Alten die Appartements zu völlig überzogenen Preisen. Die Betreuung in Notfällen war aber eigentlich minimal, und der Hausmeister war nie zu erwischen. Erlendur war sich sicher, dass viele der alten Leute ganze Häuser verkauft hatten, um an eine winzige Wohnung in einem solchen Seniorensilo heranzukommen. Denn dort gab es ja Geselligkeit, Abwechslung und Unterhaltung. Möglicherweise sogar amouröse Abenteuer.

Sie nahmen den Aufzug in den zehnten Stock und betätigten die Klingel mit dem Schild Helena Svavarsdóttir. Die alte Dame kam zur Tür, öffnete sie einen winzigen Spalt und spähte hinaus. Eine Kette verhinderte, dass die Tür sich weiter öffnete. Die Frau war klein und hager und hatte ein faltiges Gesicht mit winzigen stechenden Augen, mit denen sie die beiden Männer zu durchbohren schien. Sie kann um die achtzig, aber genauso gut auch neunzig sein, dachte Sigurður Óli.

»Helena Svavarsdóttir?«, redete Erlendur sie fragend an und schaute auf das Türschild.

»Das bin ich. Wer seid ihr?«

»Wir sind von der Kriminalpolizei. Mein Name ist Erlendur, und das hier ist Sigurður Óli. Es geht um deinen Bruder, Halldór Svavarsson.«

»Wir sind nur Halbgeschwister. Was ist mit ihm?«

»Dürfen wir vielleicht einen Moment zu dir hereinkommen?«

»Nein, wieso denn?«

»Wir sind hier, um dir mitzuteilen, dass dein Bruder, also, ich meine, dein Halbbruder, tot ist«, sagte Erlendur.

Die Frau starrte sie eine Weile an und machte die Tür zu. Dann hörten sie die Kette, und die Tür wurde wieder geöffnet. Die alte Frau, die am Stock ging, ließ sie herein. Drinnen war es stickig wie in einem Backofen. Erlendur und Sigurður Óli erlaubten sich, die dicken Wintermäntel auszuziehen. Die Wohnung war winzig. Rechts von der kleinen Diele befand sich eine Kochnische mit zwei Kochplatten, einem kleinen Backofen und einer Arbeitsplatte. Daran schlossen sich ein Esstisch und ein kleines Wohnzimmer mit einer alten, aber gut erhaltenen Sofagarnitur an. Bilder von Verwandten hingen an allen Wänden und stellten den einzigen Schmuck dar, abgesehen von einer schön gerahmten Radierung über dem Sofa, die eine junge Frau darstellte. Erlendur glaubte die Signatur von Kjarval zu erkennen. Links von der Diele war ein kleines Badezimmer mit Dusche, und daneben lag das Schlafzimmer. Eine alte Pendeluhr an der Wand passte auf die Zeit auf. Was sie wohl für dieses kleine Kabuff bezahlt?, dachte Erlendur, während er seine Blicke durch das Appartement schweifen ließ, beschloss aber, lieber nicht zu fragen.

Die Nachricht von Halldórs Tod schien Helena nicht besonders mitzunehmen.
»Habt ihr den Hauswart gesehen?«, fragte sie und bedeutete ihnen, sich zu setzen. »In diesem Saftladen funktioniert überhaupt nichts. Seit zwei Tagen versuche ich, diesen Menschen zu erwischen. Hier auf unserer Etage hat niemand ihn auch nur ein einziges Mal gesehen, und wenn ich unten bei ihm anrufe, piept es immer nur so merkwürdig.«
»Den Hauswart? Nein, ich glaube nicht«, antwortete Sigurður Óli, obwohl er genau wusste, dass er ihn sowieso nicht erkannt hätte, selbst wenn er im Eingang über ihn gestolpert wäre.
»Der Service hier ist ein Skandal. Es wurden einem Gott weiß was für Versprechen gemacht, aber das war alles nur Schwindel. Und jetzt soll auch noch das Unterhaltungsprogramm eingeschränkt werden.« Helena schien kein Interesse am Tod ihres Bruders zu haben.
»Halldór kam gestern Abend bei einem Brand ums Leben. Gewisse Gründe sprechen dafür, dass es sich um Brandstiftung gehandelt hat. Weißt du, ob er Feinde hatte?«, fragte Erlendur und musste innerlich schmunzeln, obwohl der Anlass ernst war. Helena erinnerte ihn an seine verstorbene Großmutter. Vor der hatte er immer einen Heidenrespekt gehabt.
»Ich wüsste niemanden, außer vielleicht diese Rotzlöffel da in der Schule«, sagte Helena. »Die sind furchtbar mit meinem Halldór umgesprungen. Ganz furchtbar. Diese jungen Leute heutzutage, mit denen stimmt doch etwas nicht. Jóhanna, die ein Stockwerk höher wohnt, der wurde vor zwei Tagen hier direkt vor dem Haus die Handtasche weggerissen. Diese Halbstarken! Und sie haben sie niedergestoßen. Von wegen Notdienst, der kam erst zwei Stunden später.«
Erlendur schwieg.

»Ihr von der Polizei wolltet überhaupt nichts damit zu tun haben, ihr habt alles auf diesen Notdienst abgeschoben. Seht ihr das Ding da mit der Schnur? Das soll die direkte Verbindung zur Zentrale sein, aber es ist kaputt und war von Anfang an nicht in Ordnung. Und der Hauswart lässt sich ums Verrecken nicht bei uns hier oben blicken, um das in Ordnung zu bringen.«

»Wann hast du zuletzt mit Halldór gesprochen?«, fragte Sigurður Óli genervt, denn im Gegensatz zu Erlendur langweilte ihn das Geschwätz der Alten.

»Ich habe gestern noch mit ihm telefoniert. Das war dann wohl am gleichen Tag, als er gestorben ist.«

»Und über was habt ihr gesprochen?«

»Er hat angerufen, was er sonst nur sehr selten tat. Allerdings war ich in dieser Hinsicht auch nicht viel besser. Wir haben einander nie sehr nahe gestanden, aber das ist vielleicht nicht weiter verwunderlich. Ich bin in Reykjavík geboren, und er ist im Árnes-Bezirk aufgewachsen. Ich bin vierundachtzig, und er ist, ich meine, er war, sechsundsechzig. Wir hatten noch andere Halbgeschwister, die aber alle in meinem Alter waren, und sie sind schon alle unter der Erde. Ich bin immer davon ausgegangen, dass Halldór der Letzte von uns sein würde, aber jetzt lastet das wohl auf mir. Ich glaube, dass unser Vater Svavar schon sechzig gewesen sein muss, als Halldór gezeugt wurde. Mein Vater war ein unbekümmerter Mann, er hat das Leben in vollen Zügen genossen und hat bestimmt ziemlich viele Frauen glücklich gemacht. Allerdings nicht meine Mutter. Ich glaube, er hatte Kinder in sämtlichen Landesteilen. Als passionierter Reiter kam er …«

»Und was wollte Halldór, als er angerufen hat?«, unterbrach Sigurður Óli. Erlendur warf ihm einen Blick zu, der ihm zu verstehen gab, dass er sich gefälligst zurückhalten sollte.

»Was soll denn das?«, fragte Helena und schaute Sigurður Óli an.

»Sprich nur weiter«, sagte Erlendur. »Svavar hatte eine Leidenschaft für Pferde?«

»Es ist für euch vielleicht nicht so wichtig. Aber er hat sich nie um Halldór gekümmert. Der Junge war wahrscheinlich achtzehn oder neunzehn, als sein Vater starb. Seine Mutter hatte nie wieder was mit diesem Mann zu tun gehabt. Sie ist sogar vor ihm gestorben. Sie war eine ziemlich komische Person. Halldór sprach nie darüber, aber ich glaube immer mehr, dass sie geistig etwas minderbemittelt war.« Sie hielt einen Moment inne.

»Oder vielleicht war sie einfach nur naiv. Sie hat dauernd die Stellung gewechselt, und ich glaube, dass ihr das nicht gut getan hat, wenn du verstehst, was ich meine.«

»Meinst du …«

»Ich meine genau das, was ich sage. Ihre damaligen Arbeitgeber waren schlimm, und obwohl es nie direkt zur Sprache gekommen ist, kann es ganz gut sein, dass mein Vater gar nicht Halldórs Vater ist. Aber was weiß ich. Halldór hatte es schwer im Leben, und als seine Mutter gestorben war, kam er zu mir, und ich habe dafür gesorgt, dass er auf die Pädagogische Akademie ging. Ich habe nie feststellen können, dass er auch nur die geringste Ähnlichkeit mit meinem Vater hatte.«

»Wie ist seine Mutter zu Tode gekommen?«, fragte Sigurður Óli.

»Als sie schließlich nach Reykjavík gezogen waren, brach der Zweite Weltkrieg aus, die Tommys kamen nach Island, und sie wurde eines von diesen Soldatenflittchen. Gegen Ende des Kriegs hat man sie eines Morgens erfroren vor einer der Militärbaracken gefunden.«

»Und was wurde aus Halldór?«, fragte Erlendur.

»Er war mit ihr nach Reykjavík gezogen, stand aber damals

schon auf eigenen Beinen. Alt genug war er. Er behielt die kleine Mietwohnung seiner Mutter und verdiente sich seinen Lebensunterhalt als Arbeiter. Er wusste von seinen Halbgeschwistern und nahm Verbindung mit mir auf. Ich habe ihm, so gut ich konnte, geholfen. Der Junge war nicht dumm, und ich habe dafür gesorgt, dass er eine Ausbildung bekam. Er wollte unbedingt an die Hochschule. Ich glaube, er war ein guter Lehrer. Und er war auch kein schlechter Mensch.«

Helena verstummte, und die drei saßen schweigend da und hörten, wie die Wanduhr tickte.

»Da ist noch etwas, das ihr vermutlich über Halldór wissen solltet«, sagte Helena schließlich. »Er hat es mir erst gesagt, als er schon sehr viel älter war. Und wahrscheinlich hätte er es mir nie gesagt, wenn da nicht vor vielen Jahren etwas bei ihm in der Schule vorgefallen wäre. Ich weiß nicht genau, was das war, aber es hat Halldór beunruhigt.«

»Was sollten wir noch wissen?«, fragte Erlendur.

»Seht ihr das Bild hier über mir?«, fragte Helena und wechselte plötzlich das Thema, als hätte sie bereits genug gesagt oder als sei ihr gegen ihren Willen etwas herausgerutscht, worüber sie eigentlich gar nicht reden wollte. Vielleicht wollte sie es auch verdrängen. »Das ist ein echter Kjarval. Er hat mich gezeichnet. Das ging ganz schnell, nur ein paar Striche und fertig war's. Das ist das Einzige, was mir wirklich etwas bedeutet. Ich habe früher einmal in Þingvellir gearbeitet, und er kam manchmal zu uns, um einen Kaffee zu trinken, aber ich glaube, dass er einfach gern mit uns Mädchen geplaudert hat. Er war ein sehr beeindruckender Mann. Es hieß immer, er sei ein komischer Kauz, aber ein verständigerer und intelligenterer Mann ist mir nie wieder begegnet. Er hat einige von uns gezeichnet und uns die Zeichnungen geschenkt. Er sagte einmal, wir seien seine kleinen Lavageschöpfe. Ein wunderbarer Mann.«

»Kjarval war ein Genie«, sagte Erlendur und betrachtete das Bild. »Was wolltest du uns über Halldór sagen?«
Helena sah zuerst Erlendur, dann Sigurður Óli an, als sei sie unschlüssig, ob sie fortfahren oder darum bitten sollte, in Ruhe gelassen zu werden. Wieder herrschte Schweigen in dem kleinen Appartement. Erlendur und Sigurður Óli blickten sie an. Die Hitze in der Wohnung war fast unerträglich.
»Er hat nur einmal darüber gesprochen und dann nie wieder«, sagte Helena langsam. »Man hat sich an ihm vergangen.« Helena schaute sie an, und die kleinen stechenden Augen zogen sich gequält zusammen.
»Helena«, sagte Erlendur leise. »Was wollte Halldór, als er gestern anrief, und wann hat er angerufen?«
Helena zog ein kleines Taschentuch aus ihrer Schürzentasche und führte es an die Augen. In der Wohnung hörte man nur das Ticken der Wanduhr, die gerade eine neue Stunde kurz anschlug und mit derselben Pendelbewegung die alte ausklingen ließ.
»Er rief gegen Abend an, um mir zu sagen, dass es jetzt endlich vollbracht sei. Er habe sein Vorhaben ausgeführt, und jetzt würde seine Seele Frieden finden. Dann verabschiedete er sich.«
»Weißt du, was er damit gemeint hat?«
»Ich habe keine Ahnung.«

Acht

Pálmi verbrachte den Tag in seinem Antiquariat am Laugavegur. Der Januar war ein ruhiger Monat im Buchgeschäft, und es war wenig zu tun. Um die Mittagszeit schickte er seine Aushilfskraft nach Hause. Sie studierte Literaturwissenschaft an der Universität und las während der Arbeitszeit alles, was ihr unterkam. Pálmi hatte eine Anzeige in die Zeitung gesetzt, und viele hatten sich um die halbe Stelle beworben, aber dieses junge Mädchen hatte den besten Eindruck auf ihn gemacht und ihn überrascht, weil sie nicht über ihre Qualifikation geredet hatte, sondern stattdessen ein Buch aus dem Regal genommen und gefragt hatte, ob sie ihm etwas daraus vorlesen dürfe.

Pálmi hatte bereits im Gymnasium damit angefangen, Bücher zu sammeln. Er war schon immer ein Bücherwurm gewesen und las alles, was er in die Hand bekam. Das hatte er von seiner Mutter. Im Gymnasium wurden Bücher dann zu seiner einzigen wirklichen Leidenschaft und waren es seitdem geblieben. Er hatte kaum Freunde, und Frauen waren ein Buch mit sieben Siegeln für ihn. Im Gymnasium freundete er sich mit zwei Klassenkameraden an, die nun beide Medizin studierten und jetzt im Rahmen ihrer medizinischen Spezialausbildung im Ausland lebten. Er traf sich mit ihnen, wenn sie zu Besuch kamen, aber in den letzten Jahren benahmen sie sich schon fast wie Ausländer und beschwerten sich wie die Touristen über die hohen Preise und das schlechte Wetter in Island. Pálmi ärgerte sich etwas darüber, aber trotzdem hatten sie immer ihren Spaß. Seine längste Beziehung hatte ein halbes Jahr gehalten. Manchmal dachte er darüber nach, ob Daníel irgendwie Einfluss auf seine Verbindung zu Frauen hatte, hielt das aber nicht für wahrscheinlich. Höchstens indirekt. Er fand es naheliegender, dass er selbst einfach über nichts verfügte, was Frauen attraktiv fanden. Wer interessiert sich schon für einen Bücherwurm, bei dem schon um die zwanzig das Haar dünner geworden war und der von Natur aus eigenbrötlerisch veranlagt zu sein schien. Aber diejenigen, die ihn etwas besser kannten, fanden, dass man sich gut mit ihm unterhalten konnte. Wenn es darauf ankam, konnte er sogar witzig sein.

Während die anderen jungen Männer in seinem Alter ihre zukünftigen Ehefrauen kennen lernten, Kinder bekamen, sich eine Wohnung zulegten und studierten, sich in Schulden stürzten und ihre Karriere planten, las Pálmi Bücher und hortete sie. An der Universität studierte er zunächst Literaturwissenschaft, fand die Seminare aber langweilig und wechselte zu Geschichte über, was ihm besser gefiel. Pálmi hatte sich im Laufe der Zeit eine umfangreiche Bibliothek zugelegt, und als er herausfand, dass seine Büchersammlung genauso gut, wenn nicht besser war als die in seinem Lieblingsantiquariat, kam er auf die Idee, selbst eines zu eröffnen. Er begann mit einem kleinen Laden im Þingholt-Viertel. Als dann im Zuge der Rezession Anfang der neunziger Jahre eine der Modeboutiquen auf dem Laugavegur Pleite machte, sah er seine Chance gekommen. Mit seinen Büchern hielt er dort Einzug, wo vorher trendige Kleidung zu horrenden Preisen verkauft worden war. Sein Geschäft lief bestens, deswegen konnte er es sich leisten, die angehende Literaturwissenschaftlerin einzustellen, hauptsächlich um sich hin und wieder aus dem Geschäft entfernen und seinen historischen Recherchen nachgehen zu können. Er veröffentlichte Artikel in den einschlägigen Fachzeitschriften, und sein Hauptforschungsgebiet waren die isländischen Entdeckungsfahrten von Grönland aus nach Amerika. Er arbeitete bereits seit geraumer Zeit an einem Werk über Guðríður Þorbjarnardóttir, deren Sohn Snorri als erster Weißer in Amerika geboren wurde. Pálmi war bekannt für seine sorgfältige und umsichtige Arbeitsweise. Sein ganzes Leben war von Vorsicht und Bedächtigkeit geprägt, und von einer Art Flucht vor der Realität. Einen Fernseher besaß er nicht, weil der ihm nur die kostbare Zeit für seine Bücher stahl. Genauso wenig hatte er einen Computer, denn er begriff weder dessen Wert noch Nutzungsmöglichkeiten, und es wäre ihm nie in den Sinn gekommen, sich diesbezüglich eines Besseren belehren zu lassen. Er schrieb zunächst mit der Hand und tippte anschließend das Manuskript mit der Schreibmaschine ab.

Pálmi dachte darüber nach, was Jóhann über seinen Bruder gesagt hatte. Dass er Daníel im Grunde genommen nie wirklich kennen gelernt hätte, sondern nur eine Persönlichkeit, die durch die Medikamente zu einem Zerrbild geworden wäre. Im Grunde genommen galt dasselbe auch für Pálmi. Er hatte Daníel zwar sein ganzes Leben lang gekannt, aber sein Bruder war ein einziges Rätsel für ihn gewesen. In erster Linie war er ein problematischer Mensch gewesen. Er konnte sich erinnern, wie Daníel einmal mitten in der Nacht draußen vor ihrem Haus gestanden und ohne ersichtlichen Grund wie am Spieß geschrien hatte. Er hatte bloß dagestanden und gebrüllt und gebrüllt, bis es jemandem zu viel wurde, und er die Polizei anrief.

Er konnte sich an all diese Besuche in der Klinik erinnern. Seine Mutter und er fuhren mit dem Bus dorthin. In seiner Erinnerung waren es meistens Winter voller Kälte und

Dunkelheit. Die Lichter in der Stadt flimmerten durch die vereisten Scheiben des Busses, die feuchten Sachen der Passagiere dampften und verströmten einen muffigen Geruch, der ihm in die Nase stieg. Sie mussten zwei Mal umsteigen, um die Linie zu erreichen, die zur Klinik führte, und die Fahrt konnte manchmal eine ganze Stunde dauern. Er erinnerte sich an seine Mutter in dickem Wintermantel und billigen Winterschuhen. Sie hatte nicht viel Geld zur Verfügung gehabt, aber das hatte Pálmi kaum zu spüren bekommen. Wenn es kalt war, zog seine Mutter ihm einen dicken Pullover und den einzigen Anorak an, den er besaß, und setzte ihm eine dicke, kratzige Wollmütze auf, an der er immer herumzupfte. Er konnte sich an die Geräusche des knirschenden Schnees erinnern, wenn sie von der Haltestelle zur Klinik gingen.

Damals war das Gebäude noch schön gewesen. Es gab keine Gitter vor den Fenstern. Der Park ringsherum war sehr gepflegt, und zu Weihnachten wurden die schönen Tannen mit Lichterketten dekoriert. Daníel hatte sämtliche Stationen der Klinik durchlaufen. Manchmal bekamen sie ihn gar nicht zu Gesicht, weil er in eine Zwangsjacke gesteckt worden war. An anderen Tagen saß er in dem kleinen Besuchszimmer mit ihnen zusammen. Solange Pálmi sich erinnern konnte, hatte Daníel immer weiße Hemden getragen. Diese Besuche waren ein Fixpunkt in ihrem Leben. Manchmal saß Daníel stumm da und lauschte der Mutter, die ihm erzählte, was Pálmi und sie erlebt hatten. Manchmal war er völlig rastlos, lief in dem kleinen Raum auf und ab, zündete sich eine Zigarette nach der anderen an, redete ununterbrochen und wechselte ständig das Thema. Seine Finger hatten eine gelblichbraune Farbe angenommen, und es konnte vorkommen, dass sie voller Brandwunden waren, weil die Zigarettenglut die Finger erreicht hatte, ohne dass Daníel es merkte. Manchmal hatte er sich rasiert, manchmal trug er Bartstoppeln, manchmal einen Vollbart. Hin und wieder ließ er sich den Kopf völlig kahl scheren, aber zwischendurch ließ er das volle, dichte blonde Haar bis auf die Schultern wachsen. Als er eingeliefert worden war, war er ein gut aussehender und kräftiger junger Mann gewesen, aber mit der Zeit hielt er sich immer krummer und ließ den Kopf hängen. Er magerte ab, und seine Muskeln erschlafften zusehends, weil sie nicht gefordert wurden. Das Kettenrauchen hatte ihm einen Raucherhusten eingebracht. Im Winter war seine Haut fast so weiß wie seine Hemden. Weil die Gesichtsmuskeln mit zunehmendem Alter nachließen, wirkte das ehemals ausdrucksvolle Gesicht später abgestumpft und leblos. Während der Besuchszeiten zeigte er manchmal keinerlei Reaktion, sondern saß bloß da, wiegte den Oberkörper vor und zurück und schien nach innen auf sein verstümmeltes Ich zu starren.

Manchmal durfte er sein Zimmer nicht verlassen, und statt ihn zu besuchen, wurden Pálmi und seine Mutter an seine Ärzte verwiesen, von denen Daníel eine ganze Reihe gehabt hatte. Da bekamen sie die wenigen Erklärungen, die zu haben waren. Wenn Jóhann Dienst hatte, setzte er sich meist mit ihnen zusammen, erzählte ihnen genauer, was vorgefallen war, und sprach ihnen Mut zu. Die Ärzte schienen Daníel schon seit langem aufgegeben zu haben.

»Wir haben ihn vor drei Wochen auf ein neues Medikament gesetzt, was sich zunächst in etwas gewalttätigem Verhalten auswirkt, aber das gibt sich mit der Zeit«, hatte einer von ihnen gesagt, der allerdings nur einige Monate an der Klinik geblieben war.

»Wieso sind denn die anderen Medikamente abgesetzt worden? Er hat sich doch jetzt schon über längere Zeit ganz gut gehalten«, hatte Daníels Mutter zu dem Psychiater gesagt.

»Sie haben nicht die Wirkung gezeigt, die wir uns erhofft hatten«, war die Antwort.
»Manchmal habe ich wirklich den Eindruck, dass ihr meinen Danni als Versuchskaninchen für irgendwelche Medikamente benutzt.«
»Nein, so etwas darfst du nicht sagen. Auf gar keinen Fall. Es gibt immer wieder neue Arzneimittel, und du musst uns glauben, dass wir ständig versuchen, die beste Therapie zu finden. Und keinesfalls die billigste. All diese Psychopharmaka kommen den Staat und den Steuerzahler teuer zu stehen.«
»Darf man dann die Hoffnung hegen, dass irgendeines von diesen Medikamenten Danni heilen wird?«
»Schizophrenie ist unheilbar. Wie oft müssen wir noch über dieselben Dinge diskutieren? Versuch doch endlich, das zu begreifen.«
»Ich begreife gar nichts. Von einem Tag auf den anderen wurde aus meinem Danni ein Junge, der sich mit Alkohol und Rauschgift kaputtmachte und zu einem Monster wurde, das ich nicht mehr wiedererkannte.«
So ging es jahraus, jahrein. Die Ärzte kamen und gingen, und mit ihnen kamen und gingen die Medikamente, nur Daníel blieb zurück, alterte, ging immer gebückter und verwelkte allmählich wie ein Blatt im Herbstwald. Manchmal schlug ein Medikament an, und Danni schien zum Leben zu erwachen und die depressive Phase überwunden zu haben. Aber meistens war sein Zustand manisch, ihm fehlte jegliche Balance. Alles oder nichts.
Es gab eine Erklärung dafür, warum Pálmi als kleiner Junge nur widerwillig mitgekommen war, um seinen Bruder zu besuchen. Er fürchtete sich vor dem großen Gebäude, er fürchtete sich vor seinen Insassen, aber in erster Linie fürchtete er sich vor Danni. Trotzdem bestand seine Mutter darauf, dass er mitging, und sein Widerstand nützte ihm

nichts. Die wenigen Male, die er als Kind mit ihr hineinging, versteckte er sich hinter ihrem Rücken und schwieg fast die ganze Zeit. Meist beachtete Daníel ihn nicht, aber hin und wieder konnte er Pálmi überraschen, indem er ihm seine Zuneigung zu zeigen versuchte und ihn an sich drückte. Pálmi fand das unangenehm. Er verstand diesen Fremden nicht. Pálmis Furcht vor Daníel saß tief. Daníel hatte einmal versucht, ihn umzubringen. Er hatte versucht, ihn anzuzünden.

Neun

Pálmi verriegelte die Tür des Antiquariats und ging nach Hause. Nach dem Tauwetter herrschte jetzt wieder Frost, und der Schneematsch auf den Straßen und Bürgersteigen war festgefroren. Es knarrte und knirschte unter seinen Schuhen, als er mit schweren Schritten zu der Haltestelle in der Innenstadt ging. Die Stadt war so gut wie menschenleer, nur wenige Autos waren unterwegs. Nach dem Weihnachtsrummel fielen die Menschen im Januar in so etwas wie einen Winterschlaf. Pálmi dachte an all die vielen Gänge zur Klinik in längst vergangenen Wintern. Er würde nie vergessen können, wie Daníel auf einmal das Feuer gelegt hatte.

Pálmi wusste genau, dass es an einem Mittwoch gewesen war, denn an dem Tag lief damals seine Lieblingssendung im Fernsehen, auf die er sich als Kind immer die ganze Woche gefreut hatte. An jenem Mittwoch aber wurde das gesamte Programm geändert, ständig wurde über irgendwelche Handschriften geredet, die von Dänemark nach Island zurückgebracht worden waren. Seine Mutter war nicht zu Hause, als es passierte. Pálmi lebte immer noch in derselben Wohnung, einer hübschen Vierzimmerwohnung. Das Wohnzimmer war mit Teppichboden ausgelegt, und die kleineren Zimmer hatten Korkfliesen. Die Brüder hatten jeder ein Zimmer für sich. Die Küche war klein, aber dahinter befand sich noch ein Abstellraum, den seine Mutter als Besen- und Rumpelkammer verwendete. Die Eltern

hatten die Wohnung kurz nach der Hochzeit gekauft und sich immer wohl darin gefühlt.
In dieser Zeit erreichten die Veränderungen bei Daníel ihren Höhepunkt, und später an diesem Tag sollte er zum ersten Mal in die Klinik eingeliefert werden. Seine Mutter hatte immer abwarten und die Hoffnung nicht aufgeben wollen. Sie redete sich ein, dass es nur ein vorübergehender Zustand wäre. Er verschlimmerte sich zusehends, aber sie verschloss die Augen davor. Als die Sache später bei den Ärzten zur Sprache kam, erzählte sie, dass sich Daníel durch Pálmi bedroht gefühlt habe, weil der kleine Bruder eine so enge Beziehung zu seiner Mutter hatte. Das war angeblich der Grund dafür, dass Daníel versuchte, seinen Bruder umzubringen. Das lag ihrer Meinung nach auf der Hand, obwohl Daníel kein Wort über das, was er getan hatte, verlor, und mit Pálmi hatte niemand gesprochen.

An diesem sonnigen Frühlingstag war Pálmi mit seinen Freunden im Viertel herumgestromert. Er kam mittags nach Hause und öffnete mit seinem Schlüssel die Wohnungstür. Daníel packte ihn im gleichen Augenblick, in dem er hereinkam.
»Verzeih mir, lieber Pálmi«, sagte er und warf ihn auf den Boden, sodass er auf dem Bauch lag. Pálmi wusste nicht, ob er sich zur Wehr setzen und sich befreien sollte. Es konnte genauso gut ein Spiel sein. Daníel klang ungewöhnlich hektisch, er redete vor sich hin, und Pálmi kam es so vor, als würde er mit sich selbst streiten.
»Was machst du da, Danni?«, fragte er.
»Sei nur schön brav, mein Lieber.«
»Du tust mir weh.«
»Hörst du sie nicht?«, fragte Daníel. »Sie sind überall. Hinter den Wänden und in den Möbeln.« Er hob Pálmi hoch wie eine Feder und trug ihn in sein Zimmer. Dort lagen

Stricke herum, und Daníel begann, Pálmi ans Bett zu fesseln. Pálmi setzte sich immer noch nicht zur Wehr. Daníel redete wie ein Wasserfall mit sich selbst.
»Fesseln. Aber nicht verletzen. Pálmi nicht wehtun. Aber ich muss. Ich muss. Darf ihm nicht wehtun. Nicht wehtun.«
»Was machst du denn da, Danni?«, fragte Pálmi wieder. »Ist das ein Indianerspiel?«
»Nein, nein. Ein anderes Spiel.«
»Was für ein Spiel?«, fragte Pálmi und schaute aus dem Fenster hinaus in den blauen Frühlingshimmel.
»Es kommt schon alles in Ordnung bei mir. Alles in Ordnung. Ja doch, ja, Gott stellt mich auf die Probe. Doch, bestimmt. Das tut er. Das tut er. Halt die Klappe. Halt die Klappe, du verdammter Idiot!«
Daníel zog eine Streichholzschachtel aus der Hosentasche und kroch unter das Bett. Er hatte zwei Korkfliesen an einer Ecke des Bettes halb losgerissen. Nun zündete er sie an. Zuerst war das Feuer nicht groß, aber nach einer Weile züngelten die Flammen immer höher und leckten bereits an der Bettkante. Da endlich begann Pálmi zu schreien.
Er brüllte wie am Spieß. Daníel führte einen Kriegstanz vor ihm auf und trommelte sich auf die Brust. Das Feuer hatte jetzt in der einen Ecke auf das Bett übergegriffen und loderte an der Wand hoch. Plötzlich hörte Daníel auf zu tanzen.
»Es ist vollbracht. Jetzt ist es vollbracht. Jetzt ist alles vorbei. Jetzt befreie ich ihn. Erlaubt mir, ihn zu befreien!«, schrie Daníel zur Decke, raufte sich die Haare und riss an seinen Sachen. »ERLAUBT MIR, IHN ZU BEFREIEN!«
»Mama!«, kreischte Pálmi und bäumte sich unter den Fesseln auf. Pálmi hatte ein Taschenmesser, das er gegen den Willen seiner Mutter immer in der Hosentasche trug. Er versuchte verzweifelt, an das Messer zu kommen. Unter

dem Bett loderte das Feuer, und die Flammen schlugen an den Seiten hoch. Pálmi spürte die Hitze am Rücken und um sich herum. Daníel hatte ihn mit dünnen Schnüren am Kopf- und Fußende des Bettes festgebunden, und seine Hände wurden schon angesengt. Pálmi schrie wie von Sinnen, aber Daníel stand nur da und schaute zu. Jetzt war er verstummt und ließ die Schultern hängen. Er schaute eine Weile zu, wie Pálmi kämpfte und lauschte geistesabwesend seinen Hilferufen. Dann drehte er sich langsam um und verließ das Zimmer.

Plötzlich gab die Schnur an dem einen Handgelenk nach, und Pálmi gelang es, das Taschenmesser aus der Tasche zu ziehen. Er hatte schwere Brandwunden an der Hand, aber Pálmi verspürte keinen Schmerz, als er das Messer gepackt hielt und mit den Zähnen öffnete. Weil er das häufig geübt hatte, klappte das Messer schnell heraus. Wimmernd durchtrennte er die Fesseln an der anderen Hand und an den Füßen. Er warf sich aus dem Bett, im gleichen Augenblick brach das Feuer von unten durch und das Bett brannte lichterloh.

Pálmi rannte schreiend aus dem Zimmer. Seine Haare, seine Hände, seine Sachen waren angesengt. Das Fensterbrett und die Gardinen hatten inzwischen ebenfalls Feuer gefangen. Er lief aus der Wohnung ins Treppenhaus und hämmerte an die nächste Tür, aber niemand war zu Hause. Er rannte eine Etage tiefer, aber auch dort war niemand zu Hause, dann sauste er wieder nach oben und versuchte es ein Stockwerk höher. Niemand machte auf. Im obersten Stock wohnte ein alter Mann, der zur Tür kam, nachdem Pálmi eine Weile gehämmert hatte.

»Danni hat mein Zimmer angesteckt!«, schrie Pálmi.

»Was ist denn das für ein Heidenlärm? Hast du da vorhin so gebrüllt?«

»Es brennt alles!«

»Was sagst du da?«, fragte der Alte, der kaum vom Fleck kam. Er brauchte keine weitere Bestätigung als einen Blick auf Pálmi, um ihm zu glauben. Er rief die Feuerwehr an und ging dann mit dem Jungen hinunter. Starker Rauch quoll aus der Wohnung.

»Die Türen hier müssten feuersicher sein«, sagte er und betrat ohne zu zögern die Wohnung.

»Pass auf, Danni ist da drinnen, glaube ich«, sagte Pálmi, aber der Mann kümmerte sich nicht um ihn. Das Zimmer stand lichterloh in Flammen, aber das Feuer hatte noch nicht weiter um sich gegriffen. Der Mann schlug die Zimmertür zu.

Auf einmal sah Pálmi, dass Daníel auf dem Sofa im Wohnzimmer saß. Er hielt ein Buch in der Hand und schien in seine Lektüre vertieft zu sein. Er schaute hoch und fragte: »Pálmi, mein Lieber, wo bist du denn gewesen?«

Pálmi stieg aus dem Bus und ging rasch heim. Als er vor dem Haus stand, blickte er zu dem Fenster seines alten Zimmers hoch und sah im Geiste drinnen die Flammen lodern. Das Fenster war wegen der Hitze zersprungen, bevor die Feuerwehr eintraf, und die Scherben waren in alle Richtungen geflogen. Später wurde eine neue Scheibe eingesetzt, aber sonst nichts instand gesetzt. Ihre Mutter hatte kein Geld dafür, und später wollte sie es nicht mehr. Sie versteifte sich darauf, dass nichts daran verändert werden durfte, um ständig an Daníels Gemütskrankheit zu mahnen. Sobald er wieder gesund wäre, könnte auch das Zimmer in Ordnung gebracht werden. Nach dem Tod der Mutter hatte Pálmi eigentlich etwas unternehmen wollen, aber letzten Endes konnte er sich nie dazu bewegen. Betreten hatte er das Zimmer nie wieder.

Als er in seine Wohnung kam, fiel ihm wieder Daníels Besucher ein.
Halldór. Pálmi erinnerte sich vage an ihn. Er hatte als Kind dieselbe Volksschule besucht wie Danni. Er nahm sich vor, Verbindung mit Halldór aufzunehmen und ihn zu fragen, was er von Daníel wollte. Als er die Abendnachrichten im Radio einschaltete, hörte er als Erstes, dass der ehemalige Lehrer Halldór Svavarsson in seinem Heim am Urðarstígur 89 in Reykjavík verbrannt sei. Man gehe davon aus, dass es sich um Brandstiftung handele, sagte der Sprecher, und die Kriminalpolizei sei mit dem Fall befasst.
Pálmi saß am Küchentisch und massierte sich vorsichtig die Hand.

Zehn

Erlendur brachte Sigurður Óli nach Hause. Es war schon ziemlich spät, als sie endlich aus Hafnarfjörður zurückkamen. Helena hatte sich nicht dazu bewegen lassen, ihnen mehr über Halldór zu erzählen und zu sagen, was sie damit meinte, dass er missbraucht worden wäre. Sie hatte freundlich darum gebeten, jetzt allein gelassen zu werden. Sie gingen darauf ein, obwohl Sigurður Óli sie am liebsten noch etwas unter Druck gesetzt und mehr aus ihr herausgeholt hätte.

Im Autoradio hörten sie die Abendnachrichten. Erlendur hatte veranlasst, dass eine Pressemitteilung herausgegeben wurde. Sie wussten von keinem anderen nahen Anverwandten außer Helena, und ihr war Halldórs Tod nun offiziell mitgeteilt worden. Die Medien stürzten sich gierig auf die Sensationsmeldung, es wurde gesagt, wer in dem Haus gelebt hatte und dass man in der Brandruine Halldórs Überreste gefunden hatte. Über die Ursache des Brands war aber nichts verlautbart, und es gab auch keine näheren Informationen zum aktuellen Stand der Ermittlung. Erlendur war nicht gut auf die Medien zu sprechen. Er hielt die Informationen, die er an sie herausgab, immer so knapp wie nur möglich. Er genoss es, wenn die Journalisten im Dunklen tappten. Ihm war nicht selten deswegen Animosität und mangelnde Kooperationsbereitschaft vorgeworfen worden.

Nachdem er Sigurður Óli zu seinem Junggesellenappartement gebracht hatte, fuhr Erlendur noch einmal ins Büro. Aus irgendwelchen Gründen war die Kriminalpolizei in einem Gewerbegebiet in Kópavogur untergebracht, gegenüber befand sich eine Reifenwerkstatt und nebenan ein Solarium. Der Kriminalpolizei standen zwei Etagen in einem grundhässlichen Bürogebäude zur Verfügung, das zudem noch so gravierende Alkalischäden aufwies, dass es wegen der vielen Risse und Sprünge aussah wie nach einem schweren Erdbeben. An einer Ecke des Hauses war ein großes Stück herausgebrochen, und es schien kurz vor dem Zusammenbruch zu stehen.

Auf Erlendurs Schreibtisch lag der Autopsiebericht. Er war kurz und knapp und bestätigte das, was bereits bekannt war. Halldór musste unsägliche Qualen erlitten haben, denn der Tod war nicht schnell eingetreten.

Erlendur überlegte, ob er nicht auch nach Hause fahren sollte, aber dort erwartete ihn nichts außer dem gewohnten Bett. Er zog sich Mantel und Schal an und setzte seinen Hut auf. Er trug immer einen Hut, gleichgültig ob das in Mode war oder nicht. Moden interessierten ihn grundsätzlich nicht.

Er ging gedankenverloren zum Auto, dachte an Halldór Svavarsson, an Helena – und an Sigurður Óli, der manchmal unglaublich unsensibel sein konnte. Er war im Grunde genommen gar kein so übler Kerl. Erlendur war ihm aber einen Gefallen schuldig und wusste, dass er sich eines Tages dafür revanchieren musste. Er hatte in Sigurður Ólis Anwesenheit einmal einen Mann zusammengeschlagen. Sigurður Óli, der damals erst seit einigen Wochen bei der Kriminalpolizei gearbeitet hatte, hatte ihm nie verziehen, da hineingezogen worden zu sein.

Erlendur war seit langem geschieden. Er hatte zwei erwachsene Kinder, von denen er meistens nur dann etwas hörte, wenn sie in Schwierigkeiten waren. Seine

Tochter lebte mit einem Mann zusammen, der ein Dealer zu sein schien. Sie selbst war drogenabhängig, und Erlendur hatte den Verdacht, dass sie auf den Strich ging. Er war der Meinung, dass er immer alles in seiner Macht Stehende getan hatte, um sie aus dem Sumpf herauszuziehen, in den sie geraten war, aber sie endete doch immer wieder dort. Erlendur begriff nicht, warum sie sich so verhielt, er hatte es aufgegeben, sie zu einer Therapie zu überreden oder selbst mit ihr zu arbeiten. Er hatte sich einmal ein ganzes Jahr unbezahlten Urlaub genommen, um bei ihr sein zu können und ihr zu helfen. Trotz heftiger Auseinandersetzungen und dank großer Kraftanstrengung ging es eine ganze Weile gut, aber dann nahm die Sucht wieder überhand und sie verschwand aus Erlendurs Gesichtskreis. Er versuchte ihr so weit wie möglich beizustehen, wenn sie bei ihm auftauchte, aber ansonsten hatte er aufgehört, sich einzumischen. Er wartete stattdessen auf ein Wunder. Vielleicht musste sie selbst den Weg aus dieser Misere herausfinden.

Sein Sohn war Alkoholiker, der die staatlichen Entziehungseinrichtungen als Privathotels betrachtete. Die Mutter der Kinder hatte die Scheidung von Erlendur nie verwunden und jede Gelegenheit wahrgenommen, den Vater, nachdem er die Familie verlassen hatte, nach besten Kräften schlecht zu machen. Von Kindesalter an hatten sie ein völlig schiefes und verzerrtes Bild von ihm bekommen. Seine Ex-Frau hatte den Umgang mit seinen Kindern sabotiert, und er hatte den Kampf sehr bald aufgegeben, sie regelmäßig zu sehen.

Aber als sie älter wurden, versuchten sie von sich aus, ihren Vater kennen zu lernen, und fanden in ihm einen Kumpel und keineswegs den Schurken, den ihre Mutter aus ihm gemacht hatte. Besonders seine Tochter war ihm ans Herz gewachsen, und er hatte oft darüber nachgedacht, ob es sie von den Drogen abgehalten hätte, wenn er es länger in dieser kaputten Ehe ausgehalten hätte. Erlendur wusste ganz genau, dass er einerseits froh gewesen war, nicht die Verantwortung übernehmen zu müssen, die mit einer Familie verbunden war, und die Freiheit genießen zu können, die ihm sein Single-Dasein gewährte. Er war zu der Überzeugung gelangt, dass er kein guter Familienvater geworden wäre. Andererseits plagte ihn sein Gewissen, denn das, was seine Kinder aus ihrem Leben gemacht hatten, ging ihm nahe.

Erlendur hatte beiden einen Schlüssel zu seiner Wohnung gegeben, und als er eines Abends nach Hause kam, lag seine Tochter auf dem Sofa. Sie hieß Eva Lind, dieser furchtbare Name war ihr von ihrer Mutter verpasst worden. Erlendur hatte damals heftig dagegen protestiert, aber er konnte sich nicht durchsetzen. Das Mädchen wurde so getauft. Er hatte gewollt, dass sie Þorbjörg heißen sollte nach seiner Großmutter mütterlicherseits, die er sehr geschätzt hatte. *Þorbjörg*, hatte die Mutter gerufen und war außer sich gewesen.

»Willst du, dass mein Kind einen so altmodischen Namen kriegt? So heißen doch nur alte Frauen!«

»Sie wird ja auch mal älter werden«, hatte Erlendur gesagt, wissend, dass es nichts bringen würde, für diesen Namen zu kämpfen. Die Ehe war damals bereits nicht mehr zu retten gewesen. Der Sohn war ein Jahr jünger als Eva Lind. Erlendur ließ sich bei seiner Taufe gar nicht erst blicken. Er erhielt den Namen Sindri Snær.

Eva Lind wurde wach, als er die Tür hinter sich schloss. Sie war zweiundzwanzig, sah aber verlebt und wesentlich älter aus, als sie war.

»Bist du da?«, fragte sie verschlafen und stützte sich auf den Ellbogen.

Erlendur machte Licht, aber sie versteckte ihr Gesicht hinter einem Kissen. Sie trug eine schwarze Lederjacke und abgewetzte Jeans. An den Füßen hatte sie das, was in Erlendurs Jugend als Bergschuhe bezeichnet wurde, dicksohlig, grob und groß wie Skistiefel.

»Stimmt etwas nicht mit dir?«, fragte Erlendur, nahm den Hut ab und zog den Mantel aus.

»Er hat mich geschlagen«, sagte Eva Lind und nahm das Kissen vom Gesicht weg. Die Oberlippe war geplatzt und dick geschwollen, das eine Auge war rot unterlaufen, und aus der Nase floss ein blutiges Rinnsal. Sie sagte, sie habe Schmerzen am ganzen Körper, denn der Freund habe fest und oft zugetreten, nicht nur am Kopf. Erlendur setzte sich zu ihr und nahm sie in den Arm.

»Warum hat er dich geschlagen?«, fragte er.

»Als ich nach Hause kam, hat ihm so eine Tussi einen abgelutscht.«

»Und?«

»Die hörte einfach nicht auf.«

»Hm.« Erlendur behielt die Ruhe, obwohl es ihm schwer fiel.

»Ich habe ihnen gesagt, dass sie sich verpissen sollen, aber er hat mich nur ausgelacht, und dann haben sie weitergemacht.«

»Damit warst du nicht einverstanden.«

»Ich habe ihr an den Kopf getreten.«

»Mit diesen Schuhen?«

»Und sie hat zugebissen, und die hat ein Gebiss wie ein Hai, ich schwör's, die hat ne doppelte Reihe Zähne.«

»Das dürfte aber wehgetan haben.«

»Du hättest ihn brüllen hören sollen.«

»Hätte ich tatsächlich gerne.«

»Und dann hat er mich zusammengeschlagen. Er hat zugehauen und getreten wie ein Wahnsinniger und mich an den Haaren aus der Wohnung geschleift und die Treppe runtergeschmissen. Er hat rumgetobt wie ein Irrer.«

»Hast du dir nichts gebrochen?«
»Ich glaube nicht.«
»Sollten wir nicht trotzdem lieber zum Arzt?«
»Wenn du meinst.«
»Hat er dich schon früher mal geschlagen?«
»Oft. Er ist ein widerlicher Typ.«
»Wieso bist du dann mit ihm zusammen?«
»Er hat das Dope. Und manchmal kann er ganz nice sein.«
»Wirst du wieder zu ihm gehen?«
»Nur, um ihn umzubringen.«
»Ich war immer der Meinung, dass du Þorbjörg heißen solltest. Eva Lind ist ein unmöglicher Name für eine Mörderin.«
Am gleichen Abend klingelte um Mitternacht das Telefon bei Sigurður Óli. Erlendur war am Apparat und sagte, es sei dringend, ob Sigurður Óli in die Hverfisgata kommen könnte. Er wollte sich nicht am Telefon darüber auslassen, warum, aber er bat seinen neuen Kollegen, sich zu beeilen. Sigurður Óli war bereits im Bett gewesen und stand fluchend wieder auf. Er wohnte in einer stilvollen Dreizimmerwohnung im Westend von Reykjavík. Er hatte sich Designermöbel zugelegt und das Appartement mit ausgewählten Pflanzen dekoriert. Die Wände waren pastell gehalten. Ihm war sehr daran gelegen, sich körperlich und geistig fit zu halten. Er hörte lieber klassische Musik als Pop, ging regelmäßig ins Solarium und Fitness-Center und sah entsprechend aus. Die seltenen Male, wenn er mit Freunden oder Kollegen ausging, wurde er von Frauen umschwärmt. Aber außer kurzen Techtelmechtel hatte er nichts Ernstes mit Frauen im Sinn. Viele seiner Bekannten hielten ihn für schwul, so braun, muskulös und so attraktiv, wie er war. Und noch dazu unverheiratet.
Er hatte sich schon immer für die Arbeit der Polizei interessiert. Nach dem Abitur studierte er zunächst Politikwis-

senschaften an der Universität, absolvierte dann die Polizeiausbildung und ging anschließend für eine Zeit in die USA, wo er sich auf Kriminologie spezialisierte. Er kehrte mit glänzend bestandenem Examen und intellektuellem Gesichtsausdruck zurück, wie Erlendur es nannte, einem Gesichtsausdruck auf jeden Fall, den man sonst nicht häufig bei der Polizei zu sehen bekam. Er wurde gleich zu Anfang Erlendur unterstellt, und ein ungleicheres Paar ließ sich kaum vorstellen; Erlendur mit seinem Einblick, seiner Erfahrung und seinen althergebrachten Methoden, daneben Sigurður Óli mit seinem akademischen Dünkel und seinem brennenden Ehrgeiz und dem Bestreben, alles, was er sich vornahm, hundertprozentig zu erledigen. Er war ständig darum bemüht, alles als Erster in Erfahrung zu bringen, er musste immer über alles besser und genauer Bescheid wissen als die anderen.

An diesem Abend sollte er etwas kennen lernen, worauf ihn keine Ausbildung jemals hätte vorbereiten können. Und er sah einen Mann zu Werke gehen, der womöglich zu lange im selben Beruf tätig gewesen war.

Als Sigurður Óli die Hverfisgata entlangfuhr, sah er Erlendurs Auto vor einem zweistöckigen mit Wellblech verkleideten Holzhaus stehen. Er parkte seinen Wagen dahinter, stieg aus und setzte sich zu Erlendur ins Auto.

»Kannst du irgendwann einmal mit der Arbeit Schluss machen?«

»Hm, ich bin mir nicht so sicher, ob man das hier direkt als Arbeit bezeichnen kann«, erwiderte Erlendur.

»Als was denn sonst?«

»Ich spiele hier so eine Art Leibwächter, denke ich mal. Du brauchst kein Wort zu sagen, stell dich nur irgendwohin und versuch, wichtig auszusehen. Das fällt dir ja nicht schwer. Hier wohnt ein Typ, mit dem ich ein Wörtchen zu reden habe. Er hat meine Tochter schlecht behandelt, und ich will nur sichergehen, dass er weiß, dass ihn jemand im Blick hat. Ich weiß bloß nicht, ob ich allein mit ihm fertig werde. Falls nicht, greifst du ein.«

»Was meinst du damit, dass er deine Tochter schlecht behandelt hat?«, fragte Sigurður Óli völlig entgeistert über das, was Erlendur ihm gesagt hatte, und die Tatsache, dass er hier offensichtlich in etwas hineingezogen wurde, das eine Privatangelegenheit seines Kollegen war.

»Du kannst mir vertrauen. Wirst du das für mich tun?«

»Ist er allein da drin?«

»Das habe ich überprüft.«

»Dann los.« Sigurður Óli wusste zwar, dass er stattdessen besser wieder nach Hause gefahren wäre, aber seine Neugierde ließ ihn mitmachen. Nichts Menschliches war ihm fremd. Nichts.

Sie stiegen aus dem Auto und gingen ein paar Stufen hinauf. Die Tür war nicht verschlossen und vorsichtig betraten sie eine kleine, verdreckte Behausung, in der es nach Abfällen stank. Die Wände waren dunkelblau gestrichen, von der Decke baumelte eine nackte Glühbirne herunter, in deren Licht man eine Kochgelegenheit und einen Futon erkennen konnte. Außerdem gab es noch ein Klo. Das war alles. Auf dem Futon schlief ein Mann um die dreißig. Es war kalt in der Wohnung, und der Mann lag ohne Hose auf dem Oberbett, ansonsten war er angezogen. Den Fußboden konnte man vor lauter Unrat nicht sehen, größtenteils leere Verpackungen von irgendwelchen Fertiggerichten und säuerlich stinkenden verdorbenen Milchprodukten. Sigurður Óli glaubte zu sehen, dass der Mann einen Verband im Schritt trug. Laute Musik drang aus zwei großen Boxen. Sie gingen zumindest davon aus, dass es Musik sein sollte, es hätte aber genauso ein Mitschnitt von einem Verkehrsunfall sein können. Erlendur brachte das Gerät zum Schweigen, indem er den CD-Player aufhob und zur Tür hinausschleuderte. Der Mann rührte sich nicht. Jetzt war es still in der Wohnung, und sie hörten nur noch vereinzelt das eine oder andere Auto, das die Hverfisgata entlangfuhr. Erlendur versetzte dem Mann auf dem Futon einen Tritt in den Bauch, der daraufhin ein Lebenszeichen von sich gab. Sigurður Óli bezog Position an der Tür.

»Bist du Magni?«, fragte Erlendur den Mann. Er war so mager, dass sich jeder einzelne Knochen abzeichnete. Er hatte schwarze, schulterlange Haare; schwarze, mickrige Bartstoppeln rahmten das Gesicht ein. Seine großen, vorspringenden Zähne erinnerten Erlendur an eine Ratte, als er auf ihn hinuntersah.

»Und wer bist du, du Scheißkerl?«, fragte er stöhnend, als er wieder zu Atem gekommen war, und starrte zu Erlendur hoch.

»Ich wollte mir mal die Mühe machen, den großen Frauenhelden ansehen zu kommen. Casanova in eigener Person. Und das kann ich dir sagen, das hat sich in der Tat gelohnt.«

»Casa was?«, fragte das Gerippe.

»Dir macht's wohl Spaß, Mädchen zu prügeln?«

»Hä?«

»Ich meine, geilst du dich da dran auf, du weißt schon, sexuell und so? Du findest das wohl geil?«

Erlendur hielt die linke Hand hinter dem Rücken angewinkelt, hatte den rechten Fuß etwas vorgesetzt und wartete ruhig ab. Sigurður Óli stand an der Tür und bereute es, seinem Kollegen gefolgt zu sein.

»Leck dich doch am Arsch, Opa«, sagte Magni und war aufgestanden.

»Auch noch rhetorisch beschlagen«, sagte Erlendur. »Ein Casanova, der sich gewählt ausdrückt und sich daran aufgeilt, Mädchen zu verprügeln.«

»Weißt du, was sie über dich sagt, du dämlicher Bulle?«,

sagte Magni, der jetzt kapiert hatte, wer seine Gäste waren. Er ging auf Erlendur zu. Er stank aus allen Löchern.
»Sie spricht immer nur von diesem ›miesen Typen‹. Du bist ein mieser Typ. Das hat sie von ihrer Alten. Und du kannst Eva ausrichten, dass ich sie das nächste Mal, wenn sie mir über den Weg läuft, massakriere, zack«, erklärte Magni und schnipste vor Erlendurs Nase mit den Fingern.
»Du massakrierst mir niemanden, Casanova«, entgegnete Erlendur gelassen. »So ein reizender junger Mann wie du, und so eine reizende Wohnung. Ich glaube, einen besseren Schwiegersohn als unseren Casanova hier kann man sich kaum wünschen«, sagte er und drehte sich zu Sigurður Óli in der Tür.
»Tut's dir vielleicht ein bisschen weh da unten, Herzchen?«, fragte Erlendur und blickte an dem Gerippe herunter. Magni hatte einen weißen Verband im Schritt.
Magni verlor die Beherrschung und holte zum Schlag aus. Erlendur sah das aus den Augenwinkeln. Er war um die fünfzig und ziemlich massiv, aber nicht dick. Er war durchtrainiert, und seine Fäuste waren enorm. Er hatte eine Zeit lang erfolgreich geboxt, obwohl die Sportart in Island verboten war, aber da er sich gut in Form gehalten hatte, war er immer noch reaktionssschnell. Der Hieb kam blitzschnell und unerwartet. Erlendur war Linkshänder. Er setzte Magni mit der Linken einen Volltreffer ans Kinn und im nächsten Zug mit der rechten Hand einen an die Schläfe. Magni hatte keine Chance, auszuweichen, er ging zu Boden, und man hörte ein Knacken, als der Kiefer brach. Erlendur machte Anstalten, auf den Bewusstlosen einzutreten.
»Bist du übergeschnappt, Mann«, ächzte Sigurðu Óli und hielt ihn zurück.
»Er wollte angreifen«, sagte Erlendur und trat einen Schritt zurück. Er wirkte genauso gelassen wie zuvor.

Sie beugten sich über Magni und betrachteten ihn, wie er da bewusstlos auf dem Futon lag. Es verging eine ganze Weile, bis Erlendur sein Handy nahm und einen Krankenwagen herbeiorderte. Sie standen schweigend da und schauten auf die jämmerliche Gestalt auf dem Boden. Sigurður Óli bückte sich und stellte zu seiner großen Erleichterung fest, dass der Mann zumindest noch am Leben war.

»Was zum Teufel hast du dir eigentlich dabei gedacht?«

»Na, der wollte doch auf mich losgehen. Sollte ich ihn vielleicht einfach über mich herfallen lassen?«

»Du hast ihn absichtlich provoziert. Du wolltest, dass er dich angreift. Deswegen sind wir hier, und aus keinem anderen Grund.«

»Er hat Eva übel behandelt, und ich wollte sehen, was für ein Mensch das ist. Eva ist eine Zeit lang mit ihm zusammen gewesen, und sie kam heute Abend zu mir, nachdem der Kerl sie blutig geschlagen hatte. Ich wollte mich mit ihm darüber unterhalten, aber er hat mich angegriffen. Ich bin gegen Gewaltanwendung.«

»Weil er deine Tochter geschlagen hat, willst du ihn am liebsten umlegen? Das ist verdammt primitiv.«

»Primitiv! Mensch, komm mir bloß nicht damit und setz dich nicht aufs hohe Ross. An meiner Stelle hättest du genau das Gleiche getan. Ich habe mir mal die Akte von dem Kerl angeschaut, und das solltest du auch tun. Er ist als Gewalttäter bekannt – und als Dealer, und vergewaltigt hat er auch schon. Eigentlich müsste er im Knast sein, aber es liegen zu wenig Anklagen gegen ihn vor. Es lohnt sich erst, den Kerl vor den Kadi zu bringen, wenn noch mehr Straftaten vorliegen, und selbst dann verknacken diese Saftsäcke von Richtern ihn nur auf Bewährung, er sitzt ein paar Monate ein und macht dann weiter, als ob nichts vorgefallen wäre.«

»Glaubst du etwa, dass so was hier ihn davon abbringt?«

»Ich weiß nicht, was solche Kerle davon abbringt. Ich habe keine Ahnung. Aber ich weiß, dass wir nicht endlos zulassen können, dass sie sich so benehmen, als existierten wir überhaupt nicht.«

»Und warum bin ich hier?«

»Das ist ein hartgesottener Typ. Du bist Zeuge, dass er auf mich losgehen wollte.«

»Und was, wenn ich die Wahrheit sage? Das heißt, wenn sie nicht selber darauf kommen. Es liegt doch auf der Hand, dass du persönlich involviert bist.«

»Was ist hier die Wahrheit?«, schrie Erlendur und ließ zum ersten Mal die Wut heraus, die in ihm kochte. »Über was für eine Wahrheit schwafelst du da? Bei mir zu Hause liegt die Wahrheit blau und zerschunden auf dem Sofa, und zwar wegen dieses Mannes. Komm mir bloß nicht mit irgendeiner Wahrheit. Falls du sie bei irgendwelchen Seminaren in Amerika entdeckt hast – herzlichen Glückwunsch.«

»Verdammt noch mal, warum ziehst du mich in deine Privatangelegenheiten rein?«, brüllte Sigurður Óli zurück, der sich von Erlendurs Worten getroffen fühlte. »Ich bin eben anders als du. Ich bin nicht in demselben Mistjob mein ganzes Leben lang vergammelt, und das habe ich auch in Zukunft nicht vor zu tun. Du siehst ja, was aus dir geworden ist. Du bist auch nicht besser als diese Jammergestalt da. Und dann besitzt du die Unverschämtheit, mich in deinen miesen Racheakt hineinzuziehen. Das lasse ich mir nicht gefallen, das lasse ich mir unter gar keinen Umständen gefallen!«

»Racheakt! Der Kerl ist auf mich losgegangen«, schnaubte Erlendur.

Sie verließen die Wohnung und hörten in der Ferne eine Sirene. Ein junges Mädchen mit schwarz umrandeten Augen und knallrotem, ziemlich verschmiertem Lippenstift auf geschwollenen Lippen, kam in diesem Augenblick hinzu und wollte in das Haus, aber sie ließen sie nicht herein und empfahlen ihr, sich hier nie wieder blicken zu lassen.

»Hast du das Gebiss gesehen?«, fragte Sigurður Óli.

»Wie ein Hai«, sagte Erlendur.

Sigurður Óli kam nie wieder auf diese Szene zu sprechen. Erlendurs Tochter lag eine Woche im Krankenhaus, aber danach verging noch nicht einmal eine Woche, bevor sie wieder in der Gosse landete. Magni verbrachte etwas längere Zeit im Krankenhaus, und sein Fall wurde von den Justizbehörden vorrangig behandelt, weil man in seiner Wohnung jede Menge Drogen gefunden hatte. Er wurde in einem Aufwasch für diverse andere Straftaten verurteilt und bekam drei Jahre, davon eins auf Bewährung. Er saß ein knappes Jahr ein, und kaum war er entlassen, machte er wie gewohnt weiter, bis er urplötzlich verschwand, und seitdem hatte man nichts mehr von ihm gehört. Das erregte einige Aufmerksamkeit in der Regenbogenpresse, die angeblich Informationen über eine Abrechnung in der Rauschgiftszene hatte: Magni sei ermordet und seine Leiche ins Meer geworfen worden. Erlendur beteuerte hoch und heilig, dass er nichts mit Magnis Verschwinden zu tun hatte, aber Sigurður Óli war keineswegs überzeugt. Magni hatte nie Anzeige gegen Erlendur erstattet, der aber trotzdem einen Verweis wegen eines brutalen Angriffs auf den umsatzstärksten Dealer in Reykjavík erhielt. Erlendur erklärte, in Notwehr gehandelt zu haben. Sigurður Óli stützte Erlendurs Aussage voll und ganz: Magni hatte zuerst angegriffen. Beim Verhör schwieg Magni sich über seine Verbindung zu Eva Lind aus. Sie kam nie zur Sprache.

Sigurður Óli musste oft an diesen Abend denken. Seine erste wirkliche Begegnung mit Erlendur war weiß Gott nicht gerade erhebend gewesen. Im Lauf der Zeit lernte er aber, Erlendurs Erfahrung und Menschenkenntnis zu schätzen, aber er lernte nicht, Erlendur als Mensch zu schätzen. Das war etwas, was sich von selbst entwickeln musste. So etwas lernt man nicht.

Elf

Eine Kopie von Daníels Autopsiebericht war an den zuständigen Psychiater geschickt worden und lag auf dessen Tisch, als Pálmi an einem kühlen Montagmorgen eintrat. Draußen war es noch stockfinster. Der Arzt hatte den Bericht kurz überflogen. Darin stand hauptsächlich die Bestätigung dessen, was ohnehin bereits bekannt war. Daníel war sofort tot gewesen, als der Kopf auf die Treppe aufgeschlagen war und der Schädel sich geöffnet hatte, und praktisch jeder Knochen in seinem Körper war gebrochen. Das Hirn war herausgeplatzt. Der Arzt reichte den Bericht an Pálmi weiter, der ihn sorgfältig las. Pálmi hatte den Überblick verloren, bei wie vielen Ärzten Daníel in Behandlung gewesen war. Dieser hier hieß Gunnar und war ein sympathischer Mann mittleren Alters. Seine Bewegungen waren langsam, und er formulierte seine Einschätzungen immer mit viel Bedacht. Er trug eine starke Brille, die seine Augen riesig erscheinen ließ. Pálmi kam es so vor, als würde er mit großen Dorschaugen angestarrt.

»Die Blutuntersuchung hat ergeben, dass Daníel seine Medikamente nicht genommen hat, bevor er starb, möglicherweise über einen längeren Zeitraum hinweg«, erklärte Gunnar. »Das war nicht das erste Mal, wie du weißt. Es dauert immer eine geraume Zeit, bis die Wirkung der Präparate ganz nachlässt, und deren Absetzen ist an und für sich schon eine ausreichende Erklärung für den inneren Aufruhr, in dem er sich in den letzten Tagen befand.«

»Er hat schon früher versucht, sich umzubringen.«
»Selbstmorde sind ein seltsames Phänomen und in jeder Hinsicht unberechenbar. Auch wenn Daníel sich unter diesen Umständen umgebracht hat, lässt sich nicht mit Sicherheit sagen, dass es mit seiner Krankheit zu tun gehabt hat. Irgendetwas kann diesen Prozess in Gang gesetzt haben. Suizide können auch bei völlig normalen Personen sozusagen aus heiterem Himmel auftreten, und erst recht bei psychisch Kranken. Jeder von uns denkt irgendwann im Leben an Selbstmord, viele tun das sogar oft, und leider gibt es immer wieder Menschen, die dann tatsächlich Hand an sich legen.«
Der Arzt räusperte sich und blickte Daníel an.
»Wir haben sehr, sehr viele Beispiele dafür, dass vollkommen gesunde Menschen sich anscheinend völlig grundlos das Leben nehmen. Vor einigen Jahren hatte ich zeitweilig eine Patientin auf meiner Station, deren Mann sich erschossen hatte. Bei ihnen schien zuvor alles bestens zu laufen. Sie hatten vier Kinder, drei davon waren bereits flügge und von zu Hause ausgezogen. Die Ehe war glücklich. Sie standen in der Blüte ihres Lebens, beide waren gesund. Sie unternahmen viele Reisen zusammen und hatten einen netten Freundeskreis. Was will man mehr? Er war erfolgreich in seinem Beruf und hatte eine leitende Position inne, war bei der Arbeit mehr als ausgelastet und wurde sehr gut bezahlt. Er hatte nie eine Schusswaffe besessen und konnte damit auch nicht umgehen, aber der Eigentümer der Firma, für die er arbeitete, war ein leidenschaftlicher Jäger und bewahrte zwei Gewehre in seinem Büro auf. Dieser Mann hat dann eines Tages den verschlossenen Gewehrschrank aufgebrochen und die passende Munition gefunden, ist ein Stück aus der Stadt herausgefahren und hat sich eine Kugel durch den Kopf gejagt. Er hinterließ keinerlei Abschiedsbrief. Der Selbstmord kam aus heite-

rem Himmel. Niemand wusste, warum. Der Mann besaß alles, was man sich wünschen konnte. Trotzdem muss da etwas geschehen sein, weswegen ihm das Leben nicht länger lebenswert erschien.«

»Daníel war völlig aufgelöst, als ich kam.«

»Daníel hatte aufgehört, seine Medikamente zu nehmen. Das ist die einzige Erklärung, die ich habe. Er ist nie zuvor so weit gegangen, obwohl er hin und wieder mal ein bisschen Zoff gemacht hat, wenn man das so nennen darf. Er war schon immer etwas rebellisch veranlagt und hatte seinen Spaß daran, andere Patienten aufzustacheln und sie zur Rebellion gegen das Personal und die Ärzte zu bewegen.«

»Er hat euch ›verdammte Schweine‹ genannt.«

»Das war nichts Neues, und das weißt du selber auch«, konterte der Arzt. Er hatte sich bislang mehr oder weniger an einen sachlich-wissenschaftlichen Ton gehalten, aber jetzt hob er die Stimme etwas. »Daníel ist hier im Spital ebenso wie die anderen Patienten nie schlecht behandelt worden. Es ist ganz normal, dass uns unterstellt wird, wir würden unsere Patienten schlecht behandeln. Wir bieten eine ideale Angriffsfläche, aber ich bin davon überzeugt, dass die Belegschaft hier durchweg hervorragend ist.«

»In den letzten Wochen hat er Besuch bekommen, wahrscheinlich von seinem früheren Volksschullehrer. Er hieß Halldór. Sonst hat er von niemandem außer mir Besuch bekommen. Die beiden haben ausführlich miteinander geredet, und seitdem hat er, wie mir gesagt wurde, angefangen, sich seltsam zu benehmen.«

»Darüber weiß ich nichts.«

»Hat er dir gegenüber diesen Halldór erwähnt?«

»Nein. Er kam alle zwei Wochen zu einem kurzen Behandlungstermin zu mir, aber ich habe keine Veränderung an Daníel feststellen können; vielleicht hat das Personal, das tagtäglich Umgang mit ihm hatte, etwas bemerkt. Über

Besucher hat er nie mit mir gesprochen, und ich wusste nichts von diesem Halldór.«

»Hat Daníel Trilofon bekommen?«

»In den letzten Jahren ständig. Es handelt sich um kein besonders starkes Mittel, aber richtig dosiert hilft es. Außerdem bekam er Artan, um die Nebenwirkungen zu reduzieren. Du solltest vielleicht auch wissen und kannst es auch diesem Bericht entnehmen, dass Daníel wahrscheinlich nicht mehr sehr lange zu leben hatte.«

»Was meinst du damit?«

»Gibt es in deiner Familie Herzkrankheiten?«

»Ehrlich gesagt, weiß ich das nicht.«

»Daníels Herz hätte es nicht mehr lange gemacht. Es war das Herz eines alten Menschen, eigentlich völlig marode. Meines Erachtens wäre er vermutlich innerhalb der nächsten zwei, drei Jahre gestorben.«

»Gibt es eine Erklärung dafür?«

»Er hatte kein starkes Herz, und die Mittel, die er bekommen hat, trugen nicht dazu bei, es zu stärken. Trilofon hilft, aber es hat Nebenwirkungen in Bezug auf die Herzmuskeltätigkeit.«

»Er hat manchmal Krämpfe davon bekommen.«

»Daníel hat gelegentlich die zugeteilte Dosis nicht geschluckt, sondern aufbewahrt und dann alles auf einmal genommen. Eigentlich wissen wir nicht, wie er das geschafft hat. Wenn er dann eine dreifache oder vierfache Dosis einnahm, kam es zu Vergiftungserscheinungen. Er bekam Krämpfe, verlor das Bewusstsein, und sein Blutdruck stürzte in den Keller. Daníel sehnte manchmal diese Art von tiefer Bewusstlosigkeit herbei.«

»Daran kann ich mich gut erinnern. Das waren die einzigen Male, wo er wirklich friedlich war. Er hat hin und wieder über dieses Gefühl der Betäubung gesprochen.«

»Trilofon ist natürlich das reinste Gift, das will ich gerne zugeben. Zahnschäden sind die Folge, die Nervensignale werden abgeschwächt und anderes mehr. Aber es hält die Krankheit in Schach. Daníel ist lange hier in der Klinik gewesen, aber erst seit zwei Jahren bei mir in Behandlung, deswegen kenne ich seine Krankengeschichte nicht so gut. Aber ich kann dir, glaube ich, guten Gewissens versichern, dass er sich in den letzten beiden Jahren nicht schlecht gefühlt hat.«

In Daníels Zimmer herrschte immer noch dasselbe Chaos wie vor zwei Tagen, als Pálmi zu seinem wöchentlichen Besuch gekommen war. Bettwäsche, Zeitungen, Zeitschriften und Kleidung lagen über den Boden verstreut, und der Kleiderschrank war völlig demoliert. Nur eines war nicht angerührt worden: der Stapel sorgfältig gebügelter und exakt zusammengefalteter weißer Hemden auf einem Schränkchen in der Ecke. Das Waschbecken war kaputt und der Spiegel darüber zerbrochen. Tisch und Stuhl waren umgeworfen worden. Daníel hatte nicht viele persönliche Besitztümer gehabt. Einige Bücher aus der Bibliothek der Klinik lagen im Zimmer verteilt.

Pálmi fing an aufzuräumen, um einen besseren Überblick zu bekommen, und die Habseligkeiten seines Bruders zusammenzusuchen. Die Bücher waren ganz unterschiedlicher Art, einige Romane von Thomas Mann und der dritte Band der Dokumentation von Lúðvík Kristjánsson über die Fischerei in Island. Eine billige Ausgabe mit den Gedichten von Jónas Hallgrímsson mit einem Vorwort von Tómas Guðmundsson, außerdem Gedichte von Örn Arnarson. Pálmi entdeckte einige Bücher, die er ihm geliehen hatte, und legte sie beiseite.

In der kleinen Schreibtischschublade lag Daníels Brieftasche. Pálmi hatte gar nicht gewusst, dass er so etwas überhaupt besaß oder dass er jemals Geld zur Verfügung gehabt hatte. Von seiner Behindertenunterstützung, die auf ein Konto überwiesen wurde, ging das meiste für Süßigkeiten und Zigaretten drauf. Er hatte sich immer geweigert, mit Beschäftigungstherapeuten zu arbeiten; die Patienten konnten sich mit Handarbeit ein paar Kronen dazuverdienen. In der Brieftasche befand sich ein Schwarzweißfoto von ihrer Mutter, das Pálmi nie zuvor gesehen hatte. Es war Sommer, und ihre Mutter stand in einem weißen Kleid in irgendeinem Garten, lächelte in die Kamera und hielt die Hand über die Augen, weil die Sonne blendete. Daníel stand an ihrer Seite, vielleicht gerade mal zwei Jahre alt, ein pummeliger und fröhlicher kleiner Bursche. Pálmi starrte lange auf das Bild. Es gab nur wenige Fotos von ihrer Mutter, als sie jung war, und von den beiden Brüdern erst, als sie im Schulalter waren.

Daníel war ein hübscher Junge mit rundlichem Gesicht und hellen Locken gewesen, die bis auf die Schultern herabfielen. Auf dem Foto trug er einen Matrosenanzug, der sich immer noch in Pálmis Kleiderschrank befand. Ihre Mutter hatte diesen Matrosenanzug geliebt, erinnerte sich Pálmi. Sie hatte ihn oft aus dem Schrank genommen und gestreichelt, nachdem Daníel in die Klinik gebracht worden war. Der Vater hatte ihn einmal von einer Auslandsreise mitgebracht. Auch Pálmi war als kleiner Junge noch damit herausgeputzt worden.

Er fand außerdem diverse andere Kleinigkeiten, darunter alte Sammelbilder von Hollywood-Schauspielern, die vor vielen Jahren den Kaugummipäckchen beigefügt waren. Daníel hatte sie ziemlich lange gesammelt. Es gab drei Stapel davon in einem Schuhkarton, die mit einem dicken Gummiband zusammengehalten wurden. Pálmi erkannte zuoberst in einem Stapel Marlon Brando als Zapata mit einem enormen Schnauzbart und einem breitkrempigen Sombrero auf dem Kopf. Marlon Brando sah wie immer

melancholisch aus, so, wie man ihn kannte. Der Bildhintergrund war feuerrot.
Dann fand er ein Klassenfoto, das er nie zuvor gesehen hatte. Es war unter dem Bett auf dem Fußboden gelandet, als das Zimmer auf den Kopf gestellt worden war. Es hatte keinen Rahmen und schien auch nie einen gehabt zu haben. Das Bild war vergilbt, und die Ecken waren abgegriffen. Obwohl es der Länge nach geknickt worden war, war alles gut zu erkennen. Die Klasse war in drei Reihen aufgestellt worden, und der Fotograf hatte die Kinder sich der Größe nach aufstellen lassen. Die größten Jungen standen in der obersten Reihe, die Mädchen saßen auf dem Boden. Ganz rechts in derselben Reihe saß außerdem Daníel. Er war der Einzige, der nicht in die Kamera blickte, als das Bild aufgenommen worden war. Er schaute zu seinem Lehrer auf, der kerzengerade rechts neben der Klasse stand.
Pálmi nahm diese armseligen Besitztümer an sich und verließ das Zimmer, ging den langen grünen Korridor entlang und blieb bei den Patienten, die an der Tür rauchten, stehen. Er zog die beiden Zigarettenschachteln aus der Tasche, die er für diesen Anlass gekauft hatte, und schenkte sie ihnen. Dann öffnete er die Tür und trat in den nasskalten Januarmorgen hinaus. Falls er gehofft hatte, Erleichterung zu verspüren, ließ sie zumindest noch auf sich warten.

Zwölf

Die morgendlichen Besprechungen bei der Kriminalpolizei, eine Idee des neuen Chefs, waren bei den Mitarbeitern auf stumme Ablehnung gestoßen, weil sie als völlig unnütz angesehen wurden. An ihnen mussten sämtliche Mitarbeiter aus allen Abteilungen sowie deren Vorgesetzte teilnehmen. Auf der Tagesordnung standen die jeweils aktuellen Fälle und deren neueste Entwicklungen. Diese Form der Teamarbeit sollte die Ermittlungen schneller voranbringen. Der neue Chef der Kriminalpolizei, der den Großteil seiner Dienstzeit im Kulturministerium absolviert hatte, hatte aber noch nicht begriffen, dass es sich bei den meisten Fällen, die die Kriminalpolizei bearbeitete, um Kleinkriminalität wie beispielsweise Überfälle auf Kioske und Einbrüche in Bürogebäude handelte. Am häufigsten waren Computerdiebstähle, die regelrecht in Mode waren, außerdem Unterschlagungen von Firmenmitarbeitern. Todlangweilige Fälle. Isländische Straftäter hatten überhaupt keine Ambitionen.

Der Mord an Halldór Svavarsson stellte im doppelten Sinne eine Ausnahme von der Regel dar. Hier war tatsächlich jemand ermordet worden, und zwar aller Wahrscheinlichkeit nach vorsätzlich – und der Mord war extrem brutal. Darüber hinaus befand sich der Mörder noch auf freiem Fuß. Mörder gab es in Island ausgesprochen wenige, und sie wurden in der Regel schnell gefasst, denn Morde wurden nicht kaltblütig geplant, sondern passierten irgendwie eher rein zufällig oder in einem Anfall von Raserei. Vor einem Vergnügungslokal lieferten sich Betrunkene eine Messerstecherei, bei der jemand zu Tode kam, aus einem x-beliebigen Haus wurde ein Gewehr abgefeuert und eine simple Ermittlung wurde eingeleitet. Der Täter wurde festgenommen und eingebuchtet. Meist hatte man so viele Zeugen, dass genau das schon wieder ein Problem darstellte. Bei der Kriminalpolizei gab es keine spezielle Mordkommission, weil es keinen Bedarf dafür zu geben schien. Und die technische Ausrüstung zur Ermittlung in Mordfällen war sozusagen vorsintflutlich. Fälle, in denen Menschen auf unerklärliche Weise verschwanden, traten immer häufiger auf, was auf die zunehmende Härte in der Drogenszene zurückgeführt wurde.

Diesmal hatten sich ungewöhnlich viele Mitarbeiter zur morgendlichen Besprechung eingefunden, und man hatte den Eindruck, als sei das gesamte Personal anwesend. Es waren auch diejenigen Kollegen erschienen, die nicht direkt mit polizeilichen Ermittlungen befasst waren. Erlendur fand das nicht in Ordnung, enthielt sich aber jeglichen Kommentars. Die Leute saßen gedrängt im Sitzungsraum und lauschten aufmerksam Erlendurs Ausführungen. Auch die Kollegen vom Rauschgiftdezernat waren dabei. So wurde es jetzt bei allen größeren Fällen gehandhabt, denn Drogen waren eigentlich immer im Spiel. Drei Tage waren vergangen, seit Halldór Svavarsson in den verkohlten Resten seines Hauses gefunden worden war, und die Umstände deuteten darauf hin, dass er mitsamt dem Haus in Brand gesteckt worden war. Sonst wusste man kaum etwas, erklärte Erlendur, denn die Ermittlungen befanden sich ja noch im Anfangsstadium. Erlendur war mit der Leitung dieses Falles beauftragt worden, für den so viele Leute abgestellt werden sollten, wie er für erforderlich hielt. Dieser Fall besaß oberste Priorität. Erlendur stand am Ende des Raums, und auf dem Schaubrett hinter ihm befand sich der Grundriss des Hauses, in den der Fundort von Halldórs Leiche eingezeichnet worden war, außerdem einige Aufnahmen vom Tatort. Erlendur hatte den vorläufigen Bericht der Spurensicherung überflogen, den er kurz vor der Besprechung erhalten hatte.

»Was wir bislang wissen, ist Folgendes: Der Volksschullehrer Halldór Svavarsson wurde in seinem Haus am Urðarstígur 89 am Abend des sechzehnten Januar auf seinem Stuhl festgebunden, mit Benzin übergossen und anschließend angezündet. Auf dem Grundstück lag ein Benzinkanister, auf dem man aber keine Fingerabdrücke gefunden hat. Das Holzhaus hat im Handumdrehen in Flammen gestanden. Von Halldór blieb nur das Skelett übrig, und wir konnten mit Hilfe der zahnärztlichen Kartei die Identifizierung vornehmen.«

»Er hatte denselben Zahnarzt wie der Schulleiter an seiner Schule, deswegen kamen wir so schnell an die Kartei heran. Diese bestätigte dann, dass es sich bei dem Skelett um den eingetragenen Besitzer des Hauses handelte«, fügte Sigurður Óli erklärend hinzu. Statt *wir* hätte er genauso gut *ich* sagen können. Sigurður Óli muss sich mal wieder wichtig machen, dachten die Anwesenden. Der Einwurf interessierte niemanden, und die Aufmerksamkeit der Anwesenden lag weiterhin bei Erlendur.

»Darf ich jetzt fortfahren?«, fragte Erlendur und blickte seinen Kollegen an.

»Ja, Entschuldigung«, sagte Sigurður Óli.

»Halldór war ledig. Er hatte keine Kinder, soweit wir wissen. Er hat eine Halbschwester, die wir bereits vernommen haben, mit der wir uns aber noch ausführlicher unterhalten müssen. Er hat seit vielen Jahrzehnten in diesem Haus gelebt, genauer gesagt seit der Zeit, als er in Reykjavík zu unterrichten begann. Er scheint nicht viele Freunde gehabt zu haben. Er hat fünfunddreißig Jahre lang ununterbrochen an der Víðigerði-Schule unterrichtet. Wir müssen noch den dortigen Schulleiter und den anderen Kollegen von Halldór sprechen, denn allem Anschein nach hat es Zwischenfälle mit den Schülern gegeben, aber das muss noch untersucht werden. Der Obduktionsbericht ist nicht sehr ergiebig. Halldór ist wahrscheinlich im Feuer umgekommen und war noch nicht tot, als das Feuer ausbrach. Der Schädel war unversehrt. Das Seil, mit dem seine Hände und Füße gefesselt waren, ist aus einem spezialverstärkten, feuerbeständigen Material, das hat sich bei der Analyse herausgestellt. Man kann diese Schnur aber in allen Baumärkten kaufen. Es ist denkbar, dass der Mörder aus purem Zufall dieses Seil erwischt hat. Er ist ziemlich dilettantisch vorgegangen, denn er hat den Benzinkanister einfach auf dem Gelände liegen lassen. Fußspuren waren nicht zu finden, denn der Boden war hart gefroren. Bislang steht niemand unter Verdacht, und wir haben auch keine Ahnung, was dahinter steckt. Auffallend ist aber, dass der Brandstifter keine Angst davor hatte, Spuren zu hinterlassen. Er fühlte sich also entweder völlig sicher, oder er ist schlampig veranlagt.«

»Wenn er sich völlig sicher fühlt«, warf Einar ein, ein Mann Mitte vierzig, der mit Daníels Selbstmord befasst gewesen war, »deutet das nicht darauf hin, dass er davon ausgeht, dass wir den Mörder und den Ermordeten nicht in Verbindung bringen können? Das hieße, dass wir die Möglichkeit in Erwägung ziehen müssen, dass Halldór rein zufällig einem Mord zum Opfer gefallen ist. Der Mörder hat sich wahllos ein Opfer ausgesucht und den Mann vorsätzlich getötet – ohne dass sie sich gekannt haben. Nicht auszuschließen, dass er dieses Spiel wiederholt. Vielleicht haben wir jetzt einen Mordbrenner unter uns.«

»Mordbrenner?«, fragte Erlendur. »Meinst du so etwas wie einen Serienkiller im Film?«

»Falls er wirklich so schlampig vorgegangen ist, könnte das nicht eher darauf hindeuten, dass tatsächlich Schulkinder am Werk gewesen sind?«, gab ein anderer Kollege zu bedenken.

»Das müssen wir untersuchen«, sagte Erlendur.

»Typisch, dieses Vorurteil, dass Jugendliche schlampig sind«, sagte ein Mitarbeiter der Spurensicherung, der selbst zwei Kinder im Grundschulalter hatte. »Ich kann mir kaum vorstellen, dass Kinder imstande wären, so etwas zu tun.«

»Ich weiß nicht«, entgegnete Sigurður Óli. »Wir kriegen in Bezug auf diese Altersgruppe seit neuestem äußerst merkwürdige Fälle auf den Tisch. Wir wissen, dass Alkohol- und Drogenmissbrauch immer häufiger schon in den unteren Jahrgangsstufen auftauchen. Persönlich bin ich der Ansicht, dass all diese Gewaltszenen im Fernsehen und im Kino daran schuld sind. Ich glaube, die Jugendlichen können nicht unterscheiden zwischen dem, was einem zur Unterhaltung vorgesetzt wird, und dem, was sie selbst in der Realität anstellen. Sie stehen von frühester Kindheit an unter dem negativen Einfluss der Medien und sind, bevor sie die Grundschule* verlassen, mit mehr Gewalt konfrontiert worden, als Erwachsene vor zwanzig, dreißig Jahren während ihres ganzen Lebens zu sehen bekommen haben. Und damit meine ich nicht nur die Spielfilme. Die Fernsehnachrichten sind doch keine Nachrichten mehr, sondern dienen genauso der Unterhaltung. Da werden Leute zerstückelt oder erschossen – und zwischendurch kommt Werbung.«

* In Island geht heutzutage die Grundschule bis zur zehnten Klasse; erst danach entscheidet man sich für eine weiterbildende Schule. Früher gab es die Zweiteilung in Volks- und Mittelschule.

»Meiner Meinung nach ist es kompletter Quatsch, dass Kinder zu Gewalt verleitet werden, nur weil sie Gewalt sehen«, sagte einer der jüngsten Anwesenden im Raum, ein Mann namens Þórólfur, der gerade erst bei der Kriminalpolizei angefangen hatte. »Wir haben keine handfesten Beweise dafür, dass Gewalt in Spielfilmen die Kinder dazu verleitet, sie nachzuahmen. Es gibt da den einen oder anderen isolierten Fall, der aufgebauscht wird, weil es Zuschauer bringt, wie du selbst gesagt hast. Aber gerade solche Programme können genauso gut zur Abschreckung vor Gewalt dienen. Gewalt wird es immer geben, und es dreht sich immer um dieselben Prozentzahlen. Wenn man Fernsehen und Kino dafür verantwortlich macht, dann nur deshalb, weil einem nichts Besseres einfällt und man sich an den Gedanken gewöhnt hat.«

»Aber warum wurde er nicht zu Tode geprügelt oder erschossen oder erstochen? Warum diese ganzen Umstände?«, fragte eine Frau Mitte vierzig, die Elínborg hieß. Sie war eine der wenigen Frauen, die es in ihrem Job bei der Kriminalpolizei ausgehalten hatte. »Warum wurde dieser Mann angezündet? Das muss doch eine wichtige Rolle spielen. Wenn man jemanden verbrennt, steckt dahinter meiner Meinung nach entweder eine wahnsinnige Wut, oder es handelt sich um eine Art Ritual. Früher wurden die Leute wegen Ketzerei und Hexenwahn verbrannt. Und es ist immerhin denkbar, dass Halldór vor seinem Tod von dem Mörder in irgendeiner Form gefoltert wurde, bevor er das Feuer gelegt hat. Es ist gut möglich, dass der Mörder ein Sadist ist, oder es war doch ein Rachemord. Ich glaube, die Tatsache, dass das Opfer verbrannt wurde, spielt eine wichtige Rolle.«

»Der Mörder hat alles angezündet, um seine Spuren zu verwischen«, wurde ihr geantwortet.

»Ach nee, und dann hinterlässt er den Kanister?«, entgegnete sie. »Und besorgt sich ein Seil, das diesen Höllenbrand überdauert?«

»Der Kanister bringt uns nicht weiter«, sagte Erlendur und schaute in den Bericht. »Er war ziemlich neu und fasste zehn Liter. Diese Sorte ist ziemlich gebräuchlich und wird für alles Mögliche verwendet. In so einem Ding kauft man beispielsweise auch den Malzmix für Weihnachten. Einen Mord aus Rache kann man allerdings in der Tat nicht ausschließen.«

Man war noch eine ganze Weile damit beschäftigt, die verschiedenen Möglichkeiten zu diskutieren. Als die Besprechung kurz vor Mittag ihrem Ende zuging, war es endlich ganz hell geworden. Falls man das hell nennen konnte. Die Düsternis der kurzen Wintertage lag wie eine graue Zeltplane über der Stadt. Große Schneeflocken schwebten träge vor den Fenstern zur Erde. Erlendur verlor bei solchen Besprechungen ziemlich schnell die Geduld und begann bei der erstbesten Gelegenheit, die Aufgaben an seine Mitarbeiter zu verteilen. Er selbst und Sigurður Óli würden zu Halldórs Schule fahren und mit dem Schulleiter und den Kollegen des Ermordeten reden. Eine Gruppe von Polizisten würde mit den Hausbesuchen im Þingholt-Viertel weitermachen und herausfinden, ob zur Tatzeit verdächtige Personen gesichtet worden waren. Eine andere Gruppe sollte die Tankstellen abklappern und nach Personen mit Zehn-Liter-Kanistern fragen. Außerdem würden einige Leute damit beschäftigt sein, ausfindig zu machen, wo das Seil gekauft worden war, das man an dem Skelett gefunden hatte. Auch die Brandruine würde weiter nach Indizien durchkämmt werden. Ein großes Zelt war darüber aufgeschlagen worden, in dem ein Heizlüfter Tag und Nacht für die richtige Temperatur sorgte. Es wurde beschlossen, dass nur Erlendur für die Informationen an die Presse zuständig war, über den Stand der Ermittlungen durfte nichts durchsickern. Erlendur gab zu verstehen, er werde, falls sich irgendwo eine undichte Stelle herausstellte, den Verantwortlichen persönlich zur Rechenschaft ziehen und dafür sorgen, dass dieser seine Dummheit für den Rest seines Lebens bereuen würde. Die Sache war deswegen so heikel, weil die Einzigen, die im Augenblick unter Verdacht stünden, Schulkinder seien.

»Was glaubt ihr, wie sich so was in den Zeitungen ausnimmt?«, erklärte Erlendur mit einem scharfen Unterton in der Stimme.

Dreizehn

Ein Telefon klingelte irgendwo, aber das Geräusch klang gedämpft. Es gab nicht weniger als acht Telefone in diesem Haus, aber der Apparat, der sich jetzt meldete, hatte keine öffentliche Nummer. Das Handy befand sich in der Tasche eines Hausmantels, der an einem Haken in einem der zahlreichen Badezimmer hing. Der Besitzer war unter der Dusche und hörte es erst, nachdem es bereits eine Weile geklingelt hatte. Der Mann war um die siebzig, sonnengebräunt und körperlich außerordentlich fit, wie seine gut ausgebildeten Muskeln erkennen ließen. Er drehte das Wasser ab und tastete nach dem Hausmantel. Das Telefon klingelte unentwegt. Als der Mann es endlich zu fassen bekam, meldete er sich mit einem knappen »Ja«.

Das Haus lag auf Kjalarnes, weit vor den Toren der Stadt. Dort wurden die Villen derer gebaut, die vom Trubel der Hauptstadt und der steigenden Luftverschmutzung verschont bleiben wollten. Eines dieser Häuser, das zu den allerersten gehört hatte, die hier errichtet worden waren, lag abseits und war erheblich größer als die anderen. Es befand sich auf einer kleinen Halbinsel am Meer, war einstöckig und bestand aus zwei großen Gebäudeteilen aus dickem Beton mit nur wenigen Fenstern. Es war umgeben von einer hohen Mauer mit einem Tor, das von innen elektronisch geöffnet werden konnte. Vor den vier Garagen nicht weit vom Ufer standen zwei BMWs und ein Pajero-Jeep. Die Nachbarn hatten den Besitzer noch nie zu

Gesicht bekommen und hielten ihn für einen Sonderling, der im Verborgenen leben wollte. Er kümmerte sich nicht um sie und sie sich nicht um ihn. Hin und wieder kamen Autos, die die Zufahrt zum Haus hinaufrasten. Die Nachbarn wussten, dass Sicherheitsleute das Haus bewachten. Nicht einmal die Kinder in der Nachbarschaft wagten sich in seine Nähe.

Von außen wirkte das monumentale Gebäude wie eine Trutzburg, drinnen wie ein Palast. Die Wände der Empfangshalle in einem der Trakte waren mit Gemälden der bekanntesten isländischen Maler gepflastert, auch der einzige Cézanne, den es auf Island gab, hing dort, und überall standen Skulpturen herum. Auf den Böden lagen dekorative Tierfelle, darunter, vor dem riesigen Kamin in der Empfangshalle, das Fell eines Eisbären, der mit klaffenden Kiefern auf all die Pracht und Herrlichkeit starrte, die ihn umgab. Eine hervorragend ausgestattete Bibliothek nahm über die Hälfte dieses Trakts ein.

»Halldór ist tot«, sagte die Stimme am Telefon kalt.

Der nackte Mann stieg aus der Dusche und warf sich den Hausmantel über.

»Das habe ich in den Nachrichten gehört.«

»Brutaler hätte man es kaum machen können.«

»Hatte er mit jemandem geredet?«

»Er ist angeblich in den letzten Wochen sehr oft zu Daníel in die Klinik gegangen, und sie haben sich lange unterhalten. Halldór hat damit gedroht, dass er für alles Beweise hätte, mit denen er über kurz oder lang an die Öffentlichkeit gehen würde. Er sagte, er würde seine Gespräche mit Daníel mitschneiden. Bei dem Alten war mehr als eine Schraube locker.«

»Was meinst du damit, mitschneiden?«

»Auf Kassetten, denke ich.«

»Was für Gespräche?«

»Vielleicht über die Connection zu uns. Vielleicht über die guten alten Zeiten in der Schule. Ich weiß es nicht. Aber ich bin der Meinung, dass man das nicht unbedingt ernst nehmen muss. Halldór konnte einem zwar mit all diesen Drohungen ziemlich auf den Geist gehen, aber er hat nie irgendwas davon wahr gemacht, das hat er sich einfach nicht getraut.«
»Womit hat er gedroht?«
»Er hat gesagt, er würde alles aufdecken. Dieser Mann hat sich mit seinen Schuldgefühlen völlig kaputtgemacht. Der hat nie richtig kapiert, um was es ging.«
»Dann war es wirklich an der Zeit, dass er über den Jordan ging.«
»Und Daníel hat sich umgebracht.«
»Ja, habe ich gehört.«
»Er ist also der Siebte. Ist aus dem Fenster gesprungen, und das war das Ende. Vielleicht war das, was Halldór ihm erzählt hat, zu viel für ihn.«
»Also einer weniger, über den man sich Gedanken machen muss.«
»Ist jetzt außer Sigmar überhaupt noch jemand übrig?«
»Sigmar? Der ist doch sowieso nur noch ein Wrack. Nach ihm ist es ausgestanden.«
»Ja, es ist wahrhaftig an der Zeit, dass die Sache ein für alle Mal aus der Welt ist.«
»Richtig. Aber es könnte ziemlich brenzlig werden, wenn Halldór tatsächlich die Gespräche aufgenommen hat. Womöglich erwähnt er uns da in seinem verrückten Gefasel.«
»Ja, das könnte Unannehmlichkeiten nach sich ziehen, aber im Grunde genommen ist das dann doch nur das Geschwätz eines alten Mannes und eines Schizophrenen. Wer nimmt so etwas denn schon ernst? Ich denke nicht, dass uns jemand mit solchen Beweisen etwas anhaben kann. Und jetzt sind beide tot.«

»Müssen wir nicht trotzdem versuchen, an diese Kassetten heranzukommen, oder zumindest herausfinden, ob sie überhaupt existieren? Es könnte uns eine Menge Ärger einbringen, wenn das, was Halldór wusste, an die Öffentlichkeit gelangt.«
»Ja, wahrscheinlich ist das sicherer. Trotzdem kann ich mir kaum vorstellen, dass Halldór so raffiniert war. Er war ein menschliches Wrack, er war pervers, und er hatte nichts in der Hand, um uns irgendwas nachzuweisen.«
»Haben sich die Koreaner wieder gemeldet?«
»Sie wollen, dass du hinfliegst. Sie ziehen es überhaupt nicht in Betracht, nach Island zu kommen. Der Mann ist steinalt und weigert sich rundheraus. Du musst hinfliegen.«
»Auf gar keinen Fall. Der wird wohl die weite Reise von Korea hierher auf sich nehmen müssen. Er kann es sich gar nicht leisten, diese Gelegenheit nicht wahrzunehmen, denn so was bekommt er nur bei uns. Davon bin ich überzeugt.«
»Na schön. Sind die Deutschen weg?«
»Sie sind heute Nacht abgeflogen.«
»Und wie geht es den Jungen?«
»Bestens. Sie fühlen sich immer sehr wohl hier in Island.«
»Dann ist also alles startklar?«
»Alles ist startklar«, bestätigte der Mann im Hausmantel, während er sich mit einer kleinen Pinzette ein Haar aus der Nase zupfte. Er stellte sich dabei aber so ungeschickt an, dass es schmerzte. Seine Augen füllten sich mit Tränen.

Vierzehn

In den vierziger und fünfziger Jahren dehnte sich Reykjavík mit unglaublicher Geschwindigkeit Richtung Osten aus. Es waren die Jahre des Aufschwungs nach dem Krieg, und die Leute aus der Provinz strömten wie nie zuvor nach Reykjavík und in die Wohnblocks, die in allen Neubaugebieten wie Pilze aus dem Boden schossen. Menschen aus allen sozialen Schichten zogen dorthin: Arbeiter und Handwerker in die Wohnsilos, die sich kantig auf zwei Hügeln erhoben; Ärzte und Geschäftsleute sicherten sich die kleineren und größeren Reihenhäuser, die unterhalb dieser Hügel entstanden. Die Wohlhabenden bezogen ihre großen Villen in Fáfnisgerði, während die Ärmsten sich mit den Sozialwohnungen am Grenivegur zufrieden geben mussten.

Die Kinder in diesem Stadtteil gingen alle in dieselbe Schule in Víðigerði, die Anfang der sechziger Jahre mitten in dem Neubauviertel hochgezogen worden war. Der älteste Teil der Schule bestand nur aus einem Trakt mit zwei Stockwerken. Es waren zwei lange Korridore, auf der rechten Seite lagen die Klassenräume, und im Erdgeschoss befanden sich am einen Ende das Lehrerzimmer und am anderen die Schülertoiletten. Es dauerte nicht lange, bis das Viertel zu groß für die Schule wurde, sodass eine Erweiterung in Angriff genommen werden musste. Zwei weitere, ganz ähnliche Trakte wurden gebaut, und alle drei Gebäudeteile wurden durch überdachte Gänge verbunden.

Später kam dann noch ein vierter Trakt mitsamt Turnhalle und Schwimmbad hinzu. Diese Schule wurde zum Vorbild für alle Schulgebäude, die in jenen Jahren in ganz Island errichtet wurden, und allenthalben konnte man den Grundriss der Víðigerði-Schule wiedererkennen, mal mit nur einem Trakt, aber manchmal auch mit zweien oder dreien.

Erlendur und Sigurður Óli betraten die Schule, die erst kürzlich für Millionen von Kronen renoviert worden war, abgesehen vom ältesten Trakt, für den die Gelder nicht mehr ausgereicht hatten. Das Ministerium ließ verlautbaren, dass die Mittel dafür frühestens in zwei Jahren bereitgestellt würden. Im ältesten Trakt war jetzt fast ausschließlich die Verwaltung untergebracht, dort waren nur noch drei Unterrichtsräume in Gebrauch. Das ursprüngliche Lehrerzimmer, in dem früher das gesamte Kollegium Platz gefunden hatte, war jetzt das Büro des Schulleiters und seiner Sekretärin.

Der Rektor der Schule hatte erst vor kurzem sein Amt angetreten, nachdem er lange auf diese Beförderung zum Schulleiter gewartet hatte. Ein Mann mittleren Alters, der in seiner vorherigen Position Konrektor gewesen war. Er hatte ganz oben auf der Beförderungsliste gestanden, und es kam ihm sehr gelegen, als die Stelle an der Víðigerði-Schule frei wurde, denn er wohnte in einem Reihenhaus ganz in der Nähe.

Erlendur und Sigurður Óli wurden erwartet. Sie stellten sich vor, und nachdem sie auf zwei harten Stühlen vor dem Schreibtisch des Schulleiters Platz genommen hatten, kam er direkt zur Sache. Erlendur kam sich beinahe so vor wie während der eigenen Schulzeit, wenn man zum Rektor zitiert wurde.

»Grauenvoll, was da mit Halldór passiert ist«, erklärte der Schulleiter. Er hieß Kristinn, war leicht korpulent und trug ein Haarteil von der Sorte, das niemanden im Unklaren darüber ließ, dass damit eine Glatze verdeckt werden sollte. Falls jemand den Mut gehabt hätte, Kristinn zu sagen, dass all diese Haarteile in unterschiedlichen Ausführungen zehnmal schlimmer aussahen als eine ganz normale Glatze, wäre Kristinn sicherlich Manns genug gewesen, seine ganze Sammlung zu entsorgen. Aber niemand traute sich, die Toupets auch nur mit einem Wort zu erwähnen. Seine Frau bestand darauf, die Glatze zu verhüllen, weil es ihn jünger aussehen ließ. Der Schulleiter sah allerdings nicht besonders würdevoll aus, wenn er durch die Schule schritt und die Kinder sich heimlich über ihn lustig machten.

»Du hast Sigurður Óli telefonisch zu verstehen gegeben, dass es Probleme zwischen Halldór und den Schülern gegeben hat, und weil wir zum gegenwärtigen Zeitpunkt nicht die geringsten Verdachtsmomente gegen irgendjemand anderen haben, konzentrieren sich unsere Ermittlungen im Augenblick auf die Schule und womöglich ihre Schüler«, sagte Erlendur, der sich unwillkürlich in seinen dichten Haarschopf fasste.

»Entschuldigung, was willst du damit sagen?«

»Das, was zwischen uns hier besprochen wird, muss unter allen Umständen vertraulich behandelt werden, das ist unerhört wichtig. Es handelt sich um Mord.«

»Ist Halldór ermordet worden?«

»Darauf deutet alles hin.«

»Wie bitte? Ich begreife das nicht. Wer würde denn diesen armen Kerl ermorden wollen?«

»Vielleicht seine ehemaligen Schüler?«

»Jemand aus dieser Schule? Ich verstehe nicht, worauf du hinauswillst. Willst du damit sagen, dass meine Schüler unter Mordverdacht stehen?«

»Alles ist denkbar.«

»Das ist doch vollkommen absurd. Ich hoffe bloß, dass das nicht an die Presse gelangt. Das würde einen Riesenskandal geben, nicht zuletzt unter den Schülern. Und was glaubt ihr, wie die Eltern reagieren würden?«

»Ja, da sagst du was«, erwiderte Erlendur. »Tun wir also besser so, als hätte dieses Gespräch gar nicht stattgefunden. Ich habe es meinen Mitarbeitern eingeschärft, dass bei diesem Fall unter gar keinen Umständen etwas an die große Glocke gehängt werden darf. Uns geht es im Augenblick darum, die Möglichkeit auszuschließen, dass Schüler dieser Schule mit dem Feuer gespielt haben.«

»Was wollt ihr denn wissen?«, fragte der Schulleiter. »Ich habe hier die Personalakte von Halldór. Er war einer der ersten Lehrer an dieser Schule. Kam aus Südisland nach Reykjavík, er war vorher Lehrer in Hvolsvöllur gewesen. Hier an der Schule hat er fast fünfunddreißig Jahre unterrichtet. Eigentlich hätte er erst nächstes Jahr in Pension gehen müssen. In vielerlei Hinsicht war er durchaus ein vorbildlicher Lehrer, vor allem wohl in seinen jüngeren Jahren. Innerhalb des Lehrerkollegiums hielt er sich immer abseits und hatte kaum Freunde. Jóakim, unser ehemaliger Mathematiklehrer, war wahrscheinlich derjenige, der ihn am besten gekannt hat, aber der ist im vorigen Jahr gestorben. Hier bitte, ihr könnt die Personalakte einsehen, aber ich muss sie wiederbekommen.« Er reichte Erlendur den Ordner.

»Du hast erwähnt, dass es Probleme gab. Hing das vielleicht mit der Spuckerei zusammen?«, fragte Sigurður Óli.

Kristinn ließ seine Blicke langsam zu Sigurður Óli wandern, der mit gerunzelter Stirn dasaß.

»Das hatte meiner Meinung nach nichts mit Halldór persönlich zu tun«, sagte er schließlich. »So etwas kann an jeder Schule passieren«, fügte er hinzu. »Es gab Zeiten, da war es sogar noch viel schlimmer. Lehrer altern in ihrem

Beruf und kommen in die Jahre. Als wir noch die Sonderklassen mit den schlechtesten Schülern hatten, und das ist gar nicht mal so lange her, wurden solche Klassen immer den ältesten Lehrern zugeteilt, und die haben oft eine ganze Menge einstecken müssen, wenn sie sich eine Blöße gaben. Die Schule hat sie ausgegrenzt, sowohl die schlechten Schüler als auch die alten Lehrer. Jeder wollte sie los sein. Die Kinder haben genau die Schwächen der Lehrer gespürt und sind oft schlimm mit ihnen umgesprungen. Nachdem die Klassen wieder gemischt wurden, besserte sich die Situation. Die Sonderklassen existierten nicht mehr, aber trotzdem hatten die älteren Lehrer oft Probleme, manchmal sogar sehr gravierende. Sie haben nämlich den Anschluss an die neueste Didaktik und Methodik verpasst und womöglich noch nach Richtlinien unterrichtet, die zu Anfang ihrer Lehrerlaufbahn galten. Sie hatten schon lange den Zugang zu den Kindern verloren.«
»Und zu diesen Lehrern gehörte Halldór«, warf Erlendur ein.
»Er war sogar einer der schlimmsten Fälle. Als Lehrer völlig unbrauchbar, obwohl ich nicht schlecht über einen Toten reden möchte. Seit drei Jahren habe ich immer wieder versucht, ihn dazu zu bringen, sich vorzeitig pensionieren zu lassen. Das wollte er nicht. Halldór war früher kein schlechter Lehrer, das habe ich vorhin schon versucht zu sagen, aber mit den Jahren verlor er die Kontrolle. Das Wohl der Schüler lag ihm aber immer am Herzen, dessen bin ich mir ganz sicher. Das habe ich gespürt, wenn ich mich mit ihm unterhalten habe.«
»Aber sie haben ihn fertig gemacht.«
»Das haben sie getan. Das Schlimmste war das Bespucken hier auf dem Schulhof. Es ist wahrscheinlich ungefähr ein Jahr her. Man hört nur selten etwas darüber, dass Lehrer gedemütigt werden, normalerweise betrifft das eher die

Schüler, und das ist eine furchtbare Sache. Aber Lehrer können auch die Opfer sein. Hier in Island gibt es keine diesbezüglichen Erhebungen, aber in Norwegen ist die Rede davon, dass bis zu zehn Prozent der Lehrer attackiert werden. Ich glaube nicht, dass die Zahl hierzulande viel niedriger liegt.«

»Entschuldige, wie alt sind diese Kinder eigentlich?«

»Halldór unterrichtete die achte Jahrgangsstufe, die Mädchen und Jungen sind zwölf, dreizehn Jahre alt.«

»Und was genau ist passiert?«

»Diese Kinder sind keineswegs böse, das dürft ihr nicht glauben. Auf gar keinen Fall. Aber hier auf dem Schulhof kam es zu einer Art Massenhysterie. Halldór war Vertretungslehrer. An jenem Morgen hatte die Klasse Kunstunterricht gehabt, und zwar bei einer Kollegin, die auch nur Vertretung machte, und sie kam anschließend weinend zu mir ins Büro. Als ich in den Unterrichtsraum kam, war alles in Aufruhr. Mir gelang es, die Kinder etwas zu beruhigen, aber unterschwellig gärte es noch, und in der nächsten Stunde bei Halldór ging es wieder los. Kinder können unendlich grausam sein. Er hatte festgestellt, dass sie immer wieder zu ihm kamen, wenn er Pausenaufsicht hatte, und er fand das schön, das hat er betont, als er mir den Vorfall erzählte. Normalerweise haben sie sich nicht länger mit ihm unterhalten. Aber in diesem Fall verwickelte ihn einer in ein Gespräch und zwei spuckten ihm auf den Rücken. Alle waren daran beteiligt, ihn abzulenken. Als er merkte, was los war, war es zu spät. Kinder aus allen Klassen, die auf dem Schulhof waren, machten mit, und er sah ekelhaft aus, als er zu mir ins Büro kam.«

»Was hat Halldór dazu gesagt?«

»Er hat erstaunlich gefasst darauf reagiert, aber wahrscheinlich setzte der eigentliche Schock erst später ein. Merkwürdigerweise hat er aber gesagt, dass er das letzten

Endes verdient gehabt hätte. Genau das hat er gesagt, er hätte es eigentlich verdient gehabt. Mehr nicht.«

»Seine Schwester hat erwähnt, das da vor vielen Jahren irgendetwas passiert ist, was mit der Schule zu tun hatte«, sagte Erlendur. »Hast du eine Ahnung, was das war?«

»Nein, keine Ahnung. Danach müsstet ihr den ehemaligen Schulleiter fragen. Der kann sich vielleicht noch daran erinnern. Lehrer tendieren dazu, so wenig von sich zu erzählen wie irgend möglich – was man gut verstehen kann. Die Kinder, und gar nicht zu reden von den Eltern, sind heutzutage so unverschämt, dass man meinen könnte, Lehrer seien ihr Privatbesitz.«

»Sie gab ebenfalls zu verstehen, dass er in seiner Jugend sexuell missbraucht worden ist«, entfuhr es Erlendur ganz gegen seinen Willen. Er hielt nichts davon, das Privatleben von Menschen breitzutreten, besonders, wenn er kein Vertrauen zu seinen Gesprächpartnern hatte. Aber diese Fragen mussten nun mal gestellt werden.

»Wir wissen, dass diejenigen, die abartigem Verhalten zum Opfer gefallen sind, es später womöglich nachahmen.«, fuhr er fort und versuchte, sich so vorsichtig wie möglich auszudrücken, gab es aber auf.

»Ist dir irgendetwas darüber bekannt, dass Halldór sich an seinen Schülern sexuell vergangen hat?«

»Um Himmels willen«, rief der Schulleiter entsetzt. »Worauf willst du eigentlich hinaus?«

Zu Daníels Begräbnis waren nur wenige erschienen. Es fand in der kleinen Kapelle beim Friedhof in Fossvogur statt. Pálmi war anwesend, Dagný und außerdem Jóhann und zwei weitere Aufseher aus der Klinik. Als Letztes erschien ein Mann, der Pálmi bekannt vorkam, aber er kam nicht darauf, wer es war. Er erschien erst, als die Trauerfeier bereits begonnen hatte, schlich sich auf einen Platz ganz hinten in der Kapelle und versuchte, keine Aufmerksamkeit zu erregen. Den Geistlichen kannte Pálmi von der Universität her. Er legte seinen Worten eine Stelle aus dem Hebräerbrief zugrunde: *Die Gastfreundschaft vergesst nicht. Durch sie haben manche, ohne es zu wissen, Engel beherbergt. Gedenket der Gefangenen wie Mitgefangenen, gedenket der Misshandelten als solche, die selbst noch im Erdenleib weilen.*

Der Pastor hatte vorgeschlagen, Sarglegung und Begräbnis zusammenzulegen. Vor ihnen stand der offene, von innen mit weißer Seide ausgekleidete Sarg. Daníels Kopf war leicht zur Seite geneigt. Sein Gesicht konnte man nicht sehen, weil ein kleines weißes Tuch darüber gebreitet war. Als der Geistliche geendet hatte, standen die Anwesenden einer nach dem anderen auf, gingen zum Sarg und schlugen das Zeichen des Kreuzes über den Toten. Als die Reihe an den Unbekannten kam, bückte er sich, lüftete langsam das Tuch von Daníels Gesicht, schaute ihn lange und intensiv an, bevor er ihn küsste und dann endlich das Zeichen des Kreuzes über ihm schlug. Pálmi blickte zu Dagný hinüber. Sie fanden diese Geste schön. Pálmi überlegte, warum er das nicht auch getan hatte, und schämte sich.

Daníel wurde an der Seite seiner Mutter im neuen Teil des Friedhofs zur letzten Ruhe gebettet. Auch für Pálmi war dort noch Platz vorgesehen. Er und Jóhann, zusammen mit vier Männern vom Beerdigungsinstitut, trugen den Sarg. Der Unbekannte folgte ihnen bis zum Grab und warf genau wie die anderen eine Hand voll Erde auf den Sarg. Sie sprachen nicht mit ihm. Auf dem Weg zurück zur Kapelle beeilte sich der Mann sichtlich, aber Pálmi holte ihn im Laufschritt ein und stellte sich als Daníels Bruder vor. Es schneite so dicht, dass man kaum die Hand vor Augen sehen konnte, aber das Wetter war mild.

»Ja, ich weiß«, sagte der Mann leise und blickte zur Seite. Sie waren auf dem Parkplatz vor der Kapelle angekommen. Der Mann war groß und schlaksig, hatte einen langen Bart, und seine Haare reichten ihm bis auf den Rücken. Er war ärmlich gekleidet, trug nur eine dünne Windjacke, Jeans und Turnschuhe. Diese Kleidung passte überhaupt nicht zur Jahreszeit und zum Wetter, ihm war sichtlich kalt. Der Mann trug einen Gürtel, und Pálmi fiel die große Schnalle auf, die den Kopf eines alten Indianerhäuptlings zeigte.

»Daníel hatte nicht viele Freunde, und ich bin ehrlich gesagt ein bisschen neugierig«, erklärte Pálmi. »Es kommt mir so vor, als hätte ich dich schon mal gesehen.«

»Ich kann mich gut an dich erinnern, als du klein warst«, erwiderte der Mann und vermied es, Pálmi in die Augen zu schauen.

»Als ich klein war? Dann hast du Daníel gekannt, als er jünger war?«

»Du heißt Pálmi, nicht wahr?«

»Ja.«

»Ich kann mich an dich in einer Sportkarre erinnern. Du warst in dieser Karre überall dabei. Das mit Danni habe ich aus der Zeitung erfahren. Allerdings habe ich schon immer damit gerechnet. Ich wusste die ganze Zeit, dass es so enden würde. Danni war der Beste in unserer Gruppe.«

»Bist du mit ihm zur Schule gegangen?«

»Ja, wir waren in derselben Klasse.«

»Halt, warte, wie heißt du denn?« Der Mann wollte sich im Schneetreiben davonmachen, aber Pálmi packte ihn beim Handgelenk. »Was meinst du damit, dass du das schon lange erwartet hast? Wovon redest du eigentlich?«

»Hat er dir das nicht erzählt?«, fragte der Mann, riss sich los und wich mit schnellen Schritten zurück.

»Hat er mir *was* nicht erzählt?«, rief Pálmi und setzte zur Verfolgung an. Dagný und Jóhann waren jetzt auch hinzu-

gekommen, und der Mann verschwand wieder im Schneetreiben.
»Was hätte er mir erzählen sollen? Wer bist du?« Pálmi hatte den Mann wieder erreicht.
Der Mann rief etwas, und dann begann er zu rennen und war nach kurzer Zeit ihren Blicken entschwunden. Als Pálmi hörte, was der Mann rief, war er wie angewurzelt stehen geblieben.
»Wer war das?«, rief Dagný, die angelaufen kam. »Was hat er gesagt? Was ist los mit dir, Pálmi, du bist ja leichenblass?«
»Die Lebertranpillen«, sagte Pálmi.
»Was?«, sagte Jóhann, der jetzt auch hinzugekommen war. Er blickte von Dagný zu Pálmi. Die drei schwarz gekleideten Gestalten standen dicht beieinander, während große Flocken um sie herum zu Boden fielen und an ihnen haften blieben. Soweit das Auge reichte, breitete sich die Stadt mit ihrer nebligen Lichterfülle aus wie eine Koralle in den Tiefen des Meeres.
»Er sagte, in den Lebertrankapseln wäre kein Lebertran gewesen.«

Fünfzehn

Im Seniorenheim in Hafnarfjörður saß Helena und erinnerte sich an vergangene Zeiten. Das war nicht ihre Absicht gewesen, aber der Mann, der ihr gegenüber auf dem Stuhl saß, hatte sie mit stichhaltigen Argumenten dazu gebracht. Erst hatte sie ihm gesagt, er solle sie in Ruhe lassen, und ihm die Tür vor der Nase zugeknallt, doch er hatte nicht nachgegeben, und schließlich hatte sie ihn hereingelassen. Er stellte sich vor und sprach von seinem Bruder, der sich umgebracht hatte, nachdem er praktisch sein ganzes Leben lang in einer psychiatrischen Klinik gewesen war. Ihr Bruder Halldór sei sein Lehrer gewesen und habe ihn während der vergangenen Wochen in der Klinik besucht. Pálmi erklärte, die Todesanzeige gesehen zu haben, die sie in die Zeitung gesetzt hatte, und er habe sie ausfindig gemacht, um ihr verschiedene Fragen zu stellen. Er war ein ausgesucht höflicher junger Mann, der sich sehr für die Kjarval-Zeichnung interessierte und Helena über ihr schönes und sauberes Heim Komplimente machte. Augenscheinlich ein Mann, der genau wusste, wie man sich gegenüber fremden älteren Damen benahm, die allein in Seniorenheimen lebten. Es war der gleiche Tag, an dem Daníel beerdigt worden war.

»Die Sache ist die«, hatte Pálmi ihr gesagt, »dass Daníel und ich nie eine enge Verbindung hatten, und ich habe das Gefühl, als sei das meine Schuld. Ich bin ihm immer ausgewichen und habe mir nie die Mühe gemacht, ihn wahrzunehmen oder ihn kennen zu lernen. Obwohl er niemand anderen hatte. Nach dem Tod unserer Mutter habe ich mich womöglich noch weiter von ihm entfernt. Man sollte meinen, dass einen das enger zusammenschweißen würde, aber das hat es nicht getan, und das war meine Schuld. Daníel war krank, er brauchte mich, aber ich habe mich ihm entzogen. Ich habe ihn zwar einmal in der Woche besucht, aber immer nur halbherzig, und ich fühlte mich immer am besten, wenn ich wieder aus der Klinik herauskam. Der Grund dafür war wahrscheinlich etwas, das in unserer Jugend passiert ist. Ich glaube, dass er für mich so etwas wie ein Monster war. Aber mir wird immer deutlicher bewusst, dass ich ihm schon vor langer Zeit hätte vergeben sollen. Jetzt möchte ich versuchen, zu verstehen, was für ein Mensch Daníel war. Wie er war, bevor er erkrankte. Warum er krank wurde. Was für ein Leben er gehabt hat. Ich möchte Daníel verstehen.«

So viel hatte Pálmi über sich selbst gesagt, und Helena hatte gespürt, dass er die Wahrheit sagte und dass er litt, obwohl sie es nicht ganz nachvollziehen konnte. Sie wollte ihm gern helfen, obwohl sie keine Ahnung hatte, wie. Sie wusste nicht, was für Auskünfte er von ihr erwartete, aber sie war entschlossen, ihm alles zu sagen, was er wissen wollte. Ihm würde sie im Gegensatz zu den beiden Männern von der Kripo nichts vorenthalten. Sie sagte ihm, dass die Polizei zu ihr gekommen sei, um ihr mitzuteilen, dass Halldór ermordet wurde.

»Ermordet? Halldór?«, fragte Pálmi völlig entgeistert.

»Er wurde mitsamt seinem Haus in Brand gesteckt. Kannst du dir so etwas vorstellen?«

»Davon war keine Rede in den Nachrichten.«

»Sie behandeln den Fall als Mord. Was er natürlich auch ist. Sie kamen zu zweit zu mir und haben mir überhaupt nicht zugehört, als ich von meinen Sorgen erzählt habe. Der eine war eigentlich ganz nett, der andere aber ziemlich nervös und gestresst. Ich glaube, der Nette hieß Erlendur. Sie waren von der Kriminalpolizei.«

»Wissen sie, warum er ermordet worden ist, und wer das getan hat?«

»Sie hatten nicht den blassesten Schimmer, als sie mit mir sprachen. Ich habe ihnen von diesen schrecklichen Kindern an der Schule erzählt. Die sind womöglich jetzt einfach aufs Ganze gegangen. Halldór hat sich zum Schluss in der Schule nicht mehr wohl gefühlt. Die Schüler haben ihn gehasst und ihm das Leben zur Hölle gemacht.«

»Weißt du, warum?«

»Halldór sagte mir, dass alte Lehrer oft in einer schwierigen Situation sind, und er bedauerte es, nicht früher aufgehört zu haben. Aber das konnte er einfach nicht. Es war, als hätte er bis zum bitteren Ende Lehrer sein wollen. Halldór war, abgesehen von allem anderen, bestimmt ein guter Lehrer.«

»Weswegen wollte er immer noch weiter unterrichten?«

»Ich glaube, dass Halldór unter großen Schuldgefühlen litt, die mit dem Alter immer stärker wurden. Er glaubte irgendwie, dass er für etwas, das er vor vielen Jahren seinen Schülern angetan hat, büßen könnte, indem er weiterhin unterrichtete und die Kinder nach Kräften förderte. Ich wollte den Polizisten nichts von alledem erzählen, aber wahrscheinlich habe ich ihnen schon zu viel gesagt, als ich erwähnte, dass Halldór als Kind missbraucht worden ist. Sie haben noch mehrmals nachgefragt, aber aus mir haben sie kein Wort mehr herausgekriegt.«

Pálmi, der Helena gegenübersaß, schwieg.

»Ich habe kaum darauf reagiert, als sie mir erzählten, dass Halldór ermordet worden sei. Mir ist von Kindesbeinen an beigebracht worden, nicht über Dinge zu schwatzen und zu lamentieren. Halldór war kein schlechter Mensch. Er

hätte mir bestimmt mehr darüber gesagt, was er in seiner Jugend durchgemacht hat, wenn er nicht andersrum gewesen wäre. Seit er ein kleiner Junge war, hat er das die ganze Zeit mit sich herumgetragen und nie einer Menschenseele davon erzählt. Er hat mir nur gesagt, dass er unendlich darunter gelitten hätte. Kurz nachdem er in der Víðigerði-Schule angefangen hatte, kam irgendetwas hoch. Er war gerade wieder von Hvolsvöllur nach Reykjavík gezogen, wo er die ersten Jahre nach dem Studium unterrichtet hatte. Ich glaube, dass da irgendetwas vorgefallen ist.«
»Ich kann mich dunkel an Halldór erinnern«, sagte Pálmi. »Daníel und ich sind beide in diese Schule gegangen, ich allerdings viel später. Halldór hat mich nie unterrichtet, aber ich kann mich an ihn als Lehrer dieser Schule erinnern.«
»Es hat ihm so viel Spaß gemacht, zu unterrichten. Er liebte die Arbeit mit den Kindern, und ich glaube, dass er ein guter Lehrer war. Natürlich sind solche Vergehen unverzeihlich, aber Halldór war nicht von Grund auf schlecht. Das Leben hatte ihn nur schlecht behandelt.«
»Was meinst du damit, dass etwas vorgefallen ist?«
»Er belästigte die Kinder sexuell.«
»Waren es Mädchen, bei denen er zudringlich geworden ist?«, fragte Pálmi vorsichtig.
»Mädchen?«, sagte Helena ein wenig erstaunt. »Nein, es ging um die Jungen.«
Sie entschloss sich, Pálmi ausführlicher von Halldór zu erzählen.
»Er war Jahrgang 1929. Seine Mutter hieß Friðgerður und gab Svavar Héðinsson als Vater an. Mein Vater war ein bekannter Mann, er war sowohl passionierter Reiter als auch als Bergsteiger. Svavar wurde zwar als Kindsvater ins Kirchenbuch eingetragen, aber er hat die Vaterschaft weder abgestritten noch zugegeben und sich nie um dieses Kind

gekümmert. Ich hatte immer meine Zweifel, ob die Vaterschaftsangabe stimmte, aber Halldór war fest davon überzeugt, und deswegen zog er mich als seine Halbschwester ins Vertrauen. Friðgerður stammte aus den Westfjorden, war aber schon in jungen Jahren von dort weggezogen und arbeitete anschließend als Magd in der Landwirtschaft in Südisland. Sie hielt es nirgendwo lange aus. Viele haben sie für beschränkt gehalten. Sie war wirklich eigen, und es war nicht leicht, mit ihr auszukommen. Sie hatte keinen besonders guten Ruf, weil sie sich ungehobelt benahm und ziemlich gehässig sein konnte. Sie galt als verdorben. Meist endeten die Dienstverhältnisse mit Schimpf und Schande. Zweimal verklagte sie ihre Dienstherren wegen Vergewaltigung, aber die Fälle kamen nie vor Gericht. Irgendwas stimmt da nicht mit dieser Friðgerður, sagten die Leute. Es hat ganz den Anschein, als würde sie es darauf anlegen, in Schwierigkeiten zu geraten.«

»Und Halldór?«

»Halldór war ihr einziges Kind. Er ist bei ihr aufgewachsen und mit ihr von Hof zu Hof gezogen, aber Mutterliebe ist ihm nie zuteil geworden. Ganz im Gegenteil. Er hat seinen Vater nie kennen gelernt, wenn denn mein Papa überhaupt sein Vater gewesen ist. Als Halldór sieben war, verdingte sich Friðgerður bei zwei Bauern in den Ostfjorden, die gemeinsam den Hof bewirtschafteten. Sie waren unverheiratet und kinderlos, lebten ziemlich isoliert, und man sprach nicht gut über sie. Bei denen war Friðgerður drei Jahre lang, und die ganze Zeit wurde der kleine Halldór von ihnen missbraucht. Das begann praktisch, gleich nachdem die Mutter mit ihm dorthin gezogen war. Halldór musste leichte Arbeiten verrichten, er holte die Kühe von der Weide und fütterte die Kälber. Eines Abends im Kuhstall haben die Brüder ihn in eine Ecke gedrängt und ließen ihn … Allmächtiger, das bringe ich nicht über die

Lippen«, rief Helena aus. »Es ist so grauenvoll! Denk bloß, drei ganze Jahre lang!«

»Und was war mit Friðgerður?«, fragte Pálmi, nachdem sie eine Weile schweigend dagesessen hatten. »Hat sie nichts unternommen, um das zu unterbinden? Und von diesem Hof wegzukommen – oder was auch immer?«

Helena liefen die Tränen über die Wangen. »Mit ihr hat wirklich etwas nicht gestimmt«, sagte sie schließlich nach einigem Schweigen. »Nach dem, was Halldór mir erzählt hat, hat sie nie einen Versuch gemacht, das zu verhindern, diese verfluchte Schlampe.«

Wieder saßen sie eine lange Zeit schweigend da. Man hörte nichts als das Ticken der alten Wanduhr. Schließlich stand Pálmi auf und fragte, ob er Kaffee für sie machen sollte. Helena, die auf dem Sofa saß, nickte. »Sei so lieb.« In der kleinen Kücheneinheit fand Pálmi das, was er brauchte, tat Filter und Kaffee in die Kaffeemaschine auf dem Küchentisch, holte zwei Tassen aus dem Schrank und fand Zucker sowie Milch, die er in ein kleines Milchkännchen goss. Er stellte alles auf ein Tablett und wartete, bis der Kaffee durchgelaufen war. Als er zurück ins Wohnzimmer kam, hatten beide sich wieder gefangen. Er füllte die Tassen. Helena fragte, ob er nicht etwas Schmalzgebäck dazu wollte, im Schrank neben dem Herd habe sie immer einen kleinen Vorrat davon.

»Vielen Dank«, sagte er und holte die Tüte. Anschließend tranken sie Kaffee, aßen von dem Gebäck und lauschten der tickenden Wanduhr.

»Was ist aus diesen Brüdern geworden?«, fragte Pálmi.

»Sie sind schon lange tot.«

»Und Friðgerður?«

»Zum Schluss hat sie es glücklicherweise auch nicht mehr bei denen ausgehalten. Wahrscheinlich hat sie es zum Schluss selbst satt gehabt. Vielleicht ist da auch noch so was wie eine Spur von Ehrgefühl in ihr hochgekommen. Sie ist danach in Reykjavík gelandet, ungefähr zu der Zeit, als die englischen Truppen im Zweiten Weltkrieg Island besetzten. Sie hat sich mit den Soldaten eingelassen und ist sogar zu Geld gekommen. Sie und Halldór lebten in einer Kellerwohnung, sie konnte ganz gut von diesen Einkünften leben, und sie verdiente sogar noch besser, als die Amis kamen. Aber es hat ein schlimmes Ende mit ihr genommen. In dem Winter, als der Krieg zu Ende ging, wurde sie vor einer Militärbaracke in Camp Knox erfroren aufgefunden. Niemand wusste, was passiert war. Sie war leicht bekleidet und wurde zuletzt auf einer Tanzveranstaltung für die Soldaten gesehen, aber niemand wusste, wie sie in die Barackensiedlung gekommen war, oder besser, wem sie dorthin gefolgt war. Die Soldaten wurden bald darauf abgezogen, und der Sache wurde nie auf den Grund gegangen. Ich glaube, alle fanden damals, dass es sich gar nicht lohnte, wegen eines Flittchens, das vor einer Ami-Baracke erfroren war, viel Aufhebens zu machen.«

»Damals ist Halldór sechzehn oder siebzehn gewesen, nicht wahr?«, fragte Pálmi.

»Ja. Er stand damals schon auf eigenen Beinen. Er arbeitete als Laufbursche für ein Feinkostgeschäft, bediente dort aber auch im Laden. Er wollte seinen Vater und seine Geschwister ausfindig machen. Der alte Svavar hat ihm keinerlei Beachtung geschenkt. Halldór hat ihn ein einziges Mal zu Hause aufgesucht, Papa war damals schon weit über siebzig. Aber ich glaube, das war ein ziemlich schmählicher Empfang. Außer mir hat sich niemand von uns Halbgeschwistern um Halldór gekümmert, aber ich wollte ihm helfen. Er war ein höflicher und zurückhaltender junger Bursche, aber sehr angespannt. Irgendwie kam er mir wie das reinste Nervenbündel vor. Er wollte unbedingt etwas studieren und ging an die Pädagogische Hochschule, an der er ein gutes Examen gemacht hat. In Reykjavík bekam er keine Stelle, deswegen ging er aufs Land und begann zuerst als Lehrer in Hella und dann in Hvolsvöllur. Als dann in den Jahren nach dem Krieg Reykjavík immer größer wurde, weil die Leute vom Land in die Stadt strömten, mussten ständig neue Schulen eingerichtet werden, und entsprechend wuchs der Bedarf an Lehrern. Halldór hat dann bei der Víðigerði-Schule angefangen. Sein Gehalt war nicht schlecht, und er hatte Freude an der Arbeit. Heutzutage sind die Gehälter wohl erbärmlich, und alle beklagen sich über den schlechten Unterricht. Wie stellen sich die Leute das eigentlich vor?«

»Er hat nie geheiratet?«

»Halldór war ein kaputter Mensch, obwohl man es ihm nicht angemerkt hat.«

»Hat er mit dir darüber gesprochen, was er sich in Hvolsvöllur zuschulden kommen ließ?«

»Nein, das wollte er nicht. Aber es war so ernst, dass irgendjemand ihn später deswegen unter Druck setzen konnte. Man hat ihn richtiggehend erpresst. Er hat irgendwann mal gesagt, dass er ausgenutzt wurde.«

»Weißt du, was er damit genau gemeint hat?«

»Nein, ich habe keine Ahnung.«

»Als ich in der Volksschule war, bekamen alle Kinder jeden Tag Lebertrankapseln verabreicht. Davor wurde der Lebertran den Schulkindern in flüssiger Form eingetrichtert, löffelweise oder direkt aus der Flasche, aber viele ekelten sich vor dem Geschmack, und man konnte die Kinder kaum dazu bewegen, ihn zu schlucken. Einige haben auch alles wieder ausgekotzt. Außerdem war es unhygienisch, denn bei allen wurde derselbe Löffel verwendet. Deswegen ging man dazu über, Lebertran in kleinen Kapseln zu verteilen. Die waren sogar leicht gezuckert und schmeckten gar nicht schlecht, man bekam eine pro Tag. Auf dem Lehrerpult stand immer ein ganzes Glas voll davon. Das sollte der Gesundheitsvorsorge dienen. Inzwischen ist das aber längst abgeschafft worden. In der großen Pause bekamen wir eine Kapsel vom Lehrer ausgehändigt, und er passte auf, dass wir sie auch schluckten. Wir waren ziemlich versessen auf diese Lebertranpillen, und manchmal haben wir uns sogar heimlich über das Glas auf dem Lehrerpult hergemacht. Hat Halldór jemals mit dir über diese Lebertranpillen gesprochen?«

»Niemals«, antwortete Helena. »Nicht ein einziges Mal.«

Sechzehn

Am darauf folgenden Morgen prangte die Schlagzeile in Riesenlettern auf der ersten Seite der größten isländischen Tageszeitung. Erlendurs Magen krampfte sich zusammen, und er setzte sich mit der Zeitung in der Hand in die Küche.

Grundschüler unter Verdacht, ihren Lehrer ermordet zu haben.

Die Nachricht war bis ins kleinste Detail korrekt. Es hieß, dass es sich zuverlässigen Quellen zufolge um einen Mordanschlag gehandelt habe, als das kleine Holzhaus von Halldór Svavarsson im Þingholt-Viertel angezündet wurde, und dass die Ermittlung der Kriminalpolizei sich auf die Schulkinder konzentrierte. Erlendur sah im Geiste empörte Elternsprecher anrücken. Letzten Endes wusste er natürlich, dass es überhaupt keine Möglichkeit gegeben hätte, die Sache auf Dauer geheim zu halten, höchstens für eine ganz kurze Zeit. Er hatte aber gehofft, noch ein wenig mehr Karenzzeit zu haben. Das musste jetzt sofort aus der Welt geschafft werden, denn er hatte nicht vor, die nächsten Tage mit Presseinterviews zu verbringen. In der Nachricht wurde nicht erwähnt, wer der Informant war. Es war von »zuverlässigen Quellen« oder von »vorliegenden Informationen« die Rede.

In dem Artikel wurde auch mit dem Vorsitzenden des Elternbeirats der betroffenen Schule gesprochen, der kaum Worte fand, um seinem Missfallen an den Methoden der Polizei Ausdruck zu verleihen. Außerdem kam der Schulleiter zu Wort, der sich weitaus vernünftiger ausdrückte und erklärte, sich nicht dazu äußern zu wollen, solange die Ermittlungen im Gange waren. Er bestätigte allerdings, dass sich die Kriminalpolizei mit ihm unterhalten hatte, weil Halldór an seiner Schule tätig gewesen war. Er log nicht einmal, als er erklärte, sich nicht erinnern zu können, dass Halldór sich über die Schüler beschwert hätte, die ihm das Leben zur Hölle gemacht hatten. Halldór hatte sich ja nicht beklagt.

Das Telefon klingelte. Der Polizeidirektor war am Apparat.

»Hast du schon die Zeitung gesehen? Bei mir hat gerade der Premierminister angerufen und gefragt, ob wir noch ganz bei Trost wären. Und, sind wir noch ganz bei Trost?, frage ich dich. Er erklärte rundheraus, dass isländische Schulkinder so etwas nicht machen würden. Und auf gar keinen Fall in diesem Stadtviertel.«

»Moment mal, heißt das, dass der Mann voll und ganz über den Fall informiert ist?«, sagte Erlendur. »Du hast ihm hoffentlich gesagt, dass wir hier eine Routineuntersuchung durchführen, dass der Tote an dieser Schule unterrichtet hat und dass wir uns lediglich mit der Schulleitung unterhalten haben. Dass nichts darauf hindeutet, dass die Kinder damit in Verbindung stehen, und dass billiger, schlampiger Journalismus wie dieser hier die Ermittlungen in unzulässiger Weise behindert. Das muss klargestellt werden, wenn du heute Nachmittag eine Pressekonferenz anberaumst. Wir dementieren alles. Das ist von größter Wichtigkeit, und wir tun es im Interesse der Ermittlungen. Es darf nichts nach außen dringen. Die Ermittlungen sind erst im Anfangsstadium, und wir bedauern zutiefst, dass vertrauliche Informationen an die Presse weitergegeben wurden. Wer auch immer dafür verantwortlich ist, wird den Hut nehmen müssen. Und wir werden denjenigen kriegen, der das an die Presse weitergegeben hat. Das und nichts anderes sagen wir heute und in den nächsten Tagen, wenn die Leitungen heißlaufen.«

»Aber der Elternbeirat? Die Schwägerin des Premierministers ist dort Vorsitzende.«

»Elternbeirat«, fauchte Erlendur. »Die können mich mal.«

»Wann hast du Zeit für eine Pressekonferenz?«

»Trommel sie um drei Uhr zusammen. Dann haben die Fernsehanstalten genügend Zeit, um daraus eine Abendnachricht nach unseren Vorgaben zu machen. Wir müssen auch darauf bestehen, dass die Zeitungen morgen auf der Titelseite eine Gegendarstellung bringen.«

Erlendur beendete das Gespräch. Für ihn waren Journalisten eine Landplage, und er mied sie, soweit sich das machen ließ. Kaum hatte er aufgelegt, klingelte das Telefon wieder, aber er ging nicht dran. Es klingelte unablässig mit kurzen Pausen dazwischen. So lange, bis Erlendur schließlich die Tür hinter sich zuschlug und zum Auto rannte.

Die Telefonleitungen bei der Kriminalpolizei liefen immer noch heiß, als Erlendur wieder im Büro erschien. Die Kollegen warteten bereits auf ihn und hatten sich schon im Konferenzraum eingefunden, damit die Besprechung beginnen konnte. Sie unterhielten sich leise miteinander, aber alle verstummten, als Erlendur den Raum betrat.

»Dieses Leck werde ich auf die einzige Weise stopfen, die mir zu Gebote steht«, erklärte er vollkommen beherrscht und souverän. »Dies ist bis auf weiteres die letzte morgendliche Besprechung. In einem Fall wie diesem ist es unerhört wichtig, dass wir in Ruhe arbeiten können, zumal Schulkinder involviert sind. Mit dieser Ruhe ist es jetzt vorbei, weil jemand hier in diesem Raum seine Schnauze nicht halten konnte. Es ist von entscheidender Bedeutung, dass über den Fall nur innerhalb dieses Gebäudes gesprochen wird. Ehefrauen, Ehemänner, Geliebte, Freunde, Anverwandte, Kinder, Greise oder Haustiere dürfen nicht das Geringste über diesen Fall erfahren. Ihr steht alle unter Schweigepflicht, und es ist enorm wichtig, dass ihr euch daran haltet. Wenn der Informant gefunden ist, fliegt er. Und ich werde ihn finden. Ich gehe davon aus, dass er sich selber im Klaren darüber ist, und wünsche ihm alles Gute für die Zukunft. Ende der Besprechung.«

»Warum unterstellst du, dass die undichte Stelle hier bei uns ist?«, fragte Elínborg, bevor die Leute sich in Bewegung setzten. »Sie könnte genauso gut irgendwo anders im Haus sein.«

»Wenn man sich den Artikel genau anschaut, könnte man meinen, dass der betreffende Journalist hier unter uns gewesen wäre. Er hätte sich ja auch in dieser Menge ganz gut verstecken können. Wir leben in einer winzigen Gesellschaft, in der der Klatsch blüht. Es ist bedauerlich, wenn man die Informationen an die Medien filtern muss, aber noch schlimmer ist es, sie innerhalb dieses Hauses einschränken zu müssen.«

Der Raum leerte sich innerhalb kurzer Zeit und zurück blieben Erlendur, Sigurður Óli und der Polizeidirektor.

»Die Pressekonferenz ist um drei«, erklärte Letzterer. »Ist es wirklich erforderlich, diese morgendlichen Besprechungen abzusagen? Ich glaube, sie haben viel bewirkt.«

»Damit werden klare Linien gesetzt. Alle sollen wissen, dass wir gegen einen Vertrauensbruch dieser Art mit aller Härte vorgehen, und außerdem finde ich, dass diese regelmäßigen Sitzungen uns nur aufhalten. Solche Versammlungen bringen gar nichts. Das Einzige, was dabei rauskommt, ist Gelaber.«

»Da stimme ich aber keineswegs mit dir überein. Im Kultusministerium haben sie sehr viel bewirkt.«

»Genau. Und wenn du genau hinschaust, siehst du, wie es

um die Kultur und die Bildung in diesem Lande bestellt ist. Schulkinder stecken ihren Lehrer in Brand!«

»Das ist reine Polemik und eine komplette Verdrehung der Tatsachen.«

»Könnten wir vielleicht zur Sache kommen? Sigurður Óli, du bringst in Erfahrung, was diejenigen, die sich in der Nachbarschaft, bei den Tankstellen und auf den Baumärkten umgehört haben, herausfinden konnten. Ich weiß zwar noch nicht, wie wir das angehen sollen, aber wir müssen uns mit diesen Kindern unterhalten, die Halldór unterrichtet hat. Wir müssen uns auch noch einmal mit Helena befassen. Ihr muss klar gemacht werden, dass sie kein Recht hat, die Ermittlungen zu behindern.«

»Das überlasse ich euch«, sagte der Polizeidirektor und gab vor, überaus beschäftigt zu sein. »Denkt an die Pressekonferenz um drei.«

Im Konferenzraum klingelte das Telefon. Sigurður Óli nahm ab. Es handelte sich um ein R-Gespräch aus Hvolsvöllur, und es wurde gefragt, ob das Gespräch angenommen würde. Sigurður Óli gab sein Einverständnis. Es folgte eine kurze Stille in der Leitung, und dann verlangte ein Mann, mit dem leitenden Beamten im Mordfall Halldór Svavarsson zu sprechen. Sigurður Óli gab den Hörer an Erlendur weiter.

»Am Apparat. Wer spricht?«

»Es ist wegen Halldór«, sagte der Mann und räusperte sich. »Mein Name ist Guðni, und ich war seinerzeit Rektor an der Volks- und Mittelschule hier in Hvolsvöllur. Ich möchte mit euch über etwas reden, das an meiner Schule vorgefallen ist, als er hier unterrichtete. Ich hab heute Morgen in der Zeitung gelesen, dass seine Klasse unter Verdacht steht, und ich habe mich gefragt, ob er jemals aufgehört hat.«

»Aufgehört hat?«, wiederholte Erlendur. »Aufgehört hat womit? Zu unterrichten?«

»Nein, ich meine aufgehört hat mir den Jungen.«
»Wovon redest du eigentlich?«
»Darüber möchte ich lieber nicht am Telefon sprechen.«
»Ich werde sofort jemanden zu dir schicken, der das, was du zu sagen hast, zu Protokoll nimmt.«
»Ausgezeichnet«, entgegnete der Mann am Telefon und nannte eine Adresse in Hvolsvöllur. Nachdem Erlendur aufgelegt hatte, beorderte er Sigurður Óli, aufs Land zu fahren und mit diesem Guðni zu sprechen, da er selbst an dieser dämlichen Pressekonferenz teilnehmen müsse. Sigurður Óli notierte sich die Adresse und machte sich unverzüglich auf den Weg. Erlendur befürchtete, dass Anrufe dieser Art jetzt zu Hunderten eingehen würden und die Polizeikräfte um ein Vielfaches verstärkt werden müssten. Er befasste sich der Reihe nach mit seinen Mitarbeitern, aber bei den gestrigen Befragungen war eigentlich so gut wie nichts herausgekommen, außer dass feuerbeständiges Schnurmaterial auch beim Räuchern von Lebensmitteln verwendet wird, sowohl beim Räuchern von Lammfleisch als auch von Lachs.
»Was willst du damit sagen?«, fragte Erlendur den Polizisten grantig, der ihm diese Auskunft gegeben hatte. »Sind wir jetzt also hinter einem Ökotrophologen her?«

Sigurður Óli musste auf dem Weg nach Hvolsvöllur den Hellisheiði-Pass überqueren, der um diese Jahreszeit seine Tücken haben konnte, aber Sigurður Óli war einer der großen Geländewagen der Polizei zur Verfügung gestellt worden. Der Pass war tief verschneit, und in den dichtesten Schneeschauern konnte man nicht die Hand vor Augen sehen. Im Radio war den Leuten abgeraten worden, diese Strecke zu fahren. An einer Stelle überholte er einen der geländegängigen Wagen der Rettungsmannschaften, die all denen Beistand leisteten, die von der Straße abgekommen waren oder hoffnungslos festsaßen. Nicht wenige Autos standen am Straßenrand, weil ihre Besitzer vor dem Wetter kapituliert hatten. Bei einigen war die Warnblinkanlage eingeschaltet, bei anderen nicht. Wahrscheinlich ist die Batterie leer, dachte Sigurður Óli, während er an ihnen vorbeipreschte. Er kam trotz der Straßenlage zügig vorwärts, aber es wäre ihm nicht eingefallen, unterwegs zu halten und anderen seine Hilfe anzubieten. Der Jeep schaffte die Strecke spielend. Als er die Serpentinen bei Hveragerði hinunterfuhr, besserten sich die Straßenverhältnisse zusehends. Er brauchte nicht lange bis Selfoss, und nach einer weiteren knappen Stunde war er in Hvolsvöllur. Er hatte trotz widriger Wetterverhältnisse kaum mehr als zwei Stunden gebraucht.

Der ehemalige Schulleiter Guðni wohnte in einem Viertel mit lauter Einfamilienhäusern, die Sigurður Óli alle gleich auszusehen schienen, und zwar nicht nur in Hvolsvöllur, sondern in ganz Island; ein simpler viereckiger Betonkasten mit angebauter Garage. Er ging zum Haus und klingelte. Guðni kam selbst zur Tür, stellte sich vor und erklärte, ihn erwartet zu haben. Sie tauschten ein paar Bemerkungen über das Wetter, die Straßenverhältnisse und den Pass aus, bevor sie sich mit einer Tasse Kaffee setzten. Sigurður Óli gab sich alle Mühe, nett zu sein, und bedankte sich bei der Dame des Hauses ausgiebig für den Kaffee. Erst als er diese ganze Prozedur hinter sich gebracht hatte, konnten sie zur Sache kommen.

»Ich hatte damals schon einige Jahre die Volks- und Mittelschule hier geleitet«, begann Guðni und reckte das Kinn vor. Sigurður Óli registrierte, dass die Ehefrau in ein anderes Zimmer ging und die Tür hinter sich zumachte, und er überlegte, ob sie das so abgesprochen hatten. Sie war außerordentlich beflissen und zuvorkommend gewesen und lächelte die ganze Zeit übertrieben, aber Sigurður Óli hatte den Eindruck, als müsste sie sich ganz schön Mühe dabei geben. Die wichtigtuerische Art des ehemaligen Schulleiters entging ihm nicht. Guðni war in der kleinen Landgemeinde eine einflussreiche Persönlichkeit, und das seit vielen Jahren. Er redete ziemlich geschwollen daher und hielt sich vor lauter Einbildung so gerade, als hätte er einen Stock verschluckt. Der ansehnliche Bauch, den er vor sich herschob, ließ ihn irgendwie unförmig wirken. Sein Gesicht war voller Falten, und während sie miteinander redeten, zündete er sich eine Zigarette an der anderen an. Guðni erklärte, in der Zeitung über Halldórs Tod gelesen und die Nachricht von dem Brand im Fernsehen gesehen zu haben, aber als am nächsten Morgen in der Zeitung stand, dass es sich um Mord handelte und die Kinder in der Schule unter Verdacht stünden, hatte er sich gezwungen gesehen, Verbindung mit der Polizei aufzunehmen. Sigurður Óli musste an all die Informationen denken, mit denen die Kriminalpolizei von nun an bombardiert werden würde. Nach mühsamster Nachforschung würde sich dann herausstellen, dass es sich bei den allermeisten um völlig wertlose Hinweise handelte. Aber es konnte auch etwas Brauchbares dabei sein.

»Halldór kam seinerzeit von Reykjavík nach Hvolsvöllur, nachdem er das Studium an der Pädagogischen Hochschule abgeschlossen hatte«, fuhr der ehemalige Schulleiter fort, schaute über Sigurður Óli hinweg und sog gierig den Zigarettenrauch ein. »Er war nicht nur jung und interessiert, sondern er machte auch sonst einen guten Eindruck, so gut, dass wir ihn sogar manchmal zu uns zum Essen eingeladen haben. Er hatte Freude am Unterrichten, und die Kinder mochten ihn gern. Er war sehr um sie bemüht und setzte alles daran, ihr Vertrauen zu gewinnen. Als Neuling hatte er zunächst keinen ganz leichten Stand. Hvolsvöllur ist genau wie jeder andere kleine Ort in Island. Da gibt es bestimmte feste Strukturen und Zugezogene finden nicht so leicht Zugang, auch wenn sie schon einige Jahre im Ort gelebt haben.«

»Ich weiß, was du meinst«, warf Sigurður Óli ein, »ich habe einige Zeit in Akureyri gelebt.«

»Genau«, sagte Guðni. »Wir sind hier vielleicht nicht ganz so schlimm, aber wir bleiben auch gerne unter uns und bringen Neuankömmlingen oft wenig Interesse entgegen, abgesehen davon, dass man sich natürlich die Mäuler über sie zerreißt. In Akureyri äußert sich diese Kleinstadtmentalität in unerträglichen Minderwertigkeitskomplexen, die dann, wie du weißt, mit Größenwahn kompensiert werden. Das wirst du bestimmt kennen gelernt haben. In gewissem Sinne gilt das auch für uns hier. Halldór stammte aus Hella, und man wusste dort nichts Schlechtes über ihn zu berichten. Als er bei mir anfing, erklärte er mir, dass er eine Veränderung brauchte. Ich war sehr froh, denn er war ein guter Lehrer. Damals, genau wie heute, war es schwierig, auf dem Land gut ausgebildete Kollegen zu bekommen. Seit jeher zieht Reykjavík die Leute an, aber in diesen Jahren nach dem Krieg war es besonders schlimm. Ich habe ebenfalls eine Zeit lang mit dem Gedanken gespielt, in die Stadt zu ziehen. Aber wie dem auch sei, deswegen war ein Mann wie Halldór ein Gewinn. Wir hofften damals, dass er hier Wurzeln schlagen würde, und ich glaube, dass er selber auch daran interessiert war.«

»Aber daraus wurde nichts«, warf Sigurður Óli ein.

Guðni schüttelte den Kopf.

»Ich habe jahrzehntelang nicht darüber sprechen können, denn das ist alles andere als einfach. An den Schulen fehlte hinten und vorne Personal, und deswegen übernahmen die Lehrer auch verschiedene andere Aufgaben. Halldór war einige Jahre lang neben dem Unterricht in den allgemeinen Fächern auch für den Sportunterricht zuständig.

Alles klappte wunderbar, und die Schüler kamen hervorragend mit ihm aus. Doch dann waren auf einmal Gerüchte in Umlauf, die meiner Meinung nach von einer gewissen Frauenvereinigung hier im Ort ausgegangen waren, die eine ziemlich einflussreiche Rolle im gesellschaftlichen Leben bei uns spielt. Es war nämlich so: Halldór hat sich überhaupt nicht mit Frauen abgegeben, er hat ihnen nicht das geringste Interesse entgegengebracht. Er sah gar nicht so schlecht aus, er wirkte sehr sympathisch, und da gab es schon einige, die ein Auge auf ihn geworfen hatten. Aber er war ganz einfach nicht für so etwas zu haben. Sie luden ihn zu sich nach Hause ein. Wenn er sich bei Tanzveranstaltungen blicken ließ, wurde er so von den Frauen umschwärmt, dass die Männer am Ort schon argwöhnisch wurden, du weißt, was ich meine.«

Sigurður Óli nickte verstehend.

»Es war nämlich nicht nur die unverheiratete Weiblichkeit, verstehst du, die ihn zu umgarnen versuchte. Als er aber überhaupt nicht darauf reagierte und stets und ständig Ausflüchte machte – das ging ein paar Jahre so –, konnte man nur den Schluss ziehen, dass Halldór nichts mit Frauen im Sinn hatte. Und wenn das stimmte, konnte er nur das sein, was man in meiner Jugend einen warmen Bruder nannte. Ich habe in dieser Zeit einige Male mit ihm darüber geredet, also, ich meine natürlich, über die Frauen, ob er nicht vor Anker gehen und sich hier im Dorf niederlassen wollte. Ich fand, dass mir das durchaus zustand, wir waren so etwas wie befreundet. Aber auf dieses Thema wollte er nie eingehen. Faselte nur so was daher, dass er noch nicht bereit sei, ein Heim und eine Familie zu gründen. Er versicherte mir, dass ich mir seinetwegen keine Gedanken zu machen bräuchte. Ich gab mich damit zufrieden, warnte ihn aber, dass er eine ideale Zielscheibe für Klatsch böte, was er sich aber nicht zu Herzen nehmen dürfe. So etwas

sei nur vorübergehend. Er erklärte daraufhin, dass er genau wüsste, was ich meinte. Und dann sind wir nie wieder darauf zu sprechen gekommen. Er war überaus zuvorkommend und liebenswürdig, das war er immer, der verfluchte Kerl.«
Guðni zündete sich die nächste Zigarette am noch brennenden Stummel an, den er dann ausdrückte. Er inhalierte den blauen Dunst tief und behielt ihn lange in den Lungen, bevor er ihn wieder hinausblies.
»Aber dann ist etwas passiert«, sagte Sigurður Óli.
»Zu diesem Zeitpunkt war er in den Augen der Dorfbewohner schon ein warmer Bruder, und die Leute redeten so über ihn, ohne dass er eine Ahnung hatte, was sich hinter seinem Rücken abspielte. Die Gemeinschaft schloss ihn völlig aus, wenn du verstehst, was ich meine. So etwas merkt man nur, wenn man darauf achtet, aber das tat Halldór nicht. Die Stimmung war völlig umgeschlagen – schwierig zu beschreiben, aber wer sein ganzes Leben in einem kleinen Dorf gelebt hat, bekommt das mit und nimmt auch daran teil. Das ist nicht so zu verstehen, dass ich ihm die Tür gewiesen hätte, beileibe nicht, aber meine aktive Teilnahme bestand darin, dass ich ihm nicht gesagt habe, was im Gange war. Im Nachhinein lässt sich leicht sagen, dass es das einzig Richtige gewesen wäre, aber es ist auch nicht ganz einfach, eine derartige Situation in den Griff zu bekommen, und wahrscheinlich hätte es, so, wie die Dinge damals standen, auch überhaupt keinen Unterschied gemacht.«
Guðni schwieg eine Weile.
»Damals haben nämlich die Jungen angefangen, sich über ihn zu beschweren. Ich kann mich vor allem an einen Vorfall erinnern, den werde ich bestimmt mein Lebtag nicht vergessen. Ein Junge hier in der Nachbarschaft war eines Tages allein zu Hause und fing an, Hausputz zu machen.

Er hatte im ganzen Haus Staub gewischt, hatte die Fenster und sämtliche Spiegel in der Wohnung mit Seifenlauge geputzt. Als die Eltern nach Hause kamen, war er dabei, den Fußboden in der Küche zu schrubben. Ein Junge, der vorher zu Hause nie auch nur einen Finger krumm gemacht hatte, bekam plötzlich einen Putzfimmel! Und dann zündete er im Garten seine Sachen an, buchstäblich alles, was er anzuziehen hatte. Er war nackt, als man ihn dabei überraschte. Niemand begriff, was da vor sich ging. Erst nachdem Halldór mit Schimpf und Schande wegen anderer Vorfälle davongejagt worden war, knöpfte man sich den Jungen noch einmal vor. Er hielt dem Druck nicht stand und erzählte, was zwischen ihm und seinem Lehrer vorgefallen war. Es war scheußlich, kann ich dir sagen.«

»Haben sich danach noch mehr Jungen gemeldet?«, fragte Sigurður Óli.

»Halldór hatte, wie ich bereits gesagt habe, neben dem Unterricht noch andere Aufgaben, er gab nebenbei Sport und hatte die Aufsicht in den Duschen. Ein Schüler in der letzten Klasse der Volksschule erzählte seinen Eltern, dass Halldór ihm unheimlich war. Er würde dauernd da herumstehen und sie ganz komisch angucken. Manchmal seifte er sie sogar ein oder ging mit ihnen unter die Dusche, wo er einen Ständer bekam und sich an die Jungen drückte. Die Geschichte ging wie ein Lauffeuer durch den Ort. Als der nächste Schultag anbrach, gab es keine einzige Menschenseele im Ort, die sie nicht gehört hatte. Im Laufe des Tages sagten zwei Jungen aus, dass Halldór ihnen Geld angeboten hätte, wenn sie ihm gewisse Gefälligkeiten erweisen würden. Sie hatten sich geweigert, deswegen war nichts daraus geworden, doch dann stellte sich heraus, dass andere Jungen das Geld angenommen hatten, und einige mehrfach. Hier im Dorf war die Hölle los.«

»Hat Halldór sich dazu geäußert?«
»Halldór wurde buchstäblich aus der Stadt gejagt, und wir haben ihn nie wieder gesehen. Es war beschlossene Sache, ohne dass groß darüber geredet wurde, die Angelegenheit unter den Tisch zu kehren und alles so schnell wie möglich zu verdrängen. Aber Halldór musste auf irgendeine Weise bestraft werden. Einige Männer taten sich zusammen, sind ihm auf die Bude gerückt und haben ihm damit gedroht, dass er, falls er nicht augenblicklich und für immer aus dem Dorf verschwinden sollte, sein Leben riskierte. Die Leute waren unwahrscheinlich aufgebracht. Wir hatten diesen Mann gut aufgenommen, verstehst du? Hatten ihn wirklich mit offenen Armen empfangen und uns ihm gegenüber immer nur von unserer besten Seite gezeigt, und er hat sich im Gegenzug die ganze Zeit an unseren Kindern vergangen, dieser verfluchte Dreckskerl. Und was für einen verdammt guten Eindruck er gemacht hatte! Er gab zu, Probleme zu haben, wollte aber nicht näher darauf eingehen. So führt man sich doch nicht auf, es sei denn, dass an den Vorwürfen etwas Wahres dran ist.«
Guðni steckte sich wieder eine Zigarette an und inhalierte tief.
»Hat er es tatsächlich zugegeben, oder war das Ganze nur eine hysterische Reaktion? Ich meine, wenn die Jungen gehört hätten, dass er angeblich schwul war, wäre es doch denkbar, dass sie sich irgendwelche Storys ausgedacht haben.«
»Nein, so war es nicht. Er hat alles zugegeben.«
»Weswegen wurde er nicht vor Gericht gestellt?«
»Wahrscheinlich, weil wir diese Schande nicht öffentlich zugeben wollten. Niemand war an so einer Publicity interessiert. Dass wir einen Mann unter uns geduldet hatten, der unsere Kinder missbrauchte. Wir fühlten uns schuldig. Das waren damals ganz andere Zeiten als heute, wo derar-

tige Probleme im Fernsehen breitgetreten werden und die Leute es sogar spannend finden. Wir hätten natürlich die Augen offen halten sollen, und deswegen haben wir uns die Schuld daran gegeben, was geschehen ist. Du kannst dir nicht vorstellen, was ich durchgemacht habe, als die schlimmste Hysterie ausbrach. Es hat nicht viel gefehlt, und ich hätte ebenfalls die Flucht ergriffen.«

»Eine öffentliche Diskussion ist in solchen Fällen notwendig«, erklärte Sigurður Óli, der versuchte, nicht unerträglich förmlich zu wirken, was ihm allerdings nicht besonders gelang. »Auf diese Weise können andere gewarnt werden. Ich meine, er hat doch, nachdem er von hier weggejagt wurde, weiterhin an Volksschulen unterrichtet. In solchen Dingen hat man doch eine Verantwortung und Verpflichtungen.«

»Wie ich bereits gesagt habe, damals gab es noch nicht dieses ganze Mitverantwortungsgeschwätz und diese Spezialabteilung für Kindesmissbrauch beim Jugendamt. Es interessierte uns nicht im Geringsten, was aus Halldór wurde und was er machte, Hauptsache, wir waren ihn los. Er war pervers. Wir haben lange gebraucht, um darüber hinwegzukommen, und Fremden gegenüber wurden wir noch misstrauischer. Ich will damit nicht sagen, dass hier alle Leute Engel sind, aber wir kennen einander ziemlich gut, denke ich, und wir wissen, was wir voneinander zu halten haben.«

»Glaubst du, dass Halldór bis in seine höheren Dienstjahre damit weitergemacht hat, ohne dass jemals etwas herausgekommen ist?«

»Als ich heute Morgen die Zeitung las, habe ich einen richtigen Schock bekommen. Hier waren damals einige durchaus bereit, dem Kerl den Garaus zu machen, als er entlarvt worden war. Kann sein, dass seine Klasse unter Verdacht steht, aber meines Erachtens solltet ihr auch die Eltern in

Betracht ziehen. Ich habe den Zorn und den Hass bei den Eltern gesehen, und das ist etwas sehr Gefährliches.«
»Willst du damit sagen, dass er damals von einigen Eltern misshandelt worden ist?«
»Nein, nein, weit davon entfernt. Sie sind bloß etwas handgreiflich geworden. Er war ihnen unheimlich, weil er sie bloß widerlich angegrinst hat.«
Sie unterhielten sich noch eine Weile. Guðnis Frau blieb in ihrem Zimmer, solange sie miteinander sprachen, und sie verabschiedete sich nicht von Sigurður Óli, als er das Haus verließ. Er stieg in seinen Jeep. In der Zwischenzeit hatte so heftiger Schneefall eingesetzt, dass man kaum das nächste Haus sehen konnte. Niemand war in diesem düsteren Ort unterwegs. Er konnte gerade noch Guðni am Fenster erkennen, der mit den Händen in den Hosentaschen dastand und dem Kriminalbeamten nachblickte. Guðni hatte Sigurður Óli darum gebeten, Halldórs Zwischenspiel in Hvolsvöllur der Presse gegenüber nicht zu erwähnen. Danach hatte er noch eine Weile über Reykjavík geredet, dass er als junger Mann immer davon geträumt hatte, in die Stadt zu ziehen, aber dass nichts daraus geworden wäre. Er hatte geheiratet und Kinder bekommen und war an Ort und Stelle geblieben. Er hatte in erster Linie an seine Familie gedacht. Sigurður Óli verstand zwar, was er meinte, wusste aber nicht, was ihn das anging.
»Ja, und dann war da noch etwas«, hatte der Schulleiter gesagt. »Ich hatte es schon fast vergessen, und außerdem weiß ich nicht, ob es überhaupt eine Rolle spielt.«
Sigurður Óli hatte bereits die Haustür geöffnet.
»Und was war das?«, fragte er.
»Einige Jahre später wurde ich von einem Mann angerufen, der nach Halldór fragte.«
»Wie meinst du das, nach Halldór fragte?«
»Er fragte mich, ob Halldór an meiner Schule unterrichtet

und weswegen er dort aufgehört hätte. Ich kann mich erinnern, der Mann klang ziemlich unverschämt am Telefon und hatte einen so rüden Ton am Leib, dass es schon fast an Unhöflichkeit grenzte. Er wollte diverse Auskünfte über Halldór. Weil ich davon ausging, dass er von einer Behörde war, habe ich ihm genau erzählt, was hier vorgefallen ist, aber später habe ich es bereut.«

»Wieso?«

»Ich wusste überhaupt nicht, mit wem ich da sprach. Als er das, was er wissen wollte, in Erfahrung gebracht hatte, legte er auf. Ich kam gar nicht dazu, ihn zu fragen, wer er war und in wessen Auftrag er anrief. Und irgendwie habe ich das Gefühl, dass es genau seine Absicht war, das nicht preiszugeben.«

Bevor Sigurður Óli losfuhr, wählte er Erlendurs Handynummer. Er war sich gar nicht bewusst, wie spät es war. Im Hauptquartier der Kriminalpolizei in Kópavogur hatte gerade die Pressekonferenz begonnen, als Erlendurs Handy in seiner Tasche klingelte. Er hatte vergessen, es auszustellen. Der Polizeidirektor sagte gerade ein paar einleitende Worte, um im Anschluss daran Erlendur das Wort zu übergeben, der sich den Fragen der Journalisten stellen sollte. Er verstummte mittendrin. Der Konferenzraum war bis zum letzten Platz gefüllt mit Journalisten, Fernsehreportern, Kameraleuten und Fotografen. Ihre Aufmerksamkeit galt in erster Linie Erlendur, und sie waren gespannt auf seine Reaktion, ob er den Anruf annehmen oder das Handy abschalten würde. Man hörte nur das leise Surren der Kameras und das Klicken der Fotoapparate, als er das Handy herauszog und ans Ohr hob.

»Ja«, sagte er, schaute vor sich auf den Tisch und versuchte, sich nicht das Geringste anmerken zu lassen. Natürlich hätte er nicht antworten dürfen, sondern das Handy ausschalten sollen. Er erkannte die Stimme sofort.

»Halldór war Päderast«, sagte Sigurður Óli und ließ den Motor an.
Erlendur nickte und stellte das Handy ab. In den Abendnachrichten der isländischen Fernsehsender konnte man sehen, wie er das Telefon weglegte und wieder in die Runde blickte, als sei nichts vorgefallen.

Siebzehn

Zur gleichen Zeit, als Sigurður Óli den Jeep startete, ging Helena zu Boden.

Der Mann, der behauptet hatte, vom Notdienst zu sein, hatte sie mit einem wuchtigen Hieb niedergestreckt. Sie hatte den Mann nie zuvor gesehen. Da sie nie einen der Leute vom Notdienst zu Gesicht bekommen hatte, war sie so froh, als sie den Mann in der blauen Latzhose sah, dass sie sämtliche Vorsichtsmaßregeln außer Acht ließ. Er hatte bei ihr geklingelt und etwas Unverständliches an der Tür gemurmelt. Helena hörte nicht, was er sagte, und sein Gesicht war kaum zu erkennen. Sie löste die Sicherheitskette, drehte sich um und ging ins Wohnzimmer. Sie begann, ihm Vorwürfe zu machen, wie nachlässig er sich um die Bedürfnisse und Probleme der Menschen kümmerte. Sie und die anderen Leute auf ihrer Etage hätten so oft versucht, ihn zu erreichen, und sie hatten Nachrichten hinterlassen. Als sie sich wieder zu ihm umwandte, hatte der Mann die Tür zugeschlagen, kam mit hoch erhobenem Knüppel in der Hand auf sie zu und versetzte ihr einen Hieb auf den Kopf. Sie verlor das Bewusstsein und brach zusammen.

Erlendur bekam die Meldung um die Abendessenszeit. Alles, was derzeit in Reykjavík oder anderorts in Island an kriminellen Delikten passierte, musste gemäß den Weisungen ihm oder seinen Mitarbeitern gemeldet werden. Der für Einbruchsdelikte zuständige Kollege hatte den Überfall auf Helena sofort weitergeleitet. Für Erlendur bestand vom ersten Moment an kein Zweifel daran, dass hier eine Verbindung zum Mord an Halldór bestand. Ein Mädchen, das unerlaubterweise getrockneten Fisch im Altersheim verkaufte, hatte die Tür nur angelehnt vorgefunden und in die Wohnung hineingerufen. Als keine Antwort kam, hatte sie die Tür aufgestoßen und den Kopf hineingesteckt, aber erst, als sie in die Diele eingetreten war, sah sie Helena auf dem Boden liegen. Daneben ein großer dunkler Fleck vom Blut aus einer Wunde am Kopf. In der Wohnung herrschte das totale Chaos.

Jetzt wartete das Mädchen auf dem Korridor und war erstaunlich gefasst. Nachdem sie Helena gefunden hatte, war sie wie hypnotisiert zum nächsten Appartement gegangen und hatte die Polizei angerufen. Sämtliche verfügbaren Mitarbeiter waren zur Stelle.

Helena war in die Unfallklinik eingeliefert worden und war immer noch ohne Bewusstsein. Schwer zu sagen, ob sie überleben würde.

Das kleine Appartement wimmelte von Kriminalpolizisten, die Leute von der Spurensicherung waren da und die Fotografen. Mittendrin stand Erlendur und blickte sich um.

»Wer zum Kuckuck bist du?«, fragte er, als sein Blick auf die Eingangstür fiel.

Ein nicht sehr großer junger Mann stand in der Tür, er war schlank und hatte schon ziemlich schütteres Haar. Er sah mitgenommen aus und hatte dunkle Ringe unter den Augen. Der junge Mann, der einen grünen Parka und Jeans trug, schaute Erlendur mit traurigen Augen an. Er sah älter aus, als er war, und er wirkte entschlossen. Irgendetwas in seinem Aussehen gab zu erkennen, dass er sich nicht so leicht abwimmeln lassen würde. Erlendur konnte sich nicht erinnern, dass er je zuvor Besuch an einem Tatort bekommen hatte.

»Mir wurde gesagt, dass ich dich hier antreffen würde«, sagte der junge Mann und trat ein. »Mein Name ist Pálmi.«

Achtzehn

Der Südwestwind peitschte gegen das Haus, das wie ein dunkler, düsterer Felsklotz am Meer stand. Die weiß schäumenden Wogen brachen sich an der Betonmauer des Gartens. Drinnen in den Prachtgemächern hörte man den Wind heulen und brausen. Das ganze Haus lag im Dunkeln, nur aus einem großen Schlafzimmer drang ein Lichtschein.

»Ja«, meldete sich der Hausbesitzer.

»Er hat nichts bei der Schwester gefunden«, sagte die Stimme am Telefon.

»Also hat sie nichts in ihrem Besitz gehabt. Gut.«

»Sie hat sich zur Wehr gesetzt. Er hat sie beinahe umgebracht.«

»Warte einen Moment«, sagte der Mann und legte den Hörer beiseite. Er stieg aus dem Bett, drückte einige Tasten und ging in das anliegende Zimmer, in dem sich ebenfalls ein Telefon befand. Er hatte Vorrichtungen getroffen, dass an einigen Hausanschlüssen nicht mitgehört werden konnte.

»Warum ist er nicht einfach bei ihr eingebrochen, als sie nicht zu Hause war, um nach den Kassetten zu suchen?«, fauchte er. »Es war ja wohl völlig überflüssig, handgreiflich zu werden.«

»Ich war nicht dabei. Er hatte bestimmt nicht vor, so weit zu gehen, aber sie wurde wild und fing an, zu kratzen und zu beißen. Das behauptet er jedenfalls. Es könnte natürlich auch alles gelogen sein. Vielleicht ist er nicht der richtige Mann für diesen Job.«

»Was ist genau passiert?«
»Er hat ihr eins übergezogen, und sie hat das Bewusstsein verloren.«
»So ein verdammter Idiot. Nachdem gerade erst ihr Bruder umgebracht wurde. Klar, dass sie das miteinander in Verbindung bringen.«
»Das ist das Problem.«
»Und keine Kassetten?«
»Keine Kassetten.«
»Die müssen gefunden werden.«
»Aber was ist mit dem, der das Haus angezündet hat? Er könnte auch etwas wissen.«
»Möglich. Aber wer war das?«
»Daníel hatte einen jüngeren Bruder. Der hat ihn regelmäßig besucht, die ganzen Jahre über. Er könnte Probleme machen. Vielleicht wird er verdächtigt.«
»Wir müssen am Ball bleiben, was die Ermittlungen betrifft.«
»Ich kümmere mich um den Premierminister.«
»Du begreifst, worum es geht. Falls das jetzt alles ans Tageslicht kommt, besteht die Gefahr, dass die Verträge mit den Koreanern platzen. Kapierst du? Er wird der erste sein, den unsere Firma produziert, und das bedeutet Milliarden. So, wie die Geschäfte in den letzten Jahren gelaufen sind, kann dieser Vertrag ausschlaggebend dafür sein, ob der Konzern Bankrott geht oder nicht.«
»Die Deutschen sind in Korea. Soweit ich gehört habe, läuft alles nach Wunsch. Wir müssten es eigentlich schaffen, die Verträge ziemlich bald unter Dach und Fach zu bekommen. Und dann legen wir sofort los.«
Der Mann legte auf und ging wieder ins Schlafzimmer.
Alles in Ordnung, mein Freund, formte er mit den Lippen, ohne dass ein Laut zu hören war.

Neunzehn

Erlendur und ein paar seiner engsten Mitarbeiter saßen mit Pálmi im Hauptquartier der Polizei zusammen. Es war schon spät. Erlendur hatte Pálmi seinen Mitarbeitern vorgestellt. Da waren der rotblonde, gestylte Sigurður Óli und Einar, der schon lange bei der Kriminalpolizei war. Elínborg war Mutter von vier Kindern und geschieden. Wie Sigurður Óli hatte sie einen Universitätsabschluss, sie hatte Geologie studiert, aber dann nie in diesem Fach gearbeitet. Der jüngste von ihnen war Þórólfur, der zu Schulzeiten linksradikale Ansichten vertreten hatte, aber erzkonservativ geworden war, seitdem er Geld verdienen musste.

Sie saßen in Erlendurs Büro und tranken Kaffee. Erlendur rauchte. In allen öffentlichen Gebäuden war das Rauchen verboten, aber in seinem Büro ließ er sich nichts verbieten. Oft kamen Raucher aus anderen Abteilungen und fanden bei ihm Zuflucht.

Sie hörten zu, während Pálmi berichtete. Er sprach leise, langsam und vorsichtig und schien jedes Wort, das er von sich gab, auf die Goldwaage zu legen. Er erzählte ihnen von seinem Bruder Daníel, davon, wie er krank wurde und sich zum Schluss umgebracht hatte. Und dass Halldór ihn in den letzten Wochen besucht hatte. Pálmi zeigte ihnen das Klassenfoto.

»Damals ist er etwa zehn Jahre alt gewesen«, sagte er. »So ungefähr um die Zeit kam ich auf die Welt.«

Dann erzählte er von dem Mann, der bei der Beerdigung aufgetaucht und weggerannt war. Er erzählte ihnen nicht gleich von den Lebertrankapseln, denn er hatte das Gefühl, er müsse erst ihr Vertrauen gewinnen, bevor er näher darauf eingehen konnte. Er sprach über Helena, die ihm gesagt hatte, dass Halldór umgebracht worden war und dass er eine schlimme Kindheit gehabt hatte und sexuell missbraucht worden war – und dann später als Lehrer selbst Kinder missbraucht hatte. Helena hatte auch zu verstehen gegeben, dass danach irgendjemand Halldór unter Druck gesetzt und ihn gezwungen hatte, für sich zu arbeiten, wahrscheinlich in der Schule, vermutete Pálmi.

»Halldór wurde gefeuert, als herauskam, dass er sich an den Jungen in der Schule vergangen hatte«, warf Sigurður Óli ein. »Er ging dann nach Reykjavík und bekam die Stelle in der Víðigerði-Schule, in der er offensichtlich weiterhin seinen perversen Neigungen nachging.«

»So etwas kennt man ja. Ein Junge, der missbraucht worden ist, wird als Erwachsener selbst zum Päderasten«, sagte Elínborg. »Ich glaube, dafür gibt es massenweise Beispiele. Das sind widerwärtige Scheusale, aber irgendwie ist man auch gezwungen, Mitleid mit ihnen zu haben.«

»Sind die Eltern dahintergekommen«, fragte Einar, »oder die Schulbehörden?«

»Das ist ein ganz neuer Aspekt. Wir müssen mit dem früheren Schulleiter der Víðigerði-Schule reden«, sagte Erlendur.

»Einer der Gründe, weshalb ich mich an euch gewandt habe, ist die Bitte, mir zu helfen, diesen Mann hier zu finden«, sagte Pálmi und deutete auf den Kopf eines Jungen auf dem Klassenfoto. Ganz rechts am Ende der obersten Reihe stand ein Junge mit langen Haaren, der einen quer gestreiften Pullover trug und breit grinste.

»Wer ist das?«

»Das ist der, der bei Daníels Beerdigung aufgetaucht ist. Ich konnte mich vage an ihn erinnern. Er hat sich in all den Jahren ziemlich stark verändert, wahrscheinlich wie alle auf dem Bild. Er hat Daníel sehr gut gekannt und weiß etwas darüber, was damals passiert ist.«

»Weißt du, wie er heißt?«, fragte Einar.

»Sigmar, glaube ich. Ich habe versucht, ihn ausfindig zu machen, indem ich das Telefonbuch durchgegangen bin, andere Anhaltspunkte hatte ich nicht. Alle aus der Klasse haben ihre Namen auf die Rückseite geschrieben.«

Elínborg hielt das Foto in der Hand, drehte es um und sah, dass auf der Rückseite mit roten oder blauen Kugelschreibern die Namen der Schüler gekritzelt worden waren.

Pálmi zögerte einen Augenblick.

»Ich glaube, das Ganze steht mit Lebertranpillen in Verbindung. Sowohl Daníels Selbstmord, der Mord an Halldór als auch der Überfall auf Helena.«

»Wie bitte, Lebertranpillen?«, fragte Erlendur verblüfft und starrte Pálmi an.

»Ich weiß, dass es merkwürdig klingt, aber Lebertranpillen spielen dabei eine Rolle. In diesen Jahren, als Daníel in der Volksschule war, wurden allen Kindern in der Klasse Lebertranpillen verabreicht. Als ich in die Schule kam, gab es so etwas nicht mehr. Das war irgend so eine Gesundheitsvorsorgemaßnahme, denn damals gab es noch Ernährungsmängel in Reykjavík. Die Angestellten in der Klinik haben aufgeschnappt, wie Halldór und Daníel sich über Lebertrankapseln unterhielten, aber das war auch das Einzige, was sie mitbekommen haben. Niemand hat sich was dabei gedacht, dazu bestand ja auch kein Anlass. Als ich nach der Beerdigung mit Sigmar sprechen wollte, hat er Ausflüchte gebraucht und ist weggerannt, hat mir aber noch zugerufen, dass in diesen Kapseln kein Lebertran gewesen ist. Ich habe keine Ahnung, was er damit gemeint hat, aber genau das hat er gesagt. So absurd, wie es klingt, aber Lebertrankapseln haben etwas mit der Sache zu tun.«

Alle fünf schauten ihn an und überlegten.

»Was in aller Welt könnten Lebertranpillen mit dem Mord an Halldór und dem Überfall auf Helena zu tun haben?«, brach Erlendur schließlich das Schweigen.

»Ich glaube, wir müssen uns mit den früheren Klassenkameraden unterhalten«, sagte Elínborg, »um herauszufinden, was da eigentlich los war und wieso Halldór sie manipuliert hat. Vielleicht wissen ja noch einige andere etwas über diese … Lebertrankapseln.«

»Wenn sie keinen Lebertran enthielten, was dann?«, fragte Sigurður Óli.

»Genau«, sagte Pálmi. »Was dann?«

»Meinst du, dass ihnen irgendetwas ohne ihr Wissen verabreicht worden ist?«, fragte Elínborg.

»Ich denke an Betäubungsmittel«, erklärte Sigurður Óli. »Halldór hat die Jungen betäubt und dann an ihnen herumgemacht. Der Mann war an Perversität nicht zu überbieten.«

Er versuchte, sich das vorzustellen, und blickte in die Runde.

»Verdammt noch mal, das ist ja grauenhaft«, sagte Einar.

»Vielleicht hat einer aus der Klasse, möglicherweise sogar dieser Sigmar, sich nach all den Jahren aufgemacht und sich für das gerächt, was Halldór ihnen angetan hat«, sagte Erlendur. »Aber das sind nur Vermutungen. Das will alles erst mal bewiesen sein. Auch wenn er sich in Hvolsvöllur an kleinen Jungen vergangen und Helena gegenüber etwas zugegeben hat, wissen wir nicht, wie zuverlässig diese Informationen sind. Das müssen wir herausfinden.«

»Der ehemalige Schulleiter in Hvolsvöllur hat mich vor dem Zorn gewarnt, der in den Eltern solcher missbrauchten Kinder schwelt. Falls es in der Víðigerði-Schule um sexuellen Missbrauch geht, müssen wir unser Augenmerk auch auf die Eltern dieser Kinder richten«, sagte Sigurður Óli. »Seltsam finde ich nur, dass das erst jetzt ans Tageslicht kommt. Die Kinder haben es die ganzen Jahre über verschwiegen, das ist gelinde gesagt ganz schön seltsam. Hat Daníel jemals mit dir darüber gesprochen?«, fragte er Pálmi.

»Nie. Aber Daníel und ich hatten kein besonderes Verhältnis zueinander, und ich kannte ihn eigentlich nur als kranken Menschen.«

»Ich wollte euch noch sagen«, warf Einar ein, »was die Recherchen bei den Tankstellen ergeben haben. Sie haben endlich einen Tankwart bei der BP-Tankstelle an der Skúlagata ausfindig gemacht. Er konnte sich an einen Mann erinnern, der Halldór aufs Haar glich und der sich Benzin in einen Zehnliterkanister füllen ließ. Das ist mehr als einen Monat her. Der Tankwart war ziemlich sicher, dass es Halldór gewesen ist.«

»Halldór hat dann den Kanister bei sich zu Hause aufbewahrt, und sein Mörder hat sich das zunutze gemacht«, sagte Sigurður Óli.

»Wieso hat Halldór Benzin gekauft?«, fragte Elínborg. »Er hatte doch kein Auto. Und zehn Liter sind ein bisschen viel für beispielsweise ein Feuerzeug.«

»Dieser Fall wird immer merkwürdiger«, erklärte Þórólfur und kratzte sich am Kopf.

»Lassen wir es für heute genug sein«, sagte Erlendur. »Wir haben einige Hinweise, denen wir nachgehen müssen. Die Kinder aus Halldórs letzter Klasse stehen zwar noch unter Verdacht, aber wir müssen auch die früheren Jahrgänge unter die Lupe nehmen, vor allem Daníels Klasse. Wir müssen mit den Eltern reden. Es ist natürlich unwahrscheinlich, dass wir das machen können, ohne dass sich herumspricht, um was es geht, aber ich möchte euch bitten, die Sache sehr, sehr vorsichtig anzugehen und unter gar keinen Umständen die Presse mit einzubeziehen. Das sollte man auch den Eltern einschärfen, denn es ist beim gegenwärtigen Stand der Dinge unerhört wichtig.«

Kaum hatte er das gesagt, da begann sein Handy in der Jackentasche zu klingeln. Er nahm das Gespräch an und lauschte eine ganze Weile, ohne ein Wort zu sagen. Alle Augen waren auf ihn gerichtet. Schließlich erklärte er, das weder bestätigen noch entkräften zu können und verneinte einige Male ganz entschieden, bevor er sich bedankte und das Gespräch beendete.

»Morgen steht es in der Zeitung«, sagte er.

»Was?«, fragte Sigurður Óli.

»Dass Halldór ein Kinderschänder gewesen ist.«

Zwanzig

Ein Mann, der früher in Hvolsvöllur gelebt hatte und seinen Namen nicht nennen wollte, hatte sich mit der Zeitung in Verbindung gesetzt und sie davon in Kenntnis gesetzt, was seinerzeit in Hvolsvöllur vorgefallen war, als Halldór dort an der Volks- und Mittelschule unterrichtet hatte. Er hatte sich an den Jungen in der Schule sexuell vergangen und war gefeuert worden.

Pálmi saß am Küchentisch und las den Artikel noch einmal.

Vieles deutet darauf hin, dass der Volksschullehrer Halldór Svavarsson, der am Abend des 16. Januar in seinem Haus ermordet wurde, ein Kinderschänder gewesen ist. Informationen zufolge, die der Zeitung übermittelt wurden, hat er zu Beginn der sechziger Jahre Jungen in der Volksschule in Hvolsvöllur sexuell belästigt und unzüchtiges Verhalten an den Tag gelegt. Dieser Tatbestand konnte jedoch bislang noch nicht verifiziert werden. Erlendur Sveinsson, der die Ermittlungen in diesem Mordfall leitet, hat dies weder bestätigt noch negiert.

Den Informationen zufolge hat der Tote zum wiederholten Male unzüchtiges Verhalten an den Tag gelegt. Er wurde nicht angezeigt, als seine Vergehen bekannt wurden, aber er musste den Ort verlassen. Die Einwohner von Hvolsvöllur schwiegen die Sache tot. Der ehemalige Schulleiter wollte sich nicht dazu äußern, als sich unsere Zeitung gestern Abend mit ihm in Verbindung setzte, und der gegenwärtige Schulleiter

erklärte, nichts über diese Vorfälle zu wissen, weil er erst sehr viel später nach Hvolsvöllur gekommen sei.
Experten für solche Art von Delikten halten es für sehr wahrscheinlich, dass Halldór damit fortfuhr, nachdem er nach Reykjavík zog und an der Víðigerði-Schule zu unterrichten begann. Nach Meinung von Dr. Norma J. Andrésdóttir, Expertin für Sittlichkeitsdelikte, besteht eine hohe Wahrscheinlichkeit, dass sich solche Vorgänge wiederholen, wenn es einmal zu einer abnormen Verhaltensweise gekommen ist.
Auf der Pressekonferenz der Kriminalpolizei gestern Nachmittag ...

Als Pálmi ein leichtes Klopfen hörte, ging er zur Tür und ließ Dagný herein. Es war kurz nach acht, und ihre Kinder waren schon in der Schule. Sie selbst musste erst um zehn Uhr ins Büro.
»Was hat dieser Mann von Daníel gewollt?«, fragte Dagný, gleich nachdem sie hereingekommen war.
»Das weiß der liebe Gott«, antwortete Pálmi.
»Was für eine unglaubliche Berichterstattung. Da kommt irgend so ein Depp daher und erzählt infame Geschichten über diesen Mann, und schon wird er in den Augen der Nation als Kinderschänder abgestempelt.«
»Ich war gestern Abend bei der Kriminalpolizei. Es stimmt alles. Sie sind nach Hvolsvöllur gefahren und der Sache auf den Grund gegangen. Der damalige Rektor der Schule hat ihnen die ganze Geschichte erzählt. Halldór hat sich an den Jungen in der Schule sexuell vergangen. Vielleicht hat er damit in der Víðigerði-Schule weitergemacht, und vielleicht sind einige aus Daníels Klasse ihm zum Opfer gefallen. Vielleicht sogar Daníel selbst.«
»Nicht zu fassen«, sagte Dagný. »Die Sache mit Daníel ist ja schon schlimm genug für dich, und dann jetzt noch so was Grauenvolles.«

Pálmi reichte ihr eine große Tasse, in die er starken Kaffee eingoss, holte dann geschäumte Milch vom Herd und füllte die Tasse damit auf. Er trank seinen Kaffee immer so, und Dagný, die sich früher nichts aus diesem Getränk gemacht hatte, war begeistert von seinem Kaffee. Sie saßen ein Weilchen da, ohne etwas zu sagen. Dagný spürte, dass ihm etwas auf dem Herzen lag. Sie wartete ruhig ab. Schließlich brach Pálmi das Schweigen.

»Irgendwie ist das alles seltsam mit Daníel«, sagte er. »Egal, wie ich mich anstrenge, ich habe keine normalen Erinnerungen an ihn aus der Zeit, bevor er krank wurde. Egal, was ich versuche, ich sehe ihn nur in bruchstückhaften und zusammenhanglosen Erinnerungsfetzen vor mir, die mir gar nichts sagen. Verstehst du, was ich meine?«

Dagný schwieg.

»Ich habe immer nur diesen frühzeitig gealterten Daníel in der psychiatrischen Klinik vor Augen. Er war eigentlich die meiste Zeit über sehr nett zu mir. Manchmal hat er überhaupt nichts gesagt. Manchmal redete er stundenlang über sich selbst, über die Klinik und das Personal, und dann noch dieser ganze astrologische Quatsch. Unglaubliche Wahnvorstellungen. Und er hat geraucht wie ein Schlot. Ich muss gestehen, dass ich ihm nie wirklich zugehört habe. Ich habe es die ganze Zeit vermieden, ihm nahe zu sein. Ich hab nur das getan, was ich für meine Pflicht hielt, nicht mehr und nicht weniger. Ich habe ihn besucht, habe mit den Ärzten gesprochen, ich habe Daníel auch mal zu mir nach Hause geholt, ich habe alles, was ihn betraf, mitverfolgt, aber Daníel stand mir nie näher als alle anderen leblosen Dinge um mich herum. Er war nur so etwas wie eine Aufgabe für mich. Etwas, was Mama mir hinterließ, als sie starb. Ich habe mir oft gewünscht, dass es ein Ende nehmen würde, und jetzt, nachdem es tatsächlich zu Ende ist, hänge ich irgendwie vollkommen in der Luft, ich begreife gar nichts und bereue alles so sehr. Ich hatte nicht einmal den Mut, ihn im Sarg anzusehen. Als sein alter Freund sich herunterbeugte und ihn zum Abschied küsste, tat er genau das, was ich hätte tun sollen, und ich habe seitdem extreme Schuldgefühle. Es war, als würde jemand mich anschreien: Was ist eigentlich los mit dir, Pálmi? Er war doch dein einziger Bruder! Sonst ist niemand mehr aus unserer Familie übrig, und er starb, bevor ich mich überwinden konnte, ihn kennen und lieben zu lernen. Das Schlimme ist bloß, dass ich davon überzeugt bin, dass ich es nie getan hätte, auch wenn er hundert Jahre alt geworden wäre. Ich hätte es nie geschafft. Jetzt ist mir auf einmal klar geworden, dass nicht Daníel mich brauchte, sondern umgekehrt, ich brauchte ihn. Aber das habe ich erst begriffen, nachdem ich ihn verloren hatte. Ich habe mich immer nur als mitleidigen Samariter gesehen, der seine Pflicht tat und manchmal ein bisschen mehr. Seine Pflicht tat! Als ob man dazu da wäre, irgendwelche Pflichten zu erfüllen! Ich habe einfach darauf gewartet, dass er starb.«

»Es hat doch keinen Sinn, sich mit solchen Selbstvorwürfen zu quälen«, sagte Dagný.

»Es ist aber wahr, Dagný. Ich war im Grunde genommen irgendwie froh, als er gesprungen ist. Kannst du dir das vorstellen? Froh. Zu was für einem Scheusal bin ich eigentlich geworden? «

»Das hast du bestimmt nie gedacht.«

»Ich habe diese Vorstellungen oft unterdrücken müssen. Sie kamen aber immer wieder hoch. Du weißt bestimmt, auf was für blödsinnige Gedanken man kommt, wenn etwas Tragisches passiert. Man hört von jemandem, der viel zu früh gestorben ist, und das Herz setzt einen Schlag aus; man ist froh, dass es einen nicht selbst erwischt hat. Idiotische Gedanken, die vermutlich aber eine Art spontane Reaktion sind. Ich weiß es nicht. Diese Gedanken über Daníel lassen mich nicht los.«

»Ich weiß überhaupt nicht, wovon du redest. Ich weiß nur, dass du kein bisschen froh über Daníels Tod warst.«

»Vielleicht war ich das auch nicht, aber ich bin mir eben nicht sicher, verstehst du. Er lag auf einmal in der Luft, dieser Gedanke: Jetzt ist es vorbei. Keine weiteren Besuche in der Klinik. Keine Umstände mehr wegen Daníel. Aber es hat sich herausgestellt, dass es überhaupt keine Erleichterung war, sondern ganz im Gegenteil: Jetzt liegt eine schwere Last auf mir. Endlich nach all diesen Jahren habe ich an Daníel wie an einen Menschen gedacht und es geschafft, mich selbst zu durchschauen. Wenn ich mich doch nur erinnern könnte, wie er war, als wir klein waren. Ich habe das nie so intensiv versucht wie jetzt, aber da ist nichts. Ich habe Daníel komplett aus meinem Leben ausgeblendet. Findest du das nicht merkwürdig? Meinen eigenen Bruder.«

Dagný antwortete nicht. Pálmi hatte nie zuvor mit ihr über solche Dinge gesprochen.

»Ich glaube, ich bin die ganze Zeit auf der Flucht gewesen. Mama hat immer behauptet, dass aus mir etwas werden würde. So wie alle Mütter hat sie felsenfest an mich geglaubt, wahrscheinlich auch deswegen, weil ich ihre einzige Hoffnung war. Vielleicht ist Hoffnung nicht das richtige Wort, ich war eher das einzig Normale, was ihr noch geblieben war. Nicht, dass ich auch nur annähernd normal wäre«, sagte Pálmi lächelnd. »Mama hat es schwer gehabt, und sie erträumte sich für mich eine Zukunft, die besser war als das, was sie kannte. In der Schule habe ich nie Probleme gehabt, so war es nicht, aber ich bin auch immer den Weg des geringsten Widerstands gegangen. Habe mich nie irgendwelchen Herausforderungen gestellt. Und in der Universität dasselbe. Meine Freunde studierten Medizin, aber ich wählte Geschichte. Dafür interessiere ich mich

wirklich, aber dieses Fach kann man auch so anpacken, dass es völlig verantwortungsfrei ist. Die Projekte, mit denen ich mich abgebe, werden mit Sicherheit keine Meinungsverschiedenheiten verursachen. Ich vermeide es, irgendjemanden vor den Kopf zu stoßen, ich will niemandem zu nahe treten. Du lieber Himmel, ich könnte ja in eine wissenschaftliche Kontroverse hineingezogen werden, es könnte womöglich jemand meine akademischen Qualifikationen in Zweifel ziehen! Mir fehlt jegliche Initiative.«
»Jetzt sei aber mal nicht zu selbstkritisch. Du hast immerhin ein gut laufendes Antiquariat«, warf Dagný ein.
»Ja, ich bin knapp über dreißig und betreibe ein Antiquariat. Mit was für Problemen muss man sich da denn auseinander setzen? Huch, es ist zu wenig Wechselgeld in der Kasse. Ich verkaufe ein Buch und schlage ein bisschen mehr drauf, als mir genügen würde, um ein gutes Auskommen zu haben. Das ist doch kein Leben, da könnte man genauso gut tot sein. Ich habe mich lebendig begraben. Und das zeigt sich alles an meinen Kontakten zu Daníel. Siehst du, ich verwende das Wort Kontakte, wenn ich über Daníel rede. In Bezug auf ihn verhielt ich mich nämlich genauso. Ich ging den einfachsten Weg, indem ich gar nichts tat und zu verdrängen versuchte, dass er existierte. Es widerstrebte mir, mich mit Daníel auseinander zu setzen, mit seiner Krankheit und dem, was er mir in meiner Kindheit angetan hat. Ich habe ihn völlig ausgeblendet. Das war einfacher, als mich anständig um ihn zu kümmern. Stattdessen habe ich mich verhalten wie eine komplette Null.«
Der Kaffee stand unberührt in den Tassen und war inzwischen kalt geworden. Dagný sah Pálmi an, aber der schaute mit abwesendem Blick an ihr vorbei auf die Wand hinter ihr, so, als stünden dort seine Verfehlungen geschrieben.
»Und ich war immer der Meinung, du wärst so selbstsicher und selbstbewusst«, sagte Dagný schließlich. »Hier

im Haus trägst du die Nase so hoch, als seist du eine große Nummer.« Sie lachte verlegen.

»Die Nase hoch«, wiederholte Pálmi.

»Ich glaube, du urteilst viel zu streng über dich selbst. Churchill war auch Historiker, vergiss das nicht«, sagte Dagný und lächelte. »Zwischen dir und Daníel bestand ein großer Altersunterschied, und das hat es für euch beide viel schwieriger gemacht, das ist immer so. Er war krank und nicht selten ein schwieriger Patient, und du standest ganz allein da und musstest die Verantwortung tragen. Ich glaube, du hast das Herz auf dem rechten Fleck, und wenn du die Sache mal realistisch betrachtest, wirst du bestimmt sehen, dass es in Wirklichkeit gar nicht anders hätte laufen können. Ich habe eine Schwester, die fünf Jahre älter ist als ich, und ich habe fast gar keine Verbindung zu ihr, außer dass wir uns an Feiertagen treffen. So ist das Leben. Soll man nur dasitzen und sich den Kopf darüber zerbrechen, oder sollte man sich nicht lieber um das kümmern, was man hat, und aufhören, zu spekulieren, was man nie gewesen ist und nie werden wird. Wenn ich alles bereuen würde, was ich im Leben gemacht und allem nachtrauern, was ich unterlassen habe, würde ich wahnsinnig werden.«

»Das ist aber ein bisschen mehr als nur Nachtrauern. Das ist irgendwie Gefühllosigkeit und Rückgratlosigkeit, ein Armutszeugnis. Irgendwas, wodurch einem alles und jeder gleichgültig wird.«

Im Wohnzimmer klingelte das Telefon. Pálmi stand langsam auf und hob ab. Er sagte ein paar Mal ja und es endete damit, dass er sich zu etwas bereit erklärte.

»Das war dieser Sigurður Óli von der Kriminalpolizei. Sie haben Sigmar, aber sie bekommen kein Wort aus ihm heraus. Er hat aber gefragt, ob er mit mir reden könnte. Ich muss gleich los.«

Pálmi traf Vorkehrungen, dass er erst nach dem Mittagessen ins Antiquariat musste. Er wurde abgeholt und zum Hauptquartier in Kópavogur gebracht. Sigmar, Erlendur und Sigurður Óli saßen in einem kleinen Verhörzimmer. Erlendur ging zunächst mit Pálmi auf den Korridor und informierte ihn, wie sie Sigmar gefunden hatten. Es war einfach gewesen, nachdem sich herausgestellt hatte, dass er bei der Polizei kein Unbekannter war. Er hatte in regelmäßigen Abständen für diverse kleinere Straftaten eine Art kumulative Strafe bekommen, nichts davon war wirklich gefährlich oder aufsehenerregend: Urkundenfälschung, Scheckbetrug, Einbrüche in Kioske. Er war ein Versager auf der ganzen Linie, auch was seine kriminelle Laufbahn betraf. Er hatte seit seiner Jugend keinen festen Wohnsitz mehr gehabt und war in der Stadt ziemlich bekannt, weil er nicht selten in unterschiedlich angetrunkenem Zustand durch die Straßen Reykjavíks wankte und sich mit anderen Pennern herumtrieb. Die Kollegen von der Polizei hatten ihn sofort aufgespürt, nachdem sie von der ehemaligen Schule den vollen Namen erhalten hatten. Sie fanden ihn im Haus für Resozialisation, in dem er sich seit einigen Wochen aufhielt, nachdem er eine kürzere Gefängnisstrafe abgesessen hatte.

Jetzt saß er da und rauchte eine Zigarette, die Erlendur ihm gegeben hatte, und als Erlendur und Pálmi zurück in den Raum kamen, bestand er darauf, mit Pálmi allein zu sprechen. Erlendur erklärte, dass das nicht möglich sei.

»Steht er unter Verdacht?«, fragte Pálmi.

»Wir bekommen nichts aus ihm heraus«, erwiderte Erlendur. »Er weigert sich, irgendetwas zu sagen.«

»Schneidet ihr nicht alles mit, was hier drinnen gesagt wird?«

»Das können wir machen.«

»Wäre es dann nicht ganz in Ordnung, dass er mit mir

allein redet, wenn er unbedingt darauf besteht, und ihr nehmt alles auf Band auf?«

Erlendur überlegte.

»Das ist zwar ziemlich ungewöhnlich«, sagte er zu Pálmi, »aber in diesem Fall werde ich eine Ausnahme machen.«

Dann gingen er und Sigurður Óli hinaus, und Pálmi setzte sich auf den Stuhl, der Sigmar gegenüberstand.

»Ich habe vergessen, mich bei dir dafür zu bedanken, dass du zu Daníels Beerdigung gekommen bist«, sagte Pálmi.

»Du brauchst dich nicht bei mir zu bedanken. Danni war mein Freund.«

»Wie geht es dir?«

»Frag besser nicht.«

»Mir wurde gesagt, dass du mit mir reden willst. Ist es wegen Daníel?«

»Ja, Daníel. Wir waren gute Freunde, Danni und ich.«

»Auf dem Parkplatz am Friedhof glaubte ich zu hören, dass du etwas über die Lebertranpillen gerufen hast. Stimmt das?«

»Die Lebertranpillen. Richtig genial. Wir waren total versessen darauf. Es war bloß kein Lebertran in diesen Pillen, die wir damals in der Schule gekriegt haben.«

»Ihr habt also keine normalen Lebertranpillen bekommen?«

»Nein, die haben uns irgendein Gift eingetrichtert, das uns verrückt machte. Total verrückt machte.«

»Was meinst du damit?«, fragte Pálmi, der nicht so recht wusste, wie er auf Sigmars Äußerungen reagieren sollte. Der saß da und hatte dieselben schäbigen Klamotten an wie bei Daníels Beerdigung. Er blickte sich gehetzt um und vermied es, Pálmi anzusehen. Der ganze Raum stank nach Urin.

»Verrückt, ich meine, so verrückt wie Danni. Wir wurden süchtig, nach Alkohol und Dope, und einige schnappten über. Keiner von uns ist davongekommen, Danni war nicht der Einzige. Hast du was über die anderen aus unserer Klasse gehört? Weißt du, wie viele Selbstmord begangen haben oder in der Klapse gelandet sind?«

Pálmi starrte Sigmar an und traute seinen Ohren nicht. Ihm fiel ein, dass Daníel auch über ›die anderen‹ geredet hatte. Wenn er aus dem Paradies vertrieben worden ist, woher waren dann die anderen gekommen? So oder so ähnlich hatte er sich ausgedrückt. Pálmi schüttelte den Kopf. Hinter der verspiegelten Scheibe standen Erlendur und Sigurður Óli und lauschten aufmerksam.

»Willst du damit wirklich andeuten, dass euch da jemand irgendein Giftzeug gegeben hat, das euch zu Junkies gemacht hat? Wie kommst du auf so eine Idee? Was sollte das bewirken?«

»Die Sache ging auf, weil er pervers war. Deswegen haben sie ihn unter Druck setzen können, und er musste das tun, was sie von ihm verlangten. Er hat die Pillen ausgeteilt. Er ging von Pult zu Pult, und er hat sie uns jeden Tag gegeben. Und dazu sein ekelhaftes Lächeln gelächelt.«

»Von wem redest du da? Von Halldór?«

»Es hieß immer, dass wir die schlimmste und schlechteste Klasse in der ganzen Schule wären. Nicht nur in diesem Schuljahr, sondern in der gesamten Geschichte der Schule. Versager. Totale Luschen. An uns war Hopfen und Malz verloren. Uns wurde immer unter die Nase gerieben, dass aus uns nie etwas werden würde. Die Lehrer sagten uns glatt ins Gesicht, dass wir absolute Nieten wären und nie die Chancen nutzen könnten, die uns das Leben bieten würde. Das Leben bieten würde! In dem Winter damals waren wir aber auf einmal Superschüler und kriegten in allen Fächern Supernoten und waren die Besten. Kein Mensch hat das kapiert. Später landeten dann alle in der Scheiße. Die meisten sind schon tot, Danni kam in die

Klapse und Kiddi Kolke verschwand eines Tages von der Bildfläche und ist nie wieder aufgetaucht. Skari stand ständig unter Stoff, und Aggi fiel urplötzlich mausetot in einen Tümpel, er war gerade erst dreizehn. Mensch, überleg mal, dreizehn Jahre, knallte hin und bums, aus. Gísli verbrachte den Sommer auf einem Bauernhof und war auf einmal auch tot. Alle sind weg vom Fenster. Ágúst hat sich die Pulsadern aufgesäbelt, Óttar verschwand spurlos, der ist einfach zum Strand gegangen und rausgeschwommen. Der war schon immer gut im Schwimmen. Sie haben seine Schuhe am Strand gefunden, die standen da genauso ordentlich herum wie in der Schule. Wir haben uns alle ohne Ausnahme mit Dope kaputtgemacht und keiner kam davon. Wir waren verrückt nach diesen Pillen. Aber komischerweise hatten die kein Interesse an den Mädchen, deswegen haben nur die Jungs diese Pillen bekommen. Wir waren Versuchskarnickel. Und dann kamen immer diese Krankenschwestern und haben uns Blut abgezapft. Wir kamen überhaupt nicht auf die Idee, das mit den Pillen in Verbindung zu bringen, die haben ja schließlich auch nie ein Wort mit uns geredet, diese zwei Krankenschwestern, die immer abwechselnd in der Schule auftauchten. Alle zwei Monate, glaube ich.«

Pálmi starrte Sigmar an, der dahockte und verworrene Sätze von sich gab. Im Nebenzimmer warfen Erlendur und Sigurður Óli sich einen Blick zu, um dann wieder auf Sigmar zu schauen.

»Willst du damit sagen, dass euch irgendein Mittel eingegeben worden ist, das euch kaputtgemacht hat? Das hört sich an wie eine Ausgeburt der Phantasie.«

»Genau! Und was für eine Phantasie! Wenn wir davon erzählt hätten, hätte man sich über uns schlappgelacht, das war uns völlig klar. Jetzt ist niemand mehr übrig außer mir. Ihr solltet mal untersuchen, was aus all den Jungs aus meiner Klasse geworden ist. Falls ihr das völlig normal findet, was mit denen passiert ist, dann ist ja alles in schönster Ordnung.«

In diesem Augenblick kam Erlendur zurück in den Raum.

»Hast du Halldór umgebracht?«, fragte er und schaute Sigmar durchdringend an.

»Wenn ich ihn umgebracht hätte, dann hätte ich ihn auch in Brand gesteckt und zugesehen, wie er verschmort wäre und geschrien und sich gequält hätte, und ich würde noch nicht einmal auf ihn gepinkelt haben, um ihm zu Hilfe zu kommen.«

Erlendur und Pálmi blickten einander an, und dann auf Sigurður Óli, der jetzt auch hereinkam.

»Wer hat sich an Halldór gerächt?«, fragte Erlendur, aber Sigmar schwieg.

»Und woher weißt du das alles über Halldór?«, fragte Pálmi, bekam aber ebenfalls keine Antwort. Sigmar saß im Verhörzimmer und starrte mit trotziger Miene vor sich hin.

»Woher weißt du, dass kein Lebertran in den Kapseln war?«, fragte Erlendur. »Von wem hast du diese Informationen?«

Sigmar schwieg.

»Woher weißt du das über diese Pillen?«, fragte Sigurður Óli.

Keine Antwort.

»Warum willst du uns nicht sagen, woher du es weißt?«, fragte Erlendur. »Erst quasselst du hier was von Pillen und Dope, und dann machst du die Klappe nicht mehr auf. Man könnte glatt glauben, du willst uns auf den Arm nehmen. Oder gibt es möglicherweise jemanden, der dir verbietet, uns etwas zu sagen?«

Immer noch saß Sigmar schweigend da. Sie sahen Pálmi an, dessen Blicke auf Sigmar geheftet waren.

»Kannst du uns nicht verraten, woher du all das über die

Pillen weißt, Sigmar?«, fragte Pálmi. »Weißt du zum Beispiel, was da drin war, wenn es kein Lebertran war?«
Sigmar schaute zu Pálmi hinüber und gab keinen Ton von sich.
»Du willst also sagen, dass die Jungen alle süchtig wurden, weil sie diese Pillen genommen haben«, fuhr Pálmi fort. »Dass sie deshalb dem Alkohol und Drogen verfielen oder in der Irrenanstalt landeten. Sigmar, weißt du, wer hinter diesen Versuchen steckte? Oder ist das alles pure Erfindung von dir? Du hast in der Zeitung gelesen, dass dein früherer Volksschullehrer sich an Kindern vergangen hat, und braust dir da eine abenteuerliche Geschichte über Giftpillen und Todesfälle zusammen. Ist das nicht alles ein Produkt deiner Phantasie?«
»Von wegen Phantasie«, sagte Sigmar schließlich und schaute Pálmi an. »Ich hatte gedacht, du würdest mir glauben, weil du Daníels Bruder bist, aber da habe ich mich wohl getäuscht.«
»Ich meine nur«, erwiderte Pálmi, »dass das ganz schön unglaublich klingt, was du uns da sagst, und du scheinst uns nicht helfen zu wollen, damit wir der Sache auf den Grund gehen können. Du weißt mehr, als du sagst, und wir möchten alles hören, was du weißt. Nicht nur einen Teil davon, sondern alles.«
Sigmar schwieg.
»Hast du Daníel jemals in der Klinik besucht?«, wechselte Pálmi abrupt das Thema.
»Früher habe ich das gemacht«, sagte Sigmar, »aber später nicht mehr. Ich sah keinen Sinn darin. Ich habe nur ganz selten Zugang zu ihm gefunden, und ich fand es so trostlos, wie er da drin dahinvegetierte und kaputtgegangen ist. Diese Scheißmedikamente. Alle sind tot, alle meine Freunde. Außer mir ist niemand mehr übrig.«
»Deswegen kann ich mich an dich erinnern. Seit ich sie-

ben war, bin ich jede Woche einmal in die Klinik gegangen, um Daníel zu besuchen, und damals bekam er manchmal Besuch von anderen als nur Mama und mir, und du warst einer von denen.«

»Wir waren gute Freunde, Danni und ich. Wir haben alles gemeinsam gemacht. Alle Jungs aus unserer Klasse steckten viel zusammen, aber wir waren die dicksten Kumpels. Wir haben keine Geheimnisse voreinander gehabt. Wahrscheinlich wäre es am besten gewesen, sich umzubringen, wie die anderen. Wir sind alle total ausgeflippt. Wir haben uns mit allem zugedröhnt, was wir an Drogen in die Pfoten kriegten. Wir waren wie besessen. Wahrscheinlich bin ich noch am besten davongekommen. Ich lebe jedenfalls noch, falls man das Leben nennen kann. Vielleicht war Halldórs Theorie über den Zufall richtig.«

»Halldórs Theorie über den Zufall?«, fragte Erlendur, erhielt aber keine Antwort.

»Was war mit den Krankenschwestern?«, fragte Sigurður Óli. »Wer war das? Können wir mit denen reden?«

»Die Krankenschwestern. Wer hat sie wohl dazu gebracht, Kindern heimlich Blut abzuzapfen?«, sagte Sigmar. »Das ist vielleicht das Komischste an dem Ganzen, wie die zwei in die Schule kommen und uns Blutproben entnehmen konnten, ohne dass irgendjemand das gemerkt hat. Ich bin ihnen seitdem nie wieder begegnet. Zwei Frauen mit Spritzen. Sie waren kaum älter als vielleicht fünfunddreißig.«

»Weißt du, wer Halldór ermordet hat?«, fragte Sigurður Óli.

Sigmar antwortete nicht.

»Woher wusstest du, dass Halldór dazu gezwungen worden ist, den Jungen diese Pillen zu geben?«, fragte Erlendur.

Sigmar schwieg.

»Hast du mit ihm geredet, bevor du ihn ermordet hast?«

Schweigen.
»Hast du mit ihm gesprochen, bevor er starb?«
Sigmar sagte kein Wort.
»Wer hat Halldór unter Druck gesetzt?«
Sie merkten, dass aus Sigmar kein Wort mehr herauszubekommen war – zumindest nicht im Augenblick.
Erlendur bedeutete Sigurður Óli und Pálmi, den Raum zu verlassen, und sie traten auf den Korridor hinaus.
»Vielleicht sollten wir es im Augenblick dabei bewenden lassen. Wir behalten ihn noch einen Tag lang in Untersuchungshaft. Sigurður Óli, du kümmerst dich um eine richterliche Anordnung. Und dann schauen wir, ob er nicht heute Nachmittag bereit ist, mehr zu sagen.«
»Mir fällt ein, dass er möglicherweise mit Daníel gesprochen haben kann«, sagte Pálmi. »Halldór hat Daníel in der Klinik besucht, und sie haben sich ein paar Mal unterhalten. Kann sein, dass die Informationen über Halldór daher stammen.«
»Wir müssen abchecken, was aus diesen Jungen geworden ist«, sagte Sigurður Óli, »und herausfinden, was davon mit Sigmars Aussagen übereinstimmt. Wir müssen uns mit den Familienangehörigen unterhalten und mit dem ehemaligen Schulleiter an der Víðigerði-Schule. Vielleicht kann er uns ja weiterhelfen. Und wir müssen das mit den Krankenschwestern überprüfen.«
»Ich bin froh, dass es wahrscheinlich nichts mit den Schülern zu tun hat«, erklärte Pálmi. »Falls Sigmars merkwürdige Geschichte stimmt, hat der Mord an Halldór ein langes Vorspiel gehabt. So etwas wurde nicht von Schulkindern verübt.«

Einundzwanzig

Die Kriminalpolizei hatte an diesem Tag mehr als genug damit zu tun, die Anfragen besorgter Eltern zu bearbeiten, deren Kinder entweder noch in der Víðigerði-Schule waren oder diese vor kurzem verlassen hatten. Sie wollten in Erfahrung bringen, ob die Möglichkeit bestünde, dass Halldór sich an ihren Kindern vergangen habe. Einige Eltern waren aufgebracht, andere in Tränen aufgelöst. Ihnen wurde gesagt, dass die Wahrscheinlichkeit sehr gering sei. Es seien keine Missbrauchsfälle bekannt geworden, seit Halldór dort angefangen habe. Allem Anschein nach habe Halldór sich die ganze Zeit, während er an der Schule tätig war, nichts zuschulden kommen lassen. Das waren klare Antworten, aber sie hatten keineswegs den gewünschten Effekt auf die Eltern. Zu viel »dem Anschein nach« und »geringe Wahrscheinlichkeit«.

Sigmar wurde in eine Zelle im alten Untersuchungsgefängnis am Síðumúli gebracht. Erlendur war davon überzeugt, dass Sigmar mehr wusste als das, was er preisgegeben hatte, und hoffte, dass der Mann im späteren Verlauf des Tages bereit sein würde, der Polizei mehr zu erzählen.

Auf dem Weg zum Geschäft beschloss Pálmi, Helena im Krankenhaus zu besuchen. Sie lag auf der Intensivstation in der Städtischen Klinik. Sie war wieder bei Bewusstsein und hatte der Polizei gegenüber bereits eine vorläufige Aussage gemacht. Als Pálmi kam, schlief sie. Er gab vor, mit ihr verwandt zu sein, und blieb eine Weile an ihrem Bett stehen. Sie war an alle möglichen Apparate und Schläuche angeschlossen und sah verhältnismäßig entspannt aus. Als Pálmi sich anschickte zu gehen, öffnete sie auf einmal die Augen. Sie erkannte ihn sofort.

»Was ist eigentlich geschehen, Pálmi?«, fragte sie mit schwacher Stimme.

»Ich habe keine Ahnung, liebe Helena«, antwortete Pálmi. »Er hat mir eins über den Kopf gegeben, und dann kann ich mich an nichts mehr erinnern. Ich bin erst hier im Krankenhaus wieder zu mir gekommen. Die Polizei hat versucht, von mir etwas zu erfahren, aber ich konnte ihnen eigentlich kaum etwas sagen.«

»Weißt du etwas über diesen Mann, der dich überfallen hat?«

»Ich habe ihn schon einmal gesehen. Ich habe gedacht, dass er zum Personal gehört. Ich bin davon ausgegangen, dass er vom Notdienst kam, und ich war so froh darüber, dass ich ihn sofort reingelassen habe. Und dann hatte ich auf einmal das Gefühl, die Decke würde mir auf den Kopf krachen, und ich bin zusammengebrochen.«

»Ja, natürlich«, sagte Pálmi tröstend.

»Er hat gleich wie ein Irrer nach etwas gesucht. Vielleicht hat er dabei mein Bild von Kjarval zerstört. Dann hat er mich gefragt, ob ich Musik hören würde, das glaube ich jedenfalls.«

»Wieso Musik?«

»Vielleicht nicht direkt Musik, er hat gefragt, ob ich mir Kassetten anhöre.«

»Kassetten?«

»Ja, Kassetten, Tonbänder. Ich vermute, dass er so etwas gemeint hat, aber ansonsten weiß ich nicht, wovon er geredet hat.«

»Hat er geglaubt, dass du Kassetten hättest?«

»Irgendwie so was.«

»War es das, wonach er gesucht hat? Wollte er Kassetten von dir haben?«

»Pálmi«, sagte Helena erschöpft und schloss die Augen. Eine ganze Weile verging, bevor sie wieder sprach. »Ich habe keine Ahnung, was er von mir wollte, dieser entsetzliche Mensch. Ich dachte, er würde mich umbringen, und das hat mir gereicht.«

»Das ist natürlich ein grauenvolles Erlebnis«, sagte Pálmi und verstummte. Sie saßen eine Zeit lang da und schwiegen. Pálmi glaubte schon, dass Helena wieder eingeschlafen war, als sie auf einmal erneut zu sprechen begann.

»Halldór hat getrunken«, sagte sie. »Das ist wahrscheinlich auf diese fürchterlichen Erlebnisse in seiner Kindheit zurückzuführen. Er hat vielleicht getrunken, um die Erinnerung daran zu verdrängen. Mindestens zwei Flaschen jedes Wochenende. Er hat es mir gestanden. Die erste Flasche leerte er, wenn er freitagabends nach Hause kam, die zweite am Samstag, aber dann ließ er sich noch einen Rest übrig, um am Sonntag was gegen den Kater zu haben. Immer isländischer Brennivín, aber mehr als das hat er nie getrunken. Halldór hatte keine Saufkumpane, er hatte sowieso keine Freunde oder Kumpel. Er war nicht daran interessiert, unter Menschen zu gehen. Ich war die Einzige, mit der er Kontakt hatte, und meinen Mann hat er natürlich auch gekannt. Er besuchte uns manchmal in Hafnarfjörður und blieb immer ein paar Stunden, das verlief alles ganz ruhig. Er sprach nicht viel. Wir hatten keine Kinder, und wir waren ein bisschen einsam, aber wir hatten zwei Hunde, die etwas die Leere füllten. Die Hunde mochten ihn nicht. Sie haben ihn angeknurrt, wenn sie glaubten, dass wir es nicht hören.«

Eine Krankenschwester betrat das Zimmer, um nachzusehen, ob alles in Ordnung war. Sie machte ein paar höfliche Bemerkungen, Pálmi antwortete ebenso höflich, und dann

war sie wieder weg. Helena schloss die Augen ein weiteres Mal und schwieg eine ganze Weile, nachdem die Krankenschwester gegangen war, fuhr aber dann fort.
»Niemand wusste von seiner Trinkerei. Es hat sich nicht auf seinen Beruf ausgewirkt. Ich denke, dass er es wohl unterlassen hätte, falls es Einfluss auf seinen Beruf gehabt hätte. Diese Klassenfotos, die er hatte, ist davon etwas heil geblieben, als das Haus abgebrannt ist?«
»Ich glaube, dass alles in Schutt und Asche lag«, antwortete Pálmi.
»Er konnte stundenlang über sie reden. Er freute sich immer, wenn wieder neue dazukamen, und sie wurden feierlich aufgehängt. Wenn er trank, war er im Wohnzimmer und schaute sich die Bilder an. All diese Kinder, die er gekannt hatte und die dann eines Tages aus seinem Leben verschwunden waren. Er sah sie nie wieder, höchstens mal zufällig als erwachsene Menschen. Er bewahrte seine Schüler in der Erinnerung auf, so, wie sie einmal gewesen waren. Er hat nie jemanden zu sich eingeladen. Ich habe ihn manchmal besucht, aber ich habe gespürt, dass ihn das beunruhigte. Das Haus war ein richtiger Saustall, aber diese Klassenfotos hat er gepflegt. In dem ganzen Krempel um ihn herum gab es tatsächlich ein richtiges gelbes Staubtuch, und damit wischte er sie mindestens einmal in der Woche ab. Mindestens einmal. So war der arme Halldór. Er war so bemitleidenswert und so einsam. Mit all diesen Kindern um sich herum.«
Bei diesen Worten schloss Helena die Augen.
»Entschuldige, Helena«, sagte Pálmi. »Du musst jetzt ruhen. Brauchst du etwas? Etwas, das ich dir besorgen könnte?«
»Wenn du meinen Kjarval retten könntest, würde ich mich sehr freuen«, sagte sie und schlief dann ein.
Als Pálmi am späten Nachmittag nach Hause kam, schaute er in seinen Briefkasten und entnahm ihm einige Rech-

nungen und drei Benachrichtigungen wegen Einschreiben, die er auf der Post abholen musste. Er bekam häufig Bücher als Einschreiben zugeschickt, die er selbst kaufen oder für die Kunden verkaufen sollte, meistens zu einem absurd hohen Preis.

Er nahm die Post mit nach oben und legte sie auf das Telefontischchen an der Tür. Er nahm Daníels altes Klassenfoto vom Schreibtisch und sah es sich genau an. Auf der Rückseite war ein verblasster Stempel zu sehen: Baldurs Fotostudio. Er schlug im Telefonbuch nach und sah, dass das Geschäft auf der Vesturgata immer noch existierte.

Zweiundzwanzig

Durch Sigmars Aussage erhielt die Ermittlung eine ganz neue Wendung. Erlendur setzte seine Leute auf Daníels Klassenkameraden an, um festzustellen, was aus jedem Einzelnen geworden war, und Belege für Sigmars Aussage zu bekommen. Sie gingen die alten Klassenverzeichnisse aus der Víðigerði-Schule durch, und anschließend ging es darum, die Angehörigen ausfindig zu machen. Ziemlich bald stießen sie auf die Mutter von Agnar Baldursson, von dem Sigmar behauptet hatte, er sei im Alter von nur dreizehn Jahren gestorben. Erlendur und Sigurður Óli fuhren zum Hrafnista-Altersheim, wo die Frau vor kurzem aufgenommen worden war. Sie war etwas über siebzig.

»Was hältst du von diesem Pálmi?«, fragte Sigurður Óli, als sie auf den Parkplatz vom Altersheim einbogen.

»Scheint ganz in Ordnung zu sein«, antwortete Erlendur. »Aber ein bisschen verschroben für sein Alter. In meiner Jugend hätte er den Spitznamen Professor weggehabt. Genau wie du Feuermelder genannt worden wärst.«

»Ich wurde Feuermelder genannt«, sagte Sigurður Óli und strich sich über das rötliche Haar. »Ich frage mich, ob er nicht zu den Verdächtigen gezählt werden muss.«

»Ich kann ihn mir eigentlich nicht als mordwütigen Brandstifter vorstellen. Worauf willst du hinaus?«

»Meines Erachtens können wir ihn nicht einfach außer Acht lassen. Halldór hat seinem Bruder etwas angetan. Er hat ihn auch in der Klinik besucht, was womöglich zu seinem Selbstmord geführt hat.«

»Du vergisst, dass Pálmi bei seinem Bruder in der Klinik war, als das Feuer gelegt wurde.«

»Er hätte jemand anderen beauftragen können, das Haus in Brand zu stecken.«

»Das ist viel zu weit hergeholt, Feuermelder. Außerdem finde ich diesen Pálmi irgendwie sympathisch. Er ist geradeheraus, und man sieht ihm an, dass er es nicht einfach gehabt hat im Leben. Beide Eltern tot und der schizophrene Bruder in der Psychiatrie. Er steht ganz allein da mit den Trümmern eines Familienlebens, das von vornherein auf eine Tragödie hinauslaufen musste. Ich bedauere ihn. Er ist kein Mörder.«

»Auf jeden Fall fällt es schwer, ihn sich als Mörder vorzustellen, so schwächlich, wie er ist.«

»Er ist zwar nur ein halber Hering, aber irgendwie ein zäher Bursche.«

»Halber Hering?«

»Ein schmales Handtuch. Ich habe den Ausdruck in einem Buch über die Westfjorde gefunden. Besser als *so what*!«

»Er ist ja auch käsebleich, der Mann.«

»Nur weil Pálmi nicht wie du im Solarium rumhängt oder sich im Fitnessstudio Muskeln antrainiert, muss das nicht gleich heißen, dass er ein Schwächling ist.«

»Ich finde nichts dabei, dass Männer und Frauen ins Solarium gehen, vor allem jetzt, so mitten im Winter. Es tut nicht nur der Haut gut, ein bisschen Farbe zu bekommen, sondern es ist auch für die Psyche wichtig.«

»Du klingst wie eine von diesen abgedroschenen Fernsehanzeigen.«

»Du solltest es mal selber probieren.«

»So weit kommt 's noch, wie ein Vollidiot unter einer Lampe zu liegen und darauf zu warten, dass der Arsch braun wird.«

»Man muss mit der Zeit gehen, Erlendur.«

»Lieber liege ich in einem verlausten Bett und hause in einer Torfkate.«

»Ich weiß. Du bist dein eigener Großvater.«

»*So what*?«

Im Altersheim brachte man sie zum Zimmer von Agnars Mutter. Sie wohnte in einem Dreibettzimmer, war aber allein, als sie eintraten und sich vorstellten. Sie baten darum, sie mit ein paar Fragen über ihren Sohn Agnar belästigen zu dürfen. Die Frau hieß Stefanía und sah sehr viel älter aus als siebzig. Sie machte den Eindruck, als sei sie bereits eine ganze Weile alt. Sie hatte nur einige wenige persönliche Gegenstände bei sich. Erlendur bemerkte ein Foto auf ihrem Nachttisch, auf dem zwei Jungen zu sehen waren. Fröhliche Jungen, die sich für das Foto den Arm um die Schultern gelegt hatten und lachend in die Kamera schauten. Stefanía reichte ihnen das Bild.

»Links seht ihr meinen guten Aggi, der andere war sein Freund. Der arme Junge. Er war gerade erst dreizehn geworden, als er starb, vor vielen, vielen Jahren, an einem schönen Sommertag. Sie hatten Fußball gespielt, und Aggi brach vor den Augen der anderen zusammen. Er war auf der Stelle tot. Die Ärzte nannten es Herzversagen, aber ich habe nie begriffen, wie das Herz eines dreizehnjährigen Jungen versagen kann. Ich habe es einfach nicht verstanden.«

»Wurde dieser plötzliche Tod deines Sohns nicht weiter untersucht?«, fragte Erlendur und reichte ihr das Bild zurück, nachdem er es flüchtig angeschaut hatte.

»Doch, es kam zu einer Obduktion. Das war entsetzlich, aber ich habe immer nur dieselbe Antwort bekommen. Er hat einen Herzanfall erlitten.«

»Aber bevor das geschah«, warf Sigurður Óli ein, »hat er sich vorher jemals über Schmerzen oder dergleichen beklagt?«

»Ich war vielleicht damals nicht die allerbeste Mutter, die man sich denken konnte«, sagte sie und zerknüllte ihr Taschentuch. »Ich war allein erziehende Mutter, hab von morgens früh bis abends spät geschuftet, und dann waren da noch die Männer und der Alkohol. Damit hab ich nach Aggis Tod aufgehört. Ganz und gar. Er hat mich wahrscheinlich vor dem Verderben bewahrt, der gute Junge. Ich habe ihn erst sehr spät bekommen, eigentlich war es ein Unfall, und er war so ein hübsches Kind.«

»Du hast also in den letzten Tagen, Wochen oder vielleicht sogar Monaten nichts Ungewöhnliches in seinem Verhalten bemerkt?«, fragte Erlendur.

»Er kam mir manchmal ein bisschen schwächlich vor, und er hat sich so oft erbrechen müssen. Das habe ich auch den Ärzten gesagt. Und er hatte immer eiskalte Hände und Füße, daran kann ich mich erinnern. Ich musste ihn ständig daran erinnern, sich Handschuhe und Mütze anzuziehen und Wollsocken, aber natürlich hat er nie auf mich gehört. Sonst war er ein ausgesprochen fröhlicher Junge, einer, der ständig Unsinn machte. Er war hyperaktiv und musste immer alles, was ihm in den Sinn kam, auf der Stelle ausführen. Wirklich erstaunlich war aber, dass seine Klasse, die die schlimmste in der ganzen Schule war, in diesem Schuljahr mit einem Mal zur besten Klasse wurde. Niemand konnte begreifen, wie die aufsässigsten und schlechtesten Schüler in einem Winter zu richtigen kleinen Intelligenzbestien werden konnten.«

»Kannst du dich an Agnars Lehrer erinnern, an Halldór Svavarsson?«, fragte Sigurður Óli.

»Nein, das kann ich wirklich nicht behaupten. Er hat diese Klasse einige Jahre unterrichtet, und ich habe ihn vermutlich ein paar Mal getroffen, aber daran kann ich mich nicht so genau erinnern. Ich glaube, dass er ganz nett war. Mein Aggi hat sich jedenfalls nie über ihn beklagt. Habt ihr vielleicht Zigaretten dabei, Jungs? Ich habe solche Lust auf eine Fluppe, aber so was gibt's hier natürlich nicht zu kaufen, und wegen der Beine schaffe ich es einfach nicht mehr zum Kiosk, und sowieso wird einem hier ja alles abgenommen.«

»Bitte«, sagte Erlendur und reichte ihr eine zerknitterte Packung. »Kannst du dich an irgendetwas Ungewöhnliches oder Besonderes in dieser Zeit erinnern, was Aggi und seine Freunde betrifft?«

»Aggi wurde einmal angegriffen und brutal getreten«, sagte Stefanía und schaute zu Boden. »Er hatte ohnehin etwas vorstehende Zähne, schon bevor er in diese Schlägerei verwickelt worden ist. Er bekam einen Tritt ins Gesicht, sodass der eine Schneidezahn ausfiel und der andere noch mehr vorstand.«

»Hat Agnar jemals über die Lebertrankapseln gesprochen, die den Kindern damals in der Schule verabreicht wurden?«, fragte Erlendur.

»Nicht, dass ich wüsste. Haben sie Lebertrankapseln bekommen?«

Erlendur wollte nicht näher darauf eingehen. Falls Sigmar die Wahrheit gesagt hatte, konnte es sein, dass Agnars Mutter Hoffnung schöpfte, die Wahrheit über den Tod ihres Sohnes zu erfahren. Erlendur fehlte es noch an einschlägigen Informationen, und er wollte keine falschen Hoffnungen wecken.

»Wieso interessiert ihr euch nach all diesen Jahren eigentlich für Aggi?«, fragte sie und blickte vom einen zum anderen.

»Wahrscheinlich hast du keine Nachrichten gehört«, entgegnete Erlendur. »Halldór Svavarsson wurde vor ein paar Tagen ermordet, und das scheint auf irgendeine Weise mit der Klasse, in der dein Sohn war, zusammenzuhängen. Ich muss dich aber dringend bitten, das für dich zu behalten und niemandem davon zu erzählen. Das ist äußerst wichtig.

»So was habe ich ja noch nie gehört«, sagte Stefanía erstaunt.

»Weißt du etwas darüber, wie es den anderen Klassenkameraden von Agnar ergangen ist, was aus ihnen geworden ist und wo sie heute leben?«, fragte Sigurður Óli.

»Wir haben alle in dieser städtischen Sozialbausiedlung am Grenivegur gewohnt, und man kannte sich ziemlich gut, die Jungs waren ja jeden Tag zusammen. Unser Lebenswandel war vielleicht nicht gerade vorbildlich, kaputte Familien, so wie bei mir, und soweit ich weiß, sind die Jungs alle vor die Hunde gegangen. Nachdem Aggi tot war, fingen sie mit dem Alkohol an, und dann kamen die Drogen. Soweit ich weiß, ist aus keinem von denen was geworden. Ich kann mich erinnern, dass Óskars Mutter Þóra mich einige Jahre später mal besucht hat, als ihr Sohn an einer Überdosis Rauschgift gestorben war. Und solche Geschichten hat man immer wieder über sie gehört. Danni hat versucht, seine Wohnung mitsamt seinem Bruder anzuzünden, und wurde danach in die Anstalt eingewiesen. Außer diesen einen Winter, als aus den Versagern die beste Klasse der Schule wurde, haben sie es immer schwer gehabt. So ist das, wenn man uns wie Schafe in solche Silos einpfercht und von anderen Leuten fern hält. Sogar in der Schule wurden unsere Kinder unterschiedlich behandelt. Daraus kann nichts Gutes entstehen.«

»Vielen Dank Stefanía, du bist uns ein große Hilfe gewesen«, sagte Erlendur und stand auf. Sigurður Óli erhob sich ebenfalls, und sie verabschiedeten sich von der alten Frau, die auf ihrem Bett saß und das Foto betrachtete.

»Wer ist das da mit deinem Sohn auf dem Foto?«

»Das war einer von Aggis Freunden aus dieser Klasse. Die beiden hingen unglaublich aneinander. Sie haben tagaus, tagein zusammen gespielt, im Winter wie im Sommer. Das Foto habe ich selber gemacht, ich besaß damals eine kleine Kamera. Das war nur ein paar Wochen, bevor er starb. So ein netter Junge, er wurde schwer verletzt, als diese Bande über die Jungs und meinen Aggi hergefallen ist. Ich glaube, er wurde Siddi oder Diddi oder so ähnlich genannt.«

Wieder hielt sie Erlendur das Foto hin, und als er genauer hinschaute, sah er, dass der Junge an Agnars Seite nur noch ein Auge hatte. Die Augenhöhle war leer, und Erlendur schien es, als hielte er eine schwarze Augenklappe in der einen Hand.

»Könnte es Kiddi sein?«, fragte Erlendur. »Der, den sie Kiddi Kolke genannt haben?«

»Der war's. Kiddi Kolke, so wurde er immer genannt. Das Auge hat er verloren, als sie über meinen Aggi hergefallen sind.«

Dreiundzwanzig

Der Fotograf baute seine Gerätschaften auf. Einer der Klassenräume war für die Klassenfotos zur Verfügung gestellt worden, die Kamera stand auf einem Stativ am einen Ende des Raums, und am anderen Ende waren Bänke platziert worden. Die Kamera war ein großes, vorsintflutliches Gerät, und die Kinder hatten ihren Spaß daran, wenn der Fotograf den Kopf unter ein schwarzes Tuch steckte und alle dazu aufforderte, *Cheese* zu sagen. Tschiiiiiiis, enorme Blitze erhellten sekundenlang den Klassenraum und zuckten in die winterliche Finsternis hinaus.

Der Fotograf hatte Pálmi erklärt, dass er den ganzen Tag in der Schule zu tun hatte. Er machte immer noch regelmäßig Klassenfotos, so etwas brachte Geld in die Kasse, zusätzlich zu den klassischen Studioaufnahmen anlässlich von Taufe, Konfirmation, Abitur und Hochzeit. Es sei am besten, wenn Pálmi einfach in die Haga-Schule käme.

Pálmi beobachtete den Mann bei der Arbeit. Eine Klasse nach der anderen stellte sich vor der Kamera auf, und der Fotograf verwendete altbekannte Tricks, um die Kinder zum Lachen zu bringen. Wie es von einem Mann, der seit über dreißig Jahren Klassenfotos machte, nicht anders zu erwarten war, arbeitete er rasch und zielstrebig. Während einer Pause ging Pálmi zu ihm hin, stellte sich vor und zeigte ihm Daníels Klassenfoto.

»Ja, das Bild wurde in der Víðigerði-Schule aufgenommen«, sagte der Fotograf, ein schlanker Mann, der sich flink bewegte, obwohl er auf die sechzig zuging. Er trug einen dünnen Oberlippenbart, für dessen Pflege er sich offensichtlich Zeit nahm. »Da mache ich immer noch Klassenfotos. Dieses hier ist alt und nicht besonders gut, ich habe es mit meiner allerersten Kamera aufgenommen. Damals war ich ein ziemlicher Anfänger und machte noch jede Menge Fehler. Siehst du, wie die Kinder alle strahlen, die hier in die Kamera blicken? Solche strahlenden Gesichter sehe ich schon seit langem nicht mehr. Sich fotografieren zu lassen, hat heutzutage bei all den Kinofilmen, Computerspielen, Videos und Satellitenfernsehen mit tausend Kanälen überhaupt keinen Reiz mehr. Damals war die Welt einfacher. Ein Foto war etwas Bedeutendes, etwas Bleibendes. Heutzutage will doch niemand mehr etwas aufbewahren. Alles, was von Dauer ist, ist nicht mehr gefragt. Was man nicht mehr brauchen kann oder leid geworden ist, wird weggeworfen, und man kauft sich unverzüglich etwas Neues und Besseres. In früheren Zeiten freuten sich die Kinder immer auf den Tag, an dem die Klassenfotos gemacht wurden, aber heute müssen sie fast dazu gezwungen werden, weil sie während der Zeit, die die Aufnahme in Anspruch nimmt, nicht vor dem Computer hocken können.«

»Kannst du dich an irgendetwas im Zusammenhang mit diesem Foto erinnern?«, wagte Pálmi einzuwerfen, obwohl kaum anzunehmen war, dass der Fotograf ein so gutes Gedächtnis hatte.

»Nein, selbstverständlich kann ich mich nicht an die Aufnahme erinnern, aber ich kann mich gut an den Lehrer erinnern, an diesen Halldór. Ist das nicht der, der gerade ermordet worden ist? Das war schon eine ziemlich merkwürdige Gestalt. Er war genauso gespannt wie die Kinder, wenn ich Fotos von seinen Klassen machte, und er kam anschließend immer zu mir ins Atelier und holte sich ein Exemplar ab, noch bevor ich die Fotos in der Schule verteilte. So was war mir nie zuvor untergekommen, und ehrlich gesagt, er war richtig lästig. Ich mag es nicht, wenn man mich drängt. Er brachte es fertig, aufzukreuzen, wenn ich noch dabei war, den Film zu entwickeln, und dann blieb er stur da stehen und wartete so lange, bis ich einige Exemplare für ihn vergrößert hatte. Ich habe immer mehrere Aufnahmen von jeder Klasse gemacht, denn Kinder können ja nie still stehen, sie popeln in der Nase, schauen in der Gegend herum und kichern. Mit einem Wort, völlig unmöglich vor der Kamera. Man muss immer einige Fotos zur Auswahl haben. Halldór wählte sich bei mir im Atelier die besten aus und machte sich dann aus dem Staub, ohne sich zu bedanken oder sich zu verabschieden. Ein komischer Typ. Er beschwerte sich darüber, dass andere Fotografen und ich die Kinder nicht jedes Jahr gleich aufstellten. Er wollte, dass dasselbe Kind die ganze Schulzeit hindurch am gleichen Platz stünde.«

»Ich habe ihn nicht so genau gekannt.«

»Wieso fragst du dann nach Halldór?«

»Mein Bruder Daníel war in seiner Klasse. Der da, der auf dem Boden sitzt und zu Halldór hochschaut. Er ist ebenfalls vor kurzem gestorben. Ihm war dieses Klassenfoto etwas wert, und er hat es die ganze Zeit bei sich behalten. Die Jungen in der Klasse waren eng befreundet, sie haben ihre Namen hinten auf dem Bild verewigt. Bis auf einen sind alle tot.«

»Tot? Alle? Was sagst du da? Die ganze Klasse?«

»Ja. Vielleicht sind aber die drei Mädchen noch am Leben.«

Während sich die Nachforschungen der Kriminalbeamten darauf konzentrierten, herauszubekommen, was aus den Jungen der Sonderklasse geworden war, versuchte Pálmi, die Namen der Mädchen auf dem Klassenfoto zu entziffern, um sie ausfindig zu machen. Sie waren nachlässig geschrieben und schon ziemlich verblasst. Sólveig Þrastardóttir hieß eine. Der Name des zweiten Mädchens schien Bára Kristjóns- oder Kristjánsdóttir zu sein. Die Dritte hieß Sara und hatte ihren Vatersnamen nicht hinzugefügt. Pálmi fand Sólveig im Telefonbuch und rief sie an. Sólveig hörte sich an, was er über Daníel erzählte, und fragte ihn, ob er von der Polizei sei. Als Pálmi das verneinte und sagte, dass er Daníels Bruder sei und gerne mehr über ihn wissen wollte, lud sie ihn zu sich nach Hause ein. Sie arbeitete zu Hause. Pálmi kam ihr Name irgendwie bekannt vor, und es stellte sich heraus, dass sie ausländische Filme und Fernsehserien für die Fernsehsender übersetzte.

Sólveig wohnte in einem Reihenhaus in Fossvogur. Sie erklärte, mit einer Frau zusammenzuleben, und hoffte, dass ihn das nicht schockierte. Er fand, dass ihn das überhaupt nichts anginge. Sólveig hatte von sich aus damit angefangen, nachdem sie in ihrem Wohnzimmer Platz genommen hatten. »Meine Freundin heißt Hulda«, sagte sie. »Findest du diesen Namen nicht genauso erdgebunden wie patriotisch? Das passt genau zu ihr, sie ist nämlich auch beides.«

Sólveig war eine große und schlanke Mittvierzigerin mit glattem blondem Haar. Augen und Nase waren groß, und sie hatte einen entschlossenen Gesichtsausdruck, der erkennen ließ, dass sie keine Krämerseelen oder müßiges Geschwätz ertrug. Sie war eine Frau, die ohne Umschweife zur Sache kam und nicht um die Dinge herumredete.

»Ich kann mich gut an dich als Kind erinnern. Danni hat dich überall in einer kleinen Sportkarre herumgezogen. Du warst damals noch sehr klein, bestimmt nicht älter als zwei Jahre, deswegen kannst du dich bestimmt nicht daran erinnern.«

»Ich erinnere mich kaum an Daníels Freunde, das stimmt.«

»Ich kann dir nicht viel über deinen Bruder Daníel erzählen«, erklärte sie und schaute Pálmi in die Augen. »Er gehörte zu den Schlechtesten in der Klasse. Die Jungs waren unglaubliche Rabauken. Ständig haben sie sich auf dem Schulhof geprügelt, und einige haben sogar geklaut und Leute überfallen, aber ich glaube, dass Daníel nicht zu denen gehörte. Wahrscheinlich eher Kristján und Agnar und Óskar, der wurde Skari Skandal genannt. Kannst du dich an diese Jungen erinnern?«

»Eigentlich nicht. Aber ich kenne die Geschichte von Kiddi Kolke und seinem Auge.«

»Und dann unser Lehrer Halldór. Die Leute erzählen sich, dass seine Schüler ihn ermordet haben – was für ein absurder Quatsch. In meiner Erinnerung war das ein ausgesprochen farbloser Mann. Er hat nie die Stimme erhoben, wenn er unterrichtete, sondern er sprach ganz leise und in einem so verschwörerischen Ton, als wäre er einer von uns und wir wären dick miteinander befreundet. Er hat nie gebrüllt, auch wenn es Anlass dazu gab. Er hat sich irgendwie nie aufgeregt. Er hat auch nie den Lehrerstock verwendet, um auf uns einzuschlagen oder auf das Pult zu hauen wie viele andere Lehrer. Das hatte er nicht nötig. Er redete zu uns, als wären wir auf einer Ebene. Sein Lieblingssatz war: Lauscht der Stille. Das hat er wer weiß wie oft gesagt. Lauscht der Stille, und wir haben wie die Idioten gelauscht und nichts gehört. Möchtest du einen Kaffee?«

»Nein, danke«, sagte Pálmi. »Ich war auch auf dieser Schule, und da wurde immer noch sehr viel Wert auf Disziplin gelegt. Und ich kann mich an den alten Rektor erinnern, das war ein richtiger Stier.«

»Ja, er hatte einen ziemlich üblen Ruf in der Lehrerzunft und war berüchtigt dafür, die Kinder zu schikanieren, besonders, wenn sie sich eine Blöße gaben. Und dann dieses unerträgliche Siezen. Er war ganz bestimmt der Schulrektor im ganzen Land, der als Letztes damit aufgehört hat. Was für ein aufgeblasener Fatzke.«

»Bei ihm herrschte aber immerhin Disziplin.«
»Ja, in jener Zeit wurde unglaublich viel Wert auf Disziplin gelegt. Ich weiß nicht so genau, wie es heute ist, aber man hat eigentlich den Eindruck, als hätten die Schulen völlig die Kontrolle über die Schüler verloren. Früher mussten sich alle in Reih und Glied aufstellen. Endlose gerade Reihen und Grabesstille. Die Reihen mussten so lange stillstehen, bis keiner mehr redete. Es spielte überhaupt keine Rolle, wie das Wetter war, wir durften nicht hinein, bis alle in Reih und Glied standen. Selbst bei den schlimmsten Winterstürmen durften wir uns nicht von der Stelle rühren, bevor der Lehrer das Zeichen dazu gab. So was wäre heutzutage völlig undenkbar. Und auch im Klassenzimmer mussten wir uns aufstellen und im Gänsemarsch hinausgehen, den Gang entlang bis vor die Tür zum Klassenzimmer. Erst auf dem Schulhof haben wir gewagt, uns frei zu bewegen. Wie oft mussten wir draußen warten, weil die Jungs noch wie die Wilden herumtobten. Halldór stand immer im Anzug dabei, wartete geduldig und sagte uns, wir sollten auf die Stille lauschen. Erst, als es den Jungs zu langweilig wurde, durften wir hinein.«
Sie saßen eine Weile schweigend und in Gedanken versunken da.
»Ich kann mich erinnern, dass ich es immer Klasse fand, wenn wir in der großen Pause unsere Schulbrote aßen. Dann setzte sich Halldór ans Pult und las uns Abenteuergeschichten vor, während wir unsere mitgebrachten Stullen auspackten. In leeren Ketchupflaschen hatten wir die Milch, oder manchmal sogar Kakao. Halldór schaffte drei Bücher in einem Schuljahr. Kapitän Grant und seine Kinder, Gullivers Reisen, Prinz Eisenherz. Er las ziemlich monoton und sprach ein wenig durch die Nase, aber wir saßen alle da und hörten uns diese Geschichten an. Er hat sich vielleicht nicht gerade in diese Geschichten hinein-

gelebt, aber das taten wir. Und anschließend bekamen wir die Lebertranpillen.«

»Wurden sie am Ende der Brotzeit ausgeteilt?«

»Dann legte Halldór das Buch in die Schublade zurück, holte ein großes Glas mit den kleinen, gelben Lebertranpillen aus der Schublade und verteilte sie. Er ging von Pult zu Pult. Wir bekamen sie in die Hand, aber den Jungs befahl er, den Mund aufzumachen, damit er ihnen selbst die Kapseln verabreichen konnte, und er hat ihre Lippen mit den Fingerspitzen berührt. Dabei bekam er so einen ganz komischen Gesichtsausdruck, wenn er das machte. Wir Mädchen haben uns darüber unterhalten. Bei uns hat er das nie gemacht.«

Vierundzwanzig

Sigmar wurde am späten Nachmittag aufs Neue in den Verhörraum geführt, und Erlendur und Sigurður Óli nahmen ihm gegenüber Platz. Eine ganze Zeit lang hatte es den Anschein, als würde kein Wort aus ihm herauszubringen sein, aber zum Schluss schien er doch das Bedürfnis zu haben, über seine Klasse und seine Jugend zu sprechen. Er wirkte sehr viel ruhiger als am Morgen. Er erzählte davon, wie der, den sie immer Kiddi Kolke genannt hatten, das Auge verloren hatte, von seinem Stadtviertel und von seinen Freunden und von den alten Zeiten, die er so vermisste, von der Zeit, bevor alles so grauenvoll wurde.

»Das war in dem Winter, als uns dieses Gift eingetrichtert wurde. Danni und die anderen Jungs kamen, um mich abzuholen, der kleine Pálmi war auch mit dabei. Danni passte nachmittags immer auf ihn auf und nahm ihn in seiner kleinen Karre überallhin mit. Kiddi Kolke war dabei und unsere Freunde Aggi und Skari Skandal. Und Gísli. Aggi hatte unheimlich vorstehende Zähne und sah echt komisch aus, aber er war auch sonst ein lustiger Typ. Skari war einer seiner besten Freunde. Niemand wusste, woher er diesen Spitznamen hatte. Er kam vom Land. Ich gehörte auch zu der Clique, und meistens haben wir uns in unserem Viertel herumgetrieben, aber immer mit der Absicht, danach in den Keller zu gehen. Das war nämlich unser Geheimversteck. Es war der Keller unter dem Gemeindehaus. Manchmal klauten wir was in den Läden, und einmal haben Kiddi Kolke und Skari einer alten Frau im Hlíðar-Viertel die Tasche weggerissen, das hat gerade mal zwei Hundertkronenscheine eingebracht. Wir waren eben Stümper und Versager auf der ganzen Linie und haben alles getan, um diese Erwartungen zu erfüllen.

Der Keller war noch im Rohbau und aus dem Stahlbeton der Wände standen die Eisenstangen hervor. Der Boden war uneben, und da unten war es eigentlich kalt und ungemütlich, aber uns war das scheißegal. Wir fühlten uns dort jedenfalls sauwohl. Wir sammelten Kerzenstummel, die ein bisschen Helligkeit und Wärme ausstrahlten. Pálmi steckte in einem Lammfellsack und wurde an die Wand gelehnt, und wir haben uns hingehockt und gequasselt. Wir waren Freunde.«

Sigmar machte eine Pause.

»Heutzutage ist in dem Viertel, verglichen mit früher, überhaupt nichts mehr los«, fuhr er dann fort. »Manchmal geh ich hin und seh mich um, aber da spielt jetzt kein einziges Kind mehr auf der Straße. Früher waren da unheimlich viele Leute, Dutzende von Kindern, die aber in der Erinnerung vielleicht manchmal zu Hunderten werden.«

Sigmar erzählte ihnen von ihren Spielen und ihren blutigen Kämpfen, die bis in die Nacht hinein dauerten.

»Zwischen den unterschiedlichen Stadtvierteln herrschte regelrecht Krieg, und in unserer Straße waren wir angeblich die wildesten und frechsten Lümmel, vor denen die Kinder aus den anderen Straßen Angst hatten. Die haben es nach besten Kräften vermieden, uns zu reizen. Es gab regelrechte Schlachten um die Vorrangstellung auf Spielplätzen und Fußballplätzen oder auf den Schlittenbahnen. Alle Mittel waren erlaubt, und oft wurde mit gefährlichen Waffen gekämpft, die wir uns aus dem Zeug zusammenbastelten, das wir in den Neubaugebieten fanden. Pfeil und Bogen machten wir uns irgendwie aus dem Plastik für die Stromkabel, und wir bekamen auch ganz ordentliche Schwerter, Schilde und Lanzen hin. Im schlimmsten Fall endeten die Kämpfe damit, dass wir uns mit Steinen beworfen haben und es zu richtigen Verletzungen kam. Hin und wieder wurden sogar die Bullen gerufen, wenn wir blutend nach Hause kamen. Aber wenn Trupps oder Banden aus anderen Vierteln sich blicken ließen, scharten sich alle Jungs aus unserer Straße zusammen. Wir nahmen den Kampf mit denen auf und versuchten sie zu verjagen. Und egal, ob Sommer oder Winter, es kam immer wieder zu neuen Gefechten mit Kampfgebrüll und Kriegsgeschrei.

Danni und ich und all die anderen aus der Klasse hatten einen Riesenspaß an diesen Schlachten, und wir trainierten extra dafür«, erklärte Sigmar und sah Erlendur und Sigurður Óli an. »Wir haben uns richtige Waffenlager angelegt und ganze Szenen aus irgendwelchen Filmen nachgespielt. Manchmal erzählten wir uns auch Horrorgeschichten von irgendwelchen Halbstarken, von denen wir gehört hatten, dass sie sich jüngere Kinder schnappten, um sie zu quälen und zu schikanieren. Es waren viele solche Gerüchte in unserem Viertel in Umlauf, aber das meiste war wahrscheinlich erfunden. Aber die Geschichte von Kiddi Kolke war nicht erfunden. Sie war echt wahr, und machte immer wieder die Runde, wenn Kinder sich trafen und sich grausame und brutale Geschichten erzählten. Sie wurde mit der Zeit immer bösartiger und brutaler, aber der Kern ist immer derselbe geblieben. Manchmal kriege ich sie auch heute noch zu hören.«

Sigmar starrte eine Weile vor sich hin. Erlendur und Sigurður Óli warteten schweigend, bis er fortfuhr:

»Wir haben oft darüber geredet, was für ein Unglücksrabe Kiddi Kolke war. Den Namen bekam er, nachdem er zu Hause bei sich im Garten einen richtigen Kolkraben abgemurkst hatte. Er war immer ein Pechvogel, er kam unters Auto oder verknackste sich den Arm. Oder er fiel beim Schliddern hin und brach sich das Schlüsselbein. Wenn wir in den Läden was mitgehen ließen, wurde immer er erwischt. Einmal haben wir ein frisch angestrichenes Haus mit Matsch und Dreckklumpen beworfen, sodass es kaum noch wiederzuerkennen war. Kiddi war der Einzige, der geschnappt wurde, als der Besitzer aus dem Haus gerannt kam. Mit seinen Gummigaloschen kam Kiddi in dem Matsch nicht von der Stelle, und das Schlimmste war dann, dass diese blöden Galoschen in der Pampe steckenblieben, und dafür setzte es eine Tracht Prügel, als er nach Hause kam. Da war irgendwas mit ihm, er war ein Unglücksrabe.

Einmal saßen wir da unten in unserem Keller um die Kerzen herum und mampften Cornflakes, die wir geklaut hatten. Gísli moserte rum wegen der Spritze, mit der uns die Krankenschwester am Tag zuvor das Blut abgezapft hatte. Gísli krempelte den Ärmel hoch und zeigte uns den großen blauen Fleck in der Armbeuge. ›Das tut verdammt weh, wenn diese Alte zusticht‹, sagte er. ›Der knall ich eine, wenn sie mir beim nächsten Mal wieder so wehtut.‹ ›Du willst ihr wirklich eine scheuern?‹, fragte Aggi mit vollem Mund. Kiddi Kolke fand auch, dass diese Nadeln eklig wären, und Danni meinte, dass diese Tussis nie einen Ton sagen würden, sie würden bloß zustechen und einen dann wieder rausschicken. Aggi behauptete, sie würden unser Blut trinken, das seien bestimmt Vampire. Und dann hörten wir plötzlich Schritte über uns, die sich der Kellerluke näherten, und sahen sechs oder sieben ältere Jugendliche die Treppe runterkommen. Im Schein der Kerzen kamen sie langsam auf uns zu, wir hatten sie vorher noch nie gesehen. Sie mussten aus einem ganz anderen Stadtteil kommen. Ihr Anführer hatte eine schwarze Hose und eine schwarze Lederjacke an. Die waren ungefähr fünfzehn oder sechzehn Jahre alt, und wir hatten eine Scheißangst. Ein Mädchen war auch dabei, sie kam zuletzt nach unten, und wir starrten sie an. Sie hielt eine tote schwarze Katze am Schwanz gepackt und schlenkerte sie herum, und der Kopf von dem Tier war ganz zermatscht und blutig.«

Sigmar schien sich nicht mehr in dem Verhörraum, sondern wieder in jenem Keller zu befinden.

»›Was denn, was denn‹, sagte der Anführer. ›Findet hier das Nähkränzchen vom Kindergarten statt? Mannomann, und dann noch geklaute Cornflakes, wow!‹

Seine Kumpels kriegten sich vor Lachen nicht wieder ein.

›Und was für hübsche Kerzen‹, sagte er. ›Vielleicht seid ihr ja alle schwul, und das ist hier ist so eine richtig dufte Schwulenparty.‹

Die Bande wieherte vor Lachen.

›Das hier ist unser Geheimversteck‹, erklärte Kiddi Kolke, und wir standen alle auf. ›Verpisst euch‹, sagte er. Sie schauten die ganze Zeit das Mädchen mit der Katze an, die sah echt brutal aus, wie sie da so kaltschnäuzig die tote Katze hielt, als ginge sie das Ganze überhaupt nichts an.

›Das wär ja noch schöner. Los, her mit den Cornflakes‹, sagte der Anführer.

›Wenn euch dieser Keller gehört‹, sagte ein anderer, ›dann seid ihr womöglich stinkreich.‹

Sie waren mindestens einen Kopf größer als wir und viel kräftiger, mit denen konnten wir es nicht aufnehmen. Und sie waren bewaffnet. Mit selbst gebastelten Bögen und Pfeilen und Knüppeln. Deren Pfeile waren aus Holz geschnitzt und messerscharf. Das waren primitive Waffen, aber sie konnten uns gemeingefährlich sein.

›Warum stehst du nicht auch auf?‹, fragte das Mädchen Aggi, der als Einziger noch auf dem Boden saß. Sie machte urplötzlich einen Satz auf ihn zu und trat ihm voll ins Gesicht. Aggi fiel um und knallte mit dem Kopf auf den

Betonfußboden. Das Blut schoss ihm nur so aus dem Mund heraus, und der eine Vorderzahn flog in die Ecke.
›Haut gefälligst ab!‹, schrie Skari Skandal die Truppe an. Daníel hielt Pálmi fest bei der Hand. Die Typen rührten sich nicht vom Fleck.
›Verpisst euch!‹
Aggi lag blutend auf dem Boden und rührte sich nicht.
›Wir sind zufälligerweise auf der Suche nach geeigneten Räumen zum Trainieren‹, sagte der Anführer. ›Uns fehlt aber noch was, wo wir drauf zielen können. Die Katze war prima als Zielscheibe, aber sie krepierte nicht ganz so, wie wir wollten.‹ Das Mädchen grinste. Der Anführer trat dicht an Kiddi Kolke heran, der aber nicht zurückwich.
›Wie wär's, dich an die Wand zu hängen, du hässlicher Pimpf? Mal sehen, ob wir es nicht schaffen, deine Visage zu treffen‹, erklärte er, und er und zwei andere packten Kiddi. Die anderen verhinderten, dass wir ihm zu Hilfe kommen konnten. Kiddi Kolke kämpfte, aber sie überwältigten ihn und banden ihn mit den Händen über dem Kopf und gespreizten Beinen an den rostigen Eisenstangen fest. Das Mädchen ging hin und fuchtelte mit der Katze vor ihm herum. Dann stellten sie sich auf und spannten ihre Bögen. Sie wollten Kiddi allen Ernstes als Zielscheibe benutzen.
›Wie sieht's denn aus, ihr lieben Kleinen, habt ihr schon mal probiert zu vögeln?‹, fragte der Anführer und zielte in den Schritt von Kiddi Kolke. Der Pfeil zischte los, Kiddi schrie und wir Jungs mit ihm. Das Geschoss ging haarscharf an seinem Oberschenkel vorbei und zerbrach an der Wand.
›Jetzt reicht's aber, ihr Arschlöcher‹, rief Daníel. Pálmi hatte angefangen zu weinen.
›Lasst uns in Ruhe! Ihr bringt ihn ja um!‹, schrien wir und versuchten zu kämpfen, aber gegen diese feindliche Truppe konnten wir nichts ausrichten, wir hatten keine Chan-

ce. Aggi lag noch immer mit blutüberströmtem Gesicht am Boden. Ein zweiter Junge stellte sich auf und zielte auf Kiddi Kolke. Der Pfeil zischte los und landete knapp oberhalb von Kiddis Schulter an der Wand. Kiddi hing an den Eisenstangen und brüllte entsetzlich.

Der dritte ging in Position. Er spielte mit dem gespannten Bogen. Das war ein Täuschungsmanöver, um nicht zu verraten, worauf er zielte. Wir blickten gebannt auf die Pfeilspitze in seiner Faust, die er kreisen ließ – nach oben, unten, links und rechts. Kiddi hatte aufgehört zu brüllen und starrte auf sein Gegenüber. Er hatte sich die Handgelenke an den rostigen Stangen blutig gescheuert. Wir waren ebenfalls verstummt. Der Junge hörte auf, den Bogen kreisen zu lassen, zielte kurz und schoss. Man hörte den Pfeil zischen, bevor er Kiddi traf. Der Pfeil war direkt aufs Gesicht gerichtet worden, aber bevor er auftraf, gelang es Kiddi, sich zu drehen und den Kopf ein wenig anzuheben; der Pfeil streifte die Nase und ging von da ins rechte Auge, wo er stecken blieb.

Das Gebrüll, das Kiddi ausstieß, schien endlich zu bewirken, dass die Bande zur Besinnung kam. Die Typen erschraken sichtlich, glotzten sich an und machten sich aus dem Staub. Das Mädchen ließ die Katze fallen, und mit einem Mal war die Bande wie vom Erdboden verschluckt. Kiddi hing ohnmächtig an der Wand. Als er das Bewusstsein verlor, sank der Kopf auf die Brust herunter, der Pfeil lockerte sich und fiel runter. So hat er sein Auge verloren«, sagte Sigmar und starrte vor sich hin. »Sie haben es ihm rausgeschossen, und wir konnten nichts dagegen tun.«

Erlendur und Sigurður Óli saßen schweigend da und blickten Sigmar an. Kein Wort wurde gesprochen.

Fünfundzwanzig

»Wir sind in den städtischen Sozialwohnungen groß geworden«, sagte Sólveig. Pálmi und sie saßen im Wohnzimmer. »Unsere Klasse hielt eng zusammen. Alle wohnten ganz nah beieinander und waren von klein auf befreundet. Unsere Eltern kamen meist vom Land. Sie hatten keine Ausbildung und mussten für einen miesen Lohn arbeiten. Mit solchen Leuten füllten sich diese kleinen Sozialwohnungen. Viele waren gerade erst in die Stadt gezogen und hatten irgendwelche Gelder erhalten, um ein Dach über dem Kopf zu haben. Bei einigen herrschten fast asoziale Verhältnisse – wenn ich es recht bedenke, sogar bei den meisten Jungen in unserer Klasse. Bei Danni aber nicht.«

»Unsere Mutter war allein stehend«, sagte Pálmi, »und sie war sehr arm. Sie hat sich immer abrackern müssen, aber irgendwie hat sie uns durchgebracht. Nach dem Tod unseres Vaters gab es keinen anderen Mann mehr für sie. Ich kann mich erinnern, dass der Schulleiter ihr immer wieder mit dem Jugendamt gedroht hat, wahrscheinlich, um ihr einen Schreck einzujagen. Er hat wohl geglaubt, er könnte meinen Bruder gefügiger machen, wenn er sie unter Druck setzte. Wenn Daníel zum Rektor musste, weil er die Mülltonnen in der Schule angezündet oder auf den Korridoren Randale gemacht hatte, knöpfte der sich immer wieder unsere Mutter vor. Manchmal ließ er sie sogar von der Arbeit holen, um ihr richtig die Hölle heiß zu machen. Sie hat mir später erzählt, dass sie zeitwei-

lig wirklich Angst hatte, uns zu verlieren. Einmal tobte Daníel gerade durch die Korridore, als der Rektor um die Ecke bog. Sie stießen zusammen, der Rektor fiel hin und verlor beinahe das Bewusstsein. Daníel wurde eine Woche lang vom Unterricht ausgeschlossen und wäre fast von der Schule geflogen. Mama musste den Mann händeringend bitten, sich nicht ans Jugendamt zu wenden. Er hat sie in dem Gespräch fortwährend gesiezt und ihr gesagt, dass Daníel einer der schwierigsten Jungen der ganzen Schule sei. Mama hat später oft in Erinnerung daran gelacht, wie er vor ihr saß, sich mit seiner Siezerei wichtig machte und dabei dieses riesige violette Ei auf seiner Stirn prangte.«
Sólveig schien sich das sofort bildlich vorstellen zu können, denn sie lachte laut auf.
»Es war mit Sicherheit eine sehr schwierige Klasse«, sagte sie. »Die Familienverhältnisse der Schüler waren unterschiedlich, aber den meisten ging es ziemlich schlecht, glaube ich. Häufig waren es die Mütter, die das Geld verdienten, die Kerle haben sich meist verdrückt. Der Alkohol floss in Strömen, und die Kinder kamen deshalb auch leicht an Schnaps heran. Tagsüber liefen wir herum, ohne dass sich jemand um uns kümmerte, zu Hause waren wir eigentlich nur nachts. Dieses System mit den Sonderklassen war wie auf uns zugeschnitten. Dass wir etwas lernten, war vollkommen nebensächlich, denn es ging nur darum, dass wir die schulische Karriere der anderen nicht behinderten. Halldór versuchte, uns bei der Stange zu halten, ihm war aber klar, dass nicht viel von ihm erwartet wurde. Bei uns zu Hause wurde über Schule und Wissen nur gelacht. Ich war eigentlich keine schlechte Schülerin, aber ich kam aus diesen Asi-Silos, und das alleine reichte aus. Damit war ich abgestempelt. Wir fühlten uns aufs Abstellgleis geschoben. Damals gab es keine Psychologen, Soziologen oder Vertrauenslehrer. Diese Sonderklassen

mit den schlechtesten Schülern kosteten viel weniger. Das Schlimme daran war aber der Umstand, dass bei der Entscheidung, wer in diese Sonderklassen kam, die Begabung eine viel geringere Rolle spielte als die Herkunft, davon bin ich überzeugt. Es hieß immer, dass es keine Klassengesellschaft in Island gäbe, aber in diesem System kam sie voll und ganz zum Tragen.«

»Kannst du dich an irgendwas Besonderes im Zusammenhang damit erinnern, dass euch Lebertranpillen verabreicht wurden?«, fragte Pálmi. »Sigmar hat der Polizei eine äußerst merkwürdige Geschichte erzählt. Angeblich sollen den Jungen in deiner Klasse heimlich Drogen verabreicht worden sein. Angeblich war in den Lebertrankapseln etwas, das die Jungen süchtig machte. Und das hätte später dazu geführt, dass sie Alkohol und Rauschgift zum Opfer fielen und teilweise völlig durchgedreht sind, wie mein Bruder Daníel. Tatsache ist, dass Halldór Daníel in der Klinik besucht hat, kurz bevor sie beide ums Leben kamen, und jemand vom Personal hat gehört, wie sie über Lebertranpillen geredet haben. Das klingt bloß einfach so absurd.«

»Der arme Sigmar. Wie geht es ihm? Ich sehe ihn manchmal in der Stadt, zusammen mit anderen Pennern. Er ist wohl in der Gosse gelandet.«

»Ihm geht es schon seit langer Zeit dreckig, glaube ich. Er ist zu Daníels Beerdigung gekommen und sah erbärmlich aus. Früher hat er Daníel manchmal in der Klinik besucht, aber dann hat er damit aufgehört, weil er nicht zusehen konnte, wie Danni zusehends verfiel und kaputtgemacht wurde.«

»Ich habe in der Zeitung von Dannis Tod erfahren, mein Beileid. Hin und wieder konnte man etwas über meine ehemaligen Klassenkameraden in der Zeitung lesen. Kiddi Kolke verschwand im wahrsten Sinne des Wortes von der

Bildfläche. Skari ist in der Gosse verendet. Ich weiß nichts über diese Lebertranpillen, ich weiß bloß, dass die Jungs in diesem Winter plötzlich unglaubliche Leistungen erzielten. Auf einmal fiel es ihnen leicht, zu lernen, es hatte fast den Anschein, als würden sie durch irgendetwas stimuliert. Aber sie führten sich gleichzeitig immer schlimmer auf. Sie wurden aufsässiger. Willst du damit sagen, dass uns Mädchen weiterhin normaler Lebertran gegeben wurde? Dass nur die Jungen dieses Zeug bekommen haben?«

»Genau das hat Sigmar behauptet.«

»Ich weiß nicht, was ich dazu sagen soll. Sie hatten damals schon mit Alkohol angefangen, gerade mal zwölf oder dreizehn Jahre alt. Sie waren zwar bestimmt nicht die Einzigen in unserem Viertel, aber sie haben ziemlich oft schlimm getrunken. Es hieß auch, dass Drogen mit im Spiel waren, was auch immer das damals bedeutet haben mag. Das muss aber nichts mit diesen Pillen zu tun gehabt haben. Durch das soziale Umfeld waren sie ja sozusagen schon prädestiniert dafür. Man erzählte sich, dass die Mutter von Kiddi Kolke auf den Strich ging. Hast du das gewusst? Das Leben war damals einfach gnadenlos.«

»Und dann sind sie gestorben oder einfach von der Bildfläche verschwunden.«

»Ich war damals auf dem Fußballplatz dabei, als der arme kleine Aggi starb, urplötzlich. Er fiel in eine Pfütze, und dann war es aus mit ihm. Uns wurde gesagt, dass es das Herz gewesen sei, Herzversagen.«

»Hast du irgendwelche Verbindungen zu den anderen Mädchen aus deiner Klasse?«

»Wir waren nicht sonderlich gut befreundet. Ich glaube, sie sind alle aus Reykjavík weggezogen. Ich habe sie kaum je getroffen, nachdem wir die Schule verlassen hatten. Ich kann mich dunkel daran erinnern, dass mir irgendjemand gesagt hat, sie seien aufs Land gezogen. Im Übrigen ist Reyk-

javík inzwischen so groß geworden, dass die Menschen in der Menge verschwinden, und man sieht sich nie wieder.«
»Wenn das stimmt, was Sigmar gesagt hat, warum haben dann die Mädchen nicht diese besonderen Pillen bekommen?«
»Es könnte schon sein, dass auch wir irgendwelche speziellen Pillen bekommen haben. Ich habe nicht die geringste Ahnung. Wenn ja, dann hatten sie bei mir allerdings keine besonderen Auswirkungen.«
In diesem Augenblick öffnete sich die Wohnungstür, und eine etwas mollige Frau trat ein. Pálmi stand auf, um sich zu verabschieden. Er wollte nicht stören und kam sich ausgesprochen fehl am Platz vor.
»Hulda, hier ist jemand aus meiner alten Schule. Er ist aber schon in Aufbruchstimmung.«
Die etwas stiernackige Hulda steckte in einem roten Hosenanzug, der sie als Angestellte der Isländischen Landesbank auswies. Sie kam ins Wohnzimmer und küsste Sólveig zärtlich auf den Mund.
»Fürchtet er sich vor Lesben?«, fragte sie.
Pálmi wusste, dass man ihm das ansehen konnte.
»Kannst du dich daran erinnern, Pálmi, womit die Jungs dich immer aufgezogen haben? Sie haben dich dauernd dazu gebracht, etwas Bestimmtes zu sagen, und dann haben sie sich vor Lachen ausgeschüttet. Und zwar, weil du bestimmte Laute nicht richtig aussprechen konntest. Entschuldige, dass ich das erwähne, aber du kannst bestimmt heute selber darüber lachen.«
»Ich kann mich an gar nichts erinnern«, erklärte Pálmi.
»Du musst etwa drei oder vier Jahre alt gewesen sein. Ich hab Hulda oft davon erzählt. Auf jeden Fall konntest du schon sprechen. Sie haben dich immer ›Bonbons‹ und ›Bussi‹ sagen lassen. Und du hast übers ganze Gesicht gestrahlt, wenn du das gesagt hast.«

»Bonbons und Bussi?«, wiederholte Pálmi verständnislos.
»›Was kriegt Pálmi von Mama?‹, haben sie dich gefragt. ›Was mag Pálmi am liebsten?‹ Mensch, was haben wir gelacht.«
»Bonbons und Bussi?«
»Nein, so hast du das nicht gesagt, als du klein warst.«
»Wie denn?«
Sólveig schaute Hulda an, und sie fingen an lauthals zu lachen.
»Was habe ich gesagt?«, wollte Pálmi wissen.
»Pompons und Pussi.«
Das Lachen verebbte, als Pálmi keinerlei Reaktion zeigte.

Sechsundzwanzig

Um vier Uhr in der Nacht klingelte Erlendurs Telefon. Sigurður Óli war dran, er klang aufgebracht.

»Sie haben ihm den Gürtel nicht abgenommen«, sagte er. »Kapierst du so etwas? Sie haben ihn mitsamt seinem Gürtel in die Zelle zurückgebracht, und er hat sich erhängt. Diese verfluchten Idioten!«

»Sigmar ist also tot, oder was?«, fragte Erlendur und richtete sich halb im Bett auf.

»Ich konnte nicht einschlafen. Darum habe ich im Untersuchungsgefängnis angerufen und darum gebeten, nach Sigmar zu sehen. Als sie das machten, baumelte er bereits am Fenstergitter.«

»Ich komme«, sagte Erlendur grimmig und legte auf.

Zehn kleine Zellen reihten sich im Korridor des Untersuchungsgefängnisses aneinander. Innen waren sie alle mit dünner, hellgrüner Farbe gestrichen, und auf dem Fußboden befand sich eine dickere Schicht grauen Fußbodenlacks. In jeder Zelle gab es in einer Ecke eine Matratze auf einer betonierten Erhöhung, und an der Wand gegenüber der Tür war ein Fenster mit drei Gitterstäben. Sigmar war in der dritten Zelle. Er hatte seinen breiten Ledergürtel um die mittlere Stange des Fensters geschlungen, sich ihn um den Hals gelegt und war dann wahrscheinlich vom Bett gesprungen. Als Erlendur und Sigurður Óli eintrafen, hing er noch immer dort. Ein paar Wärter und einige Polizisten liefen auf dem Korridor auf und ab.

»Wer hat ihn mit diesem Gürtel in die Zelle zurückgebracht?«, fragte Erlendur wütend, als er eintrat. »Her mit diesem Idioten.«

Zwei junge Männer in Gefängniswärteruniform traten vor. Sie hatten Nachtschicht und waren für den Gefangenen verantwortlich gewesen. Beide waren erst kürzlich eingestellt worden, nachdem sie zuvor bei einem privaten Sicherheitsdienst gearbeitet hatten.

»Wart ihr das?«, schnauzte Erlendur sie an und trat so dicht an sie heran, als wolle er auf sie losgehen. »Seid ihr euch darüber im Klaren, dass ihr für den Tod dieses Mannes verantwortlich seid? Das war kein gewöhnlicher Mann, sondern der Hauptzeuge in einem Mordfall. Ist euch klar, dass ihr dank eurer Dämlichkeit womöglich verhindert habt, dass dieser Fall jemals gelöst werden kann? Tut mir den Gefallen und verschwindet, bevor ich euch in eine von diesen Zellen einbuchten lasse, weil ihr die Ermittlung behindert habt. Und lasst euch hier ja nicht wieder blicken. Nie wieder!«

Die Männer wagten nicht zu protestieren und verschwanden kleinlaut. In der Zwischenzeit hatte Sigurður Óli Sigmars Zelle betreten und schaute sich um.

»Er hatte nichts bei sich, als er heute Morgen zu uns gekommen ist, nein, warte mal, gestern Morgen war es wohl«, sagte Erlendur, der ebenfalls in die Zelle gekommen war. »Er wurde routinemäßig gefilzt und gebeten, alles auszuhändigen, was er in den Taschen hatte. Da war nichts, alle Taschen waren leer. Aber schau mal hier«, sagte Sigurður Óli und hob Sigmars rechte Hand hoch. »Er hat sich an der Fingerkuppe des Zeigefingers verletzt.« Erlendur trat hinzu, nahm die Hand und betrachtete aufmerksam die Wunde.

»Wie konnte er sich hier drinnen verletzen?«, sagte er wie zu sich selbst, blickte sich um, entdeckte aber nichts Spitzes in der Zelle. Die einzigen losen Gegenstände waren ein Stück Seife auf dem kleinen Waschbecken in der Ecke und eine Rolle Toilettenpapier.

Sigurður Óli wies mit dem Finger auf den Gürtel, und sie bemerkten ein wenig Blut am Dorn der Schnalle. Sigmar hatte sich selbst eine Wunde am Finger zugefügt und Blut herausgepresst.

»Wozu hat er das gemacht, zum Kuckuck noch mal?«, fragte Sigurður Óli völlig perplex. Nach fast vierundzwanzig Stunden ohne Schlaf war er hundemüde und womöglich noch gereizter als Erlendur.

»Vielleicht wollte er uns eine Nachricht hinterlassen«, sagte Erlendur und schaute sich um. Vielleicht wollte er damit schreiben. Aber hier gibt es kein Papier. Worauf hast du geschrieben, Sigmar?«

Sie untersuchten sämtliche Wände, vor allem die Ecken, ebenso die Matratze, das kleine Waschbecken und die Kloschüssel, ohne etwas zu entdecken. Sie knieten sich auf den Boden, aber sie fanden nichts. Dann standen sie wieder vor Sigmars Leiche und sahen zu ihm hoch.

»Dann gibt es nur noch eine Möglichkeit«, sagte Sigurður Óli.

»Nehmt ihn runter«, wies Erlendur die zwei Polizisten an, die an der Tür standen. Sie traten hinzu, und während der eine Sigmar anhob, stand der andere auf dem Bett und löste den Gürtel. Sigmar wurde auf die Matratze gelegt. Er trug seine abgewetzten Jeans und ein graues, ärmelloses T-Shirt. Erlendur beugte sich zu ihm hinunter und hob das T-Shirt hoch. Blutspuren auf dem Bauch schienen darauf hinzudeuten, dass dort etwas geschrieben worden war.

»Was steht da?«, fragte Erlendur und starrte konzentriert auf die Leiche.

»Warte mal«, sagte Sigurður Óli. »Das kann man kaum noch entziffern, aber das hier ist ein E, glaube ich, dann wieder etwas Verwischtes, und dann ein A, mehr kann ich auch nicht erkennen.«

»E und A«, sagte Erlendur und kratzte sich am Kopf. »Was soll denn das heißen?«

»Jetzt sind also alle tot«, sagte Sigurður Óli und richtete sich auf. »Alle acht, und das Einzige, was wir in der Hand haben, sind zwei Buchstaben.«

Siebenundzwanzig

»Ich wollte dir mitteilen, dass Sigmar heute Nacht Selbstmord begangen hat«, sagte Erlendur. Es war früh am Morgen, und Pálmi war durch das Klingeln des Telefons geweckt worden. »Aus purer Dummheit und Unfähigkeit ist ihm in der Untersuchungshaft sein Gürtel nicht abgenommen worden. Ich glaube nicht, dass wir deine Hilfe noch länger benötigen. Ich wollte mich bloß für die Zusammenarbeit bedanken. Falls du noch irgendwas in der Sache herausfinden solltest, setz dich bitte mit uns in Verbindung.«

»Der arme Kerl«, sagt Pálmi geschockt. »Falls es stimmt, was er gesagt hat, sind jetzt also alle Jungs aus der Klasse tot.«

»Es scheint tatsächlich den Tatsachen zu entsprechen. Wir müssen jetzt davon ausgehen, dass er Halldór auf diese schauerliche Art und Weise ermordet und sich selbst umgebracht hat, bevor wir die Gelegenheit hatten, ihn in die Zange zu nehmen. Das Motiv ist immer noch unbekannt, aber es ist denkbar, dass er sich für irgendetwas gerächt hat, das vor vielen Jahren geschah, als Halldór noch sein Lehrer war. Es liegt aber auf der Hand, dass wir gestern nur einen Bruchteil der ganzen Geschichte zu hören bekommen haben.«

»Hast du inzwischen noch einmal mit Helena gesprochen?«, fragte Pálmi.

»Nein. Ich habe ihre Aussage gelesen, aber sie ist nicht sehr aufschlussreich.«

»Hat sie die Kassetten erwähnt?«

»Was für Kassetten?«
»Ich habe sie gestern Abend im Krankenhaus besucht, und wenn ich sie richtig verstanden habe, ging derjenige, der sie zusammengeschlagen hat, davon aus, dass sie irgendwelche Kassetten bei sich aufbewahrte.«
»Kassetten?«
»Bänder, auf denen etwas aufgezeichnet war. Der Mann schien davon auszugehen, dass Helena irgendwelche Kassetten besaß, hinter denen er her war. Dieser Überfall muss mit dem Mord an Halldór zusammenhängen, und es kann sehr gut sein, dass der Angreifer Halldór ermordet hat und dass er hinter irgendwelchen Aufzeichnungen her ist.«
»Was könnte denn auf diesen Kassetten aufgezeichnet sein?«, fragte Erlendur.
»Ich habe keine Ahnung.«
Sie redeten noch eine Weile über die Kassetten, bevor sie auflegten. Pálmi ging in die Küche und setzte Kaffee auf. Immer noch befassten sich die Schlagzeilen mit dem Mord an Halldór Svavarsson. Ein der Tat verdächtiger Mann sei festgenommen worden, aber die Zeitungen verfügten augenscheinlich über keine weiteren Informationen. Allerdings standen jetzt nicht mehr die Schüler als vermeintliche Täter im Mittelpunkt, sondern allenthalben wurden Interviews mit Experten abgedruckt, die sich in Bezug auf Päderasten auskannten. Halldórs Hintergrund war genau ausgeleuchtet worden, aber die Journalisten hatten keine weiteren Vorfälle ausfindig machen können, bis auf das, was damals in Hvolsvöllur passiert war.

Der ehemalige Schulleiter wohnte noch immer in einem gepflegten Reihenhaus ganz in der Nähe der Víðigerði-Schule. Er genoss sein Leben als Pensionär, reiste viel und spielte Golf. Seine Frau hatte in dieser Ehe das Sagen, sie bestimmte, dass sie jeden Tag ins Schwimmbad und regelmäßig aus essen gingen. Ebenso regelmäßig wurden die Kinder eingeladen oder besucht. Sie waren beide Mitte siebzig. Sie hatten ein angenehmes Leben gehabt, waren so fit, wie sie nur sein konnten – und außerdem äußerst versnobt.

Der Schulleiter hatte die Kriminalbeamten erwartet und führte sie ins Wohnzimmer, wo seine Frau sich demonstrativ neben ihn setzte. Sie wollte auf keinen Fall etwas verpassen. Erlendur konnte sich des Gefühls nicht erwehren, dass bei ihnen außer den nächsten Angehörigen nicht viele Leute zu Besuch kamen.

»Wie ich dir am Telefon gesagt habe …«, begann Sigurður Óli und sah den ehemaligen Schulleiter an, wurde aber sofort unterbrochen.

»Findet ihr es nicht bedauerlich, dass das Siezen abgeschafft worden ist?«, fuhr die Ehegattin dazwischen, indem sie ihre Blicke von Sigurður Óli zu Erlendur schweifen ließ. »Ach, was waren das noch für Zeiten, als man sich höflich siezte. Erinnerst du dich, Rútur, als wir uns endlich dieses große Gemälde von unserem guten Freund Gunnlaugur Scheving angeschafft haben?«, sagte sie zu ihrem Mann. Sie wandte sich halb um und deutete auf das Bild. »Das hier. Scheving war so vornehm und so ausgesucht höflich. Ach ja, das hatte Stil. Das ist alles vorbei.«

»Ich war immer darum bemüht, in der Schule das Sie beizubehalten, wie du weißt«, sagte Rútur im Brustton der Überzeugung und blickte Erlendur und Sigurður Óli an.

»Ja«, erwiderte Erlendur kurz angebunden. »Aber wir sind wegen Halldór Svavarsson hier. Du …«, sagte er sehr betont, »… hast selbstverständlich erfahren, was passiert ist.«

»Oh mein Gott, ja«, sagte die Gattin. »Was für eine grauenvolle Tat, den Mann anzuzünden. Wir kannten ihn allerdings nicht sehr gut. Rútur hat mir auch gesagt, dass Halldór immer etwas eigenartig gewesen sei – die ganzen Jahre hat er da an der Schule unterrichtet und keinerlei Kontakt zu anderen geknüpft. Mit solchen Leuten stimmt doch etwas nicht.«

»Halldór war schon etwas seltsam, so im Nachhinein betrachtet«, sagte Rútur.

»Hat er eigentlich hier in unserem Viertel gewohnt?«, überlegte die Gattin. »Früher war es eine ausgesprochen gepflegte Wohngegend, aber jetzt, also, ich weiß nicht. Es hat geradezu den Anschein, als seien sämtliche besser situierten Leute weggezogen. Ich habe Rútur gleich gesagt, dass wir uns nach seiner Pensionierung nach etwas anderem umsehen müssten, in Fossvogur beispielsweise, eine erstklassige Wohngegend, findet ihr nicht? Aber nein, er wollte nicht.«

»Du kannst uns vielleicht Auskunft darüber geben, Rútur, ob es in deiner Zeit an der Schule Vorfälle gegeben hat, bei denen sich entweder Eltern oder Schüler über Halldór beschwert haben?«

»Großer Gott, soll das heißen, wir hatten die ganze Zeit einen Kinderschänder unter uns?«, mischte sich die Gattin wieder ein. Erlendur beschloss, dass es so nicht weitergehen konnte.

»Entschuldigen Sie bitte«, sagte er und blickte die Frau scharf an. »Würden Sie uns vielleicht gestatten, mit Ihrem Gatten zu reden, ohne dass Sie sich ständig einmischen?«

»Also, ich muss schon sagen«, empörte sich die Gattin, »ist das der Dank dafür, dass man so hilfsbereit und zuvorkommend ist? Dass sich ausgerechnet die Polizei das erlauben kann, einem unverschämt zu kommen!« Sie war aufgestanden und schaute ihren Mann an. Rútur rührte sich nicht und sagte keinen Ton. »Bitte schön!«, erklärte sie. »Ich überlasse die Herren der Schöpfung sich selbst. Unerhört!«

»Bitte entschuldigt«, sagte Rútur, als sie das Zimmer verlassen hatte, »aber meine Frau fühlt sich etwas einsam.«

»Halldór?«, insistierte Erlendur.

»Ja. Nein, nicht ein einziges Mal bin ich gewahr geworden, dass Halldór irgendwelche abnormalen Neigungen gezeigt hat. Falls er den Kindern gegenüber anstößiges Verhalten an den Tag gelegt haben sollte, ist jedenfalls nie darüber geredet worden, und ich halte es im Grunde genommen für ausgeschlossen, dass er an meiner Schule irgendwelche perversen Neigungen ausgelebt hat. So etwas lässt sich doch nicht geheim halten.«

»Laut der Aussage eines Mannes, der sich inzwischen das Leben genommen hat, konnte an deiner Schule vieles geheim gehalten werden«, warf Sigurður Óli ein. »Der bewusste Mann war 1967 in der Abschlussklasse an deiner Schule, Klasse 6 L, zusammen mit sieben anderen Jungen. Die 6 L war eine Sonderklasse, die aber in diesem Winter eine außergewöhnlich gute Durchschnittsleistung erbracht hat.«

»Daran kann ich mich sehr gut erinnern. Es war uns völlig unbegreiflich, was da vor sich ging, und Halldór hat weder früher noch später jemals wieder so einen Erfolg mit einer Klasse gehabt. Irgendwie fanden wir, dass es da nicht mit rechten Dingen zugehen konnte, und ich habe extra eine Prüfungskommission eingerichtet, die die Kenntnisse der Schüler überprüft hat, aber die waren ganz einfach hervorragend.«

»Kannst du dich daran erinnern, dass Krankenschwestern kamen, um den Jungen in Halldórs Klasse alle paar Monate Blut abzuzapfen?«

»Wie bitte?«

»Weißt du etwas darüber, dass Halldór den Jungen in seiner Klasse in diesem Winter Pillen verabreicht hat, die so aussahen wie Lebertrankapseln, aber stattdessen etwas anderes enthielten, vielleicht sogar etwas sehr Gefährliches?«

»Wie bitte? Ich habe nicht die geringste Ahnung, wovon du redest.«

»Du hast nie bemerkt, dass sich damals in deiner Schule mehr Krankenschwestern als gewöhnlich aufhielten?«

»Bei mir lief immer alles ordnungsgemäß. An der Schule beschäftigten wir eine Schulkrankenschwester, einen Schularzt und einen Schulzahnarzt. Sie besuchten die Schule in regelmäßigen Abständen und untersuchten die Kinder. Ich bin der Meinung, dass die ärztliche Betreuung sehr gut war. Die Kinder haben alle Impfungen bekommen, die nötig waren, und alle Gesundheitskontrollen wurden vorschriftsmäßig durchgeführt, falls deine Frage darauf abzielt.«

»Wer war für die Verteilung der Lebertranpillen zuständig?«

»Wenn ich mich recht erinnere, kam der Lieferwagen direkt vom Hersteller mit den entsprechenden Liefermengen, nun ja, vielleicht alle zwei Monate. Die Gläser wurden in einem Schrank im Lehrerzimmer aufbewahrt, und die Lehrer hatten je nach Bedarf Zugang dazu. Ich meine, dass die Kinder eine Kapsel pro Tag bekamen, und die Bestände mussten regelmäßig aufgefüllt werden. Die meisten Kinder waren ganz versessen darauf, nachdem sie vorher oft Probleme mit dem flüssigen Lebertran gehabt hatten. Daran haben sich die Kinder manchmal sogar regelrecht erbrochen, denn das Zeug kann einen schon zum Würgen bringen. Diese Pillen aber hatten einen zuckrigen Überzug und schmeckten deshalb gut. Was hast du da von Blutentnahmen gesagt?«

»Ein Zeuge hat ausgesagt, dass Halldór maßgeblich daran beteiligt war, Versuche an den Kindern durchzuführen, die die Verabreichung von Drogen und Blutuntersuchungen einschlossen.«

»Versuche? An meiner Schule? Halldór? Nein, das ist völlig absurd! Ganz offensichtlich habt ihr Halldór nicht gekannt, der hätte so etwas nie fertig gebracht! Der Mann war eine komplette Null, völlig willensschwach, und er war eigenbrötlerisch, ja, eigentlich richtig verschroben.«

»Aber auf einmal hat er die Klasse zu solchen Leistungen gebracht.«

»Ja, aber das war ein einmaliges und isoliertes Phänomen. Ein Zufall. Er war in jeder Hinsicht ein mittelmäßiger Lehrer, er hatte keinerlei Profil und wäre nie imstande gewesen, so etwas zu bewirken.«

»Könnte der Stoff, den die Schüler von ihm bekommen haben, nicht der Grund für die Leistungssteigerungen in der Klasse sein? Du scheinst ja auch keine andere Erklärung zu haben.«

»Das stimmt, aber es hört sich wie Science-Fiction an. Den Kindern wird irgendein Wundermittel eingetrichtert, und sofort sind alle superintelligent! So was passiert vielleicht in Romanen, aber wir leben doch in der Realität, und die Realität in der Víðigerði-Schule war völlig normal und absolut unspektakulär. Bei uns wurde Wert auf Disziplin, Ordnung und Ruhe gelegt. Die Schüler mussten sich in Reihen aufstellen, und es wurde genauso viel Wert auf anständiges Betragen wie auf das Lernen gelegt. Jedes Jahr wurde bei uns das gleiche Weihnachtsstück aufgeführt. Der Bürgermeister kam und schaute es sich an. Wir waren eine vorbildliche Schule.«

Er hielt kurz inne.

»Seid ihr in letzter Zeit mal in einer Grundschule gewesen? Habt ihr mal gehört, was für einen Krach die Kinder heutzutage machen, und habt ihr gesehen, welches Chaos auf den Korridoren und sogar in den Unterrichtsräumen herrscht? Mir ist völlig schleierhaft, wie man unter diesen Bedingungen überhaupt unterrichten kann.«

»Bei euch war es seinerzeit auch einfacher. Ihr konntet die Problemkinder einfach in spezielle Versagerklassen abschieben«, sagte Erlendur.

»Ich bin davon überzeugt, dass im Schulsystem alles den Bach hinuntergegangen ist, nachdem diese Sonderklassen abgeschafft wurden. Da witterten die verdammten Sozialhelfer und Schulpsychologen ihre Chance und nisteten sich im Schulsystem ein. Die Sonderklassen erfüllten ihren Zweck bestens, und sie müssten meiner Meinung nach dringend wieder eingerichtet werden. Schülern mit eher begrenzten Fähigkeiten und unzumutbarem Betragen sollte es nicht gestattet sein, den durchschnittlich und überdurchschnittlich Begabten im Weg zu stehen. Damals verlief der Schulbetrieb reibungslos. Wir haben Höchstleistungen erzielt.«

»Auf Kosten der weniger Begabten.«

»Aber zu Gunsten von allen anderen.«

»Ich war auch in so einer Sonderklasse«, erklärte Erlendur. »Wahrscheinlich bin ich nur mäßig begabt und habe mich darüber hinaus schlecht benommen, aber ich kam zudem aus ärmlichen Verhältnissen, und das spielte meines Erachtens eine sehr wichtige Rolle bei der Verteilung auf die Klassen. Nach der zentralen Mittelschulprüfung, bei der ich durchfiel, habe ich aufgehört. Während meiner ganzen Schulzeit habe ich nie Interesse daran entwickelt, irgendetwas zu lernen, und kein Mensch hat Interesse daran gehabt, mir etwas beizubringen. Ich bekam sofort einen Stempel aufgedrückt, als ich in die Schule kam, und dieser Stempel blieb dann an mir haften. Das sind die Auswirkungen des Sonderklassensystems, aber du wirst wahrscheinlich trotzdem behaupten, dass es die Schüler fördert.«

»Du willst mit anderen Worten sagen, dass du nicht das Geringste über das Verteilen von irgendwelchen Medikamenten in der Schule gewusst hast, oder über die Experimente, die Halldór da heimlich mit seiner Klasse durchführte?«, fragte Sigurður Óli, um die offenkundige

Feindseligkeit herunterzuspielen, die sich zwischen den beiden Männern aufgebaut hatte.
»Ich weiß nicht, wer euch diese Klatschgeschichten erzählt hat. Es ist vollkommen absurd, was ihr mir da auftischt, und ich muss schon sagen, ich bin mehr als erstaunt darüber, dass ihr so etwas überhaupt ernst nehmt. Entschuldigt mich jetzt bitte«, sagte Rútur und stand auf, »ich muss meine Frau in die Stadt fahren.«
Sie standen auf und verabschiedeten sich. Als Erlendur und Sigurður Óli wieder im Auto saßen, sagte Letzterer:
»Ich fand das gut mit der Sonderklasse. Diesem arroganten Heini hast du's gegeben. Ich bin überzeugt, dass er wirklich geglaubt hat, du wärst in so einer Sonderklasse gewesen.«
»Das war ich auch«, sagte Erlendur.

Achtundzwanzig

In der großen Villa klingelte das Telefon, und er nahm den Hörer im Arbeitszimmer ab, das luxuriös und geschmackvoll eingerichtet war. Außerdem befanden sich dort diverse Computer, auf deren Bildschirmen die neusten Meldungen von den Börsen in New York, London und Tokio flimmerten. Das Büro war technisch so ausgestattet, dass er sich jederzeit mit jedem beliebigen Ort auf der Welt in Verbindung setzen und Konferenzen leiten konnte. Er nutzte diese Möglichkeit für gewöhnlich, denn Reisen in andere Länder unternahm er so gut wie gar nicht mehr. Er kam nur noch sehr selten nach Island. Sein Hauptstandort war in Deutschland.

Diese Anrufe, die ihn in letzter Zeit häufig auf seiner Privatleitung erreichten, begannen ihm auf die Nerven zu gehen. Nur wenige seiner engsten Mitarbeiter kannten diese Nummer, und sie waren sich dessen bewusst, dass sie nur sparsam davon Gebrauch machen durften, wenn sie im Kreis der Auserwählten bleiben wollten.

»Was ist denn jetzt schon wieder?«, fragte er ungeduldig.

»Sie verlangen, dass du mit dem Jungen nach Korea fliegst«, kam es vom anderen Ende der Leitung.

»Du weißt, dass das nicht in Frage kommt.«

»Der Vertrag steht auf dem Spiel. Der Mann will dich unbedingt treffen. Und er verlangt, dass du ihm ein Sample zeigst.«

»Höre ich da einen gewissen Unterton heraus?«

»Einen Unterton? Bei mir? Nein, keineswegs.«
»Auf wessen Seite stehst du eigentlich in dieser Angelegenheit – auf meiner oder auf der von diesen Koreanern?«
»Du weißt, dass diese Frage völlig unangebracht ist. Aber sie sitzen mir im Nacken und geben keine Ruhe. Und nicht nur sie. Die Deutschen wollen auch, dass du nach Korea fliegst.«
»Sag ihnen, dass ich das nicht tun werde. Mit meinen Leuten in Deutschland werde ich reden. Wenn die Koreaner den Jungen unbedingt sehen wollen, sollen sie gefälligst hierher kommen. Aber ohne Aufsehen zu erregen, verstehst du? Auf keinen Fall darf die Presse davon Wind bekommen. Das können wir am allerwenigsten brauchen.«
»Ich werde es ausrichten.«
»Sonst noch etwas?«
»Da sind noch diese Kassetten. Mir ist etwas mulmig dabei.«
»Was gehen uns diese Kasseten an?»
»Glaubst du, dass Guðrún jetzt auspacken wird, nachdem die Zeitungen so ausführlich über Halldór berichten?«
»Auf sie und Rannveig haben wir uns doch immer hundertprozentig verlassen können. Sie waren sich über die Bedeutung des Unternehmens im Klaren. Als Rannveig starb, deutete nichts darauf hin, dass Guðrún irgendwas bereute. Und das ist außerdem auch völlig nebensächlich. Wir haben große Dinge vor. Ich kann mir nicht vorstellen, dass Guðrún jetzt umfallen wird. Wir unterstützen sie ja schließlich recht großzügig. Ich gehe davon aus, dass sie nicht auf all das verzichten möchte.«
»Glaubst du, dass diese Kassetten auf irgendeine Weise der Polizei in die Hände fallen könnten?«
»Das halte ich für sehr unwahrscheinlich. Die isländische Polizei steht nicht in dem Ruf, besonders auf Zack zu sein.«
»Unwahrscheinlich heißt aber nicht ausgeschlossen. Du

musst diese Kassetten unbedingt sicherstellen, falls sie tatsächlich existieren. Es genügt nicht, zu hoffen, dass Halldór nur leere Drohungen geäußert hat.«
Sie brachen das Gespräch ab.

Auf der anderen Seite der Mauer, die das große Haus umgab, befand sich ein kleines Wäldchen. Die Überwachungskameras reichten aber nicht so weit, da sie nur auf die unmittelbare Umgebung eingestellt waren. Innerhalb dieser Schutzanlage gab es jedoch keinen Zentimeter, der nicht von den drei Sicherheitsbeauftragten überwacht wurde, die sich rund um die Uhr im Schichtdienst ablösten und in einem kleinen Pavillon im Garten untergebracht waren. Das kleine Wäldchen befand sich im Niemandsland. Dort stand ein Mann und beobachtete das große Haus und den Sicherheitswall, der viele Hektar Land umschloss. Er pfiff leise durch die Zähne angesichts des Reichtums, der in einem Monumentalbau wie diesem steckte. Der Mann trug einen grünen Parka, blaue Jeans und Turnschuhe. Er hätte sich liebend gern eine Zigarette angezündet, aber das durfte er nicht. Nicht jetzt.
Er stand lange da und betrachtete das Haus. Ihm fielen Zeilen aus einem Gedicht ein, das er vor langer Zeit einmal auswendig gelernt hatte:
Und die Sternenstunde des Ruhms
zuckt wie ein Blitz durch die Nacht,
vergangene Zeiten erstrahlen.
Dann verstummte er plötzlich und lauschte. Es war sich nicht ganz sicher. Es konnte zwar auch der Laut eines Vogels unten am Strand sein, aber er glaubte, ein Kind weinen zu hören.

Neunundzwanzig

Mittags ging Pálmi mit den drei Abholbescheiden, die er tags zuvor bekommen hatte, zum Postamt. Wie erwartet bekam er drei große braune Umschläge ausgehändigt. Zwei enthielten Bücher, aber der dritte Umschlag war wesentlich leichter als die beiden anderen. Die Schrift auf dem Umschlag kam ihm nicht bekannt vor. Trotzdem maß er der Sendung keine besondere Bedeutung bei, denn alle möglichen Leute aus allen Landesteilen setzten sich aus geschäftlichen Gründen mit ihm in Verbindung und schickten ihm manchmal Manuskripte oder sogar die private Korrespondenz ihrer Vorfahren per Einschreiben zu, in der schwachen Hoffnung, dass sich das Zeug, das sie in der Rumpelkammer oder auf dem Dachboden gefunden hatten, zu Geld machen ließ.

Im Antiquariat herrschte an diesem Tag reger Kundenverkehr, und er war vollauf damit beschäftigt, zu bedienen. Der Laden hatte Stammkunden, aber an diesem Tag erschienen auf einmal viele neue Interessenten, die auf der Suche nach einem besonderen Fund in den Bücherkästen stöberten und ihre Blicke aufmerksam über die Regalreihen schweifen ließen. Pálmi hatte sich auf Bücher spezialisiert, und deswegen führte er keine anderen Dinge. Er handelte nicht mit Videos, Schallplatten oder CDs. Sein Kundenkreis war entsprechend begrenzt, und die meisten seiner Stammkunden kannten sich untereinander. Sie diskutierten häufig mit Pálmi über antiquarische Bücher, denn er wusste hervorragend Bescheid. Bücher waren sein Ein und Alles.

Kurz vor Ladenschluss war es etwas ruhiger geworden. Zwei Kriminalbeamte trafen ein, um ein Protokoll seiner Aussagen anzufertigen. Er kannte sie nicht, aber sie erklärten, Informationen über den Verbleib der Schüler aus der 6 L zu sammeln. Pálmi nickte und teilte ihnen in groben Zügen das mit, was es über Daníel zu sagen gab.

Die Umschläge nahm er ungeöffnet mit nach Hause. Das Abendessen, das er sich zubereitete, war bescheiden. Später am Abend kam Dagný mit den Kindern vorbei und lud ihn ein, herüberzukommen und sich einen amerikanischen Spielfilm im Fernsehen anzuschauen. Als er schließlich in seine Wohnung zurückkehrte, war es schon fast Mitternacht. Anstatt ins Bett zu gehen, öffnete er die Briefe.

Im ersten Umschlag war eine Anthologie mit Kurzgeschichten isländischer Autoren, 1902 in Akureyri herausgegeben. Der Einband war stark beschädigt, was bei den alten Büchern, die Pálmi angeboten wurden, nicht selten der Fall war. Die vergilbten Seiten hingen nur noch an ein paar schwachen Fäden zusammen, und die Umschlagdeckel waren abgegriffen und lädiert. Auf dem beigelegten Zettel wurde nach dem Wert des Buches gefragt, und Pálmi wurde gebeten, den entsprechenden Betrag auf das angegebene Konto einzuzahlen, falls er daran interessiert war, es anzukaufen. Ein Bauer aus Nordisland hatte ihm das Buch geschickt.

Im zweiten Umschlag befand sich eine ähnliche Bitte, aber dieser Brief kam aus Ísafjörður. Der Schreiber hatte vor kurzem im Nachlass seiner verstorbenen Mutter ein Gesangbuch gefunden. Die Umschlagdeckel waren noch einigermaßen in Ordnung, hatten sich aber ein wenig verzogen. Auf der ersten Seite stand in klarer Schrift geschrieben: *Dieses Buch gehört Róshildur Jónsdóttir zu ihrem Nut-*

zen und Frommen. Die Texte waren in gotischer Schrift gedruckt, und auf der Titelseite stand: Fünfzig Passionspsalmen von Hallgrímur Pétursson, 29. Ausgabe, Reykjavík 1858. Pálmi war wie immer, wenn er ein interessantes Objekt in die Hände bekam, ganz vertieft.
Endlich öffnete er den dritten Umschlag. Dieser enthielt drei winzige Kassetten und einen Zettel, auf dem stand:

Ich hoffe, dass du etwas damit anfangen kannst, Pálmi, und dass es dir gelingen möge, die Schurken zu entlarven, die das Leben meiner Jungen zerstört haben.

Unter dieser Nachricht stand Halldórs Name.
Pálmi starrte eine Weile fassungslos auf den Zettel und las die Nachricht wieder und wieder. Er nahm die Kassetten zur Hand und betrachtete sie eingehend. Fünfzehn Minuten passten auf jede Seite, insgesamt waren es also anderthalb Stunden. Er untersuchte den Stempel auf dem Umschlag. Halldór hatte die Kassetten am Tag, als er ermordet wurde, auf die Post gebracht. Er hatte eine Botschaft auf drei kleinen Kassetten hinterlassen. Pálmi erinnerte sich daran, was Helena über den Angreifer gesagt hatte. Der war hinter Kassetten her gewesen, höchstwahrscheinlich hinter denen, die jetzt in Palmis Händen waren.
Pálmi besaß keinen Kassettenrekorder, und so spät in der Nacht wollte er Dagný nicht mehr belästigen. Er entschied sich dafür, Erlendur Sveinsson nicht zu verständigen, jedenfalls nicht sofort. Da Halldór sie an Pálmi geschickt hatte, war er nicht sicher, ob der alte Lehrer gewollt hätte, dass sie in die Hände der Polizei gelangten. Pálmi würde also mit dem Anhören der Kassetten bis zum nächsten Morgen warten müssen. Als er schließlich ins Bett ging, gelang es ihm nicht, einzuschlafen, weil er zu aufgewühlt war. Im Stockfinsteren ging er durch die Wohnung und

hörte, wie draußen der Wind heulte. Er nahm die Kassetten vom Esszimmertisch und legte sie in eine Schublade des Schreibtisches, die er verschloss. Dann goss er sich einen Tee auf und schaute, während er ihn trank, aus dem Wohnzimmerfenster zu, wie der Sturm die froststarren Bäume peitschte. Er legte Gerry Mulligan auf, »*When I was a young man, I never was a young man*«. Er holte die Kassetten wieder aus der Schreibtischschublade und steckte sie in den Umschlagkarton der vierbändigen kommentierten Werkausgabe von Jónas Hallgrímsson. Dann ging Pálmi wieder ins Bett, und kurz nachdem die alte Uhr im Wohnzimmer vier Schläge getan hatte, fiel er zunächst in einen traumlosen Schlaf. Die Träume ließen jedoch nicht lange auf sich warten. Er war wieder in der psychiatrischen Klinik, stand mit Daníel am Fenster und schaute mit ihm auf die Kellertreppe hinunter. Daníel sagte ihm, er solle mit ihm zusammen springen, aber Pálmi sträubte sich dagegen. Daníel packte ihn beim Hals, drückte fest zu und schrie ihn an.

»WO SIND DIE KASSETTEN? WO SIND DIE KASSETTEN?« Pálmis Gesicht wurde von einer Taschenlampe angestrahlt, und in dem grellen Licht vermochte er kaum die Augen zu öffnen. Irgendjemand hielt seine Kehle umklammert und fauchte ihn an: »Wo sind die Kassetten?» Pálmi bekam wegen des festen Griffs kaum Luft. Es dauerte eine ganze Weile, bis er begriff, was sich da abspielte, und währenddessen wurde der Mann mit der Taschenlampe immer zudringlicher. Pálmi konnte sein Gesicht nicht erkennen. Der Eindringling würde ihn wahrscheinlich umbringen, wenn er diese Kassetten nicht bekäme. Pálmi brauchte eine ganze Weile, bis er begriff, was für Kassetten der Mann meinte.

»DIE KASSETTEN!«, zischte der Mann gedämpft, weil er es in diesem hellhörigen Mehrfamilienhaus, in dem selbst die

leisesten Geräusche problemlos durch die Wände drangen, nicht wagte, die Stimme zu erheben.
Pálmi brachte kein Wort heraus. Der Angreifer hatte ihn so fest am Hals gepackt, dass er nichts sagen konnte, selbst wenn er es gewollt hätte. Er schaute den Mann mit zugequollenen Augen an und rang nach Atem. In diesem Augenblick tauchte ein weiterer Mann auf. Pálmi sah nur einen dunklen Schatten, der sich langsam hinter dem Angreifer aufrichtete und eine Weile hinter ihm stand, bevor er zur Tat schritt. Der Angreifer war vollkommen ahnungslos, als der Mann hinter seinem Rücken ihn plötzlich packte und mit einem kräftigen Ruck von Pálmi wegriss, sodass sich der Griff um Pálmis Kehle lockerte. Die Taschenlampe fiel zu Boden. In der schummrigen Beleuchtung konnte Pálmi erkennen, wie sein Retter den Angreifer mit dem Kopf gegen die Wand im Schlafzimmer schleuderte, dass es nur so krachte. Dann schleifte er ihn aus dem Zimmer, quer durch die Wohnung, das Treppenhaus hinunter und aus dem Haus. Geräuschlos und stumm verschwand er mit ihm in der winterlichen Dunkelheit.

Dreißig

Am nächsten Morgen hatte Erlendur in aller Frühe eine Besprechung mit seinen engsten Mitarbeitern. Diese hatten die Worte von Sigmar auf ihren Wahrheitsgehalt hin überprüft, mit Angehörigen der Jungen aus der 6 L gesprochen und, wo es notwendig schien, die polizeilichen und medizinischen Berichte eingesehen. Rasch überflogen sie die Ergebnisse.

Sigmars Fall war eindeutig. Er war in Polizeigewahrsam gewesen und hatte sich erhängt. Ein Kleinkrimineller, der ständig mit dem Gesetz in Konflikt geraten war. Seine Eltern waren noch am Leben, hatten aber seit Jahren nichts von ihm gehört. Sie hatten ihn mit siebzehn aus dem Haus geworfen, und ihren Worten zufolge war es unzumutbar gewesen, mit ihm unter einem Dach zu leben, denn er klaute nicht nur, sondern war auch gewalttätig und drogensüchtig.

Agnar Baldursson, Aggi genannt, war an Herzversagen gestorben. Seine Mutter lebte noch, ebenso sein älterer Bruder, der als Schreiner in Sauðárkrókur arbeitete. Sein Vater lebte mit einer anderen Frau in Hveragerði zusammen. Agnar war dreizehn Jahre alt, als er starb.

Von Óskar Kárason lebten noch zwei Geschwister. Sein Bruder besaß ein florierendes EDV-Unternehmen, und die Schwester war bei ihm angestellt. Ihre Eltern waren vor einigen Jahren gestorben. In den Gesprächen mit den Polizeibeamten stellte sich heraus, dass Óskar, der in seiner Jugend Skari Skandal genannt wurde, Ende der siebziger Jahre an einer Überdosis Rauschgift gestorben war. Das war noch am selben Tag vom Amtsarzt bestätigt worden. Óskars Bruder erklärte, dass der Junge schon sehr früh mit Drogen in Berührung gekommen war. Mit der Polizei war er erstmals in Konflikt geraten, als er anfing, Drogen ins Land zu schmuggeln und zu verkaufen. Er wurde zu einer Gefängnisstrafe verurteilt. Mit zweiundzwanzig Jahren wurde er vor einer Diskothek in Sigtún tot aufgefunden.

Gísli Bjarnason war durch einen Arbeitsunfall zu Tode gekommen. Er hatte auf dem Feld einen Traktor ohne Überrollbügel gefahren und allem Anschein nach die Kontrolle über das Fahrzeug verloren. Er war unter den Trecker geraten und auf der Stelle tot gewesen. Mutter und Vater waren beide verstorben, aber seine Schwester lebte noch. Ihrer Aussage nach hatten die Eltern den Tod des einzigen Sohns nie verwunden. Ihre Ehe ging danach auseinander. Der Vater war vor einem Jahr an einem Herzschlag gestorben. Gísli war dreizehn Jahre alt, als er ums Leben kam.

In Bezug auf Daníel waren ihnen die Fakten bekannt. Er hatte vor einigen Tagen in einer psychiatrischen Klinik Selbstmord begangen. Von der Familie lebte nur noch sein jüngerer Bruder Pálmi. Bei Daníel war bereits in jungen Jahren Schizophrenie diagnostiziert worden. Er hatte versucht, seinen kleinen Bruder umzubringen, und hatte seitdem in einer geschlossenen Anstalt gelebt. Er war zweiundvierzig Jahre alt, als er starb.

Von Kristján Einarsson, genannt Kiddi Kolke, gab es seit dreizehn Jahren kein einziges Lebenszeichen. Seine Eltern wohnten in Akureyri. Der Vater war mehr als einmal mit dem Gesetz in Konflikt geraten und hatte für einen Totschlag, den er unter Alkoholeinfluss verübt hatte, eine Gefängnisstrafe von fünf Jahren erhalten. Messerstecherei in einem Vergnügungslokal. Es gab Gerüchte, dass seine Mutter in jüngeren Jahren auf den Strich gegangen war. Über die näheren Umstände von Kristjáns Verschwinden war nichts weiter bekannt. Die Eltern hatten nie Gewissheit über seinen Verbleib erhalten. Seine Schwester, die in Neskaupstaður lebte, hatte man bislang nicht erreichen können. Über Kristján gab es keine Akte bei der Polizei. Er war neunundzwanzig Jahre alt, als er spurlos verschwand.

Óttar Guðmundsson war ebenfalls verschwunden, aber nicht spurlos. Man ging davon aus, dass er im Meer ertrunken war. Seine Leiche wurde zwar nie gefunden, aber seine Kleidung und seine Schuhe lagen am Strand beim Grótta-Leuchtturm auf Seltjarnarnes. Seine Eltern und seine drei Geschwister waren noch am Leben, und sie beschrieben Óttar als einen äußerst schwierigen, haltlosen und willensschwachen Jungen, aber trotzdem hatte der mutmaßliche Selbstmord sie überrascht. Er war in psychiatrischer Behandlung gewesen. Er verschwand im Alter von neunzehn Jahren.

Ágúst Kjartansson verblutete, nachdem er sich die Pulsadern aufgeschnitten hatte. Er wurde in seiner Wohnung aufgefunden, einem kleinen Kellerloch, das er gemietet hatte. Er wurde erst einige Wochen später aufgefunden, nachdem die Nachbarn sich beim Vermieter über den Gestank aus der Wohnung beschwert hatten. Seine Eltern lebten noch und wohnten in Reykjavík, hatten aber schon lange keinen Kontakt mehr zu ihm gehabt. Sein Bruder hatte ihn regelmäßig besucht, und er beschrieb ihn als hoffnungsloses Drogenopfer. Ágúst hatte sich einiger kleinerer Straftaten schuldig gemacht, um zu Geld zu kommen. Er war siebenundzwanzig Jahre alt gewesen, als er starb.

»Besten Dank«, sagte Erlendur, nachdem er die Berichte gehört hatte. »Wir sehen also, dass all diese Männer vieles gemeinsam hatten, und das stützt Sigmars Aussage.

Drogenmissbrauch, psychische Störungen, Straffälligkeit, Selbstmord. Ob der Grund dafür darin liegt, dass ihnen in der Volksschule etwas verabreicht wurde, ist allerdings nicht so einfach festzustellen. Ich persönlich finde diesen Teil der Geschichte reichlich abstrus. Das klingt eher nach den Wahnvorstellungen eines Rauschgiftsüchtigen, der sich im Laufe seines Lebens viel zu viel – und viel zu oft – mit Drogen zu schaffen gemacht hat. Kinder aus solchen Verhältnissen landen nicht selten ohne das Zutun anderer auf Abwegen. Allerdings lässt die Tatsache, dass Halldór, ihr Lehrer, auf eine derart grausame Weise umgebracht worden ist, darauf schließen, dass wir es mit unversöhnlichem Hass und Rachsucht zu tun haben. Es ist möglich, dass Sigmar das Feuer gelegt hat, aber irgendwie kann ich mir ihn nur schwer als Mörder vorstellen. Der Mann war ein komplettes Wrack.«

»Aber wenn all das, was er über den Verbleib seiner Freunde gesagt hat, wahr ist, weshalb sollte er uns dann Lügen auftischen, was diese Experimente in der Schule betrifft?«, fragte Elínborg. Alle, die mit den Ermittlungen befasst waren, hatten sich mit den unglaublichen und rätselhaften Aussagen von Sigmar vertraut gemacht. »Ist das wirklich so abstrus? Kann es nicht genauso gut sein, dass irgendjemand ein neues Präparat testen wollte? Hätte man das damals nicht ohne weiteres ausprobieren können, weil niemand auf so etwas achtete?«

»Dann haben wir es hier mit einem Pharmahersteller zu tun«, sagte Sigurður Óli.

»Es könnte sein«, warf Elínborg ein, »dass die Firma heute nicht mehr existiert. Wenn wir uns ernsthaft mit dem Aspekt befassen wollen, dass womöglich ein Pharmahersteller die Kinder gedopt hat, sollten wir dann nicht überprüfen, welche Firmen damals auf dem Markt waren? Und falls Sigmars Klasse wirklich für ein solches Experiment verwendet worden ist, könnte es dann nicht sein, dass auch an anderen Schulen ähnliche Versuche durchgeführt wurden?«

»Wir müssen ebenfalls in Erfahrung bringen, warum gerade Sigmars Klasse ausgewählt wurde«, sagte Erlendur. »Eine Sonderklasse mit schwierigen Schülern aus beinahe asozialen Verhältnissen, die sich urplötzlich zu Superschülern entwickeln. War es das, worauf diese Versuche abzielten, oder waren das nur die Nebenwirkungen?«

»Wissen wir schon irgendetwas über diese Krankenschwestern, die Sigmar erwähnt hat?«, fragte Elínborg.

»Ich habe überlegt, wie wir sie finden könnten«, entgegnete Sigurður Óli. »Wenn ich Sigmars Aussage richtig verstanden habe, waren sie so um die fünfunddreißig. Es wäre zu erwägen, alle Krankenschwestern ausfindig zu machen, die in den Jahren zwischen 1953 und 1963 ihre Ausbildung absolviert haben, also die Geburtsjahrgänge 1930 bis 1935. Dazu brauchen wir jede Menge Leute.«

»Kümmere dich darum«, sagte Erlendur. »Wir müssen sie finden.«

Einunddreißig

Da Dagný auch nicht den entsprechenden Kassettenrekorder besaß, musste Pálmi in die Stadt und sich selbst einen kaufen, in den diese winzigen Kassetten passten. Er versuchte, sich mit Erlendur in Verbindung zu setzen, um ihm von dem nächtlichen Überfall zu erzählen, aber ihm wurde gesagt, dass Erlendur in einer wichtigen Besprechung sei und nicht gestört werden dürfe. Pálmi hatte keine Lust, zu sagen, dass es dringend sei. Er schwebte ja nicht in Lebensgefahr.

In seiner Wohnung herrschten nach dem nächtlichen Überfall allerdings chaotische Zustände. Der Einbrecher hatte unter anderem den ganzen Schreibtisch geleert, ohne allerdings etwas zu finden. Von Jónas Hallgrímsson, der die Kassetten sorgfältig verwahrte, hatte er keine Notiz genommen.

Die Studentin der Literaturwissenschaft ließ sich problemlos noch einmal dazu bewegen, den ganzen Tag im Antiquariat zu übernehmen. Er ging in ein Elektrogeschäft und kaufte einen Kassettenrekorder. Da Pálmi ausschließlich öffentliche Verkehrsmittel benutzte, nahm das einige Zeit in Anspruch. Er kam erst kurz nach Mittag wieder nach Hause und begann gleich mit dem Abhören der Kassetten, indem er die erste in das Gerät einlegte und auf ›Play‹ drückte.

Auf den Kassetten befanden sich keine zusätzlichen Erklärungen von Halldór, sondern nur die Gespräche mit Daníel in der Klinik, kurz bevor Halldór ermordet wurde. Halldór hatte bei seinen Besuchen alles aufgenommen. Sie sprachen seltsam leise und langsam, und manchmal schwiegen sie so lange, dass Pálmi befürchtete, das Gerät sei nicht in Ordnung. Aber dann ging es doch weiter. Zwei Männer im Gespräch miteinander, kurz bevor sie starben.

HALLDÓR: … und ich habe bei diesem mürrischen Fotografen schöne Rahmen für die Bilder gekauft und sie bei mir zu Hause aufgehängt. Ich war immer so gespannt darauf, ein neues Klassenfoto zu bekommen. Das gab mir Beschäftigung, und ich spürte erneut das Glück, den Werdegang meiner Kinder vom ersten Schultag an bis zur Entlassung mitverfolgen zu können. Unter meinen Augen sind sie aufgewachsen und haben sich prächtig entwickelt, ich habe sie meine Blumen genannt. Jede Klasse hat eine eigene Reihe bei mir an der Wand, und ich lasse den Bildern meine ganze Fürsorge angedeihen. Ich schaue sie mir von Zeit zu Zeit an und sehe, wie viel sich im Laufe der Zeit verändert hat. Man kann viel aus einem Klassenfoto herauslesen, Daníel, sehr, sehr viel. Auf den Bildern stehen die großen Jungen in der hintersten Reihe und die kleineren in der Mitte. Die Mädchen saßen immer auf dem Boden. Meiner Meinung nach kommt die Geschlechterdiskriminierung, wie sie damals herrschte, nirgends besser zum Ausdruck als auf diesen alten Klassenfotos. Seitdem hat sich natürlich einiges geändert. Heute geht es nicht mehr so ordentlich zu. Und diese Kinder sehe ich nie wieder. Sie gehen hinaus ins Leben und verschwinden aus meinem Gesichtskreis. Aber ich bewahre ihre Jugend auf, die bleibt bei mir.
Vor vielen, vielen Jahren habe ich mir einmal an einem Freitagabend die Bilder angeschaut. Ich hatte schon etwas getrunken, das mache ich immer, weil es hilft, dieses

Untier in mir zu betäuben. Da klopfte es plötzlich an der Tür, was außerordentlich selten geschieht, denn ich kenne niemanden und will keine Gäste haben. Sogar meine Schwester Helena schaut höchstens alle paar Jahre mal bei mir herein. Da stand also jemand vor der Haustür und wollte mit mir reden. Ich schlich mich zum Fenster und konnte niemanden sehen, doch dann wurde wieder heftig gehämmert, und zwar so wild, dass es im ganzen Haus widerhallte. Ich musste zur Tür gehen. Draußen stand ein untersetzter und kräftiger Mann, der eine Hornbrille trug und außerordentlich elegant gekleidet war. Er fragte, ob ich Halldór Svavarsson sei und an der Volksschule unterrichte. Ich hatte den Mann nie zuvor gesehen und erklärte ihm sofort, dass ich ihm nichts abkaufen würde, falls er ein Hausierer sei. Er erklärte, er würde weder zu den Zeugen Jehovas gehören noch getrockeneten Fisch an der Tür verkaufen. Daraufhin habe ich ihm die Tür vor der Nase zugeknallt. Ich hätte sie nie wieder öffnen sollen. Nie wieder, Daníel. Kaum war ich wieder im Wohnzimmer, hörte ich die Klappe am Briefkastenschlitz quietschen. Sie hat schon immer gequietscht.

›Es ist wegen Hvolsvöllur‹, rief der Mann durch den Briefkastenschlitz. ›Wäre es nicht besser, du würdest mich reinlassen? Die Sache wird für uns beide nur noch unangenehmer, wenn wir uns hier durch diese Klappe unterhalten müssen.‹ Ich machte ihm auf, weil mir daran gelegen war, dass niemand etwas über Hvolsvöllur erfuhr. Er kam ins Wohnzimmer und setzte sich auf einen Sessel, während ich auf einem Hocker Platz nahm.

›Da hast du dir ja ein hübsches kleines Nest eingerichtet‹, sagte der Mann mit kaum verhohlener Verachtung in der Stimme. Ein überaus unangenehmer Mensch, unglaublich arrogant war er.

›Was bist du eigentlich für ein widerlicher Typ?‹, fragte

er mich, während er seine Brille putzte, die beschlagen war. Ich gab ihm keine Antwort. Ich hatte keine Ahnung, wer dieser Mann war oder was er von mir wollte. Keine Ahnung.

›Ich habe meinen Ohren nicht getraut, als der Schulleiter uns die Geschichte erzählte. Ein Lehrer, der sich an kleinen Jungen vergeht. Ich konnte mir kaum vorstellen, dass es so etwas Perverses gibt‹, sagte er. ›Du bist mit Schimpf und Schande davongejagt worden, nicht wahr? Wie es sich für so ein perverses Ekel gehört.‹

Der Ton kam mir bekannt vor, und ich sagte ihm, dass es ihm nicht gelingen würde, mich mehr zu demütigen, als andere es bereits getan hätten. Ich fügte hinzu, dass es nichts nützen würde, mir mit Drohungen zu kommen.

›Drohungen?‹, sagte er. ›Mal sehen. Jedenfalls habe ich nicht vor, so eine erbärmliche Figur wie dich zu bemitleiden. Du solltest mal hören, was dieser Schulleiter über dich zu sagen hat. Du hast dir einen richtigen Traumberuf für Päderasten ausgesucht. Der Herr Lehrer persönlich treibt sein skandalöses Unwesen.‹

Er war ein schrecklicher Grobian, Daníel. Er hat mich völlig aus der Fassung gebracht.

›Man schickt seine Kinder in die Schule und denkt, dass sie in guten Händen sind, und dann landen sie direkt in den Fängen von so einem Widerling‹, sagte er.

Er wusste genau, in welchem Ton er mit mir sprechen musste. Er wusste, was er sagen musste, und er war ganz genau über die Ereignisse in Hvolsvöllur informiert. Ich fragte ihn, wieso er hinter mir herspioniert habe und was er von mir wolle, aber er lachte mich nur aus und sagte, er habe sich über mein armseliges Leben informiert und fände es verabscheuenswert.

›Was hast du damals mit den kleinen Jungs in der Dusche gemacht?‹, fragte er. ›Und was für ein Gestank ist das

eigentlich hier drinnen bei dir? Wo hast du diesen scheußlichen Hausmantel her?‹
Er war unverschämt und ordinär. Ich hatte schon früher Ähnliches zu hören bekommen, und sogar noch Schlimmeres, aber trotzdem fühlte ich mich auch jetzt wieder völlig wehrlos. Er wusste alles über mein Leben, und je unverschämter und ordinärer er wurde, desto hilfloser wurde ich.
›Eines muss ich dir allerdings lassen, Halldór‹, sagte er. ›Diese Klassenfotos hier sind schön. Es kommt mir sogar so vor, als würdest du sie auch sauber halten. Du putzt den Staub der Unzucht ab, oder? Richtig verliebt bist du in die lieben Kleinen. Mein Auftraggeber ist daran interessiert, mit dir zusammenzuarbeiten. Ich werde später Kontakt zu dir aufnehmen, wenn es bei ihm so weit ist. Du hast eine ganz hervorragende Position, um ihm von Nutzen zu sein, und zum Dank dafür wird er nichts darüber verlauten lassen, was für ein perverses Ekel du bist. Ich weiß, dass du mit uns zusammenarbeiten wirst, du kannst es dir nämlich gar nicht leisten, unkooperativ zu sein.‹
Ich fragte, was von mir erwartet würde.
›Gar nichts Besonderes, verglichen damit, was du den kleinen Jungs angetan hast‹, sagte er und lachte. ›Ich weiß, dass du uns nicht enttäuschen wirst‹, fügte er hinzu.
›Was soll ich denn tun?‹, fragte ich wieder, und dann antwortete er: ›Du hast da eine Klasse, in der lauter Luschen und Versager sitzen, und denen sollst du eine neue Sorte Lebertranpillen verabreichen. Eine neue Art von Lebertranpillen‹, sagte dieser Grobian.

Schweigen.

HALLDÓR: Ich muss dir sagen, was damals dahintergesteckt hat, Daníel, und ich hoffe, du wirfst mich nicht hinaus wie bei meinem letzten Besuch. Ich muss das einfach loswerden.

Schweigen.

HALLDÓR: Du kannst dich doch an mich erinnern, Daníel, oder nicht?

Schweigen.

HALLDÓR: Das hier ist wohl euer Speisesaal? Hier ist es ganz gemütlich. Das Gebäude sieht von außen scheußlich aus. Diese ganzen Gitter, und das Haus ist seit Jahren nicht gestrichen worden. Ich kann mir nicht vorstellen, dass ihr nicht darunter leidet, hier zu sein.
DANÍEL: Sie geben uns hier jede Menge Pillen, die uns das Leben erleichtern. Alle möglichen Medikamente in Pillen- oder Spritzenform. Wir brauchen uns nur an den nächstbesten Aufseher zu wenden, und schon bekommen wir wieder eine Ladung verpasst. Es könnte einem nicht besser gehen.
HALLDÓR: Und im Augenblick haben sie dich wieder damit voll gestopft?
DANÍEL: Ich kann mich gut an dich erinnern, Halldór. Du hast uns unterrichtet. Immer im Anzug, mit Krawatte und blank geputzten Schuhen. Als ich dich einmal zu Hause besuchte, war alles dreckig, nur die Hemden nicht. Und du hast dich an mich rangemacht.

Schweigen.

HALLDÓR: Ich weiß, Daníel, verzeih mir. Ich begreife nicht, was da in mir vorgeht. Aber in der Schule war es doch auch schön, nicht wahr? Ich habe mich dafür eingesetzt, dass du beim Weihnachtsstück mitspielen durftest. Du warst der Einzige aus der Sonderklasse, der mitspielen durfte, und das hat mich einen ganz schönen Kampf gekostet. Du warst der Verkünder. Ich kann mich gut daran erinnern, wie hübsch du da oben auf dem Kasten gestanden und deine Sätze laut und deutlich vorgetragen hast: *Es begab sich aber zu der Zeit, dass ein Gebot von dem Kaiser Augustus ausging, dass alle Welt geschätzt würde.*

DANÍEL: Hast du eine Zigarette für mich?

HALLDÓR: Ich rauche nicht.

DANÍEL: Hast du keine Zigarette für mich?

HALLDÓR: Nein.

DANÍEL: Ich brauche jetzt aber eine Zigarette.

HALLDÓR: Ich habe nie geraucht.

DANÍEL: Pálmi bringt immer Zigaretten mit.

HALLDÓR: Ich wollte wissen, wie es dir geht, und ich wollte dich um Verzeihung bitten. Ich weiß, dass ich das schon vor langer Zeit hätte tun sollen, aber die haben mir mit allem Möglichen gedroht, und ich bin nun mal kein sehr mutiger Mann, Daníel.

Schweigen.

DANÍEL: Mir fehlt nichts, was ich nicht selber in den Griff kriegen könnte. Mach dir meinetwegen keine Sorgen. Das braucht bloß alles seine Zeit. Ich muss das Gute wiederfinden. Den Glauben finden. Ich bin aus dem Paradies vertrieben worden. Hast du das nicht gesehen? Ein glühender Feuerball. Es stand in den Zeitungen. Das war ich. Ich habe Gott betrogen, und deswegen durfte ich nicht länger dort sein. Man hat mich ausgesetzt, und das habe ich verdient. Alle, die das Paradies verlassen müssen, werden zu Sternschnuppen am Himmel. Wir strahlen hell und rasen am Himmel entlang, bis wir vergehen.

Schweigen.

DANÍEL: Du warst kein schlechter Lehrer.
HALLDÓR: Lieb, dass du das sagst, Daníel, aber ich fürchte, es stimmt nicht.
DANÍEL: Du hast uns Abenteuergeschichten vorgelesen.
HALLDÓR: Ich habe all die schönen Geschichten für euch gelesen, die ich als Kind so gern mochte. Und ihr habt dagesessen und meinen Worten gelauscht.
DANÍEL: Ich habe weiße Hemden, genau wie du. Möchtest du sie sehen? Komm mit.

Rascheln. Schritte. Aufzuggeräusche. Schritte.

HALLDÓR: Ist das dein Zimmer? Das ist ja richtig gemütlich, Daníel. Ach, und da sind alle deine Hemden.
DANÍEL: Sie sind mein Harnisch.
HALLDÓR: Ich weiß, Daníel, ich weiß. Und in den Schukartons hast du Bilder von Schauspielern. Und was ist das hier? Ah, das Klassenfoto. Da sitzt du auf dem Boden und schaust zu mir hoch. Das ist mein Lieblingsfoto, Daníel. Leider habe ich kein Bild von Pálmi. Der war sehr tüchtig in der Volksschule, ich habe ihn aber nie unterrichtet. Katrín war seine Klassenlehrerin. Kannst du dich an Katrín erinnern? Eine ausgezeichnete Lehrerin, ausgezeichnet. Sie unterrichtet immer noch an der Schule. Ich habe aufgehört. Die Schüler heutzutage sind so ganz anders, einfach schrecklich, Daníel. Sie haben mich angespuckt. Ich weiß nicht, was in sie gefahren ist. Die Schüler haben sich so verändert, seit du in der Schule warst.
DANÍEL: Du hast an ihnen herumgefummelt.
HALLDÓR: Was?
DANÍEL: Du hast an den Jungs herumgefummelt.

Schweigen.

HALLDÓR: So etwas ist nie wieder vorgekommen, nachdem du aus meinem Haus geflüchtet bist. Nur damals in Hvolsvöllur habe ich die Kontrolle über dieses Untier verloren. Und bei dir. Habe ich dir nicht von dem Untier erzählt? Erinnerst du dich, als du wegen der Lebertrankapseln zu mir gekommen bist? Sie hatten mich in ihrer Gewalt. Sie wussten von Hvolsvöllur. Ich musste euch diese Pillen geben, euch genau beobachten und Berichte verfassen. Und ich hatte dafür zu sorgen, dass ihr die Pillen auch geschluckt habt und dass die Krankenschwestern euch Blut abzapfen konnten. Außer ihrem Schweigen habe ich nichts dafür bekommen. Ich habe mich an die Abmachung gehalten. Die anderen auch.
DANÍEL: *Es begab sich aber zu der Zeit, dass ein Gebot von dem Kaiser Augustus ausging, dass alle Welt geschätzt würde.* Das Weihnachtsstück. Das hatte ich ganz vergessen. Es hat richtig Spaß gemacht, da mitzuspielen. Ja, ich war der Verkünder und stand auf einem kleinen, weiß gestrichenen Kasten, ich hatte einen weißen Kaftan und einen rosa Turban an, und ich trat als Erster auf die Bühne. Ich musste an den ganzen Sitzreihen entlang, stand dann vor dem Publikum, kletterte auf den Kasten und schaute in den Saal. Das, was ich sagen musste, steht bei Lukas. Er erwähnt die Hirten, aber Matthäus schreibt nur über die drei Weisen aus dem Morgenland. Worin liegt der Unterschied? Da siehst du es, ewig diese Fragen. Zweifel, Zweifel, Zweifel. Ungläubig bist du, ein ungläubiger Narr. Du bist ein armseliger Ungläubiger, das bist du. Das bist du.

Schweigen.

HALLDÓR: Hör zu, Daníel. In diesen Kapseln, die ich euch geben musste, war ein Stoff, der euch kaputtgemacht hat, das ist mir schon vor langer Zeit klar geworden. Ich wusste es sogar schon, bevor Agnar starb, aber ich traute mich nicht, etwas zu sagen. Es war grauenvoll. Ich bin nie darüber hinweggekommen, dass ich an dem Tod des Jungen mitschuldig war. Und dann all die anderen Todesfälle. Keiner von euch ist mit dem Leben zurechtgekommen, keiner. Ich habe versucht, mitzuverfolgen, wie es euch ergangen ist, und es kommt mir so vor, als hättet ihr euch nie wieder davon erholt, dass ihr diese Pillen schlucken musstet. Sie sind der einzige Grund dafür, dass alles so gelaufen ist. Ihr wurdet süchtig und seid körperlich oder geistig erkrankt – das stellte sich im Laufe der Zeit heraus. Begreifst du, was ich sage, Daníel? Vielleicht wärst du nicht schizophren, wenn du nicht diese Pillen geschluckt hättest. Vielleicht wäre Agnar noch am Leben, und auch deine anderen Freunde. Ihr wurdet als Versuchskaninchen benutzt, Daníel. Und ich wurde ebenfalls benutzt.

Langes Schweigen.

HALLDÓR: Daníel, begreifst du, was ich sage?
DANÍEL: Ich habe manchmal so komische Träume. Heute Nacht habe ich von Mama geträumt. Hast du eine Zigarette?
HALLDÓR: Einmal im Monat habe ich einen Bericht über euch geschrieben, den habe ich in einen Umschlag gesteckt und an einem bestimmten Platz hinterlegt, wo er abgeholt wurde. Ich hätte diese Berichte eigentlich auch den Krankenschwestern mitgeben können, aber mir wurde gesagt, dass es keinerlei Verbindung zwischen mir und ihnen geben durfte. Ich hatte klare Vorgaben, was diese Berichte betraf. Ich durfte nicht wissen, an wen sie gingen. Ich

habe aber herausgefunden, dass dieser unangenehme Kerl Erik hieß, Erik Faxell. Dieser Grobian sagte, dass ich unter Beobachtung stünde und dass er es herausbekäme, falls ich es wagen würde, ihm nachzuspionieren. Aber beim letzten Umschlag bin ich hinter ihm her. Ich brachte ihn zum vereinbarten Ort, ich sollte an einem bestimmten Tisch im Hotel Borg Kaffee trinken, zwei, drei Tassen, und den Umschlag auf einem Stuhl hinterlassen, nachdem ich den Kaffee bezahlt hatte und aufgestanden war. Normalerweise habe ich mich nicht einmal mehr umgeschaut, sondern bin schnell nach Hause gegangen. An diesem Tag habe ich aber draußen gewartet, und nach kurzer Zeit sah ich diesen unangenehmen Menschen mit dem Umschlag in der Hand herauskommen. Er ging zu einem Auto, das er bei der Domkirche geparkt hatte, und fuhr weg. Er hat mich nicht bemerkt, schien sich aber auch meinetwegen gar keine Gedanken zu machen. Ich merkte mir die Nummer, R 1605. Anschließend rief ich beim TÜV an und gab vor, bei einer Versicherung zu arbeiten. Du siehst, ich kann auch ganz gewieft sein. Sie haben mir den Namen des Mannes gegeben und die Adresse. Er wohnte in einem schönen Einfamilienhaus am Lynghagi. Er hatte eine hübsche Frau und zwei hübsche Kinder. Er fuhr morgens wie jeder andere gegen neun zur Arbeit und kam um fünf wieder nach Hause. Ich weiß noch, wie ich darüber nachgedacht habe, wie man überhaupt so ein Doppelleben führen kann, ein glücklich verheirateter Ehemann zu sein, der Leute erpresst und Kinder zu Versuchszwecken missbraucht. Aber dann kam mir mein eigenes Verhalten in den Sinn. Ich bin keinen Deut besser als solche Menschen. Eines Morgens habe ich mir ein Taxi genommen, das mache ich sonst nie, und bin zum Lynghagi gefahren und habe da gewartet, bis dieser Kerl aus dem Haus kam. Der Taxifahrer hat bestimmt geglaubt, ich sei verrückt. Der Kerl arbeitete in dem Gewerbegebiet am Síðumúli in einem kleinen Pharmaunternehmen, das aber seitdem in Zusammenarbeit mit den Deutschen zu einem Riesenunternehmen geworden ist. Es trug den gleichen Namen wie im …

DANÍEL: Das hast du alles herausgefunden? Du bist tatsächlich noch besser als ich. Wie oft habe ich denen hier das gesagt, dass diese Pharmabonzen Kranke wie mich produzieren, aber auf mich hört ja keiner, weil ich nicht normal bin. Du musst also auch geisteskrank sein. Produziert diese Firma Kranke wie mich? Ich habe immer gewusst, dass ich das Opfer von solchen Verbrechern bin, ich habe es gewusst. Die produzieren uns am Fließband! Ich muss jetzt weg, Halldór. Sprich nicht mehr mit mir.

Rascheln. Schritte. Schweigen.

Mehr war nicht auf der Kassette. Pálmi nahm sie heraus und legte die Kassette, die mit ZWEI beschriftet war, ein. Ein anderer Tag, ein anderer Besuch. Pálmi saugte jedes Wort in sich auf und vergaß alles um sich herum. Es war still in seiner Wohnung, nur hin und wieder drang das Kreischen von Kindern herein, die draußen spielten. Er bemerkte nicht, dass sich die Tür zu seinem ehemaligen Zimmer einen Spalt geöffnet hatte.

HALLDÓR: … in Ordnung, wenn ich das Gerät anstelle, Daníel? Entschuldige, dass ich das in der letzten Woche heimlich gemacht habe, als wir uns getroffen haben, aber ich wusste nicht, was du davon halten würdest, wenn ich unsere Gespräche aufzeichne. Ich fühle mich selbst nicht wohl dabei, aber ich glaube, es ist richtig, das zu machen. Und ich kann gut verstehen, dass du mich loswerden wolltest. Aber jetzt bin ich wieder da, und ich werde nicht aufgeben, bis ich dir all das gesagt habe, was ich dir sagen

muss. Ich kann nur dann zur Ruhe kommen, wenn du mir zuhörst. Ich muss dir von diesen Männern erzählen.
DANÍEL: Neulich ging es mir nicht besonders. Heute geht es mir viel besser. Pálmi ist vorgestern zu Besuch gekommen. Der Ärmste. Er kommt hier Woche für Woche in die Klinik, Jahr für Jahr, und er weiß nie, wie er sich verhalten soll. Er ist schon über dreißig und lebt da einsam in seiner Wohnung vor sich hin. Er sieht schlecht aus. Hast du ihn in letzter Zeit mal gesehen? Er verliert schon die Haare und hat dunkle Ringe unter den Augen und diesen mitgenommenen Gesichtsausdruck, der überhaupt nicht zu einem jungen Menschen passt. Er sagt, dass ich versucht habe, ihn umzubringen, aber daran kann ich mich nicht erinnern. Hin und wieder habe ich eine Weile bei ihm wohnen dürfen, aber ich mache immer etwas falsch. Er hat mich erlebt, als ich in meiner allerschlimmsten Verfassung war. Früher habe ich immer auf ihn aufgepasst. Mama besaß eine kleine, alte Sportkarre zum Ziehen, und ich habe ihn darin überall mit hingeschleift. Er war ständig dabei, egal, was wir machten, auch als Kiddi Kolke das Auge verlor. Da hatte ich wirklich Angst, und am meisten hatte ich Angst davor, dass sie Pálmi was antun würden. Das Mädchen hatte eine tote Katze in der Hand, und irgendwie sah ich immer Pálmi anstelle der Katze vor mir.

Schweigen.

HALLDÓR: Ich kann mich an Pálmi in dieser Sportkarre erinnern. Wir haben manchmal im Lehrerzimmer darüber gesprochen, und alle waren verwundert darüber, wie gut dieser Daníel auf seinen kleinen Bruder aufpasste.
DANÍEL: Pálmi hat sich später aber auch um mich gekümmert, und ich bin ihm dankbar dafür, aber das weiß er nicht. Für ihn stand immer meine Krankheit im Vorder-

grund und nicht die Tatsache, dass ich sein Bruder bin. Er bringt mir Zigaretten mit, und manchmal reden wir miteinander, aber häufig kann ich merken, dass er mit seinen Gedanken ganz woanders ist. Das bin ich natürlich auch, manchmal bin ich schwierig, so ist es die ganzen Jahre gewesen, das weiß niemand besser als ich. Auch als Mama noch lebte. Manchmal wurden die beiden gar nicht zu mir gelassen. Aber daran kann ich mich nicht so gut erinnern. Und der arme Pálmi hat zusehen müssen, wie es mit mir hier bergab ging, aber ich habe auch mit ansehen müssen, wie er verkümmerte. Ich weiß noch, wie ich Mama fragte, ob sie denn immer den Jungen mitschleppen müsste, denn ich konnte spüren, dass er sich nicht wohl fühlte und dass er Angst vor mir hatte. Das hab ich genau gemerkt und oft versucht, mit ihr darüber zu reden. Manchmal wusste ich, dass er hier draußen vor der Klinik wartete, weil er sich weigerte, mit hereinzukommen und mich zu sehen. Sie war der Meinung, dass er sich daran gewöhnen müsse, mich regelmäßig zu besuchen. Er müsse mich kennen lernen, schließlich würde sie ja nicht ewig leben. Für sie kam es nicht in Frage, dass wir den Kontakt zueinander verlören. Aber Pálmi fühlte sich elend bei diesen Besuchen, und das tut er auch heute noch. Er erinnert mich manchmal an Papa. Sie sehen sich äußerlich überhaupt nicht ähnlich, aber sie haben diese gleiche Art von Distanz. Papa war ein freundlicher Mann, aber er wollte eigentlich nicht viel mit einem zu tun haben, außer, wenn er besoffen war. Aber er war gut zu Mama, und sie hat sehr gelitten, als er starb.

HALLDÓR: Ich habe nie einen Vater gehabt.

DANÍEL: Pálmi ist wie Papa, aber er trinkt nicht. Wahrscheinlich gibt es viele wie ihn. Pálmi hat es schwer gehabt. Sein Leben war beschissen.

HALLDÓR: Das Unternehmen heißt Fentíaz.

Schweigen.

DANÍEL: Was für ein Unternehmen?
HALLDÓR: Das diese Versuche mit eurer Klasse gemacht hat. Ich habe das herausgekriegt. Der Name wurde von den Deutschen übernommen und bezeichnet eine bestimmte Art von Medikamenten. Die Franzosen haben 1950 das erste Fentiaz-Produkt auf den Markt gebracht, das bei psychischen Störungen gute Erfolge zeigte. Du hast es wahrscheinlich auch bekommen. Das Mittel wird gegen gewisse Sinnestäuschungen und Wahnvorstellungen eingesetzt. Du bist aber wahrscheinlich andererseits davon abgestumpft und apathisch geworden.
DANÍEL: Wenn ich mich so richtig in eine tiefe und angenehme Bewusstlosigkeit versetzen wollte, habe ich dieses Fentiaz-Zeug gesammelt. Ein verfluchtes Zeug, es ist das reinste Gift, aber eine Überdosis bringt einen nicht um, und es gibt wirklich kein besseres Schlafmittel.
HALLDÓR: Sie wissen, dass ich alles über sie weiß. Eines Tages habe ich diesen rüpelhaften Menschen direkt vor der Firma angesprochen und habe damit gedroht, alles zu verraten, was ich wüsste. Er hat mich aber nur ausgelacht und gesagt, dass ich das wohl schon längst hätte machen können, wenn ich mich trauen würde. Er sagte, ich würde es nie wagen, weil ich so ein Jammerlappen wäre, und ich hätte sowieso nicht den geringsten Beitrag dazu geleistet, dass diese Versuche so gut gelaufen seien. Seitdem habe ich ihnen ab und zu gedroht, manchmal auch schriftlich, aber sie haben mich wahrscheinlich schon lange abgeschrieben. Es war ihnen völlig egal, was aus euch geworden ist. Ich habe mitverfolgt, wie die Firma wuchs und gedieh, und das sag ich dir, Daníel, heute ist es das größte Unternehmen in Island. Ich bin davon überzeugt, dass dieses Wachstum in erster Linie eurer Klasse zu verdanken ist.

Längeres Schweigen.

DANÍEL: Willst du damit sagen, dass ich deswegen in dieser Klinik eingesperrt bin und mein ganzes Leben mit Psychopharmaka zugedröhnt und in die Zwangsjacke gesteckt wurde? Dass ich deswegen ein abgestumpftes, jämmerliches Wrack bin? Was für ein erhebender Gedanke. Nach all den Jahren kommst du daher und sagst mir, dass ich gar nicht schizophren wäre, wenn ich nicht diese kleinen, gezuckerten Kapseln bekommen hätte. Ich kann mich erinnern, dass ich ganz versessen darauf war, genau wie die anderen Jungs. Hast du eine Ahnung, wie es ist, mit dieser schwelenden Angst zu leben und nicht zu wissen, ob die Stimmen, die man hört, real oder eingebildet sind, wenn man grauenvolle Halluzinationen hat, die einen dazu bringen, dass man seinen Bruder umbringen will oder seine Mutter? Dass man ständig sich selbst umbringen will, aber sich nicht traut, das in die Tat umzusetzen? Unentwegt Medikamente zu kriegen, die einen so umnebeln, dass man sich wie ein kleiner Goldfisch vorkommt, der ewig in seinem Glas herumkreist? Mit der Zeit nehmen die Lebenskräfte ab, denn das Wasser hat keinen Sauerstoff, und irgendwann trudelt man tot an der Oberfläche. Ich würde mir lieber jeden Tag die Beine amputieren lassen, als das durchzumachen, was ich hier durchmache. Du sagst, dass ich ein normales Leben hätte leben können? Weißt du, wie sehr ich mich mein ganzes Leben lang danach gesehnt habe, ein normales Leben zu leben? Weißt du, was ich für einen einzigen normalen, gesunden Tag in meinem Leben geben würde? Ich sehe ihn in tausend Träumen vor mir. Möchtest du wissen, wie er ausschaut? Soll ich dir das erzählen? Zunächst mal habe ich eine Familie, ich habe eine Ehefrau, die morgens mit mir aufwacht. Ich habe drei Kinder, zwei Jungen und ein Mädchen. Ich gehe zu ihnen und wecke sie und rede mit ihnen, während sie sich anziehen. Ich helfe ihnen, die Klamotten zusammenzusuchen. Ich weiß nicht, wo und wie ich wohne, aber meine Kinder schlafen alle in demselben Zimmer. So wollte ich es immer haben. An der Wand hängen Bilder, die sie gemalt haben. Es ist ein Sommertag, und wir gehen in die Küche. Wir werfen die Kaffeemaschine an, und die Kinder bekommen eine Kleinigkeit zu essen. Sie plappern irgendwelchen Unsinn. Dann unternehmen wir einen richtig schönen Ausflug im Auto und kaufen uns unterwegs Eis. Wir verlassen die Stadt und fahren aufs Land, und bei einem kleinen See machen wir Halt, und ich liege mit meiner Frau in der warmen Sonne, und wir hören, wie die Kinder unten am See plantschen. Das Kleinste fällt hin und tut sich weh, kommt weinend angerannt und wird von uns getröstet. Dann fahren wir wieder in die Stadt zurück und schauen bei Pálmi herein. Er wohnt in einem netten Vorstadtviertel, und wir verbringen den Rest des Tages miteinander. Wir reden über ganz belanglose Dinge, oder wir amüsieren uns über einen von unseren Freunden und lachen. Reden über den Urlaub im letzten Sommer und wohin wir dieses Jahr fahren wollen. Wir essen ausgiebig, und unsere Kinder spielen miteinander. Dann verabschieden wir uns, wir fahren nach Hause, denn es ist schon spät, und die Kinder gehen ins Bett. Meine Frau und ich, wir sitzen noch zusammen, und weil es Sommer ist, gibt es überhaupt keine richtige Nacht, sondern nur so ein anderes, milderes Licht.

Schweigen.

DANÍEL: So einen Tag. So einen ganz gewöhnlichen Tag.

Schweigen.

HALLDÓR: Das haben sie dir genommen. Und deiner Mutter. Und Pálmi.
DANÍEL: Du auch, Halldór. Du hast es uns auch genommen. Wie hast du das über dich bringen können? Was für ein Mensch bist du eigentlich?
HALLDÓR: O Gott, Daníel. Hätte ich gewusst, was diese Pillen euch antun, hätte ich vielleicht eingegriffen, aber damals wusste ich das nicht. Und die hatten mich in der Hand, diese Männer, die hatten mich völlig in ihrer Gewalt. Aber jetzt habe ich eine Lösung für mich gefunden, Daníel, eine Lösung, die ich mit dir bereden möchte.

Schweigen.

Pálmi saß und lauschte. Auf der Kassette kam nichts mehr, Halldór oder Daníel schienen ausgeschaltet zu haben. Er vergrub das Gesicht in den Händen, und im Geiste gingen ihm Daníels Worte wieder und wieder durch den Kopf. Jetzt begriff er endlich, was in Daníel vorgegangen war und wie er sich selbst gehasst hatte. Jetzt begriff er die Qualen seines Bruders, die sich mit Hilfe dieser winzigen Kassetten offenbarten, er verstand ihn besser als je zuvor bei all diesen Besuchen, die er auf sich genommen hatte. Es stellte sich heraus, dass sie sich beide, jeder auf seine Weise, nach dem Gleichen gesehnt hatten.
Etwas später griff er nach der letzten Kassette und legte sie ein. Auf ihr war das letzte Zusammentreffen zwischen Halldór und Daníel mitgeschnitten.

DANÍEL: Mama war eine richtige Leseratte, sie verschlang alle möglichen Bücher. Es machte ihr Spaß, laut vorzulesen, und das hat sie oft für Pálmi und mich getan. Das muss Pálmi wohl von ihr haben, denn er ist auch so ein Bücherwurm. Ich hab mal Mama gefragt, ob man Geld behalten dürfte, das man bei sich zu Hause findet. Sie war völlig perplex, schaute fragend von ihrem Buch auf. Kiddi Kolke hatte zu Hause bei sich einen Tausendkronenschein gefunden und für uns alle Süßigkeiten gekauft. Als wir ihn abends zum Spielen abholen wollten, durfte er nicht raus, und wir hörten, wie sein Vater ihn verprügelt hat, das haben wir unten auf dem Bürgersteig gehört. Man darf Kinder nicht schlagen, sagte Mama. Egal, was sie anstellen. Sie sagte, dass Kiddi Kolke nicht gewusst hätte, dass er das Geld nicht nehmen durfte. Er sei überhaupt kein schlechter Junge, er hätte doch bloß nett zu uns sein wollen.

Schweigen.

DANÍEL: Dann las sie weiter aus ihrem Buch vor. Es war Moby Dick, über Kapitän Ahab und den weißen Wal, den er hasste, und an Bord waren Walfänger aus aller Herren Länder. Ein Isländer war auch dabei, hast du das gewusst?
HALLDÓR: Nein.
DANÍEL: Ich fragte Mama, was er dort machte, und sie antwortete nur: Isländer fangen Wale. Dann holte ich meinen Schuhkarton mit den Bildern von bekannten Schauspielern und schaute sie mir an, während Mama las. Das waren Porträtfotos aus den Studios in Hollywood, die mich total faszinierten. Ich nahm mir einen Stapel nach dem anderen vor und ging ihn durch. Ich hab mich immer für Filme interessiert, und weil wir zu Hause nie Geld hatten, habe ich mich manchmal mit meinen Freunden ins Kino reingeschummelt. Das war nicht einfach, aber manchmal hat's geklappt. Einige Schauspieler auf den Bildern hatte ich schon mal in einem Film gesehen, andere sagten mir gar nichts. Aber ich erinnere mich genau an den Schauspieler, den ich mir an diesem Abend anschaute, denn das war so ein unglaublicher Zufall. Er hatte eine schlankes Gesicht

und unter dem Foto stand: Gregory Peck. Er erinnerte mich an Papa. Erst viel später habe ich herausgefunden, dass er den Kapitän Ahab gespielt hat.

Schweigen.

DANÍEL: Das war der Abend, als der Anruf kam. Pálmi war noch ein Baby und schlief im Schlafzimmer unserer Eltern. Ich war in meinem Zimmer. Mama saß im Wohnzimmer und las in diesem dicken Buch. Papa war zur See. Ich lag im Bett und konnte nicht einschlafen. Das kam oft vor, ich brauchte nicht viel Schlaf, und meistens ging ich ins Wohnzimmer zu Mama, wenn ich nicht schlafen konnte, und saß bei ihr und hörte ihr beim Vorlesen zu. Bei uns klingelte sehr selten das Telefon, deswegen schreckten wir beide hoch. Wir schauten einander an, Mama stand langsam auf und ging zum Apparat. Es war der Besitzer der Reederei. Papa war vermisst. Er war an Deck gewesen, als eine Sturzsee über das Schiff hereinbrach, und er war über Bord gegangen. Der Mann sprach Mama sein Beileid aus und versprach, sich wieder zu melden, wenn er mehr in Erfahrung gebracht hätte.
Mama stand eine Weile an dem Tischchen, auf dem sich das Telefon befand, drehte sich dann zu mir um und sagte, ich solle schlafen gehen. Sie wollte mir das mit Papa nicht vor dem Schlafengehen erzählen, sondern lieber bis zum nächsten Morgen damit warten. Ich merkte zwar, dass etwas nicht stimmte, ging aber trotzdem in mein Zimmer. Nachdem ich lange dagelegen, mich herumgewälzt und in die Dunkelheit hinausgestarrt hatte, stand ich wieder auf und ging ins Wohnzimmer. Sie saß am Esstisch, hatte das Gesicht in den Händen vergraben, und ich konnte ihr leises Schluchzen hören. Ich ging zu Mama, stand neben ihr und spürte, dass sie auf einmal furchtbar einsam war.

Schweigen.

HALLDÓR: Die Pillen habe ich euch in dem Winter gegeben, als ihr in der letzten Klasse wart. Außerdem kamen Krankenschwestern mit Nadeln und Spritzen und haben euch Blutproben entnommen. Das haben sie in dem kleinen Krankenzimmer am Ende des Schulflurs gemacht, direkt neben unserem Klassenzimmer, du kannst dich bestimmt daran erinnern. Ich habe sie nie zu Gesicht bekommen und durfte keinen Kontakt mit ihnen aufnehmen. Mir wurde mitgeteilt, wann sie zu erwarten waren, und dann hatte ich euch einen nach dem anderen zu ihnen in das Zimmer zu schicken. Alle zwei Monate kamen sie klammheimlich in die Schule, wenn der Unterricht in vollem Gange war, und niemand hat das mitbekommen, denn in das Krankenzimmer hat sich sonst nie jemand verirrt. Falls sie mal daneben gestochen haben und ein Bluterguss entstand, interessierten sich die wenigsten Eltern dafür, wie der zustande gekommen war. Sie waren froh über sämtlichen medizinischen Beistand, der kostenlos zu haben war. Die Krankenschwestern hatten euch in ungefähr zehn Minuten abgefertigt und verschwanden dann wieder, ohne dass jemand ihrer gewahr wurde. Die Gefahr, dass sie gesehen wurden, war ja nicht sonderlich groß. In der Schule lief alles nach sehr strengen Regeln, niemand durfte sich auf den Gängen herumtreiben, wenn es geschellt hatte. Es war mehr als unwahrscheinlich, dass ein und dieselbe Person zweimal die gleiche Krankenschwester zu Gesicht bekommen konnte. Deswegen glaube ich bestimmt, dass es zwei gewesen sind, die diese Schulbesuche unter sich aufteilten. Ihr wart nicht sehr begeistert über diese Besuche, aber ihr habt immer Süßigkeiten von ihnen bekommen, daran kannst du dich bestimmt erinnern. Es durfte natürlich nicht so viel sein, dass es einem bei euch zu Hause oder den Mädchen in der Klasse auffiel, aber auch nicht zu wenig, damit ihr euch nicht beschwert habt. Schokolade war genau das Richtige. Die hattet ihr bereits verputzt, als ihr wieder in die Klasse zurückkamt. In diesem Alter vergessen Kinder schnell. Wenn ihr wiederkamt, war es, als sei gar nichts Außergewöhnliches geschehen. Zu Hause bei euch schöpfte auch niemand Verdacht. Krankenschwestern, Spritzen, Tuberkulosetests und Impfungen, das wurde alles in dieselbe Schublade eingeordnet. Ich hatte zwei Gläser von diesen Lebertranpillen im Lehrerpult eingeschlossen. Die habe ich in der großen Pause eigenhändig verteilt, bevor ich mich ans Pult setzte und euch Abenteuergeschichten vorlas. Die Mädchen bekamen aus dem einen Glas und die Jungen aus dem anderen. Laut den Anweisungen musste ich aufpassen, dass ihr sie auch schlucktet. Aber das war ganz einfach. Auf diese neuen Pillen wart ihr nämlich richtig versessen. Im Lauf des Winters habt ihr dann richtiggehend um diese Pillen gebettelt und wolltet immer mehr als eine. Ich hatte wirklich Probleme beim Verteilen. Manchmal kam es mir so vor, als hättet ihr was aus dem Glas stibitzt, wenn ich mal für kurze Zeit aus der Klasse musste. Deswegen endete es damit, dass ich das Glas immer mitnahm, wenn ich das Klassenzimmer verlassen musste. Ich hatte genauestens Buch darüber zu führen, ob und wann ich irgendwelche Veränderungen in eurem Verhalten feststellte. Es war mir aber nicht wohl bei dem, was ich da tat, Daníel, das musst du mir glauben. Ich konnte aber nicht anders, als ganz und gar nach ihrer Pfeife zu tanzen, denn sonst wäre alles über mich herausgekommen, und das hätte ich nicht verkraftet. Ich war davon überzeugt, dass es ein harmloses, aber überaus wichtiges Experiment war. Euch sollte nichts geschehen. Ich habe nie nachgefragt, was diese Kapseln eigentlich enthielten. Letzten Endes wollte ich gar nichts über diese Sache wissen, überhaupt nichts. Und wie immer habe ich so getan, als sei nichts vorgefallen. Ich habe mir eingeredet, dass ich ganz gewöhnliche Lebertranpillen verteilte. Mein ganzes Leben lang war ich nicht dazu fähig gewesen, der Wahrheit ins Gesicht zu sehen, und es machte für mich keinen Unterschied, dass da nun noch eine weitere kleine Lüge hinzugekommen war.

Schweigen.

HALLDÓR: Etwa zwei Monate nachdem ich angefangen hatte, diese Pillen an euch zu verteilen, stellte ich bemerkenswerte Veränderungen in euren Leistungen und in eurem Benehmen fest. Das schrieb ich in meinen Bericht, der vielleicht sogar noch irgendwo existiert. Es fiel euch auf einmal viel leichter, zu lernen, und ihr wart auch wesentlich interessierter an allem; ihr wart viel aufgeweckter, habt die Aufgaben mit einem Mal schnell und hundertprozentig korrekt gelöst. Die Ergebnisse waren wesentlich besser, als ich es mir jemals hätte erhoffen können. Verglichen mit vorher, schient ihr überhaupt keine Lernprobleme mehr zu haben. Sogar solche Schlusslichter wie Agnar und Óskar schafften es, innerhalb einer Schulstunde Gedichte wie *Öxar við ána* von Steingrínur Thorsteinsson auswendig zu lernen, bereits nach einmaligem Lesen. Von früher oder von zu Hause kannten sie das Gedicht ganz bestimmt nicht. Dasselbe galt auch für die anderen Jungen. Eure Leistungsfähigkeit hatte sich in dieser kurzen Zeit enorm gesteigert, und ihr wart jetzt auf einmal lernbegierige Schüler. Ihr konntet alles behalten. Aber das Betragen und der Umgang in der Schule verschlimmerten sich immer mehr. Ich musste euch dauernd zum Rektor schicken, obwohl ich versuchte, so wenig wie möglich zu diesem Mittel zu greifen. Die Unterrichtsplanung geriet ziemlich durcheinander, aber im Lauf des Winters fand ich heraus, wie ich euch dazu bringen konnte, mir zu gehorchen. Ich brauchte euch nur eine zusätzliche Lebertranpille versprechen. Das entsprach zwar nicht den Anweisungen, aber ich wusste mir keinen anderen Rat. Daníel, für mich wurden diese Pillen zu einem Mittel, euch in Schach zu halten. Es war so einfach damit. Niemand begriff das Wunder, das mit der 6 L geschehen war, niemand außer mir. Ich hatte einen vollen Karton mit den Gläsern zu Hause stehen, und sie würden den Winter über reichen und sogar noch länger, danach sollte das Experiment beendet sein.

DANÍEL: In dem Winter fühlten wir uns nicht gut. Skari bekam Krämpfe, und wir lachten ihn aus, und Aggi reiherte auf einmal quer über sein Pult und die Schulbücher, und Gísli rastete völlig aus, weil die Kotze auf seinem Rücken landete.

HALLDÓR: Ich kann mich erinnern, dass Aggis Hand eiskalt war, als ich ihn anfasste. Da habe ich es wirklich mit der Angst zu tun bekommen.

DANÍEL: Wir sind sogar bei dir eingebrochen, weil wir so hinter diesen Pillen her waren. Aggi und ich, die anderen haben draußen Wache geschoben. Ich kann mich bis ins kleinste Detail an alles erinnern, was du gesagt und getan hast.

HALLDÓR: Ich habe es auch nicht vergessen.

DANÍEL: Als die Schule im Mai zu Ende war, wussten wir nicht, wie wir weiterhin an die Lebertranpillen herankommen konnten, deswegen sind wir zu dir nach Hause gefahren, um rauszukriegen, ob du vielleicht noch mehr davon hättest. In den Wochen nach der Schulentlassung fühlten wir uns richtig elend, so, als hätten wir permanent die Grippe. Beim Pinkeln tat es weh, wir hatten Kopfschmerzen und Muskelzucken, uns war andauernd übel, und wir konnten schlecht schlafen. Wir versuchten, an Schnaps ranzukommen, und wir haben sogar die Medikamentenschränke zu Hause geplündert, aber eigentlich wollten wir nur diese Lebertranpillen. Du warst aber nicht zu Hause, und wir konnten nicht warten. Nichts wie rein ins Haus, sagte Aggi, lass uns die Pillen suchen. Wir hatten deine Adresse im Telefonbuch nachgeschlagen. Wir waren zu fünft und haben den Bus genommen. Die anderen drei Jungs aus der Klasse waren im Sommer immer bei Verwandten auf dem Land. Die Tür war abgeschlossen, und als wir um das Haus herumgegangen sind, entdeckten wir hinten auf der Rückseite ein kleines Fenster, das offen stand. Nur wir zwei haben uns hineingezwängt, die anderen standen Wache. Wir waren die Kleinsten. Aggi stellte sich auf meine Schultern und kroch durch das Fenster hinein und zog mich dann hoch. Drinnen war ein richtiger Saustall. Wir haben uns die Klassenfotos angeschaut, die da aufgereiht an den Wänden hingen. ›Wir müssen aufpassen, dass wir nichts kaputtmachen‹, sagte ich. Bei dir da drinnen war wirklich ein scheußlicher Geruch. Was war das eigentlich für ein Gestank? Wir mussten uns die Nasen zuhalten. Es roch nach Katzenpisse.

HALLDÓR: Ich habe nie auf Sauberkeit Wert gelegt.

DANÍEL: Wir haben versucht, keine Spuren zu hinterlassen. Nichts durfte verrückt werden. Wir haben bloß mit den Augen gesucht. Wir haben im ganzen Haus nachgesehen, fanden aber nichts, was wie Pillengläser aussah. Dann haben wir Kartons angehoben und in Schubladen herumgekramt, aber vergeblich. Uns war klar, wie wütend du sein würdest, wenn du rausfändest, dass wir bei dir eingebrochen waren. Als wir in dein Schlafzimmer kamen, hatte ich ein ganz seltsames Gefühl. Das war total absurd. Wir kannten dich ja überhaupt nicht. Du hattest uns zwar die ganzen Jahre unterrichtet, aber wir wussten nichts über dich. Du hast uns nie etwas über dich selbst erzählt. Und jetzt standen wir, zwei Einbrecher, bei dir drinnen und sahen Dinge, von denen es uns schwer fiel, sie mit dir in Verbindung zu bringen. Widerlicher Gestank, Dreck, Pornozeitschriften, Schnapsflaschen dutzendweise und die Küche voller Essensreste. Ich kam mir vor, als wäre ich in einer Drachenhöhle gelandet. Ich wollte raus. Aggi hat dann endlich die Pillengläser gefunden. Er war bei dir unters Bett gekrochen und kam mit zwei vollen Gläsern wieder zum Vorschein.

HALLDÓR: Und in dem Moment kam ich nach Hause, und du hast in der Falle gesessen.

DANÍEL: Skari Skandal kreischte durch den Briefkastenschlitz, dass du im Anmarsch seist. Wir sausten zum Küchenfenster. Aggi kroch als Erster raus, aber sein Gürtel blieb an einem Haken hängen, und er hat eine Ewigkeit gebraucht, bis er den loskriegte. Als ich auf den Küchentisch kletterte, hörte ich den Schlüssel im Schloss und stand wie angewurzelt da. Ich wusste nicht, ob ich versuchen sollte, Aggi hinterherzuklettern oder schnell runterzusteigen, um mich zu verstecken.

HALLDÓR: Das war an einem Freitag, und ich hatte mir gerade meine Wochenendration besorgt.

DANÍEL: Ich bin ganz schnell unter dein Bett gekrochen und hab die ganze Zeit gehofft, dass meine Freunde sich was einfallen lassen würden, um mir zu Hilfe zu kommen. Aber je mehr Zeit verstrich, desto geringer wurde die Chance, dass von ihnen Hilfe zu erwarten sei. Meine einzige Möglichkeit bestand darin, mich im richtigen Augenblick hinauszuschleichen. Ich lag da und lauschte. Du hast irgendwas in der Küche gemacht, dem Geruch nach zu urteilen, hast du Hafergrütze gekocht, und dabei hast du vor dich hin gesummt. Ich fürchtete mich eigentlich nicht direkt vor dir, ich hatte nur Angst, einen Mann zu stören, von dem ich spürte, dass er in Ruhe gelassen werden wollte und der nie jemanden an sich heranließ. Ich fürchtete mich am meisten vor deiner Reaktion, wenn du herausfinden würdest, dass wir in deine Welt eingebrochen waren. Wir haben deine Einsamkeit immer irgendwie respektiert.

Schweigen.

DANÍEL: Dann kamen keine Geräusche mehr aus der Küche. Vielleicht bist du in dein Arbeitszimmer gegangen. Dann hörte ich diese Musik, so eine schreckliche klassische Musik, wie sie damals den ganzen Tag im Radio gespielt wurde. Ich beschloss, unter dem Bett hervorzukriechen und einen Blick in die Küche zu wagen. Ich war immer noch auf dem Boden, falls ich wieder in mein Versteck zurückmüsste. Als ich endlich aufstand, fiel mein Blick auf den offenen Schrank, in dem der Anzug hing, den du immer in der Schule anhattest, und außerdem sah ich all diese Regale mit sorgfältig gebügelten und gefalteten weißen Oberhemden. Ich ließ sämtliche Vorsicht außer Acht, ging zum Schrank und befühlte diese strahlend weißen Hemden. Sie waren ganz weich und in der Tat das Einzige in deinem Haus, was wirklich sauber war. Und dann standest du auf einmal in der Tür. ›Weißt du, warum ich so viele weiße Hemden besitze, Daníel?‹, hörte ich dich hinter mir sagen. In meinem ganzen Leben habe ich mich nie so erschreckt. Am liebsten wäre ich auf der Stelle tot umgefallen.
HALLDÓR: Entschuldige.
DANÍEL: Du trugst einen roten Hausmantel und hattest ein Glas und eine Flasche Schnaps in der Hand. Findest du sie nicht schön, hast du gefragt. Du standest immer noch in der Tür. Es gab keinen Weg an dir vorbei, und komischerweise schienst du überhaupt nicht überrascht zu sein, mich da zu sehen. Du hast mir erklärt, dass du jedes Hemd nur einmal anziehst. ›Ich wasche sie selbst‹, hast du gesagt. ›Ich bügele sie sorgfältig, falte sie zusammen und lege sie akku-

rat in den Schrank. Das gewährt mir einen Seelenfrieden, den ich dir nur schwer erklären kann.‹ Ich stand vor dem Schrank und wusste nicht, was ich tun sollte. Das alles war mir entsetzlich unangenehm. Dann hast du gesagt, dass es mit deiner Jugend zusammenhinge. ›Ich hatte nie eine Jugend wie du und deine Freunde‹, hast du gesagt, ›und ich beneide euch darum, mehr als du jemals ahnen kannst. Sie wurde mir genommen.‹

HALLDÓR: Genau darüber habe ich mein ganzes Leben lang nachgedacht, und über das Warum. Ich kam zu einem ganz simplen und vielleicht sogar logischen Ergebnis. Es war nichts als der pure Zufall. Schlicht und ergreifend Pech. Das war die einzige Erklärung. Es hatte nichts damit zu tun, was ich tat. Ich habe nie etwas getan. Und ich konnte nicht das Geringste dagegen machen. Einfach, weil ich in einem ganz bestimmten Augenblick gezeugt wurde und nicht in einem anderen, in einer bestimmten Gebärmutter und nicht in einer anderen.

DANÍEL: Das steckte also hinter deiner Zufallstheorie, die du uns immer gepredigt hast.

HALLDÓR: Warum wird der eine Mensch reich und ein anderer arm, Daníel? Warum stirbt dieses Kind an einer Krankheit, aber nicht ein anderes? Warum kommst du unters Auto und nicht die Person neben dir? Warum fällst du über Bord und nicht der andere Kerl in deiner Kajüte? Das ist einfach verdammtes Pech. Darüber denke ich tagtäglich nach. Über den Zufall. Er allein entscheidet über das Glück der Menschen, glaube mir, der pure verdammte Zufall. Wo kommt man auf die Welt und wann? Was man selbst tut, hat wenig zu sagen. Bitter wenig. Und wurde mir ein bisschen Anteil am Glück zuteil? Habe ich Glück gehabt? Nein, Daníel, nein, ich kann nicht sagen, dass ich jemals Glück gehabt habe. Es wäre eine Lüge, wenn ich behaupten würde, ich hätte Glück gehabt.

DANÍEL: Du hast gesagt, dass du mich und meine Freunde beobachtet hast, wenn wir Fußball gespielt haben oder hinter den Mädchen hergerannt sind, gekreischt und gelacht haben. In deiner Erinnerung gäbe es aber kein einziges Lachen aus deiner eigenen Jugend. Nicht ein einziges verdammtes Mal hättest du einen Anlass dazu gehabt, wenigstens zu lächeln.
HALLDÓR: Und auch später nie. Niemals, Daníel, niemals. Kannst du dir vorstellen, was das für ein Leben ist?
DANÍEL: ›Eigentlich wollte ich nicht hier einbrechen, ich wollte nur nachsehen, ob du zu Hause bist‹, habe ich gesagt. Und dann habe ich gefragt, ob ich jetzt gehen dürfte. Ich hatte eine Scheißangst. ›Willst du nicht noch ein bisschen mit dem alten Halldór reden?‹, hast du geantwortet und mir den Arm um die Schultern gelegt, hast mich aus dem Zimmer geführt, durch die Küche ins Wohnzimmer, und mich auf einen Sessel gedrückt. Als wir an der Haustür vorbeikamen, spürte ich, wie dein Griff für einen Augenblick fester wurde. ›Wir sind doch Freunde, Daníel?‹, hast du gefragt und mir all deine Klassenfotos gezeigt. Du fühltest dich in ihrer Nähe offenbar wohl. ›All diese jungen Gesichter‹, hast du gesagt, ›man bekommt fast den Glauben an das Leben zurück.‹ Dein Lieblingsbild war das von unserer Klasse, auf dem ich auf dem Boden sitze und zu dir hochschaue. ›Das ist beinahe, als wäre ich dein Vater‹, sagtest du.
HALLDÓR: Ich wollte nicht aufdringlich sein. Verzeih mir.
DANÍEL: Dann hast du dir das nächste Glas eingeschenkt und mir gesagt, dass du nie viel von meinem Vater gehalten hast, dass er es nie zu etwas gebracht hätte. ›Deine Mutter dagegen ist eine gestandene Frau‹, sagtest du. ›Eine Frau von Format, die sich nicht unterkriegen lässt.‹
HALLDÓR: Du hast Glück gehabt, eine solche Mutter gehabt zu haben, die sich wirklich um dich und deinen Bruder

gekümmert hat. Gut, dass du einen Bruder und eine Familie hattest, die für dich da waren. Ich habe mein ganzes Leben lang niemanden gehabt außer mir selbst. Ich weiß nicht, ob ich Einfluss darauf hatte oder nicht, das weiß ich nicht. Ich ziehe es vor, das dem Zufall zuzuschreiben.

Schweigen.

DANÍEL: Du schienst gar nicht erstaunt zu sein, mich da drinnen bei dir zu entdecken. Du hattest wohl damit gerechnet, dass wir nach den Lebertranpillen suchen würden.
HALLDÓR: Diese verfluchten Lebertranpillen.
DANÍEL: Du hast mich gebeten, mich zu dir zu setzen, um mich mit dir zu unterhalten, weil du nur wenig mit Menschen zusammenkämst und dich lieber in deine Höhle zurückziehen würdest, um über den Zufall nachzudenken und zu trinken. Du hast gesagt, wie grauenvoll es sei, einsam zu sein, und dass ich mir eine schöne Frau suchen und hübsche kleine Kinder mit ihr haben sollte, ihnen ein schönes, ordentliches und vor Sauberkeit duftendes Zuhause aufbauen sollte. Und dann haben wir über deine Mutter und deinen Vater geredet.
HALLDÓR: Mutter und Vater! Ich habe weder eine Mutter noch einen Vater gehabt, Daníel. Mein Vater …, ich weiß nicht einmal, wer er wirklich war. Vielleicht der Mann, den ich einmal besucht habe, der alte Svavar. Ich wollte herausfinden, was er von mir hielt und ob wir einander ähnlich wären. Der hatte wahrscheinlich schon mehr als genug von all seinen anderen Kindern. Er hat mich rausgeworfen. Wir waren uns auch überhaupt kein bisschen ähnlich. Du verstehst das vielleicht, Daníel, dieses Bedürfnis, einen Vater zu haben. Es ist stark, stärker als alles anderen. Wir haben das Recht, bei einem starken Vater Zuflucht zu finden.

DANÍEL: Aber deine Mutter?
HALLDÓR: Über meine Mutter wollen wir lieber nicht reden, das würdest du nicht hören wollen. Sie hat sich nie richtig um mich gekümmert. Ich kann dir nur von einer Situation erzählen, als sie gut zu mir war. Die rufe ich mir immer ins Gedächtnis, wenn das Grauen unerträglich ist. Ich war vielleicht sieben Jahre alt. Es war zur Zeit der Heuernte. In dem Sommer waren wir bei einem guten Bauern. Wir hatten ordentliche Heuhaufen gemacht, und ich wurde zum Hof geschickt, um Kaffee und Butterbrote zu holen. Die Sonne schien, und unterwegs wurde ich von einer lauen Brise gestreichelt. Ich war glücklich. Ich dachte daran, wie gut ich es hätte. Als ich zurückkam, setzten Mama und ich uns bei einem Heuhaufen hin, nur wir beide, und wir saßen schweigend da, aßen unsere Brote, aber auf einmal drückte sie mich an sich und ließ mich dann gleich wieder los. Mehr war es nicht. Ein winziges bisschen Wärme, die ich seitdem in meinem Herzen trage. Jetzt weiß ich nicht einmal mehr, ob das überhaupt geschehen ist oder ob ich es mir nur eingebildet habe, aber es kommt mir so vor, als sei es tatsächlich gewesen.
DANÍEL: Dann habe ich gesagt, ich müsste gehen, weil Mama sich meinetwegen sorgen würde. ›Verzeih mir, dass ich bei dir eingebrochen bin‹, sagte ich. ›Ich werde es nie wieder tun.‹ Du fragtest, ob du ein schlechter Lehrer gewesen wärst. ›Habe ich euch jemals schlecht behandelt, habe ich euch geschlagen oder angebrüllt? War ich ein schlechter Lehrer?‹ Du hast uns immer all deine Lieblingsgeschichten vorgelesen, und wir durften auf deinem Schoß sitzen. Deswegen bist du beim Rektor angezeigt worden. Du hast gesagt, dass du zur Rede gestellt worden bist, weil die Mädchen eifersüchtig auf die Jungen waren. Dann hast du damit aufgehört, weil du vorsichtig sein musstest.
HALLDÓR: Und dann bin ich zu weit gegangen.

DANÍEL: Auf einmal war da ein anderer Ton in deiner Stimme. Du hast angefangen, über deine Hemden zu reden, und wie du mitten in diesem Krempel in sauberen, weichen, schönen weißen Hemden schliefst, und wie ruhig du in ihnen schlafen könntest. ›Sie sind mein Schutz und mein Schild‹, sagtest du. Du hast mich angefasst, und ich konnte deine Schnapsfahne riechen. Du hast gesagt, dass sie nicht nur all das in dir ermordet hätten, was du warst und hättest werden können, sondern dass sie auch dieses Untier in dich hineingesetzt hätten, mit dem du jeden Tag kämpfen müsstest, aber manchmal kämst du nicht dagegen an. Manchmal würde dieses Untier die Oberhand gewinnen.
HALLDÓR: Manchmal hat es sich sogar während des Unterrichts in meinem Kopf durchgesetzt, und ich habe keinen Widerstand geleistet. Dann konnte ich keinen klaren Gedanken mehr fassen. Und manchmal hast du auf seinem Schoß gesessen und gehört, wie es gesagt hat: Lausche der Stille.
DANÍEL: Du hast versucht, mich auszuziehen.
HALLDÓR: Verzeih mir, Daníel.
DANÍEL: Ich bin aber entwischt.

Schweigen.

HALLDÓR: Ich muss dich um einen Gefallen bitten, Daníel. Einen furchtbaren Gefallen, aber du bist der Einzige, den ich kenne, der das möglicherweise für mich tun kann. Seit vielen Jahren fühle ich mich so jämmerlich. Manchmal, wenn ich abends einschlafe, würde ich am liebsten nie wieder erwachen. Ich bin der reinste Abschaum, ich hätte nie auf die Welt kommen dürfen. Ich wurde in einem Stall gezeugt, das ist etwas ganz anderes, als in einem Stall geboren zu werden. Ein mieser Fick, und so ist mein ganzes Leben gewesen. Ich habe nie einen Vertrauten gehabt, keine Freunde außer meinen kleinen Schulkindern, und sogar die haben sich gegen mich gewandt. Im Gegensatz zu dir hätte ich mir nie vorstellen können, eine Familie zu haben und Kinder in die Welt zu setzen, Daníel. Vielleicht hätte es mir aber geholfen, das ist schwer zu sagen. Über diese Sache habe ich lange nachgedacht, und du verzeihst mir, wenn ich dieses Ansinnen an dich richte, aber ich denke, wir sind so gut befreundet, dass du mich ernst nimmst. Ich möchte, dass du meinem Leben ein Ende setzt.

Langes Schweigen.

HALLDÓR: Es ist keine große Sache. Ich bin doch sowieso schon seit Jahrzehnten lebendig tot. Es wäre übertrieben, wenn man das, woran ich mich aus lauter Gewohnheit klammere, ein Leben nennen würde. Ich wurde in Schande gezeugt, bin selber ein Schandfleck und lebe ein schändliches Leben. Aus diesem Teufelskreis komme ich nicht heraus. Ich bin das alles so unendlich leid. Jetzt will ich sterben, aber ich schaffe es nicht, Hand an mich zu legen. Ich habe es versucht. Deswegen bitte ich dich, mir zu helfen.

Langes Schweigen.

HALLDÓR: Daníel?

Schweigen.

DANÍEL: Da ist ein Mann, der es vermutlich tun könnte. Ich kann es nicht, verstehst du? Aber ich kenne einen Mann.
HALLDÓR: Sag ihm, dass ich einen Kanister mit Benzin zu Hause aufbewahre. Sag ihm, er soll mich auf dem Stuhl in

meinem Arbeitszimmer festbinden und mich mit Benzin übergießen. Wenn er den Kanister geleert hat, soll er mir ein brennendes Streichholz zustecken. Ich will, dass alles, was ich besitze, mit mir verbrennt, es darf nicht das Allergeringste übrig bleiben. Ich will nicht, dass irgendjemand nach meinem Tod in meinen Sachen herumwühlt, dass mein Privatleben breitgetreten wird. Ich habe keine Angst vor dem Feuer, das Feuer wird mich läutern, einen neuen Menschen aus mir machen.

Schweigen.

DANÍEL: Ich werde mit ihm reden.

Schweigen.

HALLDÓR: Ich habe dir hier meine Hemden mitgebracht.
DANÍEL: Ich danke dir. Aber davon werde ich nichts haben. Ich bin selber im Aufbruch.

Schweigen.

DANÍEL: Ad astra.

Mehr war nicht auf der Kassette. Pálmi saß im Halbdunkel und starrte auf das Gerät. Ad astra, dachte er. Zu den Sternen. Daníel hätte Halldór nicht ermorden können, weil er bereits tot war, als Halldór in den Flammen umkam. Hatte er jemanden dazu überredet, Halldórs Bitte zu erfüllen? Wer war das? Zu wem hatte Daníel eine solche Verbindung? Sigmar? Pálmi saß lange da und dachte nach. Er begriff, dass Daníel zu diesem Zeitpunkt bereits entschlossen gewesen war, Selbstmord zu begehen.
Es war inzwischen stockdunkel in der Wohnung, und er

knipste die kleine Lampe auf dem Tisch an. Er bemerkte nicht, dass sich die Tür zu seinem ehemaligen Zimmer etwas weiter geöffnet hatte. Pálmi hatte es so viele Jahre nicht mehr betreten, dass ihm die Existenz dieses Zimmers gar nicht mehr bewusst war. Während er auf das Gerät und die Kassetten starrte, spürte er auf einmal ganz stark, dass jemand in der Nähe war. Er sprang so heftig auf, dass der Stuhl umkippte. Er schaute in den Flur. Die Tür zu seinem alten Zimmer stand sperrangelweit auf, und Pálmi durchfuhr ein Schauder. Er wich zurück, weil er glaubte, drinnen eine Bewegung gesehen zu haben. Jahrelang war diese Tür nicht geöffnet worden. Er war starr vor Schreck und brachte kein Wort heraus. Bevor er noch ins Treppenhaus laufen und um Hilfe rufen konnte, sah er einen untersetzten Mann aus dem Zimmer treten. Der Hilfeschrei erstarb ihm auf den Lippen, als dieser Mann ihm auf einmal bekannt vorkam. Als er ins Licht trat, sah Pálmi, dass es Jóhann war.

»Jóhann«, stöhnte Pálmi völlig verwirrt. »Jóhann! Jóhann! Mein Gott, was hast du in diesem verdammten Zimmer gemacht? Wie bist du hereingekommen? Ich verstehe das nicht. Hast du alles mitgehört?«

»Alles in Ordnung, Pálmi, hab keine Angst. Ich wollte mir das Zimmer ansehen, in dem Daníel versucht hat, dich anzuzünden. Ich hatte mich hingelegt. Ich bin heute Mittag gekommen und habe mich selbst hereingelassen. Du solltest das Zimmer renovieren, Pálmi. Ja, ich habe die Kassetten mitgehört, aber ich wusste das schon alles. Daníel hat mir alles erzählt.«

»Aber wieso brichst du bei mir ein? Hat er dir schon alles erzählt? Warum hast du mir das denn nicht früher gesagt?«

»Da ist etwas, das du wissen musst. Du hast die Angewohnheit, Pálmi, niemandem in die Augen zu blicken. Du schaust immer nach unten oder zur Seite, aber niemals blickst du den Leuten direkt in die Augen. Viele sind so, und das hängt meiner Meinung nach mit Hemmungen und Schüchternheit zusammen. Du hast nicht viel Selbstvertrauen, Pálmi. Das ist vielleicht auch nicht verwunderlich.«

Jóhann setzte sich an den Esszimmertisch.

»Aber selbst wenn du es bemerkt hättest, ist doch keineswegs sicher, ob du das zur Sprache gebracht hättest. Du bist ein sehr rücksichtsvoller Mensch, Pálmi. Vielleicht zu rücksichtsvoll.«

Pálmi stand noch immer wie angewurzelt da und starrte Jóhann an. Jóhann hatte nie zuvor so mit ihm gesprochen, er verstand kein Wort.

»Worüber redest du eigentlich, Jóhann?«

»Über Augen.«

Jóhann zwinkerte mit dem rechten Auge und kniff es ein paar Mal zusammen. Pálmi konnte kaum glauben, was er sah. Jóhanns rechtes Auge wurde aus der Augenhöhle herausgepresst und fiel ihm in die Hand. Er hielt die kleine Glaskugel zwischen den Fingern, um sie Pálmi zu zeigen, und warf sie ihm dann quer durchs Zimmer zu. Pálmi schnappte verwirrt danach und starrte auf Jóhanns Glasauge.

Pálmi trat nun näher an ihn heran und blickte ihn zum ersten Mal an – und betrachtete die leere Augenhöhle.

»Kiddi«, stöhnte er endlich. »Du bist gar nicht Jóhann. Du bist Kristján. Kiddi Kolke.«

Zweiunddreißig

Elínborg hatte eine der Krankenschwestern ausfindig gemacht. Sie hieß Guðrún Klemenzdóttir. Zehn Leute waren damit beschäftigt gewesen, eine Liste mit den Namen der Krankenschwestern zu erstellen, die zwischen 1930 und 1935 geboren waren. Fünfzig Namen waren insgesamt notiert worden, und jeder Mitarbeiter hatte fünf Namen zugewiesen bekommen. Guðrún befand sich ganz oben auf Elínborgs Liste.

Guðrún Klemenzdóttir lebte allein in einem Wohnblock im Westend von Reykjavík. Sie arbeitete immer noch als Krankenschwester und war gerade von einer Schicht nach Hause gekommen, als Elínborg klingelte.

»Ja«, sagte eine metallisch klingende Stimme in der Gegensprechanlage.

»Guðrún Klemenzdóttir?«

»Ja. Wer ist da?«

»Mein Name ist Elínborg, ich bin von der Kriminalpolizei. Wenn es dir nichts ausmacht, würde ich dir gern ein paar Fragen stellen wegen eines Falles, den wir bearbeiten.«

Der Lautsprecher blieb stumm.

»Guðrún? Bist du noch da?«

»Entschuldige bitte, komm herauf«, sagte Guðrún. »Ich habe schon seit einigen Tagen mit euch gerechnet.«

Sie drückte auf den Türöffner, und Elínborg betrat ein gepflegtes Treppenhaus. Als sie auf Guðrúns Etage angekommen war, sah sie die Tür zu ihrer Wohnung offen stehen und trat vorsichtig ein. Guðrún stand am Kleiderschrank in der Diele und zog sich gerade einen Mantel an. Sie war nicht sehr groß und ein wenig mollig, hatte schlohweiße, dünne Haare und ein freundliches Gesicht. Sie sah genauso aus wie die liebe Großmutter aus einem Märchen, dachte Elínborg.

»Seit vielen Jahren habe ich vorgehabt, zu euch zu kommen«, erklärte sie. »Ich möchte lieber bei euch als in meiner Wohnung über diese Sache reden.«

»Selbstverständlich«, erwiderte Elínborg und spähte in die Wohnung hinein, die ziemlich vernachlässigt aussah. Die Möbel waren alt und verschlissen. Ein großer Bücherschrank bedeckte eine ganze Wand im Wohnzimmer, in dem die Bücher wahllos herumstanden oder -lagen. Auf dem senfgelben Teppichboden gab es eine deutliche Trittspur von der Küche ins Wohnzimmer. Die Luft war stickig, es roch nach einem Gemisch aus Kochfisch und Haarspray.

»Darf ich dich noch um einen Augenblick Geduld bitten«, fragte Guðrún, die jetzt den dicken Wintermantel angezogen und sich einen Hut aufgesetzt hatte.

»Aber selbstverständlich«, erwiderte Elínborg, die immer noch an der Tür stand.

»Ich war gerade dabei, das Wasser etwas aufzuwärmen, als du geklingelt hast. Wärmst du das Leitungswasser nicht auch auf?«, fragte sie Elínborg, die überhaupt nicht begriff, wovon sie redete.

»Ich finde, es ist so kalt, wenn es direkt aus dem Kran kommt«, sagte Guðrún zur Erklärung, »vor allem im Winter. Deswegen gebe ich es immer in einen kleinen Kessel und wärme es auf, um den Durst zu löschen. Tust du das nicht?«

»Nein«, sagte Elínborg.

Guðrún ging in die Küche und Elínborg sah, wie sie eine Kochplatte abschaltete, den Kessel zur Hand nahm und

Wasser in ein Glas goss. Sie schien keine Eile zu haben und kehrte erst nach einiger Zeit wieder aus der Küche zurück.
»Dann gehen wir jetzt wohl am besten«, sagte sie. »Wenn man das bloß schon eher hinter sich gebracht hätte.«

Nachdem Guðrún den Mantel ausgezogen, den Hut abgenommen und einen Kaffee hingestellt bekommen hatte, nahm sie in Erlendurs Büro Platz und bat ihn um eine Zigarette.
»Wie heißt du?«, fragte sie Erlendur, als sie einander gegenübersaßen und rauchten.
»Erlendur Sveinsson.«
»Kenne ich vielleicht deine Eltern?«
»Mein Vater hat zuletzt in einem Stahlverarbeitungsbetrieb gearbeitet. Meine Mutter hieß Theódóra und war Verkäuferin in einem Kolonialwarenladen in der Innenstadt. Die hast du vielleicht gekannt.«
»Hier kennt jeder jeden, wie du weißt. War sie in dem Geschäft in der Hafnarstræti?«
»Ein ganze Weile.«
»Ich glaube, ich kann mich an sie erinnern. Eine sehr nette und gut aussehende Frau. Du bist nicht nach ihr geraten.«
»Können wir vielleicht zur Sache kommen?«
»Ja, natürlich. Also, wir waren damals zu zweit, Rannveig und ich. Sie lebt nicht mehr, die Arme. Sie bekam Lungenkrebs, und dann hat es nur sechs Monate gedauert. Sie hat natürlich geraucht wie ein Schlot. Sie ist vor einem Jahr gestorben. Wir waren eng befreundet, und ich habe sie regelmäßig im Krankenhaus besucht. Wir haben oft darüber gesprochen, was da seinerzeit passiert ist, und über die Jungen. Kurz vor ihrem Tod sagte sie mir, sie wünsche sich, dass ich mit jemandem darüber spreche und erzähle, welchen Anteil wir an diesem Versuch hatten.«

Erlendur hörte schweigend zu.
»Rannveig war die Schwester von Sævar Kreutz.«
»Moment mal, Sævar Kreutz? Der Name kommt mir irgendwie bekannt vor.«
»Er besitzt die Fentiaz-Pharmawerke. Wahrscheinlich weiß kaum jemand, dass er eine Schwester hatte.«
»Sævar Kreutz, der in Deutschland ...«, sagte Erlendur wie zu sich selbst, ohne den Satz zu Ende zu bringen. »Der sich aus dem Familienunternehmen zurückgezogen hat und in Zusammenarbeit mit deutschen Partnern eine eigene Firma gegründet hat. Er kommt kaum noch nach Island, höchstens ein paar Wochen im Jahr. Ein mehr als mysteriöser Mann.«
»Rannveig und ich kennen uns seit unserer Ausbildung, und wir haben jahrelang am Nationalkrankenhaus zusammen gearbeitet. Sie kam eines Tages zu mir und bat mich um einen Gefallen. Es handelte sich um eine ganz besondere Aufgabe, die angeblich sehr gut bezahlt würde. Angeblich war es auch keine große Sache, aber aus irgendwelchen Gründen musste es in aller Heimlichkeit geschehen. Unsere Aufgabe war in der Tat sehr obskur. Wir mussten insgesamt vier Mal abwechselnd in die Víðigerði-Schule gehen, und zwar im Winter 67/68, um da einigen Jungen, die zu uns geschickt wurden, Blutproben zu entnehmen. Niemand durfte wissen, was wir in der Schule machten. Wir waren angewiesen worden, uns so unauffällig wie möglich zu bewegen, rasch zu arbeiten und die Schule unverzüglich wieder zu verlassen und mit niemandem darüber zu sprechen. Ich fand das irgendwie spannend und habe gar nicht darüber nachgedacht, was wir da überhaupt gemacht haben, und für wen. Wir durften nur das Allernotwendigste mit diesen kleinen Jungen reden, und wir haben ihnen Schokolade gegeben, um sie abzulenken. Für Schokolade hätten sie alles gemacht, weil sie wahrscheinlich nicht viel

davon zu Hause bekommen haben. Sie waren ziemlich ärmlich gekleidet.«

»Ist dir nie in den Sinn gekommen, dass du an etwas beteiligt warst, was diesen Jungen schaden könnte?«, fragte Erlendur.

»Nein. Also zumindest nicht am Anfang. Ich habe Rannveig vollkommen vertraut. Sie war ein durch und durch guter Mensch und meine beste Freundin. Ich hatte überhaupt keinen Verdacht, dass da irgendetwas nicht stimmen könnte. Natürlich war es naiv von mir, so zu denken. Aber so war es. Wahrscheinlich hat Rannveig mir damals nur dieselben Lügen erzählt, die Sævar Kreutz ihr aufgetischt hatte, nämlich dass es sich um ganz simple Blutgruppenuntersuchungen handelte, die er aber nicht auf offiziellem Wege durchführen wollte, also mit der Zustimmung von Schule, Eltern und Behörden. Es musste laut Rannveig so unkompliziert und unbürokratisch wie möglich vonstatten gehen, und eigentlich habe ich nicht weiter darüber nachgedacht.«

»Was hast du mit den Blutproben gemacht?«

»Rannveig hat sie immer genommen. Das ging aber nur ein Schuljahr lang, danach war alles wie früher. Ich habe zwar immer an diese Jungen denken müssen, aber ich habe gemerkt, dass Rannveig nicht darüber reden wollte. Und tatsächlich haben wir erst ganz zuletzt, als es mit ihr zu Ende ging, darüber gesprochen.«

»Weißt du, was Sævar Kreutz mit diesen Blutproben gemacht hat?«

»Rannveig sagte, dass er an einem Forschungsprojekt arbeitete, das geheim bleiben musste, aber es sei etwas völlig Harmloses. Rannveig hat auch nicht mehr gewusst als ich, glaube ich. Wir haben uns wahrscheinlich beide nicht ganz wohl dabei gefühlt. Und dann sahen wir im Sommer darauf die Fotos in den Zeitungen.«

»Was für Fotos?«

»Wir kannten sie. Sie sagten uns immer ihre Namen, damit wir die Reagenzgläser beschriften konnten, und ich kann mich noch heute an alle Namen erinnern. Zwei von ihnen starben im darauf folgenden Sommer, und es kamen Nachrufe in den Zeitungen. Agnar bekam ganz unerwartet einen Herzanfall, und Gísli starb bei einem Arbeitsunfall auf dem Land. Ich fand, dass es ein äußerst merkwürdiger Zufall war, weil es genau nach diesem Winter passierte, trotzdem habe ich mir nicht wirklich Gedanken gemacht. Aber in den folgenden Jahren tauchten immer wieder die Namen dieser Jungen und Fotos von ihnen in den Zeitungen auf. Jetzt zuletzt Daníel, der die ganze Zeit in der Psychiatrie war und zum Schluss Selbstmord verübt hat. Vielleicht haben alle diese Todesfälle sogar ganz normale Erklärungen, an die Hoffnung habe ich mich immer geklammert, aber trotzdem hat mich der Gedanke verfolgt, dass ich vielleicht an etwas beteiligt war, was ihr Unglück heraufbeschworen hat.«

»Du bist aber nicht früher mit diesen Informationen an die Öffentlichkeit getreten?«

»Ich habe häufig mit dem Gedanken gespielt und war einige Male kurz davor, mich auf den Weg zu machen, aber genauso oft ließ ich es auch wieder bleiben. Wie ich schon sagte, es konnte ja auch ganz natürliche Erklärungen geben. Und Sævar Kreutz ist ein Mann, dem man nicht etwas unterstellt, worüber man im Grunde genommen gar nichts weiß. Das wirst du vermutlich bald selber herausfinden. Mehr habe ich dir nicht zu sagen, und deswegen gehe ich jetzt. Falls du mich noch einmal brauchst, darfst du dich gern mit mir in Verbindung setzen.«

»Moment, Moment«, sagte Erlendur. »In Bezug auf diese Ermittlung bestimme ich, wie es weiterzugehen hat, und nicht du. Und ich bin der Meinung, dass du uns noch ein wenig mehr zu sagen hast.«

»Uns was sollte das sein?«, fragte Guðrún.
»Das weißt du natürlich besser als ich.«
»Wie bitte? Worüber redest du eigentlich?«
»In was für einer Art von Beziehung standest du zu Sævar Kreuz?«
»Beziehung? Davon kann keine Rede sein.«
»Eine vernünftige Frau wie du schleicht sich mit Nadeln und Spritzen einige Male in eine Schule in Reykjavík hinein und achtet darauf, dass sie von niemandem gesehen wird. Zapft den Jungen Blut ab, schenkt ihnen Schokolade und weiß die ganze Zeit, dass sie etwas macht, wovon niemand was wissen darf. Du kriegst ein paar fadenscheinige Erklärungen von deiner Freundin, alles paletti. Das Blut wird abgeliefert, und alles ist so, als sei nichts geschehen. Ich vermute, dass da noch etwas ganz anderes dahinter steckt. Ich glaube, du hast Sævar Kreutz gekannt.«
»Das ist absurd«, sagte Guðrún, klang aber nicht sehr überzeugend.
»Hast du ihn persönlich gekannt?«
»Ich habe nicht mehr zu sagen.«
»Du hast das keineswegs nur deiner Freundin Rannveig zuliebe getan, nicht wahr?«
»Was willst du damit andeuten?«
»Ich bin überzeugt davon, dass du Sævar Kreutz gekannt hast.«
Guðrún seufzte und schwieg eine ganze Weile.
»Er war ein Unmensch«, sagte sie schließlich wie zu sich selber. »Rannveig hat uns miteinander bekannt gemacht. Ich habe ihn einmal zusammen mit ihr besucht. Attraktiv war er auf den ersten Blick, das muss ich zugeben, ein großer, schlanker Mann, aber etwas war da mit ihm. Das wurde mir aber erst klar, als es schon zu spät war. Er benutzt Menschen und wirft sie weg, sobald er sie nicht mehr gebrauchen kann. Rannveig hatte schon lange vor ihrem

Tod die Verbindung zu ihm völlig abgebrochen. Lange Zeit hat sie nicht zugeben wollen, wie er in Wirklichkeit war, aber irgendwann hatte auch sie kein Verständnis mehr für ihn aufbringen können, und sie haben sich immer weiter voneinander entfernt. An diesem ersten Abend, als wir zu Besuch kamen, tat er so, als sei ich die Traumprinzessin seines Lebens. Er überschüttete mich mit Komplimenten und flirtete mit mir wie ein Hollywoodcharmeur, und ich fiel darauf herein. Ich war schon über dreißig und unverheiratet. Ich habe nie geheiratet. Ich verliebte mich an diesem Abend in Sævar Kreutz. Da ihm so viel daran gelegen war, dass wir für ihn arbeiteten, kam er aber bald zur Sache und erzählte uns von diesen Blutgruppenuntersuchungen und dass er nicht darauf warten könne, bis sich die Mühlen der Bürokratie in Bewegung setzten. Ich glaube, Rannveig hat damals auch zum ersten Mal davon gehört. Ich war so eingenommen von diesem Mann, dass ich alles für ihn getan hätte.«

»Also war es nicht Rannveig, die dir von diesem mysteriösen Projekt erzählt hat?«

»Diese Variante ist angenehmer für mich. Wahrscheinlich habe ich mir das selber so oft vorgesagt, dass ich zum Schluss selbst daran geglaubt habe. Alles ist besser als die Wahrheit.«

Erlendur bot ihr noch eine Zigarette an und gab ihr Feuer.

»Ich habe mich ein paar Mal mit ihm getroffen, er war immer der gleiche Charmeur, aber irgendwie spürte ich bald, dass er unverbindlich blieb. Er war immer distanziert, auch wenn er liebenswürdig war oder sich so gab. Nach diesem Winter, als alles vorbei war, hörte er plötzlich auf, sich bei mir zu melden. Ich versuchte, ihn anzurufen, ich habe ihm sogar einen Brief geschrieben, aber auf einmal war er völlig verändert, er war kalt und abweisend. Als ich schließlich zu ihm nach Hause gegangen bin, hat er mir gesagt, ich

solle alles vergessen. ›Forget it‹, sagte er an der Tür zu mir und knallte sie mir vor der Nase zu. Forget it.«
»Seid ihr miteinander ins Bett gegangen?«, warf Erlendur ein.
»Ist das wirklich notwendig?«
»Manchmal ist meine Arbeit ziemlich unerfreulich.«
»Ja, wir haben miteinander geschlafen. Und dann stand ich da vor seinem Haus und begriff überhaupt nichts. Ich klingelte noch einmal und hämmerte an der Tür, aber er ließ sich nicht mehr blicken. Danach habe ich ihn nie wieder getroffen. Es hätte nicht schlimmer sein können, wenn er mich vergewaltigt hätte.«
»Deswegen hast du nie zuvor jemandem davon erzählt.«
»Sævar Kreutz hat eine besondere Gabe dafür, einen dazu zu bringen, dass man über diese Bekannschaft Stillschweigen bewahrt.«
Guðrún war aufgestanden. Sie gab Erlendur die Hand und stand schon in der Tür, als sie sich langsam wieder umwandte und nachdenklich sagte: »Rannveig hat ganz bestimmt nichts über dieses Forschungsprojekt gewusst, davon bin ich überzeugt. Sie hat nie darüber geredet, aber irgendwann einmal war sie ganz niedergeschlagen und erklärte mir gegenüber, dass ihr Bruder wohl verrückt geworden sei. Ihrer Meinung nach befasste er sich mit Dingen, mit denen niemand experimentieren sollte. Mehr wollte sie nicht sagen, aber ich kann mich erinnern, wie schockiert sie über ihren Bruder war. Ich glaube, dass sie danach nie wieder mit ihm gesprochen hat.«
Nachdem Guðrún gegangen war, kam Sigurður Óli in Erlendurs Büro, und Erlendur berichtete ihm, was er von Guðrún erfahren hatte. Er bat Sigurður Óli, das noch für sich zu behalten. Der Fall hatte ganz andere Dimensionen erhalten, die ebenso unangenehm wie heikel waren.
»Was waren noch die Buchstaben, die Sigmar zu schreiben

versucht hat?«, fragte Sigurður Óli und nahm sein kleines Notizbuch heraus. »E und A. Glaubst du, dass er das auf seinen Bauch geschrieben hat?«

»Was?«, fragte Erlendur.

»Fentiaz.«

»Sigmar hat möglicherweise alles herausgefunden. Aber wie?«

Erlendur und Sigurður Óli verbrachten den Rest des Tages damit, Nachforschungen anzustellen, die nicht an die Öffentlichkeit gelangen durften. Am Abend hatten sie diverse Informationen über Sævar Kreutz und Fentiaz in den Händen.

Dreiunddreißig

»Die Polizei hat Guðrún ausfindig gemacht«, berichtete abends die Stimme am Telefon. »Ich hab dir ja gesagt, dass wir ihretwegen Maßnahmen ergreifen müssen. Das habe ich dir die ganze Zeit gesagt.«

»Ich ergreife keine ›Maßnahmen‹ wegen Guðrún. Und dieser Ton gefällt mir nicht. Sie war die beste Freundin meiner Schwester Rannveig und hat sich während ihrer Krankheit rührend um sie gekümmert. Viel eher würde ich deinetwegen Maßnahmen ergreifen wollen als ihretwegen. Du redest wie im Action-Film. Maßnahmen ergreifen!«

»Was sollen wir dann machen?«

»Guðrún ist eine alte Frau. Und sie ist die einzige Zeugin. Ich kann mir nicht vorstellen, dass man sie wirklich ernst nimmt. Sie haben nichts in der Hand, was ihre Aussage stützt.«

»Vielleicht. Sigmar scheint nichts über die Verbindung zu uns gewusst zu haben. Zumindest ist bei den Vernehmungen nichts herausgekommen. Zum Glück hat er Selbstmord begangen, während er in Polizeigewahrsam war. Er war der Letzte. Wir haben sämtliche alten Unterlagen, die mit diesem Projekt zu tun hatten, vernichtet. Es gibt nirgendwo auch nur den geringsten Hinweis darauf. Der einzige Unsicherheitsfaktor sind die Kassetten, die Halldór angeblich aufgenommen hat, aber ich glaube ja, dass sie eine pure Erfindung sind. Er war nicht Manns genug, sich mit uns anzulegen. Das waren alles bloß leere Drohungen.«

»Die Polizei hat nicht viel in der Hand. Sie sucht in erster Linie nach Halldórs Mörder, und damit haben wir nicht das Geringste zu tun. Vielleicht solltest du mal einfließen lassen, dass die Polizei sich in erster Linie auf den Mord an Halldór konzentrieren sollte, statt sich um irgendwelches Altweibergeschwätz zu kümmern. Und dass Sigmar höchstwahrscheinlich sein Mörder ist.«

»Die Koreaner treffen morgen ein.«

»Ich habe ja gesagt, dass sie hierher kommen würden.«

»Da ist aber noch was.«

»Ja.«

»Er ist verschwunden.«

»Wer?«

»Unser Mann. Er hat das mit den Kassetten für uns erledigen sollen, aber er hat zur vereinbarten Zeit nichts abgeliefert. Über die normalen Kanäle habe ich ihn noch nicht ausfindig machen können.«

Vierunddreißeig

Pálmi wollte ihm tausend Fragen stellen, wusste aber nicht, wo er anfangen sollte.

Kiddi Kolke saß vor ihm, es war, als sei er aus einem längst in Vergessenheit geratenen Grab auferstanden. Er war aus der Vorzeit aufgetaucht und verfügte über die Antworten auf all die Fragen, die Pálmi auf der Seele brannten. Er wusste über sein eigenes und Daníels Leben Bescheid, über die Klassenkameraden und Halldór. Er war über alles informiert und kannte alle Zusammenhänge. Er konnte Sigmars Aussage bestätigen. Kiddi Kolke war bei all diesen Ereignissen dabei gewesen, die ihm im Augenblick so auf der Seele brannten. Aber das Einzige, was Pálmi herausbrachte, war:

»Ich kapier das nicht.«

»Alle haben immer gesagt, ich sei ein Umglücksrabe, aber jetzt bin nur noch ich am Leben und habe kaum eine Schramme davongetragen.« Er setzte sich das Auge wieder ein, und Pálmi war erleichtert, als er damit fertig war. Es war ihm völlig entgangen, dass Jóhann – oder Kiddi Kolke – ein Glasauge hatte. Es stimmte, was Kiddi gesagt hatte, er sah den Leuten nie in die Augen, wenn er mit ihnen sprach. Aber jetzt konnte er seine Blicke kaum von dem Glasauge abwenden.

»Kein schlechtes Auge«, sagte Kiddi Kolke. »Du bist einer von denen, die es überhaupt nicht gemerkt haben.«

»Wie hast du dich die ganzen Jahre so verstecken können?«,

fragte Pálmi, als die erste Welle der Angst und des ungläubigen Staunens verebbt war.
»Das war erstaunlich einfach.«
»Hast du Halldór umgebracht?«
»Es ist falsch, das einen Mord zu nennen. Es war Selbstmord, aber er hatte, wie du selbst gehört hast, um eine kleine Hilfeleistung gebeten. Sein Tod trat ganz genau so ein, wie er es geplant hatte, und das beweisen die Kassetten, die er dir geschickt hat.«
»Du hast Halldór gehasst wegen dem, was er dir und deinen Freunden angetan hat, nicht wahr? Und ihn ermordet.«
»Ich habe ihn gehasst, ja, aber ich hatte auch Mitleid mit dieser Jammergestalt.«
»Er war doch nicht mehr richtig bei Verstand. So einen Mann darf man doch nicht ernst nehmen und das tun, um was er einen bittet, und schon gar nicht so etwas Wahnsinniges, wie ihn anzuzünden.«
»Er hat sich danach gesehnt, Pálmi, und er hat sich die ganze Zeit bei mir bedankt. Ich habe immer wieder gefragt, ob es wirklich das ist, was er wollte, und jedes Mal hat er das froh bestätigt. Er wollte sterben, und er wollte ›genau auf diese Weise sterben‹. Das Feuer spielte eine sehr wichtige Rolle, das hast du auf der Kassette gehört. Das Feuer der Läuterung. Ganz zum Schluss hat er sich auf Jesus berufen: »Wer sein Leben liebt, verliert es, aber wer sein Leben in dieser Welt hasst, wird es bis zum ewigen Leben bewahren.«
»Du hast ihn am Stuhl festgebunden.«
»Das hat er verlangt. Er wollte keine Möglichkeit zur Flucht haben.«
»Aber er war doch nicht mehr bei Verstand. Irgendeine Therapie hätte ihm vielleicht geholfen, aber kein Feuer. Es ist grauenvoll, so einen Wunsch zu erfüllen.«
»Halldór wollte keine Therapie. Ich bin der Meinung, dass

die Menschen selber bestimmen sollten, was sie wollen. Es ist nicht unsere Sache, zu entscheiden, ob etwas gut oder schlecht ist, wenn sie es selbst so wollen. Wir entscheiden selbst über unser Schicksal.«

»Aber du, wie hast du das über dich gebracht?«

»Ich habe das Streichholz angezündet und es ihm überreicht. Und dann bin ich rausgerannt. Du darfst nicht glauben, dass mir das leicht gefallen ist, verdammt nochmal, ich bin doch kein Mörder, auf jeden Fall bis jetzt noch nicht. Aber es war Halldórs Wille, und Daníel hat mich gebeten, genau das zu tun, was er wollte.«

»Hättest du Daníel auch geholfen, wenn er dich darum gebeten hätte?«

»Danni hat mich nie gebeten, Pálmi, also brauchte ich auch keine Stellung zu beziehen. Selbstverständlich hätte ich mir das schwer überlegen müssen, genauso, wie ich über die Sache mit Halldór nachgedacht und mit ihm darüber diskutiert habe. Ich habe mich nicht wie ein Dieb in der Nacht eingeschlichen und Feuer gelegt. Wir haben lange miteinander geredet, und er hat auch nicht eine Sekunde lang Zweifel gehabt. Meine Aufgabe bestand darin, Daníel das Leben zu erleichtern, und nicht, es ihm zu nehmen.«

»Du bist als Einziger aus der Klasse übrig.«

»Das muss wohl einer dieser schicksalhaften Zufälle sein, über die Halldór damals mit Danni geredet hat. Irgendwo habe ich gelesen, dass die Griechen der Meinung waren, der Zufall spiele die größte Rolle in Bezug auf das Lebensglück. Bei mir wollte es eben der Zufall, dass ich Lebertranpillen schon immer ekelhaft gefunden habe, und ich habe sie entweder anderen gegeben oder weggeschmissen. Das habe ich immer gemacht. Als die Jungs sagten, dass sich der Geschmack verändert hätte, fand ich sie noch scheußlicher und verschenkte auch sie. Bis auf diejenigen, die Halldór uns direkt in den Mund steckte, wie er das manchmal tat, mit diesem merkwürdigen Gesichtsausdruck, wenn er unsere Lippen berührte. Wir haben uns manchmal darüber lustig gemacht. In dem Winter habe ich Danni fast alle meine Pillen gegeben. Er hat die Pillen genommen, die für mich gedacht waren, und du weißt selber am besten, was für Folgen das für ihn gehabt hat. Verstehst du, was ich meine? Ich habe, ohne es zu wissen, dazu beigetragen, dass Danni krank wurde. Kannst du begreifen, wie ich mich gefühlt habe? Viel schlimmer als wegen dem, was ich für Halldór getan habe, das kann ich dir sagen. In dem Winter war ich eine Zeit lang im Krankenhaus.« Kiddi Kolke deutete auf sein Auge. »Als ich zurückkam, hat Halldór dafür gesorgt, dass meine Ration nachgeholt wurde. Die Pillen hat Danni auch alle geschluckt. Dein Bruder war wie verrückt nach diesem Zeug.«

»Weißt du, was sie enthielten?«

»Ich habe einen ganz bestimmen Verdacht.«

»Wann hast du herausbekommen, dass dieses Zeug an euch getestet wurde?«

»Die eigentliche Bestätigung habe ich erst bekommen, als Halldór auf einmal bei Daníel in der Klinik erschien und ihm von dieser Firma erzählte. Ich hatte schon seit langem den Verdacht, dass diese Pillen etwas mit den tragischen Schicksalen meiner Freunde zu tun hatten, dass sie irgendwie schuld daran waren, wie es ihnen ergangen ist. Die Jungs hatten sich in dem Winter total verändert. Die konnten auf einmal lernen, was früher eine Qual für sie gewesen war. Sie waren schon immer unruhig gewesen, aber jetzt waren sie noch wilder. Dabei fühlten sie sich teilweise richtig elend. Die Jungs waren alle prima, und wir haben viel zusammen ausgeheckt. Im Fußball waren wir nicht zu schlagen. Die Luschenklasse kriegte plötzlich die besten Noten an der ganzen Schule, obwohl ich hinterherhinkte – und die Mädchen natürlich auch. Ein ganz komischer Winter, aber trotzdem ist nie jemandem eingefallen, dass da vielleicht irgendwas nicht stimmen könnte. Noch nicht einmal, als Aggi und Gísli starben. Für uns waren das zwei Unfälle, die nichts miteinander zu tun hatten. Uns fiel nicht ein, sie mit den Lebertranpillen in Verbindung zu bringen, das war außerhalb unserer Vorstellungswelt. Für uns war Lebertran drin, was anderes wäre uns nie eingefallen. Vielleicht haben wir darüber geredet, dass die Pillen nicht in Ordnung waren, ich weiß es nicht. Wir waren ja bloß zwölf, dreizehn Jahre alt und hatten keine Ahnung, was in der Welt vor sich geht.«

»Wann ist dir denn der erste Verdacht gekommen, dass mit den Pillen was nicht in Ordnung sein könnte?«, fragte Pálmi.

»Erst als alles schon längst vorbei war und all meine Freunde entweder Drogen oder Selbstmordversuchen zum Opfer gefallen oder in der Klapsmühle gelandet waren, erst dann fing ich an, über diese Dinge nachzudenken. Zu dem Zeitpunkt war ich schon fast dreißig. Ich kam zu dem Schluss, dass diese Kapseln irgendein Teufelszeug enthalten haben mussten. Natürlich haben wir uns manchmal über Schnaps hergemacht, aber ich nie im gleichen Maße wie die anderen. Und dann fingen sie in diesem Alter schon mit Dope an. Stell dir vor, Junkies in diesem Alter und zu dieser Zeit! Auch Danni. Du musst verstehen, Pálmi, dass wir keine Musterschüler waren, keine Engel. Ehrlich gesagt hatten wir in unserem Viertel einen ganz schlimmen Ruf. Ich weiß nicht, was für ein Bild Sigmar dir von uns gezeichnet hat.«

»Wusstest du, dass er mit der Polizei gesprochen hat?«

»Ja, ich hatte Verbindung zu Sigmar«, sagte Kiddi Kolke. »Wir haben gemeinsam festgelegt, was er sagen sollte. Er konnte begreiflicherweise nicht alles sagen, aber es musste genug sein, damit euch klar wurde, um was es ging. Dass es auf keinen Fall Kinder aus der Grundschule waren, die Halldór in Brand gesteckt haben.«

Kiddi Kolke verstummte für einen Augenblick, fuhr aber dann fort:

»Wenn ein paar von uns im späteren Lebensverlauf in der Gosse gelandet sind, oder sogar schon als Jugendliche, dann interessierte das im Grunde genommen keinen. Direkt nach der Grundschule zerstreuten wir uns in alle Himmelsrichtungen. Einige zogen mit ihren Eltern in ein anderes Stadtviertel, andere gingen ganz von Reykjavík weg. Wir verloren uns ganz einfach aus den Augen. Dauernd landen ja irgendwelche Leute in der Klapse, ohne dass sich jemand was dabei denkt. Die Leute werden drogensüchtig, sie landen in der Gosse, und sie begehen Selbstmord. Alle paar Jahre habe ich die Bilder von meinen Freunden in der Zeitung gesehen, bis nur noch wir drei übrig waren, Sigmar, Danni und ich. Und selbst, wenn man angefangen hatte, sich zu fragen, ob da etwas ganz anderes dahinter stecken könnte – der Gedanke, dass da womöglich herumexperimentiert worden war, hörte sich an, wie aus einem billigen Science-Fiction-Roman. Ein Präparat wird an Kindern getestet, und die Folge ist, dass sie später völlig den Boden unter den Füßen verlieren. Das war doch unvorstellbar.«

»Aber warum dieses Versteckspiel? Dieser neue Name? Warum, Jóhann?«

»Nachdem ich lange über das Ganze nachgedacht hatte, habe ich vor dreizehn Jahren versucht herauszufinden, was in den Pillen gewesen ist. Ein Zufall ergab den anderen. Ich bin zuerst ins Gesundheitsministerium gegangen und habe alle Informationen über die Lebertranzuteilungen an den Volksschulen bekommen. Ich ging davon aus, dass der Hersteller dieser Lebertrankapseln für deren Lieferung an die Schulen verantwortlich war. Der fiel aber aus allen Wolken. Damals waren schon seit Jahren diese Pillen nicht mehr

kostenlos verteilt worden. Er hat mir sämtliche Berichte und Unterlagen der Firma gezeigt, das hat aber überhaupt nichts gebracht. Meine Nachforschungen hatten aber Aufsehen erregt, und ich hatte plötzlich das Gefühl, dass ich beschattet wurde. Ich habe auch versucht, die Krankenschwestern ausfindig zu machen, die damals in die Schule kamen und die Blutproben entnahmen, aber damit bin ich nicht weit gekommen, obwohl ich mir alle Mühe gegeben habe. Im Krankenschwesternverzeichnis gab es keine Fotos, auf denen ich sie hätte identifizieren können. Ich habe eine Reihe von Krankenhäuser aufgesucht, konnte aber nirgends eine Spur von ihnen entdecken. Aus dem Nationalkrankenhaus hat man mich zum Schluss rausgeworfen, nachdem ich drei Tage lang durch die Gänge geirrt war. Alles, was ich tat, trug ungewollt dazu bei, auf mich aufmerksam zu machen. Kurze Zeit später habe ich Halldór zu Hause besucht, in seiner Höhle. Da drinnen war dieser furchtbare Gestank, genau wie Daníel ihn beschrieben hat.«
Er hielt kurz inne und schaute Pálmi an.
»Du weißt, dass Danni ihm damals nur mit knapper Not entkommen ist. Als ich ihn besuchte, gammelte der Kerl immer noch in seiner Einsamkeit vor sich hin. Zuerst wollte er gar nichts sagen. Ich musste dreimal hingehen, und erst beim dritten Mal hat er irgendwelche Andeutungen gemacht und fing an, über Hvolsvöllur zu erzählen, was ich überhaupt nicht kapierte. Und dass sie ihn deswegen unter Druck gesetzt hatten. Mehr hat er mir nicht erzählt. Als ich abends nach Hause kam, wurde ich überfallen.«
Pálmi starrte auf das Glasauge und lauschte schweigend.
»Damals hatte ich eine kleine Wohnung auf der Njarðargata gemietet, ebenfalls im Keller. Als ich eines Abends von der Arbeit nach Hause kam, fand ich zwei ungebetene Gäste vor. Sie hatten alles, was ich besaß, kurz und klein geschlagen und warteten jetzt auf mich. Sie sind

gleich an der Tür über mich hergefallen, und ich habe ihre Gesichter erst gesehen, als ich wieder zur Besinnung kam. Da waren sie mit mir nach Keflavík zu einer abgelegenen Mole gefahren. Sie redeten und lachten darüber, dass hier in Island dauernd Leute verschwinden und kein Hahn danach kräht. Damit hatten sie natürlich Recht. Wir sind daran gewöhnt, dass Leute sich im Nebel in den Bergen verirren, in einem See ertrinken und nie wieder auftauchen oder über Bord gehen. Ich war für jemanden gefährlich geworden, und jetzt ging es darum, mich verschwinden zu lassen. Sie trugen mich in ein Boot und fuhren im Dunkeln mit mir aufs Meer und warfen mich über Bord. Unterwegs sprachen sie miteinander, und es hörte sich so an, als wüssten sie alles über die Meeresströmungen vor der Reykjanes-Halbinsel. Sie amüsierten sich köstlich bei dem Gedanken, dass ich wahrscheinlich in Grönland angetrieben werden würde. Aus irgendwelchen Gründen fuhren sie aber nicht besonders weit mit mir hinaus, und ich war auch nicht gefesselt, als sie mich über Bord warfen. Irgendwie war das alles so halbherzig gemacht, vielleicht wollten sie mir ja nur einen gehörigen Schreck einjagen. Das ist ihnen gelungen. Als ich wieder an die Oberfläche kam, war das Boot weg. Ich habe es geschafft, an Land zu schwimmen und war durchnässt und völlig unterkühlt, als mich Soldaten der amerikanischen Marine fanden und mich ins Militärkrankenhaus auf der Basis brachten. Dort erholte ich mich überraschend schnell. Danach fasste ich den Beschluss, unterzutauchen.«

»Aber ist es denn überhaupt möglich, in Reykjavík unterzutauchen?«, fragte Pálmi. »Selbst wenn man einen neuen Namen annimmt, es gibt doch immer irgendwelche Leute, die einen wiedererkennen.«

»Das war überhaupt kein Problem. Ich habe so gut wie keine Familie. Meine Eltern habe ich seit ewigen Zeiten nicht mehr gesehen. Ich weiß nur, dass sie sich da oben in Akureyri immer noch mit ihren Alkoholproblemen herumschlagen. Ich war damals mit ihnen nach Akureyri gezogen und habe dort einige Jahre gelebt, aber das war kein Vergnügen. Mama ist nie eine vorbildliche Mutter gewesen, und mein Vater prügelte sie in regelmäßigen Abständen, er schien nach einem System vorzugehen. Außer Danni und Sigmar hatte ich keine Freunde oder Bekannte. Darin habe ich nämlich große Ähnlichkeit mit Halldór, ich bin genauso ein Einzelgänger wie er und nicht gesellig. Wenn man sich bedeckt hält, wird man überhaupt nicht wahrgenommen. Man lässt sich einfach so wenig wie möglich in der Öffentlichkeit blicken. Nach diesem Überfall war ich drei Jahre in Dänemark. Ich bin richtiggehend geflüchtet und habe danach nur noch den Namen Jóhann verwendet, weil ich Kristján Jóhann getauft wurde. Als ich wieder nach Island zurückkam, habe ich mich um eine Stelle an der Klinik bemüht, um in Dannis Nähe sein zu können. Dorthin habe ich mich zurückgezogen und bin manchmal wochenlang nicht nach Hause gegangen, sondern einfach nur in der Klinik geblieben und habe da geschlafen. Morgens tat ich dann immer so, als wäre ich als Erster zur Arbeit erschienen. Ich fand dieses Leben völlig in Ordnung. Niemand hat sich um mich gekümmert, und ich brauchte mich auch um niemanden zu kümmern. In dieser Stadt leben mehr als hunderttausend Menschen, und alle glauben, dass jeder jeden kennt, wie in früheren Zeiten, aber das stimmt überhaupt nicht mehr. Die meisten Leute haben zeit ihres Lebens höchstens Kontakt zu einem Bruchteil der Einwohner von Reykjavík und kommen nie mit dem Gros der Bevölkerung in Berührung. Ich habe mir einen neuen Namen und eine neue Personenkennziffer verschafft, das ist die einfachste Sache der Welt. Ich habe lange auf die Gelegenheit gewartet, den Faden wieder aufnehmen zu können. Als Halldór dann schließlich in der Klinik auftauchte und Danni von den Pillen erzählte, wusste ich, dass wir sie jetzt zu fassen kriegen könnten.«

»Bist du mir heute Nacht zu Hilfe gekommen?«

»Ich bin dir in den letzten Tagen überallhin gefolgt, weil Halldór mir sagte, dass er dir die Kassetten geschickt hätte. Ich wusste nicht nur von den Kassetten, sondern ich wusste auch, dass Halldór ihnen damit gedroht hatte. Danni hat mich gebeten, auf dich aufzupassen. Heute Nacht war ich in der Nähe, als dieser Kerl auf ziemlich ungeschickte Weise in deine Wohnung eingebrochen ist. Ich habe ihn sichergestellt.«

»Und wer war das?«

»Ich habe noch keine Zeit gehabt, ihn danach zu fragen. Ich habe ihn in Verwahrsam, bis er uns von Nutzen sein kann.«

»Und Sigmar? Wusste er immer über dich Bescheid?«

»Nicht nur er, sondern auch deine Mutter, Pálmi. Sie wusste, wer sich in der Klinik um Danni kümmerte, aber sie hat mich nie darauf angesprochen und mir keine Fragen gestellt. Du konntest dich natürlich nicht an mich erinnern. Sigmar war ziemlich elend dran, und ich habe geahnt, dass die Polizei sich ihn schnappen würde, wenn sie anfingen, in der Vergangenheit zu graben. Wir haben seine Aussage genau vorprogrammiert. Hat er euch erzählt, wie ich mein Auge verloren habe? Das war diese Bande, aber ich habe nie rauskriegen können, wer es war, der damals den Pfeil auf mich abgefeuert hat.«

»Du hast Sigmar erzählt, was Halldór auf den Kassetten gesagt hatte.«

»Er wusste, wie alles zusammenhing.«

»Sigmar hat dich bei Daníels Beerdigung gesehen. Ist er deswegen weggerannt?«

»Er hat dir das gesagt, was du wissen musstest, um dich bei der Stange zu halten. Das hatten wir abgesprochen.«

»Sigmar hat sich im Untersuchungsgefängnis erhängt.«
»Ja, ich weiß. So, wie die Dinge standen, hat es mich nicht überrascht. Sigmar hat es am längsten ausgehalten, aber die Jungs hatten nicht die geringste Chance im Leben. Sie sind einfach kaputtgemacht worden. Das kann man nicht anders ausdrücken.«
»Hast du gewusst, dass Daníel sich umbringen wollte?«
»Danni war in miserabler Verfassung. Er hatte keine Zukunft und auch keine Vergangenheit. Als ich ihn zum letzten Mal traf, hat er gesagt, dass er am Ende war. Und nachdem er sich angehört hatte, was Halldór ihm sagen wollte, schien er überhaupt keinen Sinn mehr im Leben zu sehen. Es war ein Zufall, dass er um die gleiche Zeit in den Tod sprang, als Halldór starb. In gewissem Sinne trauere ich Danni nach, aber ich verstehe ihn vollkommen.«
»Und was jetzt? Was sollen wir mit diesen Kassetten machen?«
»Die kriegen selbstverständlich deine Freunde bei der Kriminalpolizei. Es wird höchste Zeit, dass sie Informationen über Fentiaz und den Besitzer Sævar Kreutz bekommen.«

Fünfunddreißig

Kiddi Kolke saß im schummrigen Licht auf seinem Stuhl. Pálmi hatte sich wieder etwas gefangen und machte Tee, den er in zwei großen Bechern aus der Küche hereintrug. Jetzt saßen sie einander gegenüber und wärmten sich die Hände an den heißen Tassen.

»Aggi war der Erste«, sagte Kiddi Kolke. »Er bewahrte die Pillengläser auf, die sie Halldór geklaut hatten, aber er hat zu viel davon genommen. Ein paar Tage nachdem Danni Halldór entwischt war, haben wir auf einer Wiese Fußball gespielt. Wir sechs traten immer gemeinsam in einer Mannschaft gegen andere Jungs aus dem Viertel an. Meist waren wir noch nicht einmal außer Puste, als die anderen schon japsend am Boden lagen. Aggi war der Beste in unserer Mannschaft, der war nicht kleinzukriegen. Die Leute redeten darüber, dass sie noch nie einen so schönen Sommer erlebt hätten, jeden Tag Sonne. Da, wo wir spielten, war der Boden völlig zertrampelt. Als Tore hatten wir ein paar Stangen in die Erde gerammt. Wir haben schnell gelernt, niedrige und scharfe Pässe zu spielen und knallhart zu verwandeln.

Als wir schließlich keine Lust mehr hatten, Fußball zu spielen, legten wir uns bei einem kleinen Tümpel ganz in der Nähe hin und schlürften etwas von dem Wasser, das an einer Stelle einigermaßen klar und sauber war. Morgens hatte es einen heftigen Schauer gegeben, und dadurch war der Tümpel größer als sonst. Mittendrin war ein Steinklotz, den man aus irgendeiner Baugrube geholt und da aufgetürmt hatte. Aggi saß oben auf dem Stein und ließ die Füße ins Wasser baumeln. ›Fühlt mal mein Herz‹, sagte Danni. ›Bestimmt ne Million Schläge pro Minute.‹

Wir fühlten gegenseitig, wie unsere Herzen klopften. Ich steckte mir eine Zigarette an und ließ sie die Runde drehen. Ich zündete noch eine an. Wir hatten alle im Frühjahr angefangen zu rauchen, um die gleiche Zeit ging es auch mit dem Alkohol los. An Schnaps und Zigaretten war zu Hause bei uns leicht ranzukommen, und im Handumdrehn waren die Jungs dem Alkohol verfallen. Es fing natürlich harmlos an, aber die Mengen, die sie konsumierten, steigerten sich rasch.

Daníel hatte uns alles über seine Begegnung mit Halldór erzählt, bereute es aber hinterher. Dein Bruder hatte das Gefühl, dass Halldór ein Mann war, über den man nicht lachen durfte, das fand er unpassend. Und außerdem war er sich nicht ganz im Klaren über seine Gefühle gegenüber Halldór. Er fand ihn zwar widerwärtig, hatte aber gleichzeitig auch Mitleid mit ihm. Am liebsten hätte er den Mann und alles, was mit ihm zusammenhing, so schnell wie möglich vergessen, aber wir haben ihn ständig daran erinnert, wie er halb nackt aus dem Haus gerannt kam. Wir wollten die Story immer wieder hören. ›So ein perverser Typ‹, sagten wir und lachten wie die Idioten. ›Was für ein Arschloch‹, sagte Skari Skandal. ›Man hat überhaupt nichts davon gemerkt, als er uns unterrichtete.‹

Danni wollte nicht mehr über Halldór reden, und irgendjemand schlug vor, ins Kino zu gehen. Aggi tat so, als hätte er ein Maschinengewehr in der Hand, und ballerte auf den Feind los. ›Ja, los, lass uns einen Kriegsfilm angucken.‹ Und dann traf ihn selber ein Schuss und er fiel tot um. Das glaubten wir zumindest.

Wir haben später oft darüber gesprochen, wie Aggi gestor-

ben ist, und das war immer so, als würden wir einen berühmten Film angucken, in dem Aggi aus unerfindlichen Gründen die Hauptrolle spielte und da oben auf dem Stein einen glorreichen Heldentod starb.
Manchmal lief der Film langsam ab, und wir sahen, wie er sich an die Brust fasste und sich zusammenkrümmte. Sein Gesicht verzerrte sich, so, als würde er tatsächlich sterben. Aber er konnte doch nicht sterben, er war ja gerade erst dreizehn Jahre alt geworden, und mit dreizehn stirbt man nicht. Deswegen spielte er nur in einem Film mit, einem Stummfilm, der in Zeitlupe abgespult wurde.
Aggi griff sich an die Brust, beugte sich vor und starrte uns fassunglos an, und dann stürzte er vom Stein runter in den Tümpel. Da wir noch nie eine so eindrucksvolle Sterbeszene gesehen hatten, schrien und klatschten wir heftig Beifall, als er in dem gelben Tümpel lag und sich nicht mehr rührte. Es verging eine ganze Zeit, bis die Begeisterungsschreie verebbten. Wir riefen Aggi zu, es würde nun reichen, aber der reagierte nicht, sondern lag regungslos auf dem Bauch im Wasser. Schließlich wateten Danni und ich zu ihm hin, drehten ihn um, und dann merkten wir, dass hier etwas schief gelaufen war. Er starrte uns mit offenen Augen an, aus denen das dreckige Wasser lief.
Wir zogen ihn aufs Trockene, legten ihn auf den Boden und standen um ihn herum. Keiner von uns wusste, was da abgelaufen war. Wir glaubten immer noch daran, dass er jetzt mit der Schauspielerei aufhören und aufstehen und uns eine Grimasse schneiden würde. Aber nichts dergleichen geschah, Aggi lag im Gras bei dem Tümpel, starrte zum wolkenlosen Himmel hinauf und rührte sich nicht.
›Ist er tot?‹, stöhnte Danni endlich und fing an zu heulen. ›Wie konnte das passieren?‹
Danni und ich fuhren im Krankenwagen mit und standen auf dem Korridor im Krankenhaus, als Aggis Mutter kam.

Sie konnte gar nicht fassen, was passiert war. ›Was für ein verdammter Schwachsinn! Wie kann mein Kind an einem Herzanfall sterben? Du hast sie wohl nicht alle‹, sagte sie zu dem Arzt. ›Agnars Herz ist völlig in Ordnung gewesen. Komm mir bloß nicht mit so einem dummen Geschwätz von wegen Herzversagen‹, erklärte sie.
Ich glaube, Aggi ist obduziert worden, aber wir haben nie erfahren, was dabei herausgekommen ist. Sein Tod war für alle ein komplettes Rätsel. Und nur knapp eine Woche nach seiner Beerdigung kam die Nachricht von Gísli, der zu Verwandten aufs Land gefahren war. Er hatte angeblich die Kontrolle über einen Traktor verloren und war vom Weg abgekommen. Der Traktor hatte Gísli unter sich begraben, und man ging davon aus, dass er auf der Stelle tot gewesen ist. Damals ließ man ohne Bedenken Kinder auf Treckern herumfahren, die keinerlei Sicherheitsvorkehrungen hatten.«
»Er ist natürlich nicht obduziert worden«, sagte Kiddi Kolke. »Wenn das gemacht worden wäre, hätten die Ärzte bestimmt herausgefunden, dass er schon tot war, als der Traktor ihn unter sich begrub. Davon bin ich überzeugt. Es war bestimmt die gleiche Todesursache wie bei Aggi.«
»Sævar Kreutz«, sagte Pálmi, der Name klang ihm in den Ohren. »Sævar Kreutz.«
»Den Kerl schnappen wir uns. Wir schleichen uns in seine Festung ein und räuchern ihn aus«, sagte Kiddi Kolke.

Sechsunddreißig

»Seid ihr allen Ernstes der Meinung, dass Sævar Kreutz etwas mit diesem Fall zu tun hat?«

Erlendur und Sigurður Óli saßen im Büro des Polizeidirektors. Die Miene des Bosses hatte sich im Laufe des Gesprächs etliche Male verzerrt, während sie detailliert über den Stand der Ermittlung berichteten und erzählten, dass die Zeugenaussagen von Sigmar und Guðrún Klemenzdóttir darin übereinstimmten, dass Sævar Kreutz der Drahtzieher war. Ihnen war klar, wie unwahrscheinlich das alles klang, aber das waren die Ergebnisse, die ihnen vorlagen. Wenn sämtliche Fäden in der Ermittlung bei Sævar Kreutz zusammenliefen, mussten sie sich dringend mit ihm unterhalten. Zufälligerweise war er sogar gerade in Island, und sie hatten vor, ihm einen Besuch abzustatten. Der Polizeidirektor war korpulent, und die Lücken zwischen seinen Zähnen erinnerten Erlendur an ein kleines Schweinchen. Angeblich ist man ja das, was man isst, fiel ihm ein, und wenn das stimmt, dann liebt dieser Mann Schweinefleisch. Erlendur nannte ihn immer den Besprechungstiger, weil bei ihm alles in Besprechungen ausartete. Der Polizeichef war im Laufe des Gesprächs immer unruhiger geworden, und auf seiner Oberlippe perlten kleine Schweißtropfen. Erlendur und Sigurður Óli war das Foto auf seinem Schreibtisch bestens bekannt. Es zeigte ihn, wie er dem Premierminister die Hand schüttelte, von dem es wiederum hieß, er sei einer der wenigen privaten Bekannten von Sævar Kreutz.

»Aber dieser Fall dreht sich doch gar nicht um eine Sonderklasse, die sich vor dreißig Jahren oder so gedopt hat oder gedopt wurde. Es geht hier doch um einen ganz klaren Fall von Brandstiftung und Mord. Meiner Ansicht nach solltet ihr diesen Aspekt in den Mittelpunkt stellen. Wir sind in erster Linie hinter dem Mörder von Halldór her, und ihr hängt euch da ganz schön weit aus dem Fenster, wenn ihr Sævar Kreutz da reinziehen wollt. Ich kann absolut nicht sehen, dass er irgendwas mit dieser Sache zu tun hat.«

»Welche Gewissheit hast du dafür?«, fragte Erlendur vorsichtig. Die Verbindungen zwischen den isländischen Privilegierten und ihre heißen Drähte zu den Regierungsstellen waren intensiv und liefen über viele Schienen.

»Es muss euch doch selber klar sein, wie weit das hergeholt ist. Warum sollte ein Mann wie Sævar, der zudem sowieso kaum mehr was mit Island am Hut hat, hinter einem Mord an einem pensionierten Lehrer stecken? Das Einzige, was ihr in den Händen habt, sind die Aussagen eines Junkies und irgendeiner alten Schachtel, die behauptet, Kindern heimlich Blutproben entnommen zu haben. Findet ihr das nicht reichlich dünn? Ich sage euch, ich habe mit dem Premierminister darüber gesprochen, und er ist äußerst besorgt über die Richtung, die diese Ermittlung zu nehmen scheint.«

»Wenn das wirklich so dünn ist, wieso mischt sich dann der Premierminister da ein?«

»Es ist sein gutes Recht, sich über den Gang der Ermittlungen zu informieren.«

»Aha, der Herr Premierminister wird also auf dem Laufenden gehalten. Darf man vielleicht fragen, seit wann?«, fragte Erlendur.

»Seit wann?« Der Polizeidirektor war sprachlos. »Was spielt denn das für eine verdammte Rolle? Er ist besorgt wegen dieser Ermittlungen, und das kann ich gut verstehen.«

»Dann können wir also davon ausgehen, dass auch Sævar Kreutz das eine oder andere über den Gang der Ermittlung weiß?«, fragte Erlendur und warf Sigurður Óli einen Blick zu.

»Willst du damit andeuten, dass der Premierminister nicht imstande ist, mit vertraulichen Informationen umzugehen?« Der Polizeidirektor war sichtlich wütend.

»Ich deute gar nichts an«, sagte Erlendur. »Uns liegt die Aussage eines Mannes vor, die besagt, dass ihm und seinen Kameraden in der Schule irgendein Präparat verabreicht wurde, das überaus negative Auswirkungen gehabt hat, wie sich nach und nach herausstellte, um es milde auszudrücken. Uns liegen diese Aussagen und sämtliche ärztlichen und polizeilichen Berichte vor, die Auskunft über das Schicksal dieser Jungen geben. Wir haben die Aussage einer intelligenten Frau, die zugibt, seinerzeit an den Experimenten mit diesen Jungen teilgenommen und Blutproben an die Schwester von Sævar Kreutz abgeliefert zu haben. Sævar Kreutz ist der vermutlich größte Pharmaproduzent in Island. Meiner Meinung nach besteht hinreichend Anlass, dem Mann ein paar Fragen zu stellen. Er ist nicht häufig in Island anzutreffen, weil er sich seit nunmehr fast zwanzig Jahren höchstens ein paar Wochen pro Jahr hierzulande aufhält, aber jetzt ist er tatsächlich hier, und wir können diese Gelegenheit nicht verstreichen lassen. Er kann uns dann ja mit lammfrommer Miene selber sagen, was für ein hirnrissiger Quatsch das Ganze ist.«

»Woher wisst ihr, dass er in Island ist?«

»Er ist vor etwa zehn Tagen eingetroffen, und uns ist nichts darüber bekannt, dass er das Land wieder verlassen hat. Über seine Unternehmungen hierzulande weiß man nur sehr wenig, er könnte sich deswegen das ganze Jahr über in seiner Festung abschotten, ohne dass irgendjemand davon erfährt.«

»Ihr werdet mit äußerster Diskretion vorgehen«, erklärte der Polizeidirektor, während er die Luft durch die Zähne einsog.
Erlendur und Sigurður Óli verabschiedeten sich. Es war kurz vor dem Abendessen und zu spät, um Sævar Kreutz jetzt noch zu belästigen. Sie würden am nächsten Tag bei ihm vorstellig werden. Sie hatten tagsüber die Zeit genutzt und sich genau über diesen Mann informiert. Er war deutscher Abstammung. Sein Urgroßvater war Karl Kreutz, der Anfang des neunzehnten Jahrhunderts von Hamburg aus nach Island ausgewandert war und in Reykjavík ein Geschäft gegründet hatte. Er hatte außerdem die Vertretung für deutsche Fischereifahrzeuge gehabt, von denen es auf den Fischbänken rings um Island wimmelte. Die Kreutz-Familie kam zu Geld, denn dieser Karl war genauso umsichtig wie geizig. Als er 1870 starb, hinterließ er ein blühendes Unternehmen. Seine beiden älteren Söhne kamen auf dem Meer ums Leben, aber sein jüngster Sohn Hans übernahm nach seinem Tod das Geschäft, das er bis zur Jahrhundertwende mit eiserner Hand leitete. Er brachte es zu einer angesehenen Position als Reeder. Vor allem eine seiner Geschäftsideen sollte später blühen und gedeihen: Er hatte eine Apotheke gegründet, und später kam in Zusammenarbeit mit der Kreutz-Familie, der eines der führenden Pharmazieunternehmen in Deutschland gehörte, die Herstellung von Arzneimitteln hinzu. Sein Sohn wurde Gunnar getauft, und er nannte sich nach seinem Vater Hansson, sehr zum Leidwesen der Kreutz-Familie in Deutschland. Er hatte kaum Interesse am Fischfang, aber umso mehr an der Herstellung von pharmazeutischen Produkten. Er konzentrierte seine Kräfte in erster Linie darauf, das Pharma-Unternehmen so lange zu vergrößern, bis es mehr oder weniger eine Monopolstellung in Island hatte. Dieser Gunnar brach Anfang der fünfziger Jahre

die Verbindung zu seinen deutschen Verwandten ab, weil sie wie so viele andere Unternehmer den Nazis etwas zu nahe gestanden hatten. Nach dem Zweiten Weltkrieg kam nämlich ziemlich bald das Gerücht auf, dass das deutsche Unternehmen an der Entwicklung und Produktion von Giftgas beteiligt gewesen war. Außerdem gab es Anschuldigungen von ehemaligen KZ-Insassen, die den Holocaust überlebt hatten, dass Mitarbeiter der Firma Kreutz in den KZs Versuche mit Medikamenten durchgeführt hatten. Gegen den Willen seines Vaters nahm Sævar Kreutz die Zusammenarbeit mit der deutschen Firma wieder auf, mit deren Unterstützung er sein eigenes Unternehmen gründete, nämlich Fentíaz. Die Firma war seit 1958 eingetragen und spezialisierte sich in Zusammenarbeit mit dem deutschen Partner auf die Entwicklung von Psychopharmaka. Sævar hatte in den sechziger Jahren großen Erfolg mit der Produktion von Amphetaminen, deren Nebenwirkungen allerdings damals unbekannt waren. An Amphetamin war früher leicht heranzukommen, es wurde sogar ganz normal als Aufputschmittel verwendet. Viele nannten es die Urlaubsdroge. Um das Jahr 1970 wandte sich die Firma Fentíaz anderen Aufgabenbereichen zu, über die es wenig Informationen gab, aber allem Anschein nach kam es zu einer engeren Zusammenarbeit mit dem Kreutz'schen Pharma-Konzern in Deutschland in Bezug auf künstliche Befruchtung. Sævar selbst zog es vor, ganz im Hintergrund zu bleiben. Er brach mit der Kreutz'schen Tradition, eine Familie zu gründen. Er hatte nie geheiratet und besaß keine Kinder. Anfang der neunziger Jahre ließ Sævar sich ein monumentales Haus auf Kjalarnes errichten, eine mächtige Bastion, die von einem deutschen Ingenieurbüro entworfen worden war. Der Bau nahm zwei Jahre in Anspruch. In Hamburg besaß Sævar ebenfalls ein Haus, ebenso in Südfrankreich. Soweit man informiert war, hielt er sich kaum noch in Island auf, aber Genaues wusste man darüber nicht. Er war seit langem sozusagen untergetaucht. Bei der größten Tageszeitung gab es ein einziges Foto von ihm aus seinen jüngeren Jahren. Es war 1967 aufgenommen worden, als er zum Mann des Jahres im isländischen Wirtschaftsleben gewählt wurde.

Siebenunddreißig

Als Erlendur und Sigurður Óli am nächsten Morgen zur Hauptniederlassung des Fentíaz-Unternehmens kamen, wurden sie an den Geschäftsführer verwiesen, der sie in seinem geräumigen Büro in Empfang nahm. Nachdem sie gesagt hatten, um was es ging, erklärte er, dass Sævar Kreutz augenblicklich leider nicht im Lande sei, und er könne auch nicht sagen, wo er sich im Augenblick aufhalte. Er selbst habe keinerlei Verbindung zu Sævar, der sich überhaupt nicht um das Unternehmen und die Geschäftsführung kümmerte. Wenn es etwas zu besprechen gab, war Erik Faxell, die rechte Hand von Sævar Kreutz, zuständig.

»Uns liegen Informationen darüber vor, dass Sævar vor etwa zehn Tagen nach Island gekommen ist«, sagte Erlendur. »Dir ist nichts darüber bekannt?«

»Nein, ich habe geglaubt, er sei in Deutschland. Erik hält mich meistens darüber auf dem Laufenden, wo er sich gerade befindet.«

»Wo können wir diesen Erik denn erreichen?«

»Erik? Den erreichen Sie in seinem Büro in der Lækjargata«, sagte der Geschäftsführer, der ansonsten keinerlei Interesse an der Sache zu haben schien.

»Wen darf ich vorstellen?«, fragte ein junger Sekretär, der in seinem hellen und geräumigen Büro an der Lækjargata am Schreibtisch saß. Er schaute zu Erlendur und Sigurður Óli hoch. Der Sekretär war ein zierliches männliches Wesen, nicht älter als fünfundzwanzig Jahre.

»Wir sind von der Kriminalpolizei«, sagte Sigurður Óli. »Wir hätten gern mit Erik Faxell gesprochen.«

Der Sekretär taxierte sie zunächst mit neugierigen Augen von oben bis unten, stand dann auf und begab sich in das anliegende Büro. Als er wiederkam, folgte ihm ein gut gekleideter, eleganter Mann zwischen fünfzig und sechzig, der sie mit einem betont gewinnenden Lächeln in sein Zimmer führte. Er stellte sich als Erik Faxell vor. Er hatte ein goldenes Armband am Handgelenk und trug einen Bart, den er offenbar sorgfältig stutzte. Auf der Nase saß eine modische Designerbrille, das Haar war grau meliert.

Die Fenster seines Büros gingen auf die Lækjargata hinaus und schräg links sah man das Regierungsgebäude. Das Zimmer war mit einer teuren Ledergarnitur ausgestattet, und die Wände waren mit diversen Gemälden der bekanntesten isländischen Maler des 20. Jahrhunderts tapeziert. An einer Wand stand ein Glasschrank, in dem sich zahlreiche kleine Porzellanfiguren befanden. Der Boden bestand aus Marmor, und nirgends war ein Körnchen Staub zu sehen. Was für ein tolles Büro, dachte Sigurður Óli. Grauenvoll, dachte Erlendur und betrachtete den Glasschrank.

»Du kannst dir wahrscheinlich denken, weshalb wir hier sind?«, sagte Erlendur, nachdem sie Platz genommen hatten.

»Nein. Weshalb denn?«, fragte Erik zurück, ohne eine Miene zu verziehen.

»Wir müssen mit Sævar Kreutz sprechen, denn es besteht der Verdacht, dass er in irgendeiner Verbindung zu dem Mord an einem Lehrer hier in Reykjavík steht. Uns liegt sehr wenig vor, deswegen müssen wir allen Hinweisen nachgehen, und der Name Sævars fiel bei zwei Zeugenvernehmungen. Es handelt sich um eine ganz normale Routineuntersuchung. Wir müssen sehr sorgfältig vorgehen und dürfen uns keinerlei Nachlässigkeit vorwerfen lassen. Wir haben versucht, bei ihm zu Hause in Kjalarnes anzurufen, aber da scheint niemand zu sein.«

»Das klingt alles reichlich absurd«, erklärte Erik. »Sævar soll hier in Island mit einem Mord in Verbindung gebracht werden? Besonders, wo er doch kaum noch nach Island kommt. Obwohl ich seit bald dreißig Jahren einer seiner engsten Mitarbeiter bin, weiß ich selbst kaum über seine Reisen Bescheid. Ich werde der Sache nachgehen und feststellen, ob er hier ist und ob er bereit ist, euch zu empfangen.«

»Die Sache drängt, und wir müssen diese Informationen so schnell wie möglich bekommen«, sagte Erlendur, »deswegen können wir allerhöchstens bis Mittag warten. Falls er nicht im Lande ist, fürchte ich, dass wir nach Deutschland fliegen und mit der deutschen Kriminalpolizei zusammenarbeiten müssen. Es ist außerordentlich wichtig, dass wir uns mit ihm unterhalten.«

»Ich werde sehen, was ich tun kann«, sagte Erik und stand auf. »Ich gebe euch Bescheid, wenn ich mehr Informationen habe.«

Sie gingen hinaus. Auf dem Weg zum Auto gab Erlendur Sigurður Óli die Anweisung, zum Stadtplanungsamt zu fahren und sich dort Kopien der Pläne von Sævars Haus zu besorgen. Während Sigurður Óli dies in Angriff nahm, rief Erlendur beim Verband der Bauunternehmer an und erhielt den Bescheid, dass keine isländischen Unternehmer, Architekten oder andere Fachleute irgendetwas mit dem Bau des Hauses auf Kjalarnes zu tun gehabt hatten.

In Erlendurs Tasche klingelte das Telefon, Elínborg war am Apparat. Der Polizei waren drei Kassetten in einem

Umschlag zugeleitet worden, und es hatte sich herausgestellt, dass sie Aufzeichnungen von Halldórs Gesprächen mit diesem Daníel enthielten, der in der psychiatrischen Klinik Selbstmord begangen hatte. Man wollte mit dem Abspielen warten, bis Erlendur und Sigurður Óli wieder im Haus waren.

Achtunddreißig

Er gab keinen Ton von sich. Es war der Morgen, nachdem Kiddi Kolke sich Pálmi gegenüber zu erkennen gegeben hatte. Sie hatten versucht, den nächtlichen Einbrecher dazu zu bewegen, seinen Namen zu nennen und zu sagen, für wen er arbeitete und wer denn so ein Interesse an den Kassetten hätte. Wieder und wieder hatten sie gefragt, aber der Mann schwieg stur. Pálmi hatte blaue Flecken am Hals von seinen Pranken. Kiddi Kolke hatte ihn eher zufällig als absichtlich k.o. geschlagen. Weil er nicht wusste, was er mit ihm machen sollte, hatte er ihn bewusstlos zum Auto getragen und war mit ihm zu sich nach Hause gefahren.

Der Mann saß gefesselt auf einem Stuhl in einer kleinen Abstellkammer, die Kiddi Kolke im Keller zur Verfügung stand. Außer ihm kam niemand dorthin. Über dem Kopf des Mannes baumelte eine nackte Glühbirne. Er hatte keine Ahnung, wo er sich befand, Kiddi Kolke hatte er nie zuvor gesehen, aber Pálmi kannte er, weil er ihm auf den Fersen gewesen war. Er schaute sie abwechselnd mit zusammengekniffenen Lippen an und brüllte plötzlich:

»Ihr könnt mich hier nicht festhalten, ihr verdammten Kidnapper!«

»Ach, du musst vielleicht zu einem Termin? Oder zu einer Tagung? Du wirst vielleicht irgendwo erwartet? Bist womöglich zum Essen eingeladen?«

Der Mann schwieg und warf Kiddi Kolke grimmige Blicke zu.

»Sollten wir ihn nicht Erlendur überlassen?«, fragte Pálmi, und Kiddi Kolke nickte zustimmend.

»Vielleicht kriegt der ja was aus ihm raus. Wenn wir ihn ausliefern, wäre er natürlich ein echter Fall für die Polizei, dann muss er angezeigt werden, er wird verklagt und kriegt den Prozess gemacht, und dann muss er in den Bau. Vielleicht ist er ja auch kein Unbekannter bei der Polizei, die haben da womöglich auch ein Hühnchen mit ihm zu rupfen, da würde er aber ganz schön in der Patsche sitzen.«

»Du meinst, er könnte sich diese Unannehmlichkeiten ersparen, indem er uns das erzählt, was wir wissen wollen?«, warf Pálmi ein und betastete seinen Hals. »Ich kenne diesen Mann natürlich so gut wie gar nicht, und ich möchte ihm am liebsten nicht mehr begegnen müssen. Aber Helena ist vielleicht der Meinung, dass er hinter Schloss und Riegel gehört.«

»Also wenn er uns das sagt, was wir wissen wollen, kann er meinetwegen Leine ziehen, und die Angelegenheit ist aus der Welt«, erklärte Kiddi Kolke.

Der Mann sah von einem zum anderen und hatte den Mund bereits ein klein wenig geöffnet. Er wägte seine Optionen in dieser prekären Situation ab.

»Würdet ihr mich loslassen, wenn ich euch sage, was ich weiß? Viel ist es nicht.«

»Die Möglichkeit ist ganz und gar nicht auszuschließen«, erwiderte Kiddi Kolke. Pálmi überließ es weitgehend ihm, mit diesem Mann zu sprechen.

»Kennst du einen Mann namens Sævar Kreutz, und dann diesen anderen, diesen Erik Faxell?«

»Ich übernehme Spezialaufträge. Meistens geht es nur darum, bei irgendjemandem Geld einzutreiben. Man rückt da so einem Trottel auf die Bude, und plötzlich hat er massenhaft Geld. Ich habe diesen Job durch einen Dritten gekriegt, ich sollte bei so einer alten Oma da in Hafnarfjörður nach Kassetten suchen. Diese Kerle, von denen ihr redet, kenne ich gar nicht.«

»Die alte Oma heißt Helena«, warf Pálmi dazwischen und blickte den Mann mit gerunzelter Stirn an. »Sie ist eine Freundin von mir, und du hast sie beinahe umgebracht.«

»Du warst dann als Nächster an der Reihe, aber ich hatte keine Zeit, mit dir über die Kassetten zu reden, weil dein Freund mich aus dem Verkehr gezogen hat«, sagte der Mann und befühlte seinen Nacken.

»Hat Sævar Kreutz dich um diesen Gefallen gebeten?«, fragte Kiddi Kolke.

»Wie ich euch gesagt hab, da ruft irgend so'n Typ bei mir an und knallt den Hörer dann auf. Die Kohle soll auf mein Konto eingezahlt werden, ich weiß nicht, von wem, aber was der sagt, ist immer in Ordnung gegangen.«

»Rufst du ihn an?«

»Nein.«

»Wie solltest du dich mit ihm in Verbindung setzen, falls du die Kassetten gefunden hättest?«

»Ich sollte sie zu einer bestimmten Zeit an einem bestimmten Ort hinterlassen, und dann die Biege machen.«

»Dazu haben wir keine Zeit. Wer ist dieser Dritte?«

Der Mann schwieg.

»Wie war noch die Nummer von Erlendur bei der Kripo, Pálmi?«

Neununddreißig

Pálmi begab sich für ein paar Stunden in die Nationalbibliothek, während Kiddi Kolke den Mann bewachte. Sie wollten ihn nicht sofort freilassen, denn er sollte keine Zeit haben, sich mit Erik Faxell in Verbindung zu setzen. Er würde also noch etwas länger in Kiddis Abstellkammer hocken bleiben müssen. Er bäumte sich nach Kräften auf und versuchte, sich von den Fesseln zu befreien, aber die waren fest geschnürt und gaben nicht nach. In der Nacht versuchte er einmal, sich gegen die Tür zu werfen, aber das brachte ihm nur eine Beule am Kopf ein. Jetzt war er wieder ruhiger. Er bat um eine Zigarette, aber Kiddi Kolke erklärte ihm, Rauchen sei gefährlich, davon würde man Krebs kriegen. Das wolle er nicht auf dem Gewissen haben.

Der Name Sævar Kreutz hatte Erinnerungen in Pálmi wachgerufen, er erinnerte sich dunkel an Artikel über ihn, die vor vielen Jahren in den Zeitungen erschienen waren. Pálmi hatte auf der Suche nach Quellen- und Dokumentationsmaterial früher oft alte Zeitungen und Zeitschriften durchgeblättert, und sich das notiert, was er interessant fand – mit dem Hintergedanken, sich später besser mit dem Material vertraut zu machen. An manches konnte er sich erinnern, obwohl es gar nichts eingebracht hatte, beispielsweise an Sævar Kreutz.

Pálmi fühlte sich nirgends wohler als in einer Bibliothek. In der früheren Nationalbibliothek an der Hverfisgata, wo er besonders gern gewesen war, konnte er tagelang sit-

zen, ohne im eigentlichen Sinne etwas zu machen. Aus purer Neugierde schmökerte er in alten Zeitschriften und dicken Büchern. Es gab diverse andere Stammkunden, aber er war sicherlich der jüngste. Manchmal betrachtete er die anderen Bibliotheksbesucher und stellte sich vor, wie er im Alter genauso dort sitzen würde, in abgewetztem Anzug und ausgetretenen Schuhen; er würde alte Wälzer mit einer Lupe in Augenschein nehmen und etwas in ein Notizbüchlein kritzeln, der Himmel mochte wissen, was. Vielleicht war er jetzt schon so. Er fühlte sich wohl auf diesen großen geschnitzten Stühlen mit der lederbezogenen grünen Tischplatte vor sich, eingehüllt in Schweigen. Manchmal, wenn es ihm nicht gut ging, kam es ihm so vor, als würde ihn dieses schöne Gebäude mit seinen dicken, alten Wänden und diesem Geruch der Jahrhunderte schützend umgeben. Wenn er es betrat, schlossen die Türen den Lärm von draußen aus, und er tauchte ein in die Sicherheit dessen, was vergangen und weit weg war. Die Vergangenheit stellte keine Bedrohung für ihn dar – bis jetzt.
Aber auch in dem neuen Gebäude beim Nationalmuseum, das sowohl die Universitätsbibliothek als auch die Nationalbibliothek beherbergte, fühlte er sich sofort wohl. Er verspürte dort dasselbe Gefühl der Geborgenheit im Vergangenen, mit dem einen Unterschied, dass dort sehr viel mehr Leute unterwegs waren, vor allem vor Weihnachten und im Mai, wenn die Prüfungen an der Universität stattfanden. Zu solchen Zeiten ließ sich Pálmi selten dort blicken, aber wenn es wieder ruhiger wurde, kehrte er zurück und vergaß beim Schmökern in alten, vergilbten Schwarten alles um sich herum. Im Vergleich zu dem alten Gebäude aus der dänischen Zeit war die neue Bibliothek ein Riesenkasten, aber der Geist in diesem Haus war derselbe.
Pálmi begann damit, Sævar Kreutz' Namen in der Datenbank nachzuschlagen, die sämtliche Buchtitel der Biblio-

thek und die Suchkategorien für die Zeitschriften enthielt. Dort war er nicht zu finden. Auch in den Kurzbiographien bekannter Isländer tauchte er nicht auf. Pálmi ließ sich Mikrofiches mit alten Zeitungen und Zeitschriften bringen. Er konnte sich an ein ausführliches Interview mit Sævar Kreutz erinnern, als er 1967 zum ›Mann des Jahres‹ der isländischen Wirtschaft ernannt wurde, im gleichen Jahr also, als das Experiment mit Daníel und seinen Freunden stattgefunden hatte. Er fand das Interview in *Morgunblaðið*, eine ganze Seite. Ein Foto zeigte den hochgewachsenen Sævar Kreutz – bestimmt nicht unter zwei Metern, dachte Pálmi. Er trug Anzug und Krawatte, das Haar war aus der enorm hohen Stirn zurückgekämmt. Sævar Kreutz hatte kein Lächeln für die Kamera übrig.

In dem Interview wurden in aller Ausführlichkeit sein Hintergrund und seine Familie ausgeleuchtet, es ging um den Aufstieg seines Unternehmens, um die Betriebsführung und Gewinnspannen, alles in ziemlich trockenem und geschäftsmäßigem Ton. Pálmi suchte in anderen Zeitungen und Zeitschriften und fand ein weiteres Interview im Wochenmagazin *Vikan*. Pálmi hatte früher einmal als Zeitungsjunge dieses Wochenblatt zu verkaufen versucht, war von Haus zu Haus gegangen, treppauf, treppab, aber niemand wollte es kaufen. Dieses Interview war genau im gleichen Stil, rein geschäftsmäßig, nichts Persönliches. ›Wir stehen gerade erst am Anfang, die Bedeutung der Pharmaindustrie zu entdecken‹, erklärte Sævar Kreutz, ›und ich bin mir sicher, dass die Menschheit in Zukunft Medikamente gegen alle Krankheiten finden und sie damit aus der Welt schaffen wird.‹ Dann das übliche Geschwafel in Interviews, Fortsetzung auf Seite 31. Pálmi verspürte keine Lust, weiterzulesen.

Er ging die Mikrofiches schnell und gezielt durch, fand aber nichts von Belang und stand kurz davor, aufzugeben, als er doch noch einmal die Seite 31 in *Vikan* aufschlug. Das Ende des Interviews mit Sævar Kreutz umfasste nur eine kleine Passage. ›Die wissenschaftliche Forschung macht gigantische Fortschritte‹, erklärte Sævar Kreutz, ›und was die Zukunft betrifft, ich sehe da enorm viele und spannende Möglichkeiten.‹ Als er nach seinen Forschungserfolgen gefragt wurde, schien er kein Interesse daran zu haben, sich dazu zu äußern. ›Die Entdeckungen, die bis jetzt schon in diesem Jahrhundert von den Wissenschaftlern gemacht wurden, sind von unerhörter Bedeutung für die zukünftigen Generationen‹, erklärte er. ›Einiges ist aus meiner Sicht bedeutender als alles andere. Ich glaube, wenn man später einmal auf das zwanzigste Jahrhundert zurückblicken wird, dürfte keine Entdeckung bedeutender sein als diejenige von James Watson und Francis Crick, Sie haben sicher davon gehört‹, wandte er sich direkt an den Reporter. ›Die beiden haben unsere sämtlichen Vorstellungen von der Zukunft der Menschheit revolutioniert.‹ Das Interview endete mit diesen Worten, die nicht weiter erklärt wurden. Was für ein schlampiger Journalismus, dachte Pálmi. Wussten wirklich alle, wer Watson und Crick waren?

Watson und Crick? Pálmi gingen diese Namen nicht aus dem Kopf. Es kam ihm so vor, als hätte er sie doch schon einmal gehört. Wissenschaftler. Waren sie die Ersten, die …?

Er sprang hoch, schnappte sich die Enzyclopædia Britannica und schlug unter Crick auf. Sein Verdacht bestätigte sich. Er versenkte sich in die Enzyklopädie und beschaffte sich anschließend weitere biologische und medizinische Nachschlagewerke und vertiefte sich in seine Lektüre.

Vierzig

Die Aale im Rhein.
Sævar Kreutz dachte oft an die Aale im Rhein.
Das war vor ein paar Jahren passiert. Er und andere Führungskräfte des Kreutz-Konzerns waren gerade vom Lachsangeln in Island wieder nach Deutschland zurückgekehrt. Er hatte dazu eingeladen, und erwartungsgemäß ließen sich die Gäste von der Insel und ihrer Geschichte faszinieren. Deutsche hatten generell großes Interesse an Island, seiner Kultur und Literatur und diesem nordischen Völkchen, das sich da angeblich im Nordatlantik gehalten hatte. Er zeigte ihnen abgelegene Orte in Westisland, wo man möglicherweise geeignetes Bauland für den Konzern finden könnte. Später nahmen die deutschen Partner aber wieder Abstand von dem Gedanken, in Island zu bauen. Zumindest nicht im Augenblick.
Kurz nachdem sie wieder in Deutschland waren, kamen die ersten Nachrichten von den Aalen im Rhein, und ausgerechnet bei der Loreley, dachte Sævar Kreutz. Die industrielle Verschmutzung des Flusses hatte damals so überhand genommen, dass die Aale an Land gingen, um Sauerstoff zu bekommen. Sie hielten es nicht länger in der ekelhaften Dreckbrühe mit all den Giftstoffen der Industrie aus. In dem historisch bedeutenden und schönen Strom war alles Leben abgestorben. Kranke und tote Fische trieben an Land. Die Aale hielten sich am Leben, indem sie sich Sauerstoff aus der Luft holten, sie kamen aus dem Wasser, um zu atmen.

Widernatürlich, dachte Sævar Kreutz und streichelte dem Jungen über den Kopf. Er hatte ein ganz spezielles Interesse an Nachrichten über abweichendes Tierverhalten, das auf den Umgang des Menschen mit der Natur zurückzuführen war. Fasziniert las er Meldungen über Schildkröten, die auf den Galapagosinseln an Land gingen, um ihre Eier abzulegen, aber statt wieder ins Meer zurückzukehren, krochen sie weiter ins Land, wo sie den Angriffen der Vögel ausgesetzt waren; er las über Hyänen in Afrika, die in menschliche Siedlungen einfielen; er las über Singschwäne in Island, die Schafe angriffen und töteten. Solche Nachrichten sammelte er.
Sævar Kreutz saß in seinem Arbeitszimmer und der ältere Junge stand neben ihm. Der jüngere spielte vor ihnen auf dem Fußboden. Auf Island fühlte er sich wohl mit ihnen, und er nahm sie mit dorthin, wann immer sich die Möglichkeit bot. Es konnte riskant sein, mit ihnen zu reisen, vor allem mit dem älteren, aber er ließ sich nicht dadurch abschrecken. In Island waren sie zu Hause. Eines Tages würde er ihnen sagen, wie alles zusammenhing. Aber die Zeit war noch nicht reif dafür. Noch nicht. Sie würden es in absehbarer Zeit zu wissen bekommen, und er fürchtete sich nicht vor ihrer Reaktion. Er fürchtete sich nicht vor der Zukunft oder vor dem Urteil der Geschichte. Er freute sich darauf, von seinen Großtaten berichten zu können.
Sævar Kreutz widerstrebte es, die Jungen zur Schau zu stellen, und ihm war nicht wohl bei dem Gedanken an den Besuch der Koreaner. Doch von Anfang an hatte er vorgehabt, gemeinsam mit den deutschen Partnern ins Geschäft zu kommen, und jetzt würde er keinen Rückzieher mehr machen können. Dazu gab es auch gar keinen Grund. Die Welt würde zwar eine Weile dazu brauchen, um diesen Beitrag zur Wissenschaft würdigen zu können, aber er war davon überzeugt, dass er mit der Zeit als Revolution ohnegleichen gefeiert werden würde.

Er würde Vorkehrungen treffen müssen, um unter Umständen Hals über Kopf mit den Jungen das Land verlassen zu können. Die Polizei war bei ihren Nachforschungen auf ihn gestoßen, und wahrscheinlich war es nur noch eine Frage der Zeit, wann sie nach Kjalarnes kamen. Bevor es dazu kam, musste er bereits außer Landes sein. Vielleicht würde er nie wieder nach Island zurückkehren. Damit musste man sich abfinden. Er betrachtete sich kaum noch als Isländer, falls er denn überhaupt je einer gewesen war. Das Land fand er schön und seine Geschichte bedeutsam, aber die Menschen waren nicht nach seinem Geschmack.

»Sie verstehen so etwas nicht«, sagte er laut zu sich selber, »diese einfältigen Provinzler, die sich einbilden, die Welt zu kennen.« Sævar Kreutz bereute nichts von dem, was er gemacht hatte, als er seine Experimente mit Medikamenten durchführte. Er hatte sich nie die Schuld daran gegeben, wie es den Jungen in der Víðigerði-Schule ergangen war. Was er getan hatte, war zum Wohle der Allgemeinheit. Falls es Opfer gekostet hatte, war daran nichts zu ändern. Was war nicht alles im Interesse der Wissenschaften geopfert worden?

Sein Vater hätte das nie verstanden. Ein drittklassiger Pharmazeut, dem ein blühendes Unternehmen und profitable Verbindungen zum deutschen Konzern überantwortet wurden, das auf dieser kleinen Insel zu einer Großmacht hätte werden können. Das hatte er wegen irgendwelcher Lügenmärchen verscherzt. Er war so klein wie das Land, ein Kleingeist, der die Verbindung zum Kreutz-Konzern abbrach, weil da diese Verleumdungen aufkamen, dass es Verbindungen zu den Menschenversuchen in den Arbeitslagern der Nazis gab, die in den Zeitungen aufgebauscht wurden. Sein Vater hatte ihm verboten, die Kontakte zur deutschen Familie Kreutz aufrechtzuerhalten. Er, der den Sohn und die Tochter in den Schoß der Familie zurückgeführt hatte, damit sie ihre Ausbildung in Deutschland und im Familienunternehmen erhielten. Es hatte heftige Auseinandersetzungen zwischen ihnen gegeben. Sævar Kreutz war nicht bereit, die Verbindungen abzubrechen, im Gegenteil, er hatte vor, sie zu intensivieren. Rannveig hatte versucht zu vermitteln, die gute Rannveig. Er wäre gern bei ihr gewesen, als sie starb. Er hätte bei der Beerdigung sein wollen. Auch sie hatte kein Verständnis für ihn. Er hatte versucht, ihr klar zu machen, was er sich vorgenommen hatte, weswegen er so fest daran glaubte, dass alles, was er tat, richtig war; es ging nur um die selbstverständliche Fortführung unerhört wichtiger wissenschaftlicher Entdeckungen, die im zwanzigsten Jahrhundert gemacht worden waren. Der Kreutz-Konzern hatte diesen Schritt gewagt, den Schritt in die Zukunft. Er selbst hatte Anteil daran, die Zukunft zu gestalten.

Diese unzusammenhängenden Gedanken gingen Sævar Kreutz wie in einer Rückblende durch den Kopf. Ansonsten machte er sich selten Gedanken über sein Privatleben, seine Karriere, seine Familie, das alles bedeutete ihm nichts. Das Einzige, was für ihn eine Rolle spielte, waren die neuen Wissenschaften. Er saß bei dem Jungen und ging im Geiste alles wieder und wieder durch, und stets kam er zu demselben unumstößlichen Ergebnis: Ihm war eine enorm wichtige Aufgabe zugedacht, eine Aufgabe von historischen Dimensionen. Die Natur selbst war am Werk, Gott war sein Zeuge, ja, und sein Leitstern. Sævar Kreutz erinnerte sich an die Worte seiner Schwester. Sie hatte gesagt, er sei abnormal. Das war das Wort, das sie verwendet hatte.

Abnormal.

Sævar Kreutz umarmte den Jungen. Er liebte niemanden mehr als diesen Jungen.

Du bist nicht abnormal, dachte er in der Sprache seiner Vorväter.

Einundvierzig

Erik Faxell war gerade am Telefon, als er im Vorzimmer Lärm hörte und kurze Zeit darauf einen Jammerlaut seines Sekretärs. Die Tür zu seinem Büro wurde aufgestoßen und hereingestürmt kam Kiddi Kolke, gefolgt von Pálmi.

»Was soll das heißen?«, fragte Erik scharf. Er stand am Schreibtisch und hielt die Hand über die Sprechmuschel. »Wer seid ihr eigentlich, und was soll das Ganze?«, fuhr er fort, wechselte dann aber plötzlich den Tonfall und erklärte seinem Gesprächspartner höflich, dass er in ein paar Minuten zurückrufen würde.

»Dir und diesem Sævar Kreutz schwimmen jetzt sämtliche Felle davon«, verkündete Kiddi Kolke schadenfroh und schaute sich in dem luxuriös eingerichteten Raum um.

»Was meinst du damit?«

»Ich meine damit, dass das Ganze hier zusammenkracht.«

»Sie haben mich angegriffen, diese unverschämten Kerle«, ließ der Sekretär in der Tür vernehmen.

»Sieh zu, dass du nach Hause kommst«, sagte Erik Faxell mit einer abwehrenden Handbewegung, »und mach die Tür hinter dir zu.«

»Ja, oder verständige die Polizei, das wäre noch besser«, sagte Kiddi Kolke.

»Raus!«, befahl Erik seinem Sekretär, der die Tür leise hinter sich schloss. »Was soll dieser Quatsch mit Sævar Kreutz?«

»Wir wollten dich bitten, mit uns zu ihm zu fahren«, sagte Kiddi Kolke.

»So weit kommt's noch. Ihr bildet euch doch wohl nicht ein, dass ein Mann wie Sævar Kreutz etwas mit euch zu besprechen hätte. Und überhaupt, was habe ich denn damit zu tun?«

»Ach so, ach so, man geriert sich wie der Engel, der Lilien scheißt«, entgegnete Kiddi Kolke und ging auf Erik Faxell zu. »Wir wissen ganz genau, dass du Sævars Handlanger bist und seine rechte Hand. Wir wissen, dass Sævar Kreutz vor dreißig Jahren oder so ein armes Lehrerschwein in der Víðigerði-Schule dazu gebracht hat, die ganze Klasse mit irgendwelchem Dope abzufüllen, weil er feststellen wollte, wie sich dieses Scheißpräparat auf die Kinder auswirkte. Höchstwahrscheinlich hast du diesen Lehrer dazu gebracht, für euch zu arbeiten. Du bist wahrscheinlich dieser Grobian, von dem er immer geredet hat, obwohl du im Augenblick geradezu zahm wirkst, du gibst eher eine ziemlich jämmerliche Figur ab. Und es steht fest, dass keineswegs alle eure Versuchskaninchen tot sind, denn ich bin noch am Leben, und ich war in der Klasse. Kristján Einarsson. Du erinnerst dich vielleicht an den Namen?«

Kiddi Kolke stand jetzt direkt vor Erik Faxell und versetzte ihm mit dem Ellbogen unvermittelt einen so heftigen Stoß vor die Brust, dass der in die Knie sackte und nach Luft schnappte. Erst nach einer geraumen Weile kam er wieder zu Atem.

»Die Kassetten, hinter denen du her warst, die sind in unseren Händen«, fuhr Kiddi Kolke fort. »Wir haben uns angehört, wie Halldór die ganze Geschichte erzählt hat. Die Polizei hatte auch einen Zeugen in Gewahrsam, dessen Aussage Halldórs Bericht auf den Kassetten stützt. Du kannst dich bestimmt an Sigmar erinnern, der war nämlich auch in der Klasse. Und jetzt bin ich wieder aufgetaucht, und ich würde sagen, dass ich ebenfalls ein ziemlich guter

Zeuge bin. Deswegen ist es jetzt bald um dich und deinen Freund Sævar Kreutz geschehen.«
»Habt ihr euch die Kassetten angehört?«, fragte Erik, als er sich wieder gefangen hatte.
»Bist du etwa schwerhörig?«, sagte Kiddi Kolke.
»Und?«
»Halldór hat alles ausgekotzt. Er sagt, dass ihr ihn gezwungen habt, den Jungen in unserer Klasse andersartige Lebertranpillen zu geben. Er hat uns gedopt, damit ihr nicht herausposaunt, dass er andersrum war und sich für kleine Jungs interessierte.«
»Wird Sævar Kreutz erwähnt?«
»Deutlich genug, schätze ich«, sagte Kiddi Kolke.
»Und die Polizei hat die Kassetten?«
»Ja.«
»Was wollt ihr dann von mir?«, fragte Erik und gab sich geschlagen. »Und wer bist du eigentlich?«, wandte er sich Pálmi zu.
»Mein Bruder war in dieser Klasse.«
»Und du bist dieser Kristján. Jetzt soll wohl vollendet werden, womit du vor vielen Jahren angefangen hast? Uns ist es also nicht gelungen, dir genügend Angst zu machen. Du bist wieder da.« Erik hatte begriffen, um was es ging. Ihm war klar geworden, dass er jetzt, da die Polizei Halldórs Kassetten in den Händen hatte, nicht mehr verhindern konnte, dass Sævar Kreutz vernommen würde. Er könnte vermutlich im ersten Anlauf die Polizei zunächst noch einmal hinhalten und anschließend sofort das Land verlassen. Aber diese beiden hier waren ein ganz anderes Kaliber. Das waren keine diskreten Polizisten, sondern Männer, die nach Rache dürsteten und dafür sorgen würden, dass Sævar und er vor Gericht gestellt und verurteilt würden. Erik versuchte, Zeit zu gewinnen, um mit irgendwelchen Schachzügen Sævar Kreutz eine War-

nung zukommen zu lassen. Und dann waren da noch die Koreaner, die wahrscheinlich gerade gelandet waren und am Abend einen Termin bei Sævar Kreutz hatten. Was war in dieser Situation zu tun? Mit den beiden konnte er es nicht aufnehmen, deswegen beschloss er, keinen Widerstand zu leisten. Im Grunde genommen hatten sie immer mit so etwas rechnen müssen. Niemand konnte eine Sache wie diese auf Dauer geheim halten, schon gar nicht in Island. Die Frage war nur, wie viel sie wussten oder zu wissen glaubten, und wie viel man noch vor ihnen geheim halten konnte. Sie schienen nur wegen der Schulexperimente in Aufruhr zu sein, das war immerhin ein Hoffnungsschimmer.

»Halldór hat schon vor langer Zeit damit gedroht, von diesem Experiment mit den Lebertranpillen zu erzählen«, sagte er, um Zeit zu gewinnen. »Wir sind überhaupt nicht darauf eingegangen, denn wegen seiner eigenen Vergangenheit hatte er viel zu viel Angst davor, uns anzuzeigen. Keiner von uns ist frei von Fehlern.«

Kiddi Kolke und Pálmi warfen sich Blicke zu.

»Was kann ich für euch tun? Gewaltanwendung ist nicht erforderlich«, erklärte er, stand auf und hielt sich die Hände vor die Brust.

»Wir möchten, dass du uns mit Sævar Kreutz zusammenbringst.«

»Sævar ist nicht im Lande, das ist leider nicht möglich.« Auf gut Glück versuchte er es mit einer Lüge.

Kiddi Kolke ging wieder auf ihn zu, und jetzt wich Erik zurück und stieß gegen den schönen Glasschrank mit den Porzellanfigürchen. Es gab einen scharfen Knall, und die Scheibe bekam einen Sprung.

»Komm uns nicht mit so was«, sagte Kiddi Kolke. »Seit zwei Wochen habe ich sein Haus beschattet und beobachtet, wie du in der amerikanischen Limousine zum Tor rein-

und rausgefahren bist, und ich habe gesehen, wie er dich in Empfang genommen hat, zuletzt gestern, er hat dich sogar bis zum Auto begleitet. Wir haben einen ganz simplen Plan. Du sagst, dass du Sævar dringend sprechen musst. Du kannst ihm ja erklären, dass alles aus den Fugen gerät. Wir fahren zusammen im Auto hin, du bringst uns bis zu seinem Haus, und wir besorgen den Rest.«

»Jetzt?«

»Jetzt.«

Zweiundvierzig

Am gleichen Tag landeten die Koreaner um vier Uhr nachmittags in ihrem Privatjet auf dem Inlandflughafen in Reykjavík. Vier Passagiere auf Geschäftsreise, die sich unter ihren richtigen Namen eintrugen, nur einer segelte unter falscher Flagge. Sein Pass war nicht direkt gefälscht, denn er war korrekt von den Behörden in seinem Heimatland ausgestellt worden, aber nicht mit seinem richtigen Namen. Es war durchaus üblich, dass die Reichsten der Reichen in seinem Land, wenn sie das Bedürfnis hatten zu reisen, ohne Aufsehen zu erregen, sich Papiere ausstellen ließen, die zwar offiziell korrekt, aber trotzdem gefälscht waren. Dieser Mann war schon über achtzig, machte aber einen ziemlich rüstigen Eindruck. Er wirkte jedoch nach dem langen Flug ein wenig müde. Zunächst war man Richtung Nordpol geflogen, dann nach Westen über die Länder der ehemaligen Sowjetunion hinweg und schließlich quer über den Nordatlantik.
Der internationale Flughafen befand sich zwar in Keflavík, trotzdem landeten zahlreiche ausländische Maschinen auf dem Reykjavíker Inlandsflughafen. Die Zollbeamten hatten keine Ahnung, dass einer von diesen vier Reisenden, die sie unbeanstandet ins Land ließen, der Mitinhaber des größten Industrieunternehmens in Korea war, Sumitag, das von Mikroprozessoren angefangen bis hin zu öffentlichen Verkehrsmitteln alles produzierte. Er war nicht nur ein Mächtiger in Korea, sondern gehörte

zu den fünfzig reichsten Männern der Welt. Nur wenige wussten, wer er war. Er und Sævar Kreutz hatten gemeinsam, dass beide sich völlig im Hintergrund hielten und extrem selten öffentlich auftraten. Dieser Mann war nie zuvor in Island gewesen und hätte es vermutlich nie in Betracht gezogen, dorthin zu reisen, wenn nicht Sævar Kreutz und die Deutschen ihm etwas anzubieten und zu verkaufen gehabt hätten.

Die Maschine kam von Amsterdam, wo sie einen kurzen Zwischenstopp gemacht hatten, und im Flugplan war vorgesehen, dass es am gleichen Abend wieder dorthin zurückgehen sollte. Diese Reise durfte kein Aufsehen erregen. Der Agent des koreanischen Konzerns in Island, der unter strengster Schweigepflicht stand, war damit beauftragt worden, das geeignete Transportmittel vom Flughafen nach Kjalarnes zu organisieren. Die Gruppe hatte ihren eigenen Chauffeur dabei. Sie setzten sich in das Auto, das vor dem Ausgang des Flughafengebäudes auf sie wartete. Auf dem Fahrersitz lag ein Stadtplan, auf dem die Fahrtroute sorgfältig markiert war. Nach dem Kälteeinbruch vom Vormittag hatte es wieder angefangen zu schneien, aber das Auto war bestens dafür gerüstet, und der Chauffeur kannte sich mit allen möglichen Wetter- und Straßenverhältnissen aus. Außerdem war es keine lange Strecke. Sie gelangten problemlos zur Miklubraut, auf der sie Reykjavík durchquerten, um hinaus nach Kjalarnes zu kommen.

Das elektronisch gesteuerte Tor zum Haus von Sævar Kreutz öffnete sich langsam, und das Auto glitt beinahe geräuschlos auf den Vorhof. Der Hausbesitzer ging auf die Limousine zu. Der Chauffeur stellte den Motor ab, sprang aus dem Wagen und öffnete die hintere Tür für seinen koreanischen Vorgesetzten. Er verneigte sich knapp, als der Greis ausstieg.

Sævar Kreutz begrüßte den Gast, indem er ihm die Hand reichte und sich höflich verbeugte. Der hochbetagte Koreaner verneigte sich ebenfalls, und die Gruppe verschwand in dem düsteren Gebäude.

Dreiundvierzig

Eine halbe Stunde später steuerte Erik Faxell seine Limousine duch das gleiche Tor. Seine Teilnahme an dem Treffen mit den Koreanern war nicht vorgesehen, ihm oblagen nur die Vorbereitungen. Trotzdem war es ihm gelungen, an diesem düsteren Januarnachmittag einen halbstündigen Termin bei Sævar Kreutz zu bekommen. Es sei außerordentlich dringend, hatte er am Telefon gesagt, es hinge damit zusammen, worüber sie am Telefon gesprochen hätten. Der Sicherheitsbeauftragte, der Erik Faxell sehr gut kannte, machte Einwände in Bezug auf seine beiden Begleiter, die er nie zuvor gesehen hatte. Während sie hinter Erik saßen und kein Wort sagten, redete er sich damit heraus, dass dieser nicht angemeldete Besuch mit dem Kommen der Koreaner in Verbindung stünde. Da es nie Probleme zwischen Erik und den Sicherheitsbeauftragten gegeben hatte, die schichtweise rund um die Uhr arbeiteten, ließ er die drei ohne große Diskussion ein. Sævar Kreutz hatte erst kürzlich wieder in Erwägung gezogen, die Sicherheitsmaßnahmen zu verstärken und seine Wächter mit Waffen auszustatten, hatte dann aber immer wieder Abstand davon genommen, weil es möglicherweise Aufsehen erregt hätte. In Island fuchtelte man nicht mit Waffen herum. Was er da im Geheimen betrieb, blieb am besten auch geheim.
Erik Faxell hatte zunächst mit dem Gedanken gespielt, dem Sicherheitsbeauftragten von Kiddi Kolke und Pálmi zu erzählen und auf diese Weise Zeit zu gewinnen, um

Sævar Kreutz vor den ungebetenen Gästen zu warnen, aber er unterließ es. Er hatte etwas Spielraum gehabt, die Optionen in dieser Situation durchzugehen, und er kam zu dem Schluss, dass Kiddi Kolke keine Probleme damit haben würde, den Wachtposten zu überwältigen. Er und Pálmi hatten Erik Faxell nicht aus den Augen gelassen, seit sie in sein Büro eingedrungen waren. Sie hatten zugehört, während er mit Sævar Kreutz telefonierte und um diese dringende Besprechung bat. Erik hatte keine Möglichkeit gehabt, Sævar davor zu warnen, dass seine Machenschaften aus der Vergangenheit aufgedeckt worden waren und dass die Polizei mit großer Wahrscheinlichkeit im Begriff war, einen Durchsuchungsbefehl zu erwirken, um sein Haus auf den Kopf zu stellen. Er dachte jetzt in allererster Linie daran, die eigene Haut zu retten. Sævar Kreutz konnte sich selbst mit diesen Männern auseinander setzen. Erik Faxell musste ungeschoren davonkommen, so einfach war das.

Sie betraten die monumentale Villa von Sævar Kreutz. Kiddi Kolke hatte sie einige Tage lang von außen belauert, doch als er eintrat, kam ihm das Haus viel größer vor, als er es sich vorgestellt hatte. Sie durchquerten die große Vorhalle und gelangten in einen riesigen Festsaal mit einem Kamin am anderen Ende. Pálmi staunte über die Gemälde an den Wänden, die von älteren und jüngeren isländischen Künstlern stammten, und es kam ihm so vor, als hinge dort auch ein Cézanne. Konnte das sein?, dachte er bei sich. Auf den Böden lagen Perserteppiche und Tierfelle. Antiquitäten und alte Möbel waren nach innenarchitektonischen Vorgaben auf den Raum verteilt. Pálmi hatte nie zuvor solchen Reichtum gesehen und wäre nie auf die Idee gekommen, dass es so etwas überhaupt geben könnte. Für einen Augenblick vergaß er sogar, weshalb er eigentlich dort war, vergaß seinen Bruder Daníel, seine Mutter und Daníels

Klasse, Halldór und all das andere, er ging nur mit bedächtigen Schritten umher und starrte auf die Pracht und Herrlichkeit um ihn herum.
»Was sind das für Leute, die du da mitgebracht hast?«
Die Frage hallte durch den Saal, und Pálmi zuckte zusammen. Sie hatten den Kamin erreicht, ein überdimensionales Teil mit einem formschönen Kaminsims. Das prasselnde Feuer reichte beinahe aus, um den ganzen Saal zu erwärmen. Ein schlanker, großer Mann um die siebzig war aus einem Seitenzimmer am anderen Ende des Saals hinzugetreten. Er hatte eine schmale Nase, kleine Augen und so dünne Lippen, dass sie wie ein Strich im Gesicht wirkten. Die langen Finger hielten eine Zigarette. Er trug einen tadellos geschnittenen doppelreihigen Anzug mit einem dunkelblauen Seidenschal um den Hals.
»Sie haben darauf bestanden, dich zu treffen, und es war mir nicht möglich, sie daran zu hindern. Der eine ist ein Mann, den wir für tot gehalten haben. Er heißt Kristján Einarsson und war seinerzeit in dieser Klasse. Der andere heißt Pálmi und ist der Bruder von Daníel. Das ist der, der aus dem Fenster gesprungen ist. Sie haben mich gezwungen, mit ihnen hierher zu fahren, und ich hatte nicht die geringste Chance, dich zu warnen.«
Der Mann mit den dünnen Lippen und dem blauen Halstuch zeigte keinerlei Reaktion. Erik Faxell fuhr fort:
»Die Polizei ist uns auf der Spur. Sie haben die Kassetten, über die Halldór gesprochen hat. Wir müssen darauf gefasst sein, dass sie heute Abend oder morgen Früh hier erscheinen.« Erik Faxell verstummte.
Immer noch zeigte Sævar Kreutz keine Reaktion, und Schweigen legte sich über die Halle. Ihm schien es nicht das Geringste auszumachen, dass das alte Geheimnis ans Licht gekommen war. Er ging auf Kiddi Kolke zu, warf die Zigarette in den Kamin und zog anschließend ein goldenes

Zigarettenetui aus der Tasche, dem er eine neue Zigarette entnahm.

»Du warst also auch in der Klasse«, sagte er zu Kiddi Kolke, der vor ihm stand. »Du bist derjenige, der ziemlich lange im Krankenhaus war und deswegen nicht dieselbe Dosis bekommen hat wie die anderen. Uns ist es nicht gelungen, das auszugleichen, obwohl Halldór diesbezüglich genaue Anweisungen bekommen hat.«

»Das lässt sich ganz einfach erklären«, sagte Kiddi Kolke und sah Sævar Kreutz in die Augen. »Ich hatte was gegen Lebertranpillen. Ich habe sie immer scheußlich gefunden. Daran hast du nicht gedacht.«

»Allerdings nicht, denn diese Kapseln waren das reinste Konfekt.«

»Das Zeugs, was da drin war, war scheußlich.«

»Ist das ein Glasauge?«

»Eine alte Blessur.«

»Ich bin gespannt darauf, deine Reaktion zu sehen, und auch deine, Pálmi. Kommt mit, und dann werde ich versuchen, eure Fragen zu beantworten. Ihr hasst mich selbstredend, aber vielleicht kann ich euch in irgendeiner Form entschädigen. Denkt aber daran, das, was ich euch jetzt zeigen werden, ohne Vorurteile zu bewerten.«

Pálmi warf Kiddi Kolke einen Blick zu, und beide schauten zu Sævar Kreutz, der sich umgewandt hatte und den Saal in derselben Richtung verließ, aus der er gekommen war. Sie hatten keine Ahnung, was er damit meinte. Erik Faxell folgte ihnen nicht, sondern durchmaß den langen Saal mit schnellen Schritten und verließ das Haus, setzte sich ins Auto und fuhr zum Tor hinaus. Der Mann fürs Grobe machte sich aus dem Staub.

Vierundvierzig

»Ich sehe keinen Grund, irgendetwas zu leugnen. Wir haben Versuche mit einem Präparat gemacht, das ich damals entwickelte«, erklärte Sævar Kreutz. Kiddi Kolke und Pálmi waren ihm in sein Arbeitszimmer gefolgt. Bis zu dem Termin mit den Koreanern war noch eine halbe Stunde Zeit. Weder Kiddi Kolke noch Pálmi hatten sich einen Plan zurechtgelegt. Es war kinderleicht gewesen, eine Begegnung mit Sævar Kreutz zu erzwingen, der ihnen jetzt kerzengerade hinter seinem Schreibtisch gegenüber saß und keinerlei Gewissensbisse wegen dem zu haben schien, was er den Freunden von Kiddi Kolke angetan hatte. Es lag ihm augenscheinlich sehr daran, von seinen Großtaten zu berichten, aber er schien die Vorfälle von früher schnell abtun zu wollen, indem er nur in groben Zügen darauf einging. Er war eiskalt und schien keine von seinen Aktivitäten in der Vergangenheit zu bereuen oder zu bedauern. Ganz im Gegenteil, er machte einen äußerst selbstzufriedenen Eindruck. Es hatte den Anschein, als habe er noch etwas ganz anderes in petto und sei ganz begierig darauf, jemandem seine Genialität, seinen Scharfsinn und seine Kompetenz zu beweisen. Pálmi hatte das Gefühl, als hätte sich Sævar Kreutz seit langem danach gesehnt, sich endlich mitzuteilen, und dass sich jetzt ganz unerwartet die Möglichkeit dazu bot. Er biederte sich beinahe wie ein enger Vertrauter bei ihnen an und benahm sich ganz und gar nicht wie jemand, der zahlreiche Menschenleben zerstört hatte. Kiddi Kolke und Pálmi war es darum zu tun, Erklärungen zu bekommen und seine Taten an das Licht der Öffentlichkeit zu bringen. Alles andere war momentan nicht wichtig.

»Ich habe es das Experiment ›Nordlicht‹ genannt«, sagte Sævar Kreutz. »Nach dem Gedicht von Einar Benediktsson, dem bedeutenden Dichter. *Sah jemals des Menschen Sohn ein schöner' Schauspiel als hohe Himmel in waberndem Licht?* Selbstverständlich gehörte ebenfalls etwas Ungewissheit dazu, sie ist der wichtigste Faktor bei jeglicher wissenschaftlicher Arbeit. Damals wusste niemand Genaueres über die Wirkung des Medikaments und seine Nebenwirkungen, nicht so wie heute. Ihr kennt wahrscheinlich Amphetamin. Es wird bereits seit mehr als hundert Jahren in chemischen Labors hergestellt. Sein Nutzen zeigt sich, genau wie bei vielen anderen Medikamenten, am besten im Krieg; Soldaten sind die dankbarsten Versuchstiere, die es gibt, darüber sind sich die Wissenschaftler seit langem im Klaren. Amphetamin wurde während des spanischen Bürgerkriegs verwendet und im Zweiten Weltkrieg; es hielt die Soldaten tage- und nächtelang wach und stärkte den Kampfgeist. Ich will euch nicht mit Details langweilen, aber Amphetamin wirkt sich auf das Zentralnervensystem aus, es wird gegen Müdigkeit und Schlafbedürfnis eingesetzt. Später wurde es dann zu einem ganz alltäglichen Aufputschmittel. Die Rolling Stones haben es als ›Mother's little helper‹ besungen. Natürlich wissen wir heute mehr darüber, beispielsweise auch, dass es als Droge auf dem schwarzen Markt verkauft wird. Wie heißt es doch noch? ›Speed‹, glaube ich. Als ich mich seinerzeit damit beschäftigte, wusste im Grunde genommen kaum jemand, was für ein Mittel das war.«

»Ich habe mir schon gedacht, dass uns damals Amphetamin verabreicht wurde«, sagte Kiddi Kolke, »die populärste Droge auf dem Markt. Kein Wunder, dass wir vor die Hunde gegangen sind.«

»Mach dir doch selber nichts vor. Ihr hattet doch sowieso keine andere Chance, als vor die Hunde zu gehen«, antwortete Sævar Kreutz so prompt, als hätte er schon lange damit gerechnet, seine Vorgehensweise rechtfertigen zu müssen.

»Warum fiel die Wahl auf diese Klasse an dieser Schule mit diesem Lehrer?«, fragte Pálmi. »War das Zufall, oder steckte etwas dahinter?«

»Wir brauchten zweierlei, zum einen eine sehr leistungsschwache Klasse und zum anderen einen Lehrer, den wir dazu bringen konnten, mit uns zusammenzuarbeiten. Wir haben in sämtlichen Schulen im Großraum Reykjavík gesucht, wir haben uns die Klassen, das Betragen, die Noten und die Lehrer angeschaut. Was wir suchten, war eine Klasse, die im Hinblick auf aufsässiges Verhalten und schlechte Leistungen alles übertraf. Und wir brauchten einen Lehrer, der alles tun würde, was wir verlangten, ohne es an die große Glocke zu hängen. Nachdem wir die Laufbahn von diversen Lehrern untersucht hatten, stießen wir endlich auf Halldór. In einem Telefongespräch mit seinem ehemaligen Vorgesetzten stellte sich heraus, dass Halldór sich etwas hatte zuschulden kommen lassen und mit Schimpf und Schande von Hvolsvöllur verjagt worden war. Diesen Mann habe ich ganz einfach angerufen, und er brannte richtig darauf, mir die ganze Geschichte zu erzählen. Er dachte natürlich, dass ich im Auftrag von irgendeiner Institution anriefe. Es schien ihm seit vielen Jahren auf dem Herzen gelegen zu haben, deswegen hatte er das Bedürfnis, mit jemandem darüber zu reden. Als wir Halldórs Klasse näher unter die Lupe nahmen, stellte sich heraus, dass sie präzise dem entsprach, wonach wir gesucht hatten. Erik Faxell hat sich mit Halldór in Verbindung gesetzt und ist auf keinerlei Widerstand gestoßen. Der Mann war ein komplettes

Wrack. Einen Winter lang haben wir dann etwas andere Lebertranpillen verteilt, ein Aufputschmittel, das die schulischen Leistungen enorm steigerte. Der Hauptanteil war Amphetamin, aber wir hatten auch noch andere Stoffe beigemischt, von denen wir annahmen, dass sie die Wirkung steigerten. Mädchen kamen nicht in Frage wegen der hormonellen Veränderungen in diesem Alter, die sich auf das Experiment auswirken konnten.«

»Auf diese Weise hast du meine Freunde süchtig gemacht«, sagte Kiddi Kolke.

»Darüber kann man unterschiedlicher Meinung sein. Amphetamin wurde damals, und in manchen Fällen sogar heute noch, gegen Narkolepsie verwendet, und es ist auch in gewissen Medikamenten enthalten, die Verhaltensstörungen bei Kindern regulieren sollen. Genau diese Wirkung des Mittels wollten wir näher untersuchen. Verhaltensstörungen bei Kindern. Das Experiment war im Grunde genommen schmerzlos und simpel. Damals war es unser Ziel, ein Medikament für solche Kinder auf den Markt zu bringen. Es wurde dann zu einem Psychopharmakon weiterentwickelt, das heute noch zu unseren meistverkauften Produkten gehört. Mann kann es gegen Rezept in fast jeder Apotheke der Welt kaufen. Leider ist nie etwas aus diesem Mittel für Kinder geworden, das hat nicht geklappt«, erklärte Sævar Kreutz und zuckte so abschätzig mit den Achseln, als zähle dieser Fehlschlag mehr als die Schicksale der Jungen, die seinen Experimenten zum Opfer gefallen waren. »Ich überlasse es euch, ob ihr das glauben wollt oder nicht, aber es ging uns darum, eine bessere Welt zu schaffen. Dieses Pulver sollte euch retten, euch zu besseren Menschen machen. Wir wollten helfen – nicht zerstören. Die wissenschaftliche Forschung kommt nicht ohne Opfer und Leidtragende aus.«

»Opfer und Leidtragende«, schrie Kiddi Kolke ihn an. »Was

du getan hast, war schändlich und illegal. Und es war todbringend! Diese Experimente hättest du nie und nimmer auf legale Weise durchführen können.«

»Das gehört zu den Grenzen, die uns gesetzt sind«, entgegnete Sævar Kreutz und zuckte wieder mit den Achseln.

»Meine Freunde wurden süchtig nach diesen Pillen, die du ihnen gegeben hast«, sagte Kiddi Kolke, der vor Wut kochte. »Sie haben sogar die Pillengläser geklaut, die Halldór aufbewahrte, und kurz darauf starb Aggi an Herzversagen. Gísli wahrscheinlich auch. Die anderen wurden zu Alkoholikern und Rauschgiftsüchtigen. Ihr Leben war zerstört, es wurde ihnen genommen, bevor sie überhaupt die Möglichkeit hatten, es kennen zu lernen. Kinder waren das noch, du Scheusal. Du hast sie als Versuchskarnickel für ein Experiment benutzt, das fehlschlug, und darüber hat sich ein Geisteskranker wie du, dem es nur um den Mammon geht, wahrscheinlich noch amüsiert. So wahr ich hier stehe, du bist ein Irrer, du bist der Abschaum.«

»Du darfst diese Dinge nicht überinterpretieren, Kristján«, sagte Sævar Kreutz, der Kiddi Kolkes Wut überhaupt nicht wahrzunehmen schien.

»Mein Bruder Daníel«, sagte Pálmi ruhig und bedächtig, »war genau wie jeder andere Junge, er war ein gesundes und fröhliches Kind. Er war eines von deinen Versuchskaninchen. Er wurde süchtig und hat schon als ganz junger Mensch mit Schnaps und Drogen angefangen, aber er war natürlich hinter Amphetamin her. Wie du sagst, es war leicht, an so etwas ranzukommen. Ich behaupte, dass er nie in diese Versuchung geführt worden wäre, wenn du ihn nicht mit diesem Gift in Berührung gebracht hättest. Er war völlig abhängig von diesem Zeug, und schließlich hat er zu viel genommen und drehte durch. Er wurde schizophren. Er hat sogar versucht, mich anzuzünden, und er hat meiner Mutter so viel Kummer bereitet, dass ich es dir nie in Worten schildern könnte. Immer wieder hat er versucht, sich umzubringen. Und das Einzige, wonach er sich in diesem total verpfuschten Leben sehnte, war ein ganz normaler Tag in einem ganz normalen Leben. Sein Leben war eine einzige Hölle, nur weil du eurer Produktliste ein neues Medikament hinzufügen wolltest, um damit Geld zu machen. Weißt du, was für ein Ungeheuer du bist? Hast du irgendeine Vorstellung davon, was für eine erbärmliche Gestalt du bist? Wie kannst du, der du dir diesen Palast hier mit Daníels Geisteskrankheit und dem Tod seiner Freunde errichtet hast, mir hier mit deinem seidenen Schal um den Hals gegenübersitzen und behaupten, das sei alles im Dienste der Wissenschaft geschehen und um die Welt zu verbessern?«

»Was weißt du darüber, ob Daníel nicht diese Anlage in sich gehabt hat? Man weiß doch nie, was sich bei solchen Jungen herausstellt, wenn sie in die Pubertät kommen.«

»Komm mir bloß nicht mit so was«, sagte Pálmi. »Es geht hier um Mord, und zwar nicht nur um einen, sondern um mehrere.«

»Ich habe mehr als zehn Jahre an einer psychiatrischen Klinik gearbeitet«, warf Kiddi Kolke ein. »Ich habe Daníel gepflegt. Ich weiß, was für ihn bei diesem für dich so amüsanten Spiel herausgekommen ist. Und ich weiß über Amphetamin wahrscheinlich besser Bescheid als du, es sei denn, du hättest es in letzter Zeit gewagt, dich über dieses verfluchte Zeug und seine Nebenwirkungen zu informieren. Soll ich dir das mal verklickern, du Teufel in Menschengestalt? Zitternde Hände, Muskelzucken, Übelkeit, Appetitlosigkeit, Schwindelanfälle, Schlaflosigkeit. Man wird total abhängig davon, und der Bedarf steigert sich mit der Zeit. Von da bis zu den anderen Rauschgiften ist nur ein winziger Schritt. Nicht selten ist damit auch ein geistiger Zustand verbunden, der der Schizophrenie gleicht, und außerdem gibt es toxische Erscheinungen: Krämpfe und hoher Blutdruck mit Gefahr von Gehirnblutungen. Todesfälle, die auf Amphetamine zurückzuführen sind, rühren in den meisten Fällen von Herzversagen her. Das hast du meinen Freunden eingegeben, du Satan. Du hast ihr Leben zerstört.«

»Das ist doch dummes Zeug«, sagte Sævar Kreutz.

Pálmi saß da und blickte abwechelnd von einem zum anderen. Es kam ihm so vor, als würde sich Kiddi Kolke jeden Augenblick auf den Mann stürzen.

»Du kennst den Hintergrund deiner Freunde«, fuhr Sævar Kreutz fort. »Du weißt, woher sie stammten. Ihre Eltern waren Alkoholiker, geschieden. Deine Mutter war eine Prostituierte, Kristján, hast du das vergessen? Sie ging auf den Strich. Was war die Zukunft dieser Jungen?, frage ich noch mal. Sie wären auch ohne mein Zutun vor die Hunde gegangen, dessen kannst du gewiss sein. Kleine Jungs aus asozialen Verhältnissen bringen es nie zu etwas. Die Hälfte von ihnen hätte eine kriminelle Laufbahn eingeschlagen, die die Gesellschaft Millionen, wenn nicht Milliarden von Kronen gekostet hätte. Die andere Hälfte hätte nur weitere kleine Saufbolde und Nutten gezeugt.«

Kiddi Kolke ging auf Sævar Kreutz zu und schien zu einem Hieb auszuholen.

»Aber wie bereits gesagt, ich kann euch den Verlust ersetzen«, beeilte Sævar Kreutz sich zu sagen. Das Lächeln ließ seine dünnen Lippen fast verschwinden, und zum Vorschein kamen kleine, weiße Zähne. »Kommt mit.«

Kiddi Kolke und Pálmi schauten einander an, ohne zu begreifen, worauf Sævar Kreutz hinauswollte. Ersetzen? Wie wollte er ihnen den Verlust ersetzen? Sie folgten ihm widerstrebend. Sie gingen einen langen Flur entlang, der ein wenig abschüssig war, bis sie zu einem weiteren Raum kamen. Dieser Raum war klein, kaum mehr als zwölf Qua-

dratmeter, und in ihm befanden sich vier Stühle. Als sie sich gesetzt hatten, drückte Sævar Kreutz auf einen Knopf an der Wand, und die Vorhänge vor ihnen öffneten sich.
»Keine Angst«, erklärte Sævar Kreutz. »Sie können euch nicht durch die Scheibe sehen.«
Ein riesiger, weiß getünchter Raum kam zum Vorschein. Er war etwa hundert Quadratmeter groß, und darin befanden sich eine weiße Ledergarnitur, ein Sofa und zwei Sessel und dazwischen ein weißer Tisch. Fußboden und Wände waren ebenfalls in Weiß gehalten, nur an einer Wand sah man die dunkleren Konturen eines Rahmens, der eine weiße Tür umgab. Starkes Neonlicht erhellte den Raum. Auf dem einen Sessel saß ein hochbetagter, würdiger Greis, der asiatischer Herkunft war und die festlichen Gewänder seiner Heimat trug. Augenscheinlich wartete er auf etwas. Er schaute sich um, und seine Blicke schienen auf Sævar Kreutz, Kiddi Kolke und Pálmi zu fallen, aber er sah sie nicht, denn die Scheibe war verspiegelt. Der Mann wartete geduldig.
»Jetzt passt ganz genau auf«, sagte Sævar Kreutz, der direkt vor der Scheibe saß. »Das hier müsste hochinteressant für euch sein.«
In diesem Augenblick öffnete sich die Tür, ein nackter Junge trat in das weiße Zimmer ein und ging auf den Greis zu. Der Junge war fast so weiß wie die Wände des Raums, er schien zwölf oder dreizehn Jahre alt zu sein. Ihm fehlten sämtliche Pigmente. Er war ein Albino.
»Was hat das zu bedeuten?«, fragte Pálmi.
»Was sind das für verdammte Monstrositäten, die du uns hier zeigst?«, fragte Kiddi Kolke und wollte sich gerade zu Sævar Kreutz umdrehen, als sein Blick an dem Jungen haften blieb.
»Ja, schau nur genauer hin«, sagte Sævar Kreutz, der Kiddi Kolke beobachtete. Zum ersten Mal seitdem sie ihn ge-

troffen hatten, spiegelte sein Gesicht eine Gefühlsregung wider, eine gewisse Spannung und Triumph. »Schau dir den Jungen genau an«, sagte er.

»Was ist denn los, Kiddi?«, fragte Pálmi, der sah, dass Kiddi leichenblass geworden war. Er starrte auf den Jungen auf der anderen Seite der Scheibe, der jetzt vor dem Asiaten stand. Der Greis betastete den Jungen von Kopf bis Fuß. Er drehte ihn um und begutachtete den Rücken, den Po und die Zehen. Pálmi fühlte sich an eine gründliche ärztliche Untersuchung erinnert. Er blickte abwechselnd auf Kiddi, der wie hypnotisiert den Kopf schüttelte, als würde er sich weigern, seinen Augen zu trauen.

»Was ist das hier eigentlich für eine Fleischbeschau?«, sagte Pálmi angewidert.

»Das kann nicht sein«, stöhnte Kiddi Kolke schließlich. »Das kann einfach nicht sein, das kann nicht sein. Das kannst du einem nicht antun, du Dreckskerl«, wiederholte Kiddi Kolke ständig und starrte auf den Jungen. Auf einmal glaubte Pálmi, eine Träne in seinem Auge zu erblicken.

»Was ist denn los, Kiddi?«, wiederholte Pálmi seine Frage ruhig.

»Weißt du, wer das ist, Pálmi, der Junge da bei diesem schlitzäugigen Typen? Weißt du, was für ein Junge das ist? Weißt du, wer das ist?«

»Ich habe ihn noch nie gesehen«, erwiderte Pálmi und starrte angestrengt auf den leichenblassen Jungen in den Händen des Greises.

»Doch, du hast ihn schon einmal gesehen, du kannst dich nur nicht an ihn erinnern«, sagte Kiddi Kolke mit zittriger Stimme. »Er war mit deinem Bruder Danni befreundet. Das ist Aggi. Das ist Aggi, genau wie er war, kurz vor seinem Tod.«

»Niemand braucht mehr zu sterben«, flüsterte Sævar Kreutz.

Fünfundvierzig

Erlendur und Sigurður Óli steckten zwischen Kópavogur und Miklubraut im Stau. Sie waren auf dem Weg nach Kjalarnes, um Sævar Kreutz in die Zange zu nehmen und zu fragen, was vor mehr als drei Jahrzehnten in der Víðigerði-Schule vorgefallen war. Es ging auch darum, herauszubekommen, was eigentlich in diesem Gebäude auf Kjalarnes vor sich ging. Der Tag war damit draufgegangen, an die Baupläne heranzukommen, die bei der Hamburger Polizei eingescannt und als Attachment nach Island geschickt wurden. In Hamburg befand sich die Hauptniederlassung des Ingenieurbüros, das das Gebäude geplant hatte. Erst nach einigem Hin und Her wurden die Zeichnungen herausgerückt. Man hatte vergessen, sie nach Baufertigstellung zu vernichten, wie der Auftraggeber verlangt hatte. Die deutschen Kollegen hatten blitzschnell auf das Ersuchen der isländischen Kriminalpolizei reagiert.

Auf den Plänen war zu erkennen, dass sich unter dem Wohngebäude ein Kellergeschoss befand, in das zwei Aufzüge hinunterführten. Aus den Importunterlagen des Pharmaunternehmens Fentiaz ging hervor, dass in den vergangenen Jahren etliches an Apparaten und Chemikalien nach Island eingeführt worden, aber nie in den Verkauf gelangt war. Bei der Vernehmung gab der geschäftsführende Direktor zu, dass all diese Sachen an die private Adresse von Sævar Kreutz, dem Besitzer des Unternehmens, geliefert worden seien. Gefragt, ob er wüsste, wozu sie verwendet würden, gab er zur Antwort, dass er keine Ahnung hätte. Absender war der Pharmakonzern Kreutz in Deutschland. Einiges davon hatte der Geschäftsführer mit eigenen Augen gesehen, aber anderes war ihm nie zu Gesicht gekommen, und es war ihm untersagt, darüber zu sprechen.

Erlendur und Sigurður Óli war nahe gelegt worden, bei diesem Besuch mit äußerster Diskretion vorzugehen und keinerlei Aufmerksamkeit zu erregen. Dies fiel ihnen nicht schwer, denn sie kamen im nachmittäglichen Stoßverkehr nur im Schneckentempo vorwärts. Jetzt schneite es wieder heftig, und die Autos krochen in einer endlosen Schlange durch das Schneetreiben. Sie saßen im Auto, ohne ein Wort zu sagen, und beobachteten den Stau, bis Erlendur beschloss, in einer Sache, die ihn schon eine Weile beschäftigte, reinen Tisch zu machen. Er hatte sich bisher nicht dazu aufraffen können, darüber zu reden, sondern es stattdessen immer vor sich hergeschoben. Wie so manch andere Unannehmlichkeit, die er im Lauf seines Lebens zu verdrängen versucht hatte. Es war keine besonders günstige Gelegenheit, denn sie waren beide ziemlich müde nach einem anstrengenden Arbeitstag und wenig Schlaf, zudem war es finster, sie steckten im Stau und waren unterwegs zu einem Mann, den sie mit Samthandschuhen anzufassen hatten. Andererseits gab es kaum einen geeigneteren Zeitpunkt für einen Streit, als wenn einem die Galle überlief, dachte Erlendur. Die Autoheizung schien im Kampf gegen die Feuchtigkeit den Kürzeren zu ziehen, und die Scheiben waren beschlagen.

»Wirst du deinem Freund bei der Zeitung von unserem Höflichkeitsbesuch bei Sævar Kreutz erzählen?«, fragte er schließlich abrupt und seufzte tief.

»Was für einem Freund? Wovon redest du eigentlich?«, fragte Sigurður Óli verblüfft. Auf einen Angriff aus dieser

Richtung, an diesem Ort, zu dieser Stunde, war er gänzlich unvorbereitet.

»Ich meine deinen Freund bei der Zeitung, der als Erster über Halldór und die Kinder Bescheid wusste. Ich habe damit gedroht, dass ich denjenigen, der etwas an die Presse durchsickern lässt, schassen würde. Mit anderen Worten, du kannst dich so langsam nach einer anderen Arbeit umschauen.«

Sigurður Óli kapitulierte. Er hatte die Angelegenheit fast vergessen, aber jetzt hatte Erlendur, stur wie er war, wieder davon angefangen. Er kam nicht zur Ruhe, bis er der Wahrheit auf die Spur gekommen war, den Fall gelöst hatte. Dann endlich fand er seinen Seelenfrieden wieder. Sigurður Óli war davon ausgegangen, dass man, indem man bestimmte Informationen an die Presse weitergab, im Gegenzug an Informationen herankäme, für die man sonst Wochen brauchen würde. Es hatte sich ja auch herausgestellt, dass die Berichterstattung in der Presse, obwohl sie wie gewöhnlich übertrieben und irreführend gewesen war, sie auf die Spur von Halldór gebracht hatte und ...

»Die Sache ist einfach die«, fuhr Erlendur fort, »dass es zwischen uns einen gewissen Vertrauensbruch gibt, von dem ich liebend gern verschont geblieben wäre, verstehst du?«

»Moment mal, willst du damit sagen, dass ich morgen nicht zur Arbeit zu erscheinen brauche?«

»Diesen Fall kannst du zu Ende bearbeiten.«

»Du kannst diesen verdammten Fall selber zu Ende bearbeiten«, sagte Sigurður Óli, der in Rage geriet. »Klar, ich hab was durchsickern lassen, aber das hat uns in der Sache weitergebracht, auch wenn du es nicht zugeben willst. Und wie zum Kuckuck nochmal hast du das rausgekriegt? Diese verdammten Journalisten!« Sigurður Óli war laut geworden.

»Auch ich habe schon seit langem einen Mann bei der Zeitung. Aber im Gegensatz zu deinem weiß er mit vertraulichen Mitteilungen umzugehen. Soweit ich verstanden habe, hat sich dein Typ auf einer Redaktionskonferenz damit gebrüstet und sogar deinen Namen genannt und so vertraulich getan, als wärt ihr zusammen konfirmiert worden. Du solltest ihn mal zur Rede stellen.«

»Du bist mir etwas schuldig«, sagte Sigurður Óli nach kurzem Schweigen.

»Was soll ich dir schuldig sein?«, fragte Erlendur. »Du weißt, dass ich nicht mit meiner Meinung hinterm Berg halte, und ich muss dir ehrlich sagen, dass du mich mit deinen extremen Bügelfalten, deinem Junggesellenappartement und dem entzückenden kleinen Diplom in Politikwissenschaften, gar nicht zu reden von deinem Aufbaustudium in den Staaten, nervst; du behandelst die Leute, die uns weiterhelfen, arrogant, und du bist intolerant und ungeduldig. Glaubst du, dass wir unsere Fälle auf Seminaren in Amerika lösen? Und wieso hast du eigentlich keine Familie? Wie stellst du dir eigentlich deine Zukunft vor?«

»Nein, Gott bewahre uns vor Ausbildung und mehr Wissen«, antwortete Sigurður Óli. »Und wo wir schon mal Klartext reden, dann will ich dir eins sagen, Erlendur. Es gibt da jede Menge in deinem Verhalten, was ich genauso wenig vertrage. Wie beispielsweise mir vorzuwerfen, dass ich keine Familie habe. Dabei bist du selber geschieden, deine Kinder sind dem Suff und Drogen verfallen, und selbst lebst du in einer vergammelten Bude da oben in Breiðholt. Und lässt die Wut und den Ärger, die mit so einem kaputten Leben verbunden sind, an irgendwelchen beknackten Dealern aus, die deine Tochter zusammenschlagen. Und ziehst mich in die Scheiße mit hinein! Und so ein vorbildlicher Vorgesetzter hält seinem Mitarbeiter eine Standpauke. Du bist engstirnig und hasst alle, die eine höhere Ausbildung haben als nur einen Mittelschulabschluss. Im Gegensatz zu dir war ich immer ein guter Schüler und kein Versager, aber jetzt hat der Versager die Möglichkeit, einem Mann in den Arsch zu treten, der es geschafft hat, eine Ausbildung zu machen. Herzlichen Glückwunsch!«

Die Scheiben waren inzwischen so beschlagen, dass man kaum noch hinaussehen konnte. Die Heizung arbeitete lautstark auf vollen Touren, kam aber nicht dagegen an. Schließlich ließ Erlendur die Scheiben herunter und die beiden Männer saßen schweigend da. Die schier endlose Autoschlange war inzwischen endgültig zum Stillstand gekommen.

Sechsundvierzig

»Uns ist das bereits vor zwölf Jahren gelungen«, sagte Sævar Kreutz, während sie immer noch in dem kleinen Zimmer mit der verspiegelten Scheibe saßen und beobachteten, wie der koreanische Greis den Jungen abtastete. »Damals kannte kaum jemand Begriffe wie die Reproduktion von Menschen – oder Klonen. Es sei denn aus Science-Fiction-Romanen. Klonen ist im Grunde genommen eine einfache Sache, wir hatten nur einige Probleme damit, die Erbmasse zu isolieren, und wir haben Fehler gemacht. Aggi, wie du ihn nennst, ist der Erste, der beinahe perfekt gelungen ist.«

»Der Erste?«, fragte Pálmi. »Beinahe? Gibt's etwa noch mehr davon?«

Kiddi Kolke saß wie gebannt vor der Scheibe und starrte auf den leichenblassen Jungen, den der Greis drehte, wendete und kniff, ihm in den Mund schaute und in die Augen. Der kalte Schweiß brach ihm aus, und er spürte, wie im übel wurde.

»Was zum Teufel hast du da gemacht?«, fragte er Sævar Kreutz.

»Dieser Mann, der da bei ihm ist«, sagte Sævar, ohne sich im Mindesten aufzuregen, »dieser Mann ist ein koreanischer Multimilliardär und ein Geschäftsfreund des deutschen Kreutz-Konzerns, so heißt unser altes Familienunternehmen. Er hat Interesse daran, sich klonen zu lassen. So einfach ist die Sache. Er möchte weiterleben und weiterhin sein Unternehmen leiten. Er hat keine Kinder und keine

Verwandten. Durch Klonen erhält er sich selbst und seine Familie. Es wird ihn Milliarden kosten, denn wir bieten ihm eine außerordentlich spezielle Dienstleistung. Geld genug dazu hat er, sogar mehr als genug. Man könnte es so ausdrücken, dass er unser erster Kunde ist. Er war nicht sehr angetan von einer Reise nach Island, aber ich unternehme keine Demonstrationsreisen mit meinen Klonen. Deswegen musste er sich dazu aufraffen, hierhin zu kommen. Dieser Mann hat in den letzten fünfzehn Jahren seinen Wohnsitz in Korea nicht verlassen und ist jetzt mitten im tiefsten Winter hier ins nördliche Eismeer gekommen, weil er sich Hoffnungen auf ein Leben nach dem Tod macht. Das ist in nuce genau das, was wir ihm bieten können, ein Leben nach dem Tod. Er hat alles hervorragend vorbereitet und genaue Anweisungen gegeben, was für eine Erziehung der geklonte Junge bekommen soll, wann er die Firma übernehmen soll, wer seine Eltern sein sollen, was für eine Ausbildung geplant ist und dergleichen mehr. Er hat auch Forderungen gestellt in Bezug auf die Reinheit der Erbmasse, denn er will Fehler ausmerzen und etwas perfekter werden. Das ist alles machbar. Der alte Mann hat nur noch ein paar Monate zu leben, und ich frage: Was ist falsch daran, ihm zu helfen?«

»Ihr habt hier ein Versuchslabor errichtet, weil Island so abgeschieden ist, und außerdem gibt es hier keine Gesetze, die das verbieten«, warf Pálmi ein.

»Das Versuchslabor, wie du es zu nennen beliebst, befindet sich keineswegs hier in Island, sondern in Europa«, erwiderte Sævar Kreutz. »Ich verrate nicht, wo. Es besteht seit Anfang der achtziger Jahre, und ich möchte behaupten, dass niemand mehr Erfolge damit gehabt hat als der Kreutz-Konzern. Dort ist man jetzt willens und bereit, voll einzusteigen und Menschen zu klonen, man betrachtet das als eine Serviceleistung wie jede andere. Es gibt praktisch nirgendwo richtige Gesetze dagegen, und am allerwenigsten hier in Island. Beim Kreutz-Konzern weiß man, dass Island ein idealer Standort für alle Art von internationaler Wirksamkeit ist. Das Land liegt zwar weitab vom Schuss, ist aber trotzdem von überallher leicht erreichbar. Es ist kein Zufall, dass das amerikanische Militär hier während des Kalten Kriegs besonders rührig war. Geografisch gesehen ist Island ein ideales Verbindungsglied zwischen Ost und West – früher im militärischen Sinn, heute im wirtschaftlichen. Ausländer drängeln sich darum, hier Aluminiumhütten und dergleichen zu errichten und exportieren von hier ihre Produktion in die ganze Welt. Der Fisch kommt in Asien auf den Markt. Hier gibt's ein internationales Milliardenunternehmen, das Isländische Genforschungszentrum. Das Land hat nur wenige Einwohner und einen friedlichen Ruf, weil die paar Seelen, die hier leben, keine Zeit haben, sich mit anderen Dingen zu befassen, als zu schuften und Schulden zu machen. Island wird auf diese Möglichkeiten überprüft. Zunächst müssen wir aber erreichen, dass die Reproduktion von Menschen als natürliche Entwicklungsstufe anerkannt wird. Die Menschen haben Angst vor dem Klonen, aber da gibt's nichts zu befürchten. Gar nichts.«

»Watson und Crick«, sagte Pálmi. »Ich habe ein altes Interview mit dir gelesen, in dem du über Watson und Crick gesprochen hast. Ich habe mich ein wenig damit beschäftigt. Sie haben als Allererste die DNA-Struktur herausgefunden. Also hast du wahrscheinlich schon von 1970 an in diesen Dimensionen gedacht.«

»Das war die bemerkenswerteste wissenschaftliche Entdeckung des 20. Jahrhunderts«, erklärte Sævar Kreutz. »Sogar ich habe einige Zeit gebraucht, bis ich begriff, was sie da in Wirklichkeit herausgefunden hatten. Was für Möglichkeiten sich eröffneten. Sie fanden den Weg zum ewigen

Leben. Daraufhin habe ich jegliches Interesse an der Pharmaherstellung verloren, Arzneimittelchemie war für mich auf einmal eine veraltete Wissenschaft. Die Zukunft liegt in der Gentechnologie. Nicht nur wegen des Klonens, das ist nur ein Teil dieser Wissenschaft. Wir können die Genmasse des Menschen kontrollieren, wir können Erbkrankheiten liquidieren und Fehler im Erbgut.«

»Wie denn, du verdammter Schwätzer«, unterbrach Kiddi Kolke ihn. »Wie hast du den Aggi zustande gekriegt?«

»Ich habe die Blutproben meiner Schwester Rannveig verwendet. Die Frage dreht sich nicht mehr darum, wie wir das anfangen. Jedes Kind weiß inzwischen, wie Klonen vor sich geht. Jetzt ist die Frage nur noch: Warum nicht? Der Kreutz-Konzern ist nicht das einzige Unternehmen, das Versuche mit Klonen anstellt, wir sind bloß am weitesten gekommen. Sämtliche großen Pharmazieunternehmen beschäftigen sich seit Jahrzehnten mit diesem Forschungszweig, und das Wettrennen um die Lösung ist in vollem Gange. Aber niemand ist so weit wie wir«, sagte Sævar Kreutz und vermochte kaum, seinen Triumph zu verhehlen. »Die Firmen arbeiten im Wettlauf mit der Zeit. Wahrscheinlich wird die globale Gemeinschaft unkontrolliertes Klonen verbieten, das heißt dann diesem Koreaner beispielsweise verbieten, dass er sein eigenes Ich von uns kaufen kann. Es wird aber nicht zu verhindern sein, dass Menschen reproduziert werden, sondern es wird nur unter der Hand gemacht, genau wie in der Drogenindustrie. Niemand darf Drogen herstellen, aber alle können sie kaufen.«

Er machte eine kleine Pause und blickte durch die Scheibe.

»Aggi hier ist zwölf Jahre alt«, sagte er, »ist das nicht phantastisch? Er ist allerdings noch nicht perfekt, die Pigmente sind noch nicht richtig. Aber seitdem wir ihn geklont haben, ist es uns gelungen, die Methode zu perfektionieren.«

»Das ist pervers«, stieß Kiddi Kolke hervor. »Das ist hochgradig teuflisch und pervers. Er ist von einem größenwahnsinnigen modernen Frankenstein chemisch hergestellt worden, einem Mann, der Gott spielen möchte. Dieser Junge ist genauso wenig natürlich wie das Zeugs, das du uns gegeben hast. Das hier ist nicht Aggi, das ist ein Monster. Wo sind seine Eltern? Wo ist seine Familie? Wer ist seine Mutter? Wo ist er aufgewachsen, was weiß er vom Leben? Wo sind seine Freunde? Wie wird er darauf reagieren, wenn er erfährt, dass er wie eine Blume im Topf gezüchtet worden ist? Aggi ist tot, und nie wird so eine weiße Versuchsratte an seine Stelle treten. Wahrscheinlich sollte man nicht überrascht sein, dass Leute, die Versuche an Kindern anstellen, auch so weit gehen, sie zu klonen. Verfluchter Dreckskerl, du bist total übergeschnappt.«
Kiddi Kolke war vor Wut aufgesprungen.
»Das können wir alles für ihn organisieren«, machte Sævar Kreutz unbeirrt weiter. »Wir können ihm die Umgebung und die Erziehung geben, die wir wollen. Wir können ihm die Ausbildung geben, die wir wollen. Wir haben es völlig unter Kontrolle, was für ein Mensch aus ihm wird. Wir können die Zusammensetzung der Erbmasse steuern. Begreifst du das nicht? Wir können ihn nach unserem Bild erschaffen. Es bleibt nicht mehr dem Zufall überlassen, wie man wird, wann und wo auf der Welt man in welche Familie hineingeboren wird. Das haben wir alles unter Kontrolle. Du redest daher wie dieses ungebildete Pack, als wir die künstliche Befruchtung Wirklichkeit werden ließen. Wer diskutiert heutzutage noch über künstliche Befruchtung? Sie ist eine wissenschaftliche Leistung, die den Menschen auf der ganzen Welt Freude und Glück gebracht hat. Genau das Gleiche gilt für das Klonen. Du hast einen Sohn wie Aggi, der mit dreizehn Jahren stirbt, aber du kannst ihn wiederbekommen, indem du ihn reproduzieren und viel-

leicht sogar optimieren lässt. War er als Kind hyperaktiv? Das können wir beseitigen. War er nicht intelligent genug? Das können wir ausgleichen. Was ist daran kriminell?«

»Er wäre trotzdem nur ein unbedeutender Abklatsch von dem Aggi, der er war«, erklärte Kiddi Kolke fauchend. »Er würde immer nur sein Schatten sein. Man kann nur ein einziges Individuum sein. Wie steht ein Mensch da, wenn es auf einmal zwei Exemplare von ihm gibt oder sogar drei? Wer ist man dann eigentlich? Du sagst, dass ihr das alles unter Kontrolle habt – aber wer kontrolliert euch? Ihr seid doch nur knallhart am Business interessiert, ihr denkt nur an den größtmöglichen Profit. Es geht euch doch überhaupt nicht um die Wissenschaft, sondern ausschließlich um die Kohle. Kriegt die Firma Kreutz vielleicht einen Anteil an einem, wenn man seine monatlichen Raten nicht zahlen kann? Wenn man nicht pünktlich bezahlt, verscherbeln sie einem dann womöglich das Herz?«

»Ihr beiden scheint es immer noch nicht begriffen zu haben«, sagte Sævar Kreutz, immer noch hartnäckig darum bemüht, Kiddi Kolke und Pálmi von seinem Genie zu überzeugen, sie auf seine Seite zu ziehen, sie sehen und spüren zu lassen, dass das, was er tat, eine völlig normale Phase in der Entwicklungsgeschichte der Menschheit war. »Man bezeichnet das als geschlechtslose Vermehrung«, fuhr er fort. »Und da ist gar nichts Unnatürliches dabei. Ganz im Gegenteil, es gibt kaum etwas, was in der Natur so häufig vorkommt. Ich kann auch Beispiele aus der Bibel bringen. Als gläubiger Mensch behaupte ich rundheraus, dass Gott sich geklont hat, als er Jesus schuf. Das ist der allererste Hinweis auf das Klonen. In den letzten zwanzig Jahren mussten wir zahlreiche Probleme lösen, aber nachdem die künstliche Befruchtung Wirklichkeit wurde, haben sich neue Wege geöffnet. Sie ist nur eine etwas mildere Ausgabe des Klonens.«

Er machte eine Pause, um sich eine Zigarette anzuzünden.
»Bleibt mir bloß mit eurer Moral vom Leib. Heutzutage tragen Großmütter ihre eigenen Enkelkinder für ihre Töchter unter dem Herzen. Was wollt ihr dagegen unternehmen? Gefühlsmäßige Argumente zählen bei mir nicht.«
»Wenn ihr dieses Klonzentrum irgendwo in Europa betreibt, was machten Aggi und dieser Koreaner dann hier?«, fragte Kiddi Kolke.
»Aggi hat einen großen Teil seines Lebens in Island verbracht. Ich betrachte Aggi als meinen Sohn, und ich will ihn auf Island bei mir haben, weil ich finde, dass er hier zu Hause ist. Ich habe nie Kinder gehabt, und Aggi hat mir sehr viel gegeben. Der Koreaner wollte den ersten geklonten Menschen des Kreutz-Konzerns sehen, um sich davon zu überzeugen, was wir für ihn tun könnten. Er wollte lieber nach Island als nach Deutschland reisen.«
»Wer ist die Mutter dieses Jungen?«, fragte Pálmi und betrachtete durch die Scheibe den Albino, den Sævar Kreuz seinen Sohn nannte.
»Sie ist, soweit ich weiß, im Altersheim«, antwortete Sævar Kreutz. »Er hat dieselbe Mutter wie euer Freund Aggi. Das Beste beim Klonen ist, dass sich nichts ändert, es sei denn, dass man es wünscht.«
»Ich meine damit, wer hat ihn zur Welt gebracht?«
»Der Konzern hat Prostituierte für seine Zwecke genutzt. Alle verwenden bei diesen Forschungen Prostituierte, weil es am billigsten ist. Ihnen mangelt es bei uns an gar nichts. So eine Frau ist nur biologisch gesehen für neun Monate Wirt. Sie hat nicht den geringsten Anteil an dem Kind.«
Kiddi Kolke und Pálmi schauten sich verständnislos an.
»Wenn du das Blut von den Jungs aus unserer Klasse genommen hast, sind dann vielleicht noch andere als Aggi geklont worden?«, tastete Pálmi sich vorsichtig vor.

Zum ersten Mal antwortete Sævar Kreutz nicht umgehend.
»Gibt es noch mehr davon?«, fragte Kiddi Kolke.
»Es gibt Aggi, und dann noch deinen Bruder Daníel, Pálmi. Möchtest du Daníel sehen, als er klein war?«
Pálmi brauchte eine ganze Weile, um zu begreifen, was Sævar Kreutz gesagt hatte, aber dann ging es ihm auf.
»Um Himmels willen«, schrie er, sprang auf und rannte aus dem Zimmer, dicht gefolgt von Kiddi Kolke. Sie liefen den Flur entlang, bis sie zu einer Tür kamen. Pálmi riss sie auf, und sie standen mit einem Mal in dem weißen Raum, in dem sich der Koreaner und Aggi befanden. Der Greis erschrak bei dieser unerwarteten Störung. Er stand so schnell auf, wie Alter und Gesundheitszustand es ihm gestatteten. Diese Männer, die da gerade hereingestürmt waren, hatte er nie zuvor gesehen. Sie gingen auf den Jungen zu, und Pálmi legte ihm behutsam den Arm um die Schultern.
»Wo ist Daníel?«, fragte er den Jungen so sanft, wie er es unter den gegebenen Umständen nur konnte.
Kiddi Kolke stand ganz in der Nähe und war kurz davor, den Jungen zu fragen, ob er sich nicht an ihn erinnern konnte. ›Erinnerst du dich? Ich bin Kiddi, wir haben zusammen gespielt, als wir klein waren‹, aber er unterdrückte diesen Gedanken, denn wieder kam es ihm so vor, als wäre das alles überhaupt nicht wahr. Als wäre gar nichts mehr wahr. Überhaupt nichts.
»Weißt du, wo Daníel ist?«, fragte Pálmi wieder. Der weiße Junge stand bewegungslos da und blickte abwechselnd von einem zum anderen. Der Koreaner war zurückgewichen, und Sævar Kreutz tauchte in der Tür auf.
»Das ist völlig zwecklos«, sagte Sævar Kreutz. »Aggi hat keine Zunge und kann nicht sprechen. Er hat auch kein Gehör. Aber wir haben ihm die Gehörlosensprache beigebracht.«
Kiddi Kolke schrie auf, rannte zu Sævar Kreutz und schlug

ihn nieder. Pálmi ließ den Jungen los, lief zu ihnen hin und versuchte, Kiddi von dem am Boden Liegenden wegzuziehen. Der Koreaner stand in einiger Entfernung und beobachtete die Vorgänge, ohne etwas zu sagen.
»Wo ist Daníel?«, brüllte Pálmi Sævar Kreutz an, der auf dem Boden lag und sich nicht zu rühren wagte. In diesem Augenblick tauchte der Sicherheitsbeauftragte in der Tür auf. Sævar Kreutz musste ihn herbeibeordert haben, nachdem sie aus dem Raum gerannt waren. Er wollte über Pálmi herfallen, der bei Sævar stand und ihn anschrie, aber Kiddi Kolke kam ihm zuvor, schnappte sich ihn und schleuderte ihn mit solcher Wucht durch den Raum, dass er die Möbel mit sich riss. Pálmi rannte aus dem Zimmer, Kiddi Kolke hinter ihm her, und sie schlugen die Tür hinter sich zu, und Kiddi stemmte sich dagegen. Etwas weiter hinten im Gang befand sich ein Aufzug. Pálmi lief hin und hämmerte auf den Knopf. Die Aufzugtür öffnete sich wie in Zeitlupe. Kiddi ließ den Türgriff los und sauste zum Aufzug. Die Tür wurde sofort aufgerissen, Sævar Kreutz und der Aufseher rasten den Flur entlang, aber die Aufzugtür schloss sich vor ihrer Nase. Es gab nur einen Knopf, den Pálmi drückte. Der Aufzug glitt langsam nach unten. Unten angekommen öffneten sich die Türen, und sie betraten einen großen Raum, in dem sich Computer und zahlreiche Apparaturen befanden, die ihnen nichts sagten. Sie hielten den Aufzug im Keller an, sodass er nicht nach oben geholt werden konnte. Nichts von dem, was sich in dem Raum befand, den sie langsam durchschritten, konnten sie einordnen. Sie begannen, nach Daníel zu suchen.
Sævar Kreutz stand auf dem Flur und starrte auf die Digitalanzeige des Lifts. Er sah, wie sich der Lift in Bewegung setzte, und stieß leise Flüche zwischen den dünnen Lippen aus.
»Nichts wie weg«, sagte er. Er drehte sich um und eilte

zurück durch den Flur. »Das sind beschränkte Provinzdeppen, die nicht das geringste Verständnis für so etwas haben«, murmelte er vor sich hin. »Sie begreifen nicht die ungeheure Tragweite dieser Wissenschaft. Sie können ihre Freunde heil und ganz wiederbekommen, aber sie wollen es nicht.« Zusammen mit dem Sicherheitsbeauftragten betrat er wieder den weißen Raum, warf dem betagten Koreaner einen kurzen Blick zu, verneigte sich, legte seinen Arm um den Albino und führte ihn aus dem Raum. Sein Begleiter folgte ihm auf dem Fuß. Der Greis ging hinter ihnen her und sah ihnen nach, bis sie am Ende des Ganges verschwanden.

Kiddi Kolke und Pálmi teilten sich auf und nahmen sich jeder einen Teil der Kellergemächer vor. Kiddi Kolke war als Erster bei der Wand am hinteren Ende, an der sich drei Türen befanden. Er versuchte, die Tür, die ihm am nächsten war, zu öffnen, aber sie war verschlossen. Er trat ein paar Schritte zurück und warf sich mit solcher Wucht gegen die Tür, dass sie aufsprang. Vorsichtig betrat er das verdunkelte Zimmer, fand einen Schalter neben der Tür und machte Licht. Die Neonlampen an der Decke flackerten etwas, bevor sie ansprangen. Kiddi Kolke stand in einem kleinen Zimmer, dessen Wände und Böden mit Fliesen bedeckt waren. In einer Ecke standen einige große Glasbehälter oder eher gläserne Zylinder auf Holzständern. Sie waren mit einer gelblichen Flüssigkeit gefüllt. Formalin, dachte er. Er glaubte, eine Bewegung in einem der Behälter zu erkennen, aber das erwies sich als falsch. Nichts bewegte sich. Von diesen Glassäulen gab es vier, jede war gut einen Meter hoch und hatte einen Durchmesser von einem halben Meter. Kiddi Kolkd starrte durch die trübe Flüssigkeit so lange in sie hinein, bis er in dem Glaszylinder, der ihm am nächsten stand, irgendwelche Konturen zu erkennen glaubte. Ein eiskalter Schauder lief ihm über den Rücken. Ein weiteres Gesicht aus der Vergangenheit.

Er trat an den Zylinder heran und starrte intensiv hinein, bis er ein Gesicht sah, das er vor vielen Jahren gekannt hatte. Das war die Physiognomie eines seiner Freunde. Er sah nicht viel mehr, als dass der Kopf komisch geformt war und direkt am Bauch ansetzte, der wiederum nur ein halber Rumpf war und keine Extremitäten aufwies.
Kiddi Kolke brauchte eine ganze Weile, um zu begreifen, was sich da in dieser gelblichen Flüssigkeit befand, aber auf einmal durchzuckte es ihn wie ein Blitz, und er spürte den Schmerz wie einen Stromstoß in seinen Gliedern. Das war sein Freund Skari, das war Óskar.
Er ging zum nächsten Behälter, in dem er nur einen Arm und ein Bein erkennen konnte. In einem war das Gesicht von Gísli, das am Glas zu kleben schien. Er konnte kaum älter als acht oder neun Jahre alt sein. Kiddi Kolke erkannte ihn sofort, denn er hatte Gísli gekannt, seit sie zusammen eingeschult worden waren. Aber das war in einem anderen Leben gewesen.
Im vierten und letzten Behälter sah er zunächst gar nichts. Er musste ganz dicht herantreten und mit den Händen das grelle Licht abschirmen, um etwas in der Flüssigkeit erkennen zu können. Endlich tauchten die Umrisse eines Gesichts auf, auf das er so lange starrte, bis er Gesichtsform und Ausdruck erkennen konnte. Diesen Gesichtsausdruck kannte er am besten von allen, denn es war sein eigener. Er starrte in die eigenen toten Augen und war wie hypnotisiert vor Entsetzen und Ekel. Er blickte in seine eigenen toten Kinderaugen. Auf das erste Grauen folgte eine unendliche Trauer, und er begann hemmungslos zu weinen.
Ich habe beide Augen, war der einzige Gedanke, den er noch zu fassen vermochte.
Ich habe beide Augen.

Siebenundvierzig

Als Erlendur und Sigurður Óli am Tor vorfuhren, war dort niemand zu sehen. Sigurður Óli stieg aus und versuchte, es zu öffnen, was nicht gelang. Erlendur drückte auf die Hupe, aber nichts geschah. Sie hatten die ganze Zeit, bis der Verkehr wieder in Gang kam, schweigend im Auto gesessen. Zwischen ihnen war noch nichts bereinigt.

»Müssen wir wirklich da rüberklettern?«, rief Erlendur, der die Scheibe heruntergelassen hatte.

»Hier kommt niemand rüber«, antwortete Sigurður Óli. Das Tor war so konstruiert, dass es keine Möglichkeit gab, es zu überwinden. Ebenso machten die hohen Mauern das Haus zu einer uneinnehmbaren Festung.

»Wir brauchen Verstärkung«, sagte Erlendur und griff zu seinem Handy. Sie hatten sich nicht bei Sævar Kreutz angemeldet, weil sie ihn überraschen wollten. Im gleichen Augenblick, als Erlendur die Nummer gewählt hatte, hörten sie Motorengeräusche auf der anderen Seite des Tors, das sich auf einmal wie von unsichtbarer Hand gesteuert öffnete. Autoscheinwerfer rasten auf sie zu und an ihnen vorbei zum Tor hinaus. Es war ein großer Jeep, der keine Probleme mit den Schneemassen hatte, er fuhr einfach neben der Straße, um an Erlendurs Auto vorbeizukommen. Durch das Schneetreiben glaubte Erlendur an dem blauen Hemd zu erkennen, dass der Fahrer ein Mann von einem Sicherheitsdienst war. Außer ihm schien sich ein Passagier auf dem Rücksitz des Jeeps zu befinden, der aber nur undeutlich zu sehen war. Er erschrak, als kurz ein kleines, leichenblasses Gesicht an der Scheibe auftauchte und ihn in stummer Verwunderung anstarrte, bis der Wagen in Schnee und Dunkelheit verschwunden war. Erlendur hatte das Gefühl, er hätte dieses Gesicht schon einmal gesehen. Statt umzudrehen und hinterherzufahren, tippte er jetzt eine andere Nummer ein und gab Anweisungen, dass sämtliche Zufahrtsstraßen zum Flughafen gesperrt und kontrolliert werden sollten und dass ein Mann namens Sævar Kreutz festzunehmen sei, falls er versuchen würde, das Land zu verlassen. Das Gleiche galt für Erik Faxell. Erlendur hatte nicht die geringste Chance, bei diesen Straßenverhältnissen eine Verfolgungsjagd mit dem Jeep aufzunehmen. Er ließ auch die Verkehrspolizei einschalten, um nach einem dunkelgrünen Pajero-Jeep zu fahnden, und gab die Zulassungsnummer durch.

Sigurður Óli setzte sich wieder ins Auto, und sie fuhren vor dem Gebäude vor.

»Glaubst du, dass er das war?«, fragte Sigurður, als die sich dem Haus näherten.

»Das konnte ich nicht erkennen.«

Sie parkten das Auto beim Haupteingang, der halb offen stand. Wer auch immer an ihnen vorbeigerast war, er hatte auf jeden Fall offenbar das Haus in aller Hast verlassen müssen. Vor dem Haus stand ein schwarzer amerikanischer Dodge Ram – ein Jeep der teuersten Ausführung. Sie betraten das Haus, das völlig menschenleer zu sein schien, und kamen zunächst in den riesengroßen Festsaal. Sigurður Óli wies Erlendur darauf hin, dass da offensichtlich ein Gemälde an der Wand fehlte.

»Falls du irgendwo einen Aufzug siehst, damit kommen wir in den Keller«, sagte Erlendur.

Sie durchquerten den Saal und stießen am anderen Ende des Saals auf einen breiten, hell erleuchteten Gang, der ein

Kreisrund zu bilden schien und leicht abschüssig war. Sie waren auf der Hut und gingen vorsichtig den Gang entlang. Auf einmal hörten sie eine menschliche Unterhaltung und Schritte. Sie konnten nicht verstehen, was gesagt wurde, deswegen blieben sie stehen und lauschten. Vier Asiaten kamen ihnen entgegen. Obwohl sie sich augenscheinlich beeilten, kamen sie nicht schnell vorwärts, denn einer von ihnen war sehr alt. Er war in irgendeine asiatische Nationaltracht gekleidet, die anderen sahen nach Leibwächtern aus. Sie hielten inne, als sie Erlendur und Sigurður Óli sahen, und warfen einander Blicke zu, als würden sie darauf warten, was die anderen zu unternehmen gedächten. Erlendur sah Sigurður Óli an.

»Wer ist das denn?«

»Keine Ahnung, aber die sprechen bestimmt kein Isländisch.«

»Red du mit ihnen, sag ihnen, wer wir sind, und bitte sie, nicht sofort zu gehen«, sagte Erlendur.

»We are from the Icelandic police. We will have to ask you to stay in the house. One of us will stay with you. We are not armed and we will be grateful for your cooperation.«

Kaum hatte er das ausgesprochen, zog einer der Koreaner einen kleinen Revolver hervor und richtete ihn auf Erlendur und Sigurður Óli. Die Asiaten schienen sich an ihnen vorbeidrängen zu wollen und kamen näher, als der Greis etwas in seiner Sprache zu ihnen sagte und stehen blieb. Der Mann mit dem Revolver steckte ihn wieder ein.

»Bleib du hier bei ihnen«, wies Erlendur Sigurður Óli an und telefonierte wieder nach Verstärkung.

Erlendur schob sich an der Gruppe vorbei und ging weiter den Gang entlang. Er verbeugte sich knapp und blickte dem Greis in die Augen, der ebenfalls den Kopf senkte. Kurze Zeit später war Erlendur beim Aufzug angekommen und sah, dass er im Keller feststeckte. Er wusste, dass es noch einen anderen Aufzug in den Keller gab, aber die Pläne des Hauses hatten nicht zu erkennen gegeben, ob auch eine Treppe in den Keller führte. Er versuchte sich zu erinnern, wo der andere Lift sein musste, rannte den Gang entlang, der ihn aber im Kreis führte, sodass er bald wieder in der Eingangshalle des Hauses stand. Wieder durchquerte er den großen Empfangssaal und fand an dessen Ende eine Tür, die in ein großes Büro führte. Er ging davon aus, dass es sich um Sævar Kreutz' Büro handelte. Er sah keine Aufzugtüren, aber als er die Wände des Zimmers abcheckte, um eine eventuelle Geheimtür zu finden, entdeckte er sie hinter dicken Samtgardinen. Die Tür öffnete sich geräuschlos, nachdem er den Knopf betätigt hatte, und er betrat den Aufzug, der langsam nach unten glitt. Erlendur gelangte in einen riesigen, hell erleuchteten Raum voller Apparate und Geräte, mit denen er nichts anfangen konnte. Vorsichtig bewegte er sich vorwärts und fragte laut, ob jemand da drinnen sei, aber er erhielt keine Antwort. Am Ende des Raums befanden sich drei Türen, von denen eine anscheinend aufgebrochen worden war. Als er das Zimmer betrat, sah er vier große zylindrische Glasbehälter, die auf Holzsockeln standen. Die Flüssigkeit war so trübe, dass er nicht erkennen konnte, was diese Behälter enthielten, aber in dem einen schien sich etwas zu befinden, das wie ein Bein und ein Arm aussah. Als er näher herantrat, kam es ihm so vor, als starre ihn aus einem der Behälter ein Kindergesicht an.

Erlendur wich entsetzt zurück und stieß an einen Stahltisch auf Rollen. Der Tisch kippte um und einige Stahltabletts gingen zu Boden und tanzten mit schepperndem Geräusch um ihn herum. Aus den Augenwinkeln sah er, wie ein Mann sich ihm ganz langsam näherte. Der Mann trat langsam auf ihn zu und reichte ihm die Hand, um ihm wieder auf die Beine zu helfen.

»Wer bist du?«, fragte er, indem er aufstand, immer noch geschockt von dem, was er in dem Glaszylinder erblickt hatte.
»Mein Name ist Kristján«, antwortete der Mann, »ich liege hier in dem vierten Behälter. Möchtest du sehen, wie ich war, als ich klein war?«
Erlendur folgte ihm wieder zu dem vierten Glaszylinder.
»So was können die einem antun, diese verfluchten Schweine. Wir haben gedacht, es ginge um Experimente, aber die haben uns geklont«, sagte Kiddi Kolke.
»Geklont?«, sagte Erlendur fassungslos. »Geklont? Hat Sævar Kreutz Menschen geklont?«
»In Zusammenarbeit mit dieser deutschen Firma. Der Kreutz-Konzern hat so ein Versuchslabor eingerichtet, und Sævar hat ihnen die Blutproben von den Jungs aus meiner Klasse übergeben.«
»Das ist doch nicht möglich. Sævar hat Menschen geklont?«, sagte Erlendur tonlos.
»Sie waren im Begriff, einem Milliardär aus Korea seinen eigenen Klon zu verkaufen. Er wollte das ewige Leben! Der Markt reguliert das Angebot, verstehst du? Für Geld kann und darf alles gemacht werden. Sogar das ewige Leben kann man sich kaufen.«
»Moment mal, heißt du Kristján?«, fragte Erlendur. »Bist du dann der, der Kiddi Kolke genannt wurde?«
»Und du bist wahrscheinlich von der Kriminalpolizei, Erlendur, oder wie? Pálmi und ich sind hier etwa vor einer Stunde angekommen, und Sævar Kreutz hat uns einen Vortrag gehalten.«
»Wo ist Pálmi?«
Pálmi ist hier im Zimmer nebenan. Er ist auf der Suche nach Danni. Nach Daníel, seinem großen Bruder.«
»Daníel?«, wiederholte Erlendur entgeistert. Ihm war immer noch nicht richtig klar, um was es hier eigentlich

ging. »Arbeitet hier sonst niemand?«, fragte er und blickte sich um.
»Außer dem Sicherheitsmenschen und dem alten Koreaner haben wir niemanden gesehen. Erik Faxell, mit dem musst du sprechen. Der hat gesagt, dass Sævar Kreutz hier viele Jahre lang regelmäßig Besuch von Angehörigen des Kreutz-Konzerns bekommen hat, Gruppen, die sich für kürzere oder längere Zeit bei ihm aufhielten. Erik hat behauptet, sie wären im Auftrag des Pharma-Konzerns da, aber sie waren ganz bestimmt an diesem Experiment beteiligt.«
Gemeinsam verließen sie das Zimmer und betraten das nächste, das wesentlich größer war. Es hatte den Anschein, als hätte man hier versucht, die Natur und die wirkliche äußere Welt zu imitieren, aber überzeugend wirkte es nicht. An der einen Wand war ein Riesenbild von einer gebirgigen Landschaft, und vor dem Bild waren Steine und Sand aufgeschichtet worden. Der Himmel war strahlend blau mit weißen, flauschigen Wattewölkchen, und oben an der Decke fungierte ein großes grelles Licht als Sonnenersatz. An einer anderen Wand sah man Pflanzen, Bäume und kleine Sträucher. Straßen und Bürgersteige waren auf den Fußboden gemalt worden. An einer anderen Stelle hatte man natürliche, moosbewachsene Lavabrocken angeschüttet, und mit einem verborgenen Beamer wurden Naturfilme an eine Wand projiziert.
Erlendur und Kiddi Kolke verließen den Raum und gingen in den nächsten, in dem es wie in einem Kindergarten aussah. Kleine Tische und Stühle und helle Farben an den Wänden und Kinderzeichnungen, Matratzen, um darauf herumzutollen – und Klettergerüste. Kiddi Kolke rief nach Pálmi, bekam aber keine Antwort. Sie riefen ein zweites Mal, aber erst, als sie näher traten, hörten sie eine schwache Antwort. Ganz hinten in der Ecke des Raums saß Pálmi mit einem kleinen Jungen auf dem Schoß, der kaum

älter als zwei Jahre war. Die hellen Haare ringelten sich in dichten Locken auf die Schultern hinunter.
»Ihm scheint nichts zu fehlen«, sagte Pálmi und ließ seine Blicke von Erlendur zu Kiddi Kolke wandern. »Er hat alle Finger und Zehen, Arme, Beine und Augen, Ohren, Nase und Zunge. Das ist Daníel, mein großer Bruder. Das ist Danni.«

Achtundvierzig

Einige Monate später fuhr Pálmi an einem schönen Sommertag im Auto vor Helenas Seniorenheim vor und sprang ins Haus. Zwischen ihnen hatte sich im Lauf des Winters eine nette Freundschaft entwickelt, und jetzt besuchte er sie, um ihr ein Päckchen zu bringen. Da sie ihn erwartet hatte, öffnete sie sofort die Tür, und er folgte ihr in die kleine Wohnung.

»Hier bringe ich dir dein Kjarval-Bild«, sagte er und wickelte das Päckchen aus, das er bei sich trug.

»Haben die es tatsächlich endlich geschafft«, erwiderte Helena. »Ganze vier Monate haben sie dazu gebraucht. Aber sie haben sich wirklich Mühe gegeben, das sehe ich, das Bild ist genauso, wie es war. Würdest du es bitte an die Wand hängen, Pálmi.«

Nachdem Pálmi das Bild an seinen Platz zurückgehängt hatte, standen sie eine Weile da und betrachteten es. Helena ging hin und rückte es zurecht.

»Und du hast den Führerschein gemacht und dir sogar ein Auto gekauft«, stellte Helena fest.

»Das wurde aber auch höchste Zeit«, antwortete Pálmi.

»Was gibt's Neues von Kristján, oder soll ich lieber Jóhann sagen?«, fragte sie und blickte Pálmi an.

»Sag einfach Kiddi. Alles bestens bei ihm. Er hat lange Zeit unter Depressionen gelitten, nachdem wir die Körperteile, die Sævar Kreutz aufbewahrt hatte, bestattet haben. Was für eine Aktion! Wir haben alles in ein und dasselbe Grab gelegt, es ist nicht gekennzeichnet, aber wir kennen die Stelle. Kiddi hat sich inzwischen wieder ganz gut erholt, er arbeitet jetzt unten am Hafen. Er sagt, dass er nicht mehr so viel an diese grauenvollen Ereignisse denkt. Er wird es schon schaffen. Er kommt mich oft besuchen, und dann reden wir über alles. Das wird schon wieder.«

»Aber dieses Scheusal Sævar Kreutz haben sie nie gefasst.«

»Sie gehen davon aus, dass er sich irgendwo in Europa befindet, wahrscheinlich in Deutschland. Er ist mit Aggi entwischt. Dieser Sicherheitsbeauftragte hat später ausgesagt, dass er ihn an Bord eines Frachtschiffs gebracht hat, das im Begriff war, auszulaufen, mit Kurs auf Hamburg, aber als er endlich den Mund aufmachte, war das Schiff natürlich schon längst in Hamburg angekommen. Er stritt rundheraus ab, irgendetwas von Sævar Kreutz' Aktivitäten gewusst zu haben. Erik Faxell behauptet ebenfalls, nichts gewusst zu haben, auch nichts in Bezug auf die Lebertranpillen. Aber so billig kommt er nicht davon. Guðrún ist die Hauptzeugin des Staatsanwalts. Sie wird sicher auch eine Strafe erhalten, obwohl sie wahrscheinlich bereits gestraft genug ist. Sie ist am Boden zerstört wegen der ganzen Sache, und sie weint viel, wie Erlendur mir sagt. Die Schuldgefühle machen sie fertig. Es ist nur die Frage, wie der Staatsanwalt das sieht. Wahrscheinlich wird nicht viel davon an die Öffentlichkeit gelangen. Es ist den Behörden gelungen, das Klonen geheim zu halten, und das wird hoffentlich so bleiben. Es wäre mehr als unangenehm, wenn das bekannt würde. Der Koreaner durfte mitsamt seinen Begleitern das Land verlassen, nachdem sie ausgesagt hatten. Wahrscheinlich hat er irgendwo anders das ewige Leben gefunden, wer weiß. Einige Wissenschaftler von der Universität sind in Sævars Haus gewesen. Der Kreutz-Konzern streitet jegliche Beteiligung ab und weiß angeblich nichts von einem Klonzentrum. Sævar Kreutz ist wie vom Erdboden verschluckt, nach der Flucht ist er nirgends wieder aufgetaucht. Erlendur hat mir das gesagt.«

»Erlendur und Sigurður Óli sind neulich zu mir gekommen und haben mir von Halldórs Schicksal erzählt. Sie sagten mir, dass sie Kristján nicht belangen werden, der hätte schon genug, mit dem er fertig werden müsse, und außerdem sei Halldórs Fall als Selbstmord registriert worden. Die sind eigentlich in Ordnung, dieser Erlendur und auch dieser Sigurður Óli.«

Sie schwiegen eine Weile.

»Ich habe mein altes Zimmer in der Wohnung in Ordnung gebracht«, sagte Pálmi. »Ich hatte dir davon erzählt. Ich habe es angestrichen, und jetzt steht die Tür offen.«

»Sehr schön.«

»Also, dann mache ich mich wohl am besten wieder auf den Weg.«

»Na, wo soll's denn hingehen?«

»Dagný und ich machen einen Sonntagsausflug mit den Kindern. Das Wetter ist herrlich, und wir wollen aus der Stadt heraus. Irgendwo werden wir Halt machen und picknicken, und dann liegen wir in der Sonne und schauen den Kindern zu, wie sie spielen. Und heute Abend kommen wir nach Hause und schauen in die Sommernacht hinaus.«

Sie verabschiedeten sich. Pálmi verließ das Haus und ging zum Auto, in dem Dagný mit ihren beiden Kindern wartete. Auf dem Kindersitz hinten im Auto saß ein kleiner Junge, der Danni genannt wurde, aber Daníel hieß, und mit großen Augen zum Himmel blickte.

Ein 5-Sterne-Thriller
vom isländischen Bestsellerautor

Arnaldur Indriðason
GLETSCHERGRAB
Island-Thriller
Aus dem Isländischen
von Coletta Bürling
und Kerstin Bürling
368 Seiten
Taschenbuch
ISBN 3-404-15262-X

Schauplatz: Europas größter Gletscher

Die Eiskappe des Vatnajökull in Island schmilzt. Die Streitkräfte der US-Basis Keflavík sind in Alarmbereitschaft, denn der Gletscher hütet ein Geheimnis: ein abgestürztes Flugzeug aus dem Zweiten Weltkrieg mit brisanter Fracht.
Vor der grandiosen Kulisse des ewigen Eises gerät eine junge Isländerin in Lebensgefahr. Sie weiß nur wenig, aber das ist schon zu viel für die Drahtzieher der »Operation Napoleon« …

Ísafjörður
Skagafjörður
Sauðarkrókur
Flatey
Breidafjörður
Blandá
Stykkishólmur
Òlafsvik
Snæfells-
jökull
Reykholt
Langjökull
Borgarnes
Akranes
Geysir
Hvitá
Gullfoss
Þorsá
Reykjavík
Hafnafjörður
Keflavík
Hveragerði
Hekla
Selfoss
LANDMANNALAUGAR
0
25
50 km
Vestmannaeyjar
ISLAND